Die Judas-Verschwörung

Peter Dempf

Die Judas-Verschwörung

Weltbild

Besuchen Sie uns im Internet:
www.weltbild.de

Das Werk einschließlich aller seiner Teile ist urheberrechtlich geschützt. Jede Verwertung außerhalb des Urhebergesetzes ist ohne Zustimmung des Verlages unzulässig und strafbar. Dies gilt insbesondere für Vervielfältigungen, Übersetzungen, Mikroverfilmungen und die Einspeicherung und Verarbeitung in elektronischen Systemen.

Weltbild Buchverlag
Originalausgabe 2007
Copyright © 2007 by Verlagsgruppe Weltbild GmbH
Steinerne Furt 67, 86167 Augsburg
Alle Rechte vorbehalten
Ein Projekt der AVA international GmbH
Autoren- und Verlagsagentur
www.ava-international.de

Projektleitung und Redaktion: Gerald Fiebig
Umschlaggestaltung: Sabine Müller
Umschlagillustration: Dieter Wiesmüller, Hamburg
Satz: Sabine Müller
Druck und Bindung: GGP Media GmbH, Pößneck

Printed in EU

ISBN 978-3-89897-645-9

*Dieses Buch ist meinen Kindern gewidmet,
die mir das Leben bis an den Schreibtisch herantragen.*

»Nichts ist stärker als ein Wunsch,
der im Herzen brennt.«

1

Die Erde bebte unter den Hufen von Pferden. Georg spürte es im Magen, und ein Gefühl überkam ihn, als verliere er den Boden unter den Füßen. Die Erde vibrierte stärker als die Erschütterungen der Schmiedehämmer, die einen regelmäßigen Takt in den Tag schlugen. Sogar das Wasser des Schmiedeteichs, in dem er sich eben noch gewaschen hatte, warf kleine Wellen. Georg war sofort auf den Beinen. »Wenn du ein Geräusch hörst und nicht weißt, was es ist, dann lauf, so schnell du kannst«, hatte ihm Großvater Mattheis einmal geraten. Da war er klein und ängstlich gewesen und mit dem Großvater zusammen im Bärenwald herumgestreunt, in dem es sogar noch Wölfe gab.

Bevor er wusste, was geschehen würde, kroch er unter die im Winter vom Schnee niedergedrückten Schilfmatten am Ufer und verharrte dort regungslos. Nicht zu früh.

Fünf Reiter sprengten auf die Wiese vor dem Schmiedbach hinaus, in rostigen Harnischen, mit weiß verschwitzten Pferden. »Wegelagerer!«, war Georgs erster Gedanke.

Jeden Einzelnen der Gruppe konnte er erkennen – und keiner machte den Eindruck, als könne man ihm vertrauen. Die Reiter drehten ihre Pferde auf der Stelle, und Georg hatte genügend Zeit, sie sich anzusehen. Der Anführer, der auf dem Gaul kleiner wirkte als die Männer um ihn herum, hatte einen scharfen Blick und nach unten gezogene Mundwinkel. Seine Füße steckten in spitzen Schuhen aus rotbraunem Leder, deren Schnürsenkel eine sonderbare Art der Bindung aufwiesen. Er musterte das Teichufer, als wüsste er, wo Georg sich versteckt hielt. Sein Gesicht war dreieckig, flach und ein wenig nach innen gewölbt. Auf der vorspringenden Unterlippe saß eine dunkle Blutwarze. Dem zweiten Mann fehlte der Zeigefinger der rechten Hand. So nah an der Wurzel war er abgetrennt worden, dass in der Handfläche eine Kerbe entstanden war. Dem dritten Mann lief eine Narbe quer über das Gesicht, als hätte er einen Schwerthieb abbekommen, ebenso wie dem vierten, dem das Kinn gespalten war. Nur der fünfte Kerl war unscheinbar, blass und machte einen eher traurigen Eindruck, als widere ihn das Geschäft an, das er betrieb. Kriegsgesindel war das, von der schlimmsten Sorte. Sie mussten sich offenbar nicht erst orientieren, denn sie ließen die Pferde sich im Kreis drehen und musterten die Umgebung neugierig, bis sie zum Angriff ansetzten.

»Dort!«, schrie der Anführer und deutete auf den Abweg neben dem Schlagwerkgebäude der Schmiede. »Hier führt der Weg hinunter zur Kreipe-Schmiede. Rasch, bevor sie sich in den Wald schlagen.«

Georg blickte den Männern aus seinem Schilfversteck nach. Woher kannten sie den Namen der Schmiede, die nach dem Großvater benannt war? Georgs Vater hatte den Hausnamen Kreipe-Schmied nur angenommen, als er die Schmiede von seinem eigenen Vater übernahm. Sie selbst nannten sich Schutter.

Die Schnapphähne trieben ihre Gäule zur Eile an und verschwanden hinter der Schmiede. Die Männer jagten den Weg den Schmiedbach entlang hinab zur Vorderseite der Werkstatt. Georg horchte noch auf das Schlagen der Hufe, das urplötzlich verstummte. Dann ertönten Schreie, die Männer riefen einander Befehle zu. Die Gäule wieherten. Über der Lichtung lag zu allem Überfluss der schwere Duft frisch gebackenen Brotes. Heute war nämlich Mutters Backtag.

Und trotz des verheißungsvollen Duftes spürte man in der Luft ein nahendes Unheil wie kurz vor einem schweren Gewitter. Die harten Gräser stachen Georg in die Fußsohlen und kratzten am Rücken. Vom Boden drang eine eisige und feuchte Kälte herauf, und er zitterte am ganzen Körper. Unter den Matten war der Teich im März noch gefroren.

Georg überlegte, ob er zwischen den fahlgelben Schilfhalmen hocken bleiben sollte, bis die Kerle wieder verschwunden waren. Doch ein Schuss, der in den Wald hineinpeitschte und vom Echo zurückgeworfen wurde, ließ ihn zusammenzucken.

Rudolf, der Geselle, hielt sich unten an den Hämmern auf. Vater stand sicherlich neben ihm, ebenso wie Hannes, sein älterer Bruder. Aus dem Backhaus, in dem Mutter arbeitete, stieg Rauch in den klaren Märzhimmel. Ein Gedanke zuckte in Georgs Kopf: Hatten Rauch und Geruch die Schnapphähne womöglich angelockt?

Wieder hallte ein Schuss über die Lichtung, der Georg endlich aus seinem Versteck trieb.

Er kroch zu dem kleinen Kahn hinüber, mit dessen Hilfe der Rechen im Zulauf des Wasserrads im Frühjahr und Herbst gesäubert werden musste. Er stieg hinein, band ihn vom Ufer los und glitt darin ins offene Wasser hinaus. Bis zum Wehr ließ er sich treiben, das höher lag als die Werkstatt. Doch von der Werkstatt aus konnte man ihn so nicht sehen. Aufgeregt flatterten wilde Enten über seinem Kopf. Blesshühner liefen über das Wasser und ließen sich erst am Ende des Teiches wieder nieder.

Die friedliche Welt der Waldschmiede war von bebender Unruhe ergriffen worden.

Georg spähte über den Rand des Wehrs. Was er sah, ließ ihn aufschluchzen. Er bemerkte, wie sein Unterkiefer zu zittern begann. Seine Mutter lag mit ausgebreiteten Armen reglos vor dem Backhaus. Eine dunkle Lache breitete sich unter ihrem Kleid aus. War sie tot? »Mutter«, flüsterte er für sich, »Mutter!« Von Rudolf sah Georg nur den Kopf und eine Hand, die in unnatürlicher Verrenkung gen Himmel zeigte. Auch er rührte sich nicht. Hannes entdeckte er nirgends. Vater kniete neben einem der Harnischträger, die Hände im Nacken verschränkt. Der Kerl hielt ihm seine Pistole an den Kopf und schrie auf ihn ein. Zuerst verstand Georg nicht, was der Kerl wollte, doch dann drangen Worte wie »Münzen«, »Waffen« und »Mehl« an sein Ohr. Auch »Blei« verstand er und immer wieder »Gold«, »Gold«, »Gold«.

Der Vater blieb ruhig und hielt das Haupt gesenkt. Er schüttelte nur zu jedem der Wörter den Kopf. Georg ahnte, was sie von seinem Vater wollten: seine Ersparnisse, sein Metall.

Dann trat der Wegelagerer einen Schritt zurück und zielte. Georg blieb der Atem stehen. Jetzt hätte er eingreifen müssen, doch wenn er sich zu erkennen gab, dann wussten diese Männer, dass sie einen Bewohner der Schmiede übersehen hatten.

Hunderte Male hatte Vater mit Hannes und ihm besprochen, was zu tun war, wenn ein solcher Fall eintreten sollte: wegrennen. Hinein in die Wälder. Wer solchen Schnapphähnen in die Hände fiel, der hatte kaum eine Möglichkeit zu überleben.

Ein Schrei holte Georg aus seinen Überlegungen. Der Kerl mit der Warze auf der Lippe deutete auf einen Hackstock in der Nähe. Daraus ragte ein gefiederter Pfeil hervor, der Bolzen einer Armbrust. Er hatte den Schnapphahn knapp verfehlt.

Sofort blickte sich Georg um. Das konnte nur sein Bruder Hannes gewesen sein. Doch wo steckte der?

Warzenlippe brüllte Befehle. Sein vor Wut verzerrtes Gesicht scheuchte die Kameraden in die Schmiede hinein. Georg suchte das Haus mit den Augen ab. Warzenlippe lief nervös auf dem gepflasterten Hofteil auf und ab. Das Klacken seiner Holzsohlen brannte sich unauslöschlich in Georgs Gedächtnis.

Das Schmiedegebäude war zweistöckig. Direkt unterm Dach hatte er seinen Schlafboden, während unter ihm, im ersten Stock, die Schlaf- und Wohnräume seiner Eltern und des Bruders lagen. Die Werkstatt im Erdgeschoss war etwas vorgebaut und bildete mit seinem Dach eine Art Balkonvorbau für die Wohnräume. Hannes hatte vom Schlafraum der Eltern aus mit Vaters Armbrust geschossen. Leider hatten sie zu wenig damit geübt, als dass er sie sicher beherrschte.

Jetzt stürmten die Kumpane von Warzenlippe in die Werkstatt hinein. Erschrocken erkannte Georg, dass auch für ihn Gefahr drohte. Von dort oben konnte man den Weiher überblicken und demnach auch sein Boot und ihn selbst darin erspähen. Er musste aus dem Wasser. Mit raschen Paddelschlägen der bloßen Hände ruderte Georg das Boot bis zum Zulauf des oberschlächtigen Wasserrads. Die Rinne war überdacht. Wenn er dort hineinkroch, konnte er sich zum Radhaus vorarbeiten, in dem sich das Mühlrad drehte. Er stieg aus dem Boot und kletterte die Rinne entlang bis zum Wasserrad. Dort hockte er sich in der Dunkelheit auf ein Brett, das sonst als Arbeitsplattform diente. Georg hörte das mächtige Drehen des Rades, das Schlagen der Hämmer, die von ihm angetrieben wurden, und das ohrenbetäubende Rauschen des Wassers, das direkt vor ihm auf die Schaufeln geleitet wurde. Im Nu war er nass bis auf die

Haut. Überall waren die Wände noch vereist, und von den Schaufeln hingen sogar Zapfen. Ganz sicher fühlte er sich nicht, denn unter ihm, direkt vor dem Wasserrad, versteckte Vater seine Gulden. Wenn sie Hannes fingen und ihn folterten, dann würde er ihnen sicherlich das Versteck verraten. Auf der Suche nach der Beute würden die Mordbrenner Georg unweigerlich aufstöbern. Doch vorerst war es der sicherste Ort, den er kannte.

Er sah auf den Balkonvorbau hinaus, auf dem plötzlich Hannes auftauchte, die Armbrust in der einen Hand, seinen Dolch mit der Damaszener-Klinge und dem geschnitzten Griff, den Georg so bewunderte, im Gürtel. Sein Vater hatte beiden Brüdern eine Klinge geschmiedet, doch nur Hannes hatte seinen Griff so kunstvoll verziert. Der ältere Bruder lief das Dach entlang und wollte sich am Wasserrad hinunter auf den Boden gleiten lassen. Sie waren nur zwei Körperlängen voneinander entfernt, als kurz hintereinander Schüsse ertönten, einer, zwei. Georg hörte die Kugeln ins Holz klatschen. Splitter spritzten heraus und trafen ihn selbst an Schulter und Wange. Hannes fasste sich an den Kopf, verdeckte das Gesicht und fiel von dem Holzaufbau. Die Wegelagerer hatten ihn offenbar getroffen. Hannes' Körper klatschte ins Wasser und wurde von der Strömung mitgerissen. Georg sah als Letztes den Messergriff, der einen in sich verschlungenen Drachenkörper darstellte, dann wurde der Bruder unter die Eisdecke gezogen, die dort noch auf dem Schmiedbach lag. Ohne noch einen Ton von sich zu geben, verschwand Hannes in der von den Radschaufeln aufgewühlten Gischt.

»Hannes!«, brüllte Georg ihm nach, doch seine Stimme wurde vom Rauschen des Baches verschluckt. Georg zitterte am ganzen Körper, aber nicht vor Kälte, sondern vor Wut und Angst und der Ohnmacht, nichts unternehmen zu können. Wie ein Kaninchen, das sich vor dem Fuchs verborgen halten muss, hockte er in der Falle. Jetzt hörte er nicht einmal mehr, was gesprochen wurde oder sah, was mit Vater geschah. Er musste hier heraus und versuchen zu helfen.

Der Verschlag, in dem er saß, konnte von der Werkstatt aus betreten werden. Georg kroch einige Fuß zurück und rüttelte an der Tür, die einen drei Bretter schmalen Durchschlupf versperrte. Von innen war ein Riegel vorgeschoben, der unliebsame Besucher abhalten sollte und diesen Zweck sehr gut erfüllte. Da er das Türchen keinen Fingerbreit bewegen konnte, gab er auf und beherzigte Vaters Warnung: Zeige dich nicht, bis sie weg sind.

Also kauerte er sich zusammen, fror und wartete. Die Hammerschläge der großen Schmiedehämmer ließen den Raum erzittern. Er lauschte auf das vertraute Rauschen des Wassers. Er zählte die Umdrehungen des Wasserrads. Dessen Bedächtigkeit übertrug sonst seine Ruhe auf ihn. Heute wühlte es ihn eher auf. Georg dachte immerfort an den Vater und sah vor seinem inneren Auge die am Boden liegende Gestalt der Mutter und die in den Himmel gereckte Hand des Gesellen. Am liebsten hätte er losgeheult und wäre aus diesem dunklen Loch gekrochen, doch er wagte keinen Schritt nach draußen. Sie würden ihm das antun, was sie dem Bruder angetan hatten, der jetzt unter der Eisdecke lag und ein kühles Grab gefunden hatte. Und plötzlich wusste er, woran er denken wollte: Warzenlippe mit dem eingedrückten Gesicht stellte er sich vor und die vier anderen Kerle, die Narbengesichter, Fehlfinger und den Traurigen, damit sie ihm immer ins Gedächtnis eingebrannt waren

15

und niemals daraus verloren gingen. Sein Herz schlug schneller, als er daran dachte. Er befürchtete schon, das Klopfen könnte ihn verraten.

Ein Geräusch ließ ihn aufhorchen, so nahe und klar, dass es sogar das Drehen des Wasserrades übertönte. Ein Prasseln und Fauchen, als hätte Vater die Esse angefahren und würde mit den Blasebälgen Kohlen und Schamott zum Glühen bringen. Georg kroch weiter vor zur Öffnung der Rinne und gewahrte einen Schein, der das trübe Märzlicht eigenartig aufhellte. Plötzlich stürzte ein brennendes Büschel Stroh von oben herab – und Georg begriff sofort. Die Kreipe-Schmiede brannte lichterloh. Er musste aus seinem Versteck verschwinden, denn das Dach konnte, wenn es sich zur Seite neigte, auf den Verschlag fallen und den Zulauf zum Wasserrad unter sich begraben. Mit aller Kraft drückte er gegen das Türchen, und tatsächlich gab der Riegel innen nach. Er blickte in die Werkstatt und wünschte sich sofort, niemals die Tür aufgestoßen zu haben. Auf dem Boden der Werkstatt, die er von oben sah, lagen drei leblose Menschen. Flammen schlugen aus ihren Körpern. Die Hofseite des Gebäudes brannte bereits, während das Innere und die Teichseite noch von den Flammen verschont wurden.

Georg überlegte, wie er dem Inferno entkommen könnte und wunderte sich kurz über seine eigene Kaltblütigkeit. Lange hatte er dafür keine Zeit, denn er musste handeln, wollte er nicht von glühenden Trümmern begraben werden.

Die Rückseite der Kreipe-Schmiede führte unter den Hang hinein, der auch den Teich staute. Darin hatte Vater seine fertigen Waren gelagert, Messer, Pflugscharen, Hufeisen. Die Tür stand offen. Die Schnapphähne hatten das Lager vermutlich ausgeräumt. Wenn er Glück hatte, dann hatten die Kerle den

Eiskeller im Rückraum nicht gefunden. Dort lagerte die Familie im Winter Eisschollen ein, die sie aus dem Teich herausschnitten, um im Sommer Nahrungsmittel kühl aufbewahren zu können. Beschickt wurde der Eiskeller von außen.

Die Hitze in seinem Versteck wurde unerträglich, und das Gebälk des Hauses begann zu ächzen. Lange durfte Georg nicht mehr überlegen. Eine Möglichkeit wäre der Weg, den Hannes unfreiwillig genommen hatte. Doch seinem Bruder wollte er jetzt unterm Eis nicht begegnen. Ein Schauer lief ihm durch den Körper, als er daran dachte. Kurz entschlossen querte er den hinteren Teil der Werkstatt und schlüpfte ins Lager. Es war stockdunkel, nur ein leichter Schein des Feuers hellte das Innere auf. Doch Georg kannte sich aus. Er sah sofort, dass alles Wertvolle herausgeräumt worden war. Nur die massive Holztür in den Vorratsraum hatten die Wegelagerer in ihrer Eile nicht aufgebrochen. Er rannte nach hinten, hob den Balken ab und kroch in den Vorratsraum. Es war eisig darin. Den Durchschlupf nach draußen hatte Vater noch nicht mit Erde zugeschüttet; er tat das immer erst im Sommer, damit auch keine Wärme bis hier herunterdringen konnte. Behände kletterte Georg die Leiter hoch, hob vorsichtig eine der Deckbohlen an. Beinahe direkt über ihm ließen die Räuber ihre Pferde tänzeln und sich drehen. Spitz zulaufende Stiefel mit sonderbar gebundenen Schnürsenkeln staken in Steigbügeln und zeigten zufällig auf ihn. Sie gehörten Warzenlippe, dem er von unten kurz direkt ins Gesicht geblickt hatte. Für einen Moment glaubte er, er hätte ihn entdeckt, doch dafür war es zu dunkel. Georg ließ die Bohle langsam wieder zurücksinken. Er starrte in die Dunkelheit hinein. Wie ein Zeichen des Unheils tauchten die rotbraunen Stiefel mit den Schnürsenkeln vor seinem inneren Auge auf. Niemals würde er sie vergessen. Das Geschrei der Männer über ihm riss ihn aus seinen Träumereien.

»Ein Hoch dem Schwäbischen Bund!«, rief der Anführer, den Georg an der knödelig gepressten Stimme erkannte. »Tod den Bauern und Bauernfreunden!«

Die Gruppe fiel in den Jubel ein und Georg hörte, dass Krüge aneinander schlugen. Sie hatten Vaters Bierfass geplündert, das den Winter über draußen im Lagerschuppen stand und tranken sich zu. Eine unbändige Wut stieg in ihm auf und hätte ihn beinahe dazu verleitet, aus der Grube hochzuklettern und die Männer anzubrüllen, ob sie denn niemals in der Bibel gelesen hätten und wüssten, dass Totschlag Sünde sei. Doch in dem Augenblick brach das Schmiedehaus in sich zusammen. Der warme Luftzug schlug die Tür zum Eiskeller zu und ließ die Bohlen über ihm hüpfen und Staub und Erde auf ihn herabrieseln, sodass er husten musste. Die Männer über ihm hörten ihn Gott sei Dank nicht, weil sie ihren Erfolg bejubelten.

Dann schmetterten sie die leeren Krüge auf den Boden und preschten davon.

Georg wartete noch eine ganze Zeit, dann hob er eine der Bohlen und stieg vorsichtig ins Freie. Die Plünderer waren weg. Er wollte den Weg entlang der Schmiede hinabgehen, um den Schnapphähnen nicht zu begegnen, musste es jedoch wegen der Hitze bleiben lassen.

Was er sah, war niederschmetternd. Vom Gebäude stand nichts mehr als rauchende Trümmer, und nur das Wasserrad drehte sich wie das Lebensrad unablässig und ohne sich von den Wirrnissen der Welt stören zu lassen.

2

Georg fuhr sich mit der Hand durch den blonden Schopf. Seine Lippen zitterten. Aus dem Gluthaufen, der einmal die Schmiede der Eltern gewesen war, konnte er nichts mehr retten. Einzig einen Beutel mit hundert Goldgulden hatte er aus dem Bach direkt unter dem Wasserrad hervorgezogen. Ihn hatten die Männer nicht entdeckt. Obwohl er klitschnass war, band er ihn sich um den Leib. Es war sein einziges Erbe.

Ein letztes Mal dachte er an die Menschen, die unter dem glühenden Inferno begraben lagen. Was war das für eine Zeit, die in wenigen Stunden eine ganze Familie sinnlos auslöschte?

Dann drehte er dem Grauen den Rücken – und lief die Straße hinauf. Wohin er wollte, hatte er sich noch nicht überlegt. Nur fort von hier musste er. In kopfloser Panik rannte er den Weg entlang. Georg hatte die Biegung des Pfades gerade erreicht, als ein Reiter aus dem Waldsaum heraustrat, das Pferd am Zügel.

Es war Warzenlippe.

»Wohin so eilig?«, fragte der und verstellte ihm den Weg. »Der neue Schmied hatte demnach recht, dass noch so ein Lutheranerlümmel herumkrauchen muss. Sie sind geradezu eine Landplage.«

Hinter und neben Georg brachen die vier anderen Kerle aus dem Gebüsch.

19

»Ihr hattet richtig beobachtet, Hauptmann.« Es war Fehlfinger, der seinem Anführer zustimmte. »Das Boot war vorher festgebunden, diese kleine Ratte hat es losgemacht.«

Georg stutzte, weil er nichts von einem neuen Schmied wusste. Eines war ihm jedoch sofort klar, dass er nämlich diesen Kerlen nicht in die Hände fallen wollte.

»Ich bin kein Lutheranerlümmel«, entfuhr es ihm. »Meine Familie und ich sind echte Christenmenschen.«

»Das hör sich einer an«, tat Warzenlippe erstaunt. »Da haben wir die Falschen ins Paradies geschickt. – Aber Bauernfreunde seid ihr. Du und deine Sippe!«

Vorsichtig wich Georg zum Waldsaum hin aus, während die Truppe ihn einzukreisen versuchte.

»Nicht mehr als diejenigen, die Brot essen, weil sie Hunger haben. Das Getreide wird von den Bauern angebaut, nicht von den Fürsten – oder haltet Ihr etwa den Pflug in der Hand?«

Jetzt musste Warzenlippe lachen, und die anderen stimmten darin ein. Es war ein grausames Lachen, ein unheilvolles Lachen.

»Hört ihn euch an. Du bist ein Siebengescheiter. Man glaubt, einen rechten Buchgelehrten vor sich zu haben. Wie bei den Protestanten, die davon überzeugt sind, dass jeder in der Bibel lesen und daraus seine Lehren ziehen dürfte.«

Georg beschloss zu handeln. Noch bevor sie den Kreis um ihn geschlossen hatten, klatschte er in die Hände und schrie aus Leibeskräften. Sofort bäumten sich zwei der Pferde auf und mussten gehalten werden. Diesen Moment der Ablenkung nutzte Georg für sich. Er schlüpfte durch die Lücke und sprang in den angrenzenden Wald. In der Umgebung der Schmiede war dieser sehr dicht und für Unkundige praktisch undurchdringlich. Doch er kannte sich aus, besser als diese Räuber und

Mörder. Georg schlüpfte zuerst durch Matten aus Knöterich und jungen Weiden. Dann stieß er nach wenigen Fuß auf einen Wildschweinpfad, dem er folgte und der ihn den Hügel hinaufführte. Er hastete atemlos und in geduckter Haltung durch das Dickicht, immer besorgt, die Männer könnten ihn einholen. Hinter ihm knackte und prasselte es im Unterholz. Die Kämpen folgten ihm, doch ihre Lautstärke übertönte sein Huschen durch das Dickicht. So würden sie ihm niemals folgen können.

Er achtete nicht auf die Dornenranken der Brombeeren, stolperte durch kleinere Schneewächten und war froh, dass der Winter sich bereits verabschiedete. Kurz darauf wechselte er auf einen weiteren Wildpfad ein, noch bevor die Männer hinter ihm zur Besinnung kamen und stillhielten. Jetzt kam er schneller vorwärts. Hinter sich hörte er ein Fluchen und Schimpfen und Schreien. Einholen würden sie ihn nicht mehr. Ihm zitterten noch immer die Knie, wenn er an das plötzliche Auftauchen von Warzenlippe und Fehlfinger dachte und an diese merkwürdigen Fragen.

Obwohl ihm der Guldensack schmerzhaft gegen den Oberschenkel schlug, obwohl er aus verschiedenen Rissen an Armen, Oberkörper und Beinen blutete, obwohl ihn fror und er glaubte, die Kraft würde ihn verlassen, rannte er vorwärts. Er wusste, es ging um sein Leben. Denn was die Schnapphähne mit jemandem anstellen würden, der sie bei ihrem schändlichen Tun beobachtet hatte, stand ihm nur allzu deutlich vor Augen.

Erst als er den Hügel hinter sich gelassen, das Höllental durchquert und den folgenden Hügel, der im Volksmund Golgatha hieß, erklommen hatte, legte er sich unter dem Stamm einer Eiche erschöpft nieder. Keinen Schritt wollte er mehr weiter.

Georg sah hinauf in das gewaltige Blätterdach des Baumes.

Wie stark und ausladend die Eiche war. Die Äste verzweigten sich über einem kräftigen Stamm. Sofort füllten sich seine Augen mit Tränen und ließen den Blick nach oben verschwimmen. Warum ließ man ihn nicht wachsen und zweigen wie diesen Baum? Warum wurde er herausgerissen aus der fruchtbaren Erde seiner Heimat, entwurzelt und vertrieben? Die Erinnerung überwältigte ihn. Plötzlich konnte er weinen und das gesamte Elend, das den Tag begonnen hatte, schwappte über ihn weg wie das Wasser des Schmiedteichs, wenn er in ihn eintauchte. Er sah Mutter daliegen in ihrem Blut und den Vater flehen und sich selbst die Arme ausbreiten und hilflos nach ihnen rufen. Er konnte ihnen jedoch nicht beistehen, musste sie gehen lassen. Georg bibberte und fröstelte, weil der März seinen eisigen Atem durch die Wälder blies, doch er scherte sich nicht daran. Er überlegte, ob es wahr war, was der Pfarrer erzählte, dass nämlich die Toten, wenn sie frei von Sünde waren, ins Paradies eingehen durften. Galt das für die armen Toten ebenso wie für die reichen? Oder gab es auch dort ein Oben und Unten, ein Herrschen und Beherrschtwerden wie auf dieser Welt?

Immer wieder kreisten seine Gedanken um diese schrecklichen Bilder. In das Grauen und die Trauer mischten sich Schuldgefühle. Ganz weit in seinem Hinterkopf tauchte ein erhobener Zeigefinger auf, der ihm drohte. Wie oft hatte er dem Vater nicht gehorcht, wie oft hatte er der Mutter Kummer bereitet, weil er sich mit seinem Bruder zankte! Sie hatten gestritten und sich geprügelt, dass die Fetzen geflogen waren, weil er es dem Älteren nie recht machen konnte und Hannes stets darüber klagte, dass er nur der Stiefsohn des Schmieds war. Dabei konnte Georg doch nichts dafür, dass die früh verwitwete Mutter ein zweites Mal geheiratet hatte. Und trotz aller Rivalitäten hatte er Hannes doch geliebt. Er war sein großer Bruder, er war sein Vorbild, er bewunderte ihn. Wie in einen Strudel rissen ihn seine Gedanken in die Verzweiflung hinein.

Über diesen Überlegungen musste er eingeschlafen sein, denn er schreckte hoch, als ein Zweig knackte. Georg rührte sich vorerst nicht. Was immer es war, das er gehört hatte, es kam nicht näher, sondern blieb in einiger Entfernung von ihm. Ein Schaben und Rascheln begleitete das Knacken. Dann hörte es sich an, als schluchze jemand vor sich hin.

Mit aller Vorsicht, die ihm möglich war, hob Georg den Kopf und spähte umher. Doch er sah nichts. Langsam richtete er sich auf und drehte den Kopf nach den Geräuschen. Sie kamen von der Seite, die hinter seinem Ruheplatz lag.

Georg schlich um den Stamm der Eiche herum, schob einen Vorhang aus Knöterichgirlanden beiseite und blickte in das Gesicht eines Mädchens.

Es war vielleicht so alt wie er selbst, hatte dunkle Haare und noch dunklere Augen. Seine Augenbrauen, seine Wimpern waren schwarz. Es steckte in einem bunten Kleid, das aus verschiedenfarbigen Stoffen zusammengenäht war. Über seine Wangen liefen Tränen, in seinen Augen stand das Wasser. Als Schutz vor der Märzkälte hatte es einen Filzüberhang umgeworfen, der vorne aufklaffte. Es stand vor einem Hügel aus frischer, grobbrockiger Erde, an dessen einem Ende ein Holzkreuz aufgerichtet war.

»Zeig dich!«, fuhr das Mädchen Georg an. Es zog einen Dolch unter dem Filz hervor und hielt ihn so, dass keine Zweifel darüber bestanden, dass es ihn zu gebrauchen wusste. »Ich habe dich gesehen. Raus jetzt!« Der scharfe Befehl ließ Georg keine andere Wahl, als sich durch den Knöterichvorhang zu zwängen. Erst als er auf die kleine Lichtung hinausgetreten war und kurz zurückblickte, erkannte er, dass das Mädchen geschwindelt hatte. Es konnte ihn unmöglich gesehen haben.

»Wer bist du?«, fragte das Mädchen ihn bereits etwas freundlicher.

»Wer bist *du*?«, gab er die Frage zurück. Er deutete auf den Erdhügel, der jetzt eindeutig als Grab zu erkennen war. »Hast du den ... Toten gekannt?« Georg sah, wie sich die Augen des Mädchens erneut mit Tränenwasser füllten und überliefen.

»Entschuldige. Ich wollte nicht ...«

Was er nicht gewollt hatte, wusste Georg selbst nicht. Doch die Landfahrerin, so schätzte er das Mädchen ein, schien seine Entschuldigung anzunehmen. Es ging in die Hocke und strich mit der Hand über die hart gefrorene Erde. In den Ritzen hatte sich Reif gesammelt und überzog das Grab mit einem rissigen Geflecht aus hellen Fäden.

»Er war mein Vater. Vor drei Tagen ist er verstorben.«

Georg schluckte. Dann, als bildeten sich die Wörter wie von selbst in seinem Mund, sagte er stotternd: »Wie meine Eltern ... sie wurden ... wurden heute Morgen von ... Wegelagerern ... von Schnapphähnen umgebracht.«

Überrascht hob das Mädchen den Kopf und schenkte ihm durch den Tränenschleier ihrer dunklen Augen hindurch einen warmen Blick.

»Heute Morgen erst?«

»Mordbrenner. Sie haben die Schmiede meines Vaters angezündet. Mein Bruder, meine Mutter, mein Vater, der Geselle, alle ermordet.« Georg sprach leise, er flüsterte beinahe, da er befürchtete, er könnte ihre Trauer stören. Er kaute auf seiner

24

Unterlippe, bis er hervorbrachte: »Ich konnte sie nicht einmal begraben. Sie sind zu Asche verbrannt.« Dass sein Bruder unter Eis lag, hielt er nicht für erwähnenswert.

»Heute, sagst du? Von wo kommst du her?«

Georg deutete in die Richtung, aus der er gekommen war.

»Komm mit. Wir müssen zu den anderen.« Das Mädchen streckte seine Hand aus und nahm Georgs Hand wie selbstverständlich in die ihre. Es zog ihn mit den Hügel hinab und hinein in den Wald, einen Pfad entlang, der offensichtlich häufig begangen wurde.

»Ich heiße Sarina«, verkündete die Landfahrerin, über die Schulter hinweg, ohne ihn loszulassen. »Und du? Wie heißt du?«

»Georg«, antwortete er und fügte hinzu: »Wohin gehen wir?«

»Wart's ab«, sagte sie und blickte ihn aus tiefschwarzen Augen so ernst und unergründlich an, dass Georg schlucken musste.

Sie krochen noch eine ganze Weile durch das eng stehende Strauchwerk und traten dann übergangslos aus dem Saumpfad hinaus auf eine Lichtung.

Vier Karren, ebenso bunt wie Sarinas Kleid unter dem Filz, waren dort zu einer Hufeisenform zusammengestellt. Auf der offenen Seite weideten drei alte Klepper und ein Esel. Alle vier hatten bereits das Schlachtalter weit überschritten. Mitten auf dem Platz brannte ein niedriges Feuer, über dem aus Holzpfählen ein Dreifuß errichtet worden war. Darunter baumelte ein Topf an einer Kette. Davor saß eine Alte, ganz in schwarzes Tuch gekleidet, und rührte um.

Dorthin führte Sarina ihn und ließ seine Hand los. Georg sah sich unsicher um. Mehr Personen als die Alte waren nicht zu sehen, und die schien ihn nicht zu beachten.

Auf einen leisen Doppelpfiff Sarinas hin tauchten allerdings auf der Lichtung drei weitere Männer sowie drei Frauen auf. Die Männer hielten Dolche in den Händen wie den, den Georg bei Sarina bereits kennengelernt hatte. Die sechs Menschen hätten unterschiedlicher nicht sein können: groß, klein, rothaarig, blond, schwarzhaarig, dunkelhäutig und beinahe weiß. Sogar ein Mohr befand sich darunter. Hinter ihnen wuselte eine Schar Kinder unter den Karren hervor, die Georg nur schwer zu überblicken vermochte. Sechs, sieben Kinder krochen aus allen möglichen Verstecken. Ein Mädchen, dessen blasse Wangen und spitze Nase ihm auffielen, kam ihm ganz langsam entgegen und sah ihn mit wässrigen Augen an.

»Tuah, komm her!«, rief eine der Frauen hinter ihr, und das Mädchen blieb stehen. Dann drehte es sich um und lief langsam zurück, als drücke jede Bewegung wie die Last des Greisenalters auf ihren noch jungen Körper.

Die Erwachsenen stellten sich im Kreis um ihn auf, die Kinder hielten einen sicheren Abstand ein. Die Männer verschränkten die Arme. Die Frauen stützten die Hände in die Hüften. Er schien nicht sehr willkommen zu sein.

Ein kurzer, hoher Pfiff ließ ihn herumfahren, der Pfiff einer Ratte. Doch hinter ihm war niemand. Nur ein Wagen stand dort, dessen Plane abgenommen war und auf dem sich ein Bühnenaufbau zeigte.

»Waaas hast duuu denn daaa für einen Vooogel eingefaaangen, Saaarina?«, hörte es Georg von einem der Wagen herab quieken. Zuerst verstand Georg den Sprecher gar nicht recht, bis er begriff, dass nur alles unendlich langsam und zögerlich gesprochen wurde. Georg sah hoch. An einem der Holme hielt sich ein Wesen fest, wie Georg noch niemals eines gesehen hatte: Der Körper war der eines Kindes, mit kurzen Armen und Beinen, doch der Kopf war so groß wie der eines ausgewachsenen Mannes und wirkte wegen der Verkürzung des Leibes unnatürlich vergrößert. Das Gesicht war zerknautscht wie ein Kissen nach einer unruhigen Nacht. Das Wesen starrte ihn an, als wolle es ihn verschlingen, und Georg wusste nicht, ob er lachen oder sich fürchten sollte.

Sarina folgte seinem Blick. »Das ist der Schlepperdinger, unser stummer Zwerg«, sagte sie und wollte sich wegdrehen. Doch Georg hielt sie fest.

»Aber der ist gar nicht stumm. Er redet doch.«

»Wenn er will«, erklärte ihm Sarina geduldig. »Ansonsten bringst du aus ihm kein Wort heraus. Er spricht ungern. Er fürchtet sich vor den Menschen, vor allen Menschen, die größer sind als er. Außerdem hast du ihn ja gehört. Er verschleppt die Dinge beim Sprechen, deshalb nennen wir ihn so. Allerdings rufen ihn alle nur kurz den Schleppert, weil er selbst kurz ist.«

»Der Schleppert hat recht«, unterbrach einer der Landfahrer Sarinas Ausführungen. Er war dunkelhäutig und jagte Georg einen gehörigen Schrecken ein. »Warum bringst du ihn hierher?«

»Ich habe meine Gründe, Modo! Die solltest du dir anhören. Der Junge hat mir nämlich etwas Wichtiges verraten.« Sarina drückte Georgs Hand, dann ließ sie diese los und trat einen Schritt vor. Sollte er zuhören wie das Mädchen vom Niederbrennen der väterlichen Schmiede erzählte oder sich das bunte Volk nur ansehen? Beides zugleich vermochte er nicht.

Dazu bot das Lager viel zu viele aufregende Dinge: Gleich neben den Pferden war ein Bär angepflockt, der sich zusammengerollt hatte und zu schlafen schien. Er brummte leise vor sich hin. Die Wagen selbst waren mit farbigen Planen aus großflächigen bunten Flicken in Rot, Blau und Grün bespannt. Allerdings waren die Farben zerschlissen und ausgebleicht – die Truppe war offenbar schon sehr lange unterwegs. Zum Wald hin hatte man zwischen zwei Bäumen ein Seil gespannt, das zitterte, als wäre vor Kurzem noch ein Mensch dort oben gelaufen. Eine brennende Fackel steckte im Boden, und ein Brett war an den Stamm eines Baumes gelehnt, in dem Messer feststeckten.

Das für Georg Anziehendste aber war eine kleine Bühne, die von einem Vorhang zur Hälfte verdeckt war. So etwas hatte er bereits einmal gesehen: zu Weihnachten, vor dem Dom zu Augsburg. Dort hatte eine Truppe das Krippenspiel aufgeführt. Auf eben einer solchen Bühne.

Als sein Name fiel und ihn alle erwartungsvoll ansahen, lenkte Georg seine Gedanken wieder auf die Menschen.

Er musste etwas dümmlich aus der Wäsche gesehen haben, denn Sarina stieß ihn an und drängte: »Sie wollen von dir hören, was dir und deiner Familie zugestoßen ist.«

Georg brauchte einen Moment, um sich von den Wunderdingen loszureißen. Anfangs lähmte ihm der Schrecken über die grauenvollen Ereignisse die Zunge, doch nach einigen gestotterten Sätzen begannen sich seine Gedanken zu ordnen und er erzählte rasch und flüssig, was geschehen und wie er entkommen war.

Der Großgewachsene, der dem Schleppert zugestimmt hatte, sah besorgt in die Runde, als Georg geendet hatte.

»Sie bewegen sich also nach Kaufbeuren hinunter. Dann wenden wir uns in Richtung Augsburg!«, verkündete er entschlossen.

»Woher wissen wir, dass sie sich nach Süden bewegen? Sie können ebenso gut die Schmiede überfallen haben, weil sie auf der Suche nach Waffen waren. Alle Welt verrät einander in diesen verfluchten Zeiten«, sagte der Dunkelhäutige, den Georg eben schon bemerkt hatte.

»Ich stimme dir zu«, sagte der Großgewachsene. Sein Tonfall ließ erkennen, dass er in der Gruppe das Sagen hatte. »Doch sollten wir uns an die Notwendigkeiten halten. Die Horden des Schwäbischen Bundes tummeln sich hier in der Gegend. Augsburg bietet uns Schutz vor den marodierenden Bauern und vor dem Schwäbischen Bund. Zudem finden wir dort Arbeit, die wir Schausteller gerade in diesen unruhigen Zeiten dringend benötigen.«

Georg verstand zwar nicht, wovon die Männer redeten, horchte jedoch beim Wort Schausteller kurz auf. Schausteller waren sie also. Männer und Frauen, die kleine Schauspiele zum Besten gaben, die Buden aufstellten und Kunststücke vorführten. Als kleiner Bub war er ihnen schon einmal begegnet, in Thannhausen, auf dem Jahrmarkt.

Die Mitglieder der Truppe tuschelten miteinander und besprachen sich, ohne sich weiter um Georg zu kümmern. Sarina berührte ihn an der Schulter und lockte ihn von den Männern weg.

»Hast du Hunger?«, fragte sie und zeigte auf den Kessel.

Georg nickte. »Und wie!« Er folgte ihr. In einer Sprache, die Georg nicht verstand, sprach Sarina die Alte an, und die griff neben sich. Dort standen Holzschüsseln. Eine davon nahm sie an sich, hielt sie über den Kessel, ohne aufzustehen, und schenkte sie voll. Dann hielt sie die Schüssel in die Luft. Erst jetzt sah Georg, dass beide Augen der Alten milchig weiß waren.

29

»Mutter Jaja ist blind. Aber sie hört noch außerordentlich gut. Vor allem das, was sie nicht hören soll.« Sarina flüsterte die letzten Worte dicht an Georgs Ohr. Der nickte nur.

»Was ist das?«, fragte er, denn das Essen roch vorzüglich. »Zu Hause hat es bei uns nur noch Hirsebrei gegeben und Pökelfleisch. Alles andere war ausgegangen. Der Winter war zu lang.«

Sarina deutete auf einen Holzstamm, der hinter Mutter Jaja am Boden lag und über den ein Fell gelegt worden war. Georg setzt sich darauf und trank die dicke heiße Suppe mit Genuss.

»Wir Schausteller leben im Freien. Wir holen uns, was wir brauchen: Kaninchen, Hunde, Katzen. Was frei herumläuft und in unsere Fallen geht.«

»Kaninchen? Aber das ist verboten. Wenn euch der Fürst erwischt, dann steht darauf die ... die Todesstrafe.«

Sarina lachte, und auch Mutter Jaja, die den Kopf leicht zu ihnen hergedreht hatte, lachte mit ihrem zahnlosen Mund.

»Wir haben immer so gelebt. Keinem Fürsten wird es gelingen, uns zu fangen.«

Georg hatte keine Lust, weiter nachzubohren. Schließlich war es nicht seine Angelegenheit. Er gehörte nicht zu dieser Schaustellertruppe. Während er in seine Suppe blies, die stark nach Kaninchenfleisch schmeckte, und sie in kleinen Schlucken trank, waren die Männer und Frauen der Gruppe offenbar zu einem Entschluss gekommen. Der Großgewachsene kam auf sie zu.

»Sandor, was habt ihr beschlossen?«, fragte Sarina.

Er ging vor ihnen in die Hocke und blickte Sarina und Georg ernst an.

»Wir haben beschlossen, nach Augsburg zu gehen. Dort

30

haben wir zu Ostern schon lange kein Passionsspiel mehr aufgeführt. Also wird es Zeit, wieder aufzutauchen.«

Der Mann machte eine Pause und biss auf seinen Lippen herum. Verlegen sah er zu Boden, als wolle das, was er jetzt zu sagen habe, nur ungern über seine Lippen.

»Sarina, für den vierten Wagen brauchen wir einen zweiten Lenker. Lara und Kathrein sind schwanger. Sie werden sich auf keinen Kutschbock setzen und …«

»Ich kann einen Wagen lenken«, fuhr Georg dazwischen und erntete einen dankbaren Blick vom Großgewachsenen.

»Halt, halt, halt«, widersprach Sarina. »Nur weil Vater tot ist, muss ich nicht …«

»Ich will auch nach Augsburg«, sagte Georg, der nicht ganz verstand, warum sich Sarina so gegen seinen Vorschlag wehrte. »Wenn ich darf, begleite ich euch.«

Sandor und Sarina sahen sich lange an, dann nickte Sarina. »Also gut. Bis Augsburg. Weil er uns vor den Banditen gewarnt hat.«

Sandor nickte kurz und stand auf. »Wir bleiben die Nacht noch hier. Morgen in aller Herrgottsfrühe brechen wir auf.«

»Danke«, rief Georg dem Großgewachsenen nach, der mit dem Arm abwinkte. »Danke«, sagte er noch einmal leise zu Sarina. Freude stieg in ihm hoch und griff ihm an die Kehle. »Ich habe ja sonst niemanden mehr.«

»Ich auch nicht«, antwortete Sarina. »Vater war mein letzter Verwandter.«

Stumm saßen sie nebeneinander, zwei Waisen, und starrten ins Feuer.

Das Holz knackte, und die Flammen heizten seinen durchgefrorenen Körper auf.

Auch Sarinas Wangen schienen zu glühen, und in ihren Augen tanzten rote Flämmchen wie Irrlichter.

»Du musst ihm zeigen, wo er schlafen soll, Kind«, mischte sich jetzt Mutter Jaja ein.

»Ist ja gut«, murrte Sarina, was Georg etwas wunderte. Sie erhob sich und forderte ihn mit einer energischen Geste auf, ihr zu folgen.

Noch ganz von seinem Glück beseelt, fragte er nach: »Wo darf ich denn schlafen?«

Sarina drehte sich schroff zu ihm um. »Bei mir im Wagen. Aber bilde dir ja nichts drauf ein!«

3

Georg half Sarina, mit einem Laken den Karren in Längsrichtung zu teilen. So entstanden zwei schmale Zimmerchen, die vor allem aus je einer Pritsche entlang der Karrenwände bestanden. Das Laken reichte nur bis auf die halbe Höhe des Wageninneren, sodass man darübersehen konnte, wenn man sich aufrichtete. Man konnte es an der Stirnseite zurückschieben, sodass sie sich sehen konnten, und vorziehen, wenn es nötig wurde.

»Dass du mir ja nicht drüberguckst!«, hatte Sarina ihn angeherrscht, und Georg hatte energisch den Kopf geschüttelt.

Beide saßen sie sich jetzt gegenüber, das Laken beiseite geschoben, zwischen sich eine kleine Öllampe, wie Georg sie noch niemals gesehen hatte.

»Die hat Vater im Welschland gefunden. Sie soll einstmals den Römern gehört haben und hunderte von Jahren alt sein. Sie funktioniert noch gut.«

Im Licht der kleinen Lampe betrachtete Georg Sarinas Gesicht, das durch das Flackern ganz geheimnisvoll wirkte. Am liebsten hätte er sie die ganze Zeit nur angesehen. Doch das ging nicht. Er wusste jedoch nicht, was er sagen sollte.

»Mein Vater hat mir jeden Abend etwas vorgelesen«, sagte Sarina. »Willst du auch etwas hören?«

Georgs Augen weiteten sich. »Du willst mir etwas vorlesen? Kannst du das denn überhaupt?«

33

Sarinas Augenbrauen zogen sich finster zusammen. »Gehörst du etwa auch zu den Kerlen, die uns Frauen nichts anderes zutrauen, als den Kochtopf umzurühren und Kinder in die Welt zu setzen?«

»Ich kenne keine Frau, die lesen kann«, sagte Georg und meinte es ernst. »Ich kenne überhaupt kaum jemanden, der lesen kann. Selbst unser Herr Pfarrer kann es nicht richtig. Nur mein Bruder hat es gelernt. Während seiner Gesellenzeit in der Fremde.«

»Ja, ich weiß, wenige können es«, antwortete Sarina nachdenklich. »Aber wenn es nach mir ginge, sollte jeder lesen können. Es öffnet eine Pforte in eine wundervolle Welt.« Sie beugte sich etwas zu Georg hinüber. »Beinahe so wundervoll wie das Paradies.«

Bevor Georg etwas sagen konnte, zog sie unter ihrem Bett einen kleinen Kasten hervor, in dem zwei Bücher lagen. Kleine, in Leder gebundene Bände, die ein wenig dicklich wirkten.

»Das sind meine Schätze!« Sarina zeigte auf die Bücher. »Ein Evangelium des Markus, von Ulrich Hahn auf Deutsch gedruckt, und das hier ist noch schöner. Sebastian Brandt: Das Narrenschiff.«

»Narrenschiff? Was ist das?« Georg war neugierig geworden.

»Ein Buch. In Basel gedruckt. 1494, hat Vater erzählt. Auch in deutscher Sprache, sodass es jeder verstehen kann. Auch du.«

Gespannt beobachtete er, wie Sarina den Band herausholte und aufschlug. Links hatte man mit Holzschnitten Bilder eingefügt, rechts stand ein Text. Sarina blätterte lange darin, bis sie auf einer Seite innehielt und das Buch so umdrehte, dass es für Georg nicht auf dem Kopf stand.

»Schau her. Hier, diese Figur ist der Narr. Ein normaler

34

Mensch, wie du und ich. Nur dass er die Schellenkappe trägt und sich so als Narr ausweist.«

Georg wurde der Mund trocken, denn hinter dem Narren auf dem Holzschnitt lief der Tod drein, einen Holzsarg auf dem knöchernen Buckel, und zupfte ihn am Rock.

»Was soll der Gevatter Tod bei ihm?«, fragte er mit tonloser Stimme.

»All, die wir leben hier auf Erden / geliebte Freund, betrogen werden, daß zu betrachten wir nit bereit / den Tod, der unser harrt allzeit«, las Sarina vor. »Wir wissen und ist uns wohl kund, / daß uns gesetzet ist die Stund, / und wissen nit, wo, wenn und wie? / Der Tod, der ließ noch keinen hie.«

So fuhr Sarina fort, Zeile um Zeile, und las davon, dass der Tod überraschend kam und dass sich der Mensch noch im Leben mit dem Tod vertraut machen sollte und dass ein Narr sei, wer nicht daran denke und den allgegenwärtigen Schnitter und dessen Gewalt leichtnehme.

Georg lehnte sich zurück und hörte einfach zu, ließ sich fallen in diese Stimme, in diesen Klang, und sah überrascht auf, als Sarina endete.

»Hat es dir gefallen?«, fragte sie.

»Wundervoll«, sagte Georg nur. Er musste schlucken, weil ihm der Mund so trocken geworden war. »Du liest so schön.«

»Das könnte jeder«, sagte sie leichthin und begann sich ebenfalls zurückzulegen. »Ich kann dir das Lesen beibringen, wenn du willst.«

Georgs Mundwinkel verzogen sich zu einem zufriedenen Lächeln. »Das würdest du tun?«

»Nur, wenn du mir versprichst, dass du nicht weiter glaubst, es gäbe Dinge, die wir Frauen nicht tun könnten«, spottete sie.

Energisch zog Sarina den Vorhang zu und kroch unter ihre Decke, bevor Georg noch etwas entgegnen konnte.

»Ich werde es nie wieder sagen«, murmelte er und zog sich die Decke über den Körper. Er war hundemüde. Die nächtliche Schneekälte stach durch die Ritzen des Karrens hindurch in seine Haut.

»Es gibt Zeiten zu handeln und Zeiten, um am Feuer zu sitzen«, flüsterte Sarina leise. »Vielleicht ist deine Zeit zu handeln gekommen.«

Georg erwiderte nichts, er horchte nur auf das Rascheln nebenan und überlegte, was Sarina wohl so lange beschäftigte, doch dann schweiften seine Gedanken wieder ab zur Schmiede.

Noch einmal erlebte er alles mit: Die Gesichter der Wegelagerer in ihren Harnischen zogen an ihm vorüber, besonders das von Warzenlippe. In ihrem Gefolge zog diesmal der Gevatter Tod zur Schmiede, in der einen Hand eine Kerze und in der anderen eine Sanduhr, in der nur weniges an Sand übrig war, bevor sie gewendet werden musste. Georg fühlte, wie ihm die Tränen übers Gesicht liefen. Er sah Warzenlippe, der auf seinen Vater zielte, und dann begann Georg zu schreien, er solle aufhören, solle seinen Vater nicht weiter quälen. Doch ein anderer der Strauchdiebe, Fehlfinger, hielt ihn zurück, und er versuchte sich loszureißen, was ihm nicht gelang. Der Gevatter Tod schlug sich amüsiert auf die knöchernen Schenkel und deutete auf die Sanduhr, die abgelaufen war. Georg wollte danach greifen, wollte sie umdrehen und wieder zum Laufen bringen, doch … er spürte nur, wie er zurückfiel und dann in eine Leere sackte, die so tief und bodenlos war, dass er kaum mehr Luft bekam, und dann schrie er, um atmen zu können, schrie er, schrie er seinen Schmerz hinaus …

»Georg, wach auf, um Gottes Willen, wach auf. Du verrätst uns noch!«

Mit einem Ruck fuhr Georg hoch. Warzenlippe und Fehlfinger waren verschwunden. Alles war finster um ihn her. Nur die Stimme neben ihm berührte ihn sanft.

Er brauchte erst einen Moment, bis er begriff, dass er gerade geträumt hatte. Die Hand an seinem Oberarm spürte er allerdings immer noch.

»Georg, bist du wach?«, flüsterte es neben ihm. Es war Sarina.

Zuerst nickte Georg, was natürlich in der Finsternis nichts nützte. Also beschloss er zu reden. »Ja, bin ich!«

»Leise! Auf der Straße ziehen Männer vorbei. Horch!«

Jetzt erst hörte er das Auftreten von Sohlen im gefrorenen Kies und in den Schneeresten des März, das Schnaufen und Keuchen einer großen Menge schwer beladener Menschen und Tiere, das Klirren und Klacken, wenn Metall und Holz aneinanderstießen.

»Was ist dort draußen los?«, fragte er.

»Sandor sieht gerade nach. Er wird gleich berichten«, hauchte Sarina.

Georg fühlte, wie sie sich neben ihn setzte. Er spürte ihren warmen Körper durch die Decke hindurch.

»Darf ich neben dich?«, fragte sie leise. »Ich habe Angst.« Georg hob die Decke, und Sarina schlüpfte drunter. »Du hast so laut geschrien.«

»Ich bin gefallen«, sagte Georg nur. Er legte einen Arm um Sarina und schloss die Augen. Es nützte nichts, sie bei der Dunkelheit offen zu halten. »Ins Bodenlose!«

»Das geht mir auch noch so. Immer wenn ich an Vater denke, glaube ich, keinen Halt mehr zu haben.«

37

»Woran ist er gestorben?«, fragte Georg, erhielt jedoch keine Antwort mehr, denn die Plane des Karrens wurde angehoben. Eisige Luft drang in den Wagen.

»Sarina?«, flüsterte es in die Dunkelheit hinein. »Ich bin es, Sandor.«

»Ja? Hier sind wir.«

»Bauern ziehen vorbei. Seid leise. Sie haben uns bislang nicht bemerkt. Es muss ein ganzes Heer sein. Mindestens fünfhundert Männer. Ich warne die anderen«, sagte er noch, dann fiel die Plane wieder zurück.

Georg erschrak. Er hatte gehört, dass die Bauern aufstanden gegen die Obrigkeit, dass sie Rechte einforderten und sich nicht länger von Fürsten und Herren unterdrücken lassen wollten. Begegnet war er einem solchen Bauernheer noch niemals. Nur manchmal hatte er in der Schmiede des Vaters schimpfenden Nachbarn zugehört, wenn diese sich darüber beschwerten, dass sie zum Herbst hin die Schweine nicht mehr in den Wald treiben dürften oder mit ihren Wagen über Gebühr Fron zu leisten hätten beim Bau neuer Schlösser. Jetzt war ihm, als marschiere eine Geisterarmee dieser Unzufriedenen an ihnen vorüber.

»Müssten wir die Bauern draußen nicht warnen?«, kam ihm ein Gedanke.

»Vor wem willst du sie warnen?«, fragte Sarina amüsiert.

»Die Männer, die unsere Schmiede niedergebrannt haben, standen im Dienst des Schwäbischen Bundes. Mit Harnischen und Pferden und Schwertern. Reisläufige, die sich einen Spaß daraus machen, zu plündern, wenn sie nicht Krieg führen dürfen.«

»Reisläufige also. Gekaufte Soldaten. Landsknechte. Glaubst du, ein Heer des Bundes steht in der Nähe?«

Georg sagte nichts dazu. Was hätte er auch sagen sollen?

38

Eben erst war ihm eingefallen, wie die Männer vom Schwäbischen Bund geredet hatten, dem Bund der Fürsten, Geistlichen und Städte gegen die Bauern. Dabei meinten sie sicherlich die Truppen des Schwäbischen Bundes, die vor allem aus Landsknechten bestanden, aus bezahlten Söldnern also, die im Auftrag der Bundesmitglieder gegen die Forderungen der Zwölf Artikel der Memminger Bauern vorgingen.

»Schließlich führt der Schwäbische Bund Krieg gegen die Bauern. Und die Bauern stehen nicht im Unrecht.« Georg genoss die Wärme, die von Sarina ausging. Sie schmiegten sich aneinander, als hätten sie ihr Leben lang nichts anderes getan. »Es könnte doch sein, dass ein Heer des Bundes den Bauern auflauert«, drängte er noch einmal. »Muss man sie nicht vorwarnen? Ihnen einen Hinweis geben?«

»Wir sind fahrendes Volk«, erklärte Sarina ruhig und bereits ein wenig schläfrig. »Wer sich als Schausteller auf eine Seite schlägt, bezieht von beiden Seiten Prügel. Niemals sind wir unschuldig, niemals sind wir ohne Verdacht. Nein. Wir warnen niemanden. Wir halten uns aus den Streitigkeiten dieser Welt heraus.«

Georgs Erfahrung dieses Tages war eine andere: Man konnte sich nicht aus den Streitigkeiten der Welt heraushalten, wenn man in sie hineingezogen wurde. Seine Eltern hatten schließlich auch mit niemandem Streit gesucht, und dennoch waren sie brutal ermordet worden. Georg brach der Schweiß aus, wenn er daran dachte; wieder schossen ihm Tränen in die Augen, aber diesmal waren es nicht nur Tränen der Trauer, sondern auch Tränen der Wut über dieses himmelschreiende Unrecht. Ja, sein Vater und seine Mutter und sein Bruder waren friedliche Leute gewesen, aber was war der Lohn für ihre Friedfertigkeit? Nein, die Zeitläufte interessierten sich nicht dafür, ob man in ihre Wirrungen verwickelt werden wollte oder nicht.

»Dass die Tiere so ruhig sind«, wunderte sich Georg, als er sich wieder einigermaßen gefasst hatte. »Kein Pferd schnaubt, der Esel schreit nicht.«

Sarina gähnte, bevor sie antwortete. »Es sind Schaustellertiere. Sie wissen, sie müssen bei Lärm ruhig sein. Darauf werden sie von klein auf abgerichtet.«

Draußen verebbte das monotone Geräusch des Bauernzuges. Eine bedrückende Stille kehrte zurück. Georg konnte nicht mehr schlafen, wollte jedoch nicht aufstehen, und reden wollte er auch nicht. So lag er da und horchte in die Dunkelheit hinein. Sarina lag auf seinem Arm, und ihre regelmäßigen Atemzüge zeigten ihm an, dass sie wieder in die Arme der Nacht zurückgefunden hatte.

Womöglich wäre er auch wieder eingeschlafen, wenn nicht vor dem Karren ein Rutschen und Tapsen, ein Flüstern und Wispern eingesetzt hätte. Georg horchte angespannt. Was mochte das bedeuten?

»Was haltet Ihr von diesem Jungen?« Die Frage wurde von einer Stimme gestellt, die Georg bereits kannte. Es war Sandor, der redete – doch so leise, dass Georg kaum etwas verstand. Die Antworten fielen ebenso leise aus.

»Jeder Fremde ist gefährlich in diesen Zeiten. Wir können es uns nicht leisten, einen Kerl mitzuschleppen, der uns womöglich bei der nächsten Gelegenheit ans Messer liefert.«

Georg musste schlucken. Hier ging es eindeutig um ihn. Die Männer standen wohl draußen um die Glut herum und besprachen sich. Das Thema war unverkennbar: er selbst und sein Schicksal.

40

»Wenn wir in Augsburg unterkommen wollen, brauchen wir einen weiteren Mann.«

»Du sagst es: einen Mann, keinen Knaben. Er ist höchstens 14 Jahre alt. Was stellt er schon dar außer einer Gefahr?«

Das Gespräch ging hin und her, und immer klarer schälte sich heraus, dass sie ihn nicht bei sich haben wollten. Immer deutlicher verstand Georg, dass sie sich überlegten, ob sie ihn töten sollten, damit er sie nicht verraten konnte. Damit sie sicher vor ihm waren. Damit sie sich keine Sorgen zu machen brauchten, wenn sie hätten erklären müssen, woher er stammte. Starr vor Entsetzen lag er auf seiner Pritsche und versuchte, so leise wie möglich zu atmen.

Er verkrampfte sich so sehr, dass ihm die Beine einschliefen. Plötzlich drückte auch noch Sarinas Kopf auf seinen Oberarm. Von draußen kroch die Kälte bis an seinen Rücken, und er fühlte sich unwohl dabei, sich nicht drehen zu können: wie ein Fisch im Netz kam er sich vor. Ein Kribbeln und Jucken überkam ihn, das er nur beherrschen zu können glaubte, indem er aufstand und ein paar Schritte ging.

Georg verstand auch die Stimmen nicht mehr, die draußen weiter tuschelten und nuschelten, weil er sich nicht mehr auf sie konzentrieren konnte. Ein Gedanke setzte sich in seinem Kopf fest und beherrschte ihn: überleben. Er durfte nicht länger hierbleiben und womöglich darauf warten, dass sie ihm eines ihrer Messer in den Leib rannten. Endlich beschloss er, das zu tun, was er bereits hätte tun sollen, als er Sarina durch den Knöterichvorhang gesehen hatte: davonzulaufen.

Vorsichtig bettete er Sarinas Kopf auf die harte Pritsche. Dann schlüpfte er aus dem Laken. Es war bitterkalt, und der Nachtfrost biss ihn in die Waden. Vorsichtig, ohne den Karren allzu sehr zu schaukeln, versuchte er sich anzuziehen. Viel war es nicht, was er aus der Schmiede hatte retten können. Nur das, was er auf dem Leib trug und den Beutel voller Gulden, den er um den Körper gebunden hatte. Leise schlug er die Plane zurück. Über die Lichtung wischte eine graue Helligkeit. Der Morgen kündigte sich an. Ihm war es recht, denn dann musste er nicht im Stockfinstern durch die Gegend tappen.

Er sprang vom Wagen ins hartgefrorene Gras hinab. Es gab ein Geräusch, als bräche Eis. Hinter sich hörte er einen Ruf.

»Georg? Georg!«, rief Sarina, noch halb im Schlaf, doch da war Georg bereits in die Dunkelheit des Waldweges eingetaucht, den er mit Sarina hergekommen war. Zuerst bewegte er sich langsam und lautlos vorwärts, doch mit jedem Fuß, den er sich weiter entfernte, ließ er seine Vorsicht mehr außer Acht und hastete durch das Dickicht.

Schwer atmend stand er alsbald vor der Eiche und dem Grab des Schaustellers, das jetzt wie mit Mehl überpudert dalag. Georg stützte beide Arme auf den Schenkeln ab, um Luft zu holen, als ihn ein Pfiff aufschreckte.

Er hob den Kopf, konnte jedoch niemanden entdecken. Zuerst glaubte er, sich verhört zu haben, auch deshalb, weil er gleichzeitig das Hämmern eines Spechtes ins Ohr bekam. Als er einen Schritt vorwärts gehen wollte, schlug eine Eichel direkt neben ihm auf dem Boden ein und eine zweite traf ihn an der Schulter. Georg schrie auf, weil sie mit einer unglaublichen Wucht gekommen war.

Sofort blieb er stehen. Wieder spähte er umher, konnte jedoch nichts und niemanden entdecken.

»Was willst du?«, fragte er, nachdem auf das Heben seines

Fußes eine dritte Eichel gegen sein Schienbein schlug und er beinahe zu Boden gegangen wäre vor Schmerzen.

Aus dem Halbdunkel der Lichtung tauchte der Schleppert auf. In der Hand eine Schleuder, die er gespannt hielt und mit der er auf Georgs Gesicht zielte. Mit dem Kinn deutete der stumme Zwerg auf den Pfad, der ihn hierhergeführt hatte.

»Ich soll … du willst, dass ich … zur Lichtung zurückgehe?«

Der Schleppert nickte.

»Nein, mein Freund. Ohne mich. Ich habe belauscht, wie deine Kumpane beschlossen haben, mich umzubringen. Dahin bringen mich keine zehn Pferde mehr zurück.«

»Wer hat beschlossen, dich umzubringen?«

Georg fuhr herum. Hinter ihm stand Sandor, sein Messer in der Hand und hinter dessen Schulter lugte Sarinas Kopf hervor. Sie sah traurig aus und ein wenig enttäuscht.

»Ihr habt beschlossen, mich zu beseitigen, damit es keine Zeugen gibt und ihr eure Ruhe habt. Ich habe euch belauscht.«

Sandor wechselte das Messer von einer Hand in die andere, immer wieder von links nach rechts und von rechts nach links. Dabei blickte er Georg an, als müsse er überlegen, ob er seinen Plan nicht sofort in die Tat umsetzen sollte.

Doch dann drängte sich Sarina an ihm vorbei. »Herrgott, Männer!«, schimpfte sie. »Nichts werden sie tun, Georg. Auch wenn sie es sich überlegt haben. Wir brauchen dich. Wir sind eine Schaustellertruppe. Ohne einen vierten Mann können wir die Osterpassion nicht spielen. Mein Vater hat den Judas gespielt. Jetzt ist er tot. Wir brauchen einen neuen Judas.«

Sandor steckte das Messer weg und lächelte schief.

»Da wollten wir dich nicht niederstechen, sondern fragen, ob du den Judas spielen willst?«

Georg war sprachlos über diese Wendung der Dinge. Vor einigen Augenblicken war er noch der Überzeugung gewesen, seine letzte Stunde habe geschlagen, und jetzt war er Schauspieler.

»Ich kann nicht schauspielern!«, warf er ein.

Diesmal sahen sich die drei Gaukler an, Sandor, Sarina und der stumme Schleppert. Dann brachen sie in ein wieherndes Gelächter aus. Sandor schlug sich auf die Schenkel und selbst der Schleppert, der sonst ein ernstes, aber seltsam gnomenhaft wirkendes Gesicht durch die Welt trug, schnappte nach Luft.

»Das musst du auch nicht«, sagte Sarina. »Bösewichte sind leicht zu spielen. Leichter als gute Menschen. Da muss man glaubwürdig sein. Du wirst es lernen. Es ist noch lange hin bis Ostern.«

»Oh ja«, sagte Georg spöttisch. »Vier Wochen, eine wirklich lange Zeit.«

4

Gegen Morgen begann es zu schneien. Es war windstill, die weichen Flocken fielen senkrecht vom Himmel. Ein dichter weißer Teppich begann die Wege zu bedecken und schien alle Geräusche von Mensch und Tier zur Lautstärke eines Flüsterns zu dämpfen.

Sie spannten die Tiere an und halfen sich gegenseitig, die Karren aus der Lichtung auf den Weg zurückzuschieben. Georg war danach schweißnass und fror. Als er nach Spuren des Bauernhaufens im Boden suchte, musste er enttäuscht feststellen, dass der Neuschnee das Geheimnis des nächtlichen Marsches in seinen Schleier gehüllt hatte. Lautlos und ohne viel Aufhebens verließen sie ihr Nachtquartier, nicht ohne den Zugang zu der Lichtung zu verbergen, die sie als Lagerplatz benutzt hatten. Der langsam rieselnde Schnee würde das Seine dazutun. Die Truppe, so schien es Georg, verfügte über eine ganze Reihe solcher Verstecke am Wegrand, und Sandor kannte sie alle.

Georg setzte sich auf den Kutschbock, Sarina nahm neben ihm Platz. Sie war verändert, zeigte nicht mehr die Vertrautheit und Freundlichkeit der Nacht. Georg schob es auf seinen Fluchtversuch. Der Schleppert hockte bei ihnen hinten im Wagen und summte vor sich hin. Sie fuhren als letzte in der Kolonne. Der Schleppert hatte die Aufgabe, den Weg hinter

45

ihnen im Auge zu behalten und es zu melden, wenn sich dort Ungewöhnliches tat.

Stumm fuhren sie hintereinander her. Nur die Glocken an den Hälsen der Zugtiere klangen hell in die weiße Weite hinein. Sie sahen kaum den Weg, und Georg musste sich auf Sandors Kenntnisse verlassen.

Sie fuhren in dieselbe Richtung, in der die Bauern verschwunden waren, und damit weiter von der Schmiede weg. Georg war das nicht unrecht, obwohl ihm der Gedanke, das Heer der Bauern vor sich zu haben, Unbehagen bereitete. Er hätte im Treiben der Flocken keinerlei Richtung halten können, doch Sandor schien selbst bei diesem dichten Schneetreiben zu wissen, wohin er fuhr.

»Findet sich Sandor überall blind zurecht?«, fragte Georg Sarina, um überhaupt ein Gespräch in Gang zu bringen. Sie sah ihn nicht einmal an. Sarina hielt die Augen geschlossen und ließ die Schneeflocken auf ihrem Gesicht schmelzen. Einige Male, wenn sie auf ihren Lippen landeten, schnellte ihre Zunge hervor und leckte sie ab.

»Ich könnte das nicht«, setzte Georg hinzu, weil Sarina nicht antwortete.

»Du findest den Weg in deinem Leben ohnehin schwer, wie wir gesehen haben«, sagte sie leise.

»Fang nicht damit an«, fauchte Georg. »Sie wollten mich zum Schweigen bringen. Wer wäre da nicht davongelaufen?«

»Ich«, sagte Sarina spöttisch. »Ich hätte sie zur Rede gestellt.«

»Und dich danach erdolchen lassen? Sehr vernünftig und weitsichtig.« Georg mochte solche Gespräche nicht. Einmal, weil er sich unterlegen fühlte. Sarina hatte ja recht, aber er wollte es nicht zugeben. Dann aber auch, weil er mit ihr anderes bereden wollte: Die Frage, woran Sarinas Vater gestorben war, ließ ihm keine Ruhe. So blieben sie stumm, und Georg rückte ein wenig von Sarina ab, obwohl er an der Stelle sofort zu frieren begann, wo Sarinas Hüfte die seine berührt hatte.

Von den Bäumen rutschte die Schneelast und fiel auf die Straße. Die hochschnellenden Äste sahen aus, als hätten sie ihre Fracht absichtlich abgeworfen, um ihnen jetzt höhnisch zuzuwinken. Gegen Mittag ließ der Schneefall nach, und eine Märzsonne machte sich breit, deren Helligkeit sich im Weiß vervielfältigte und glitzerte und in die Augen stach.

Georg und Sarina sprachen nur das Notwendigste miteinander, aßen an den Rastplätzen stumm, vor sich hinkauend wie der Schleppert.

Ohne weiteren Zwischenfall erreichten sie am späten Nachmittag Augsburg. Die Stadt stieg unvermittelt aus der Ebene. Vor der Mauer war das Gelände gerodet, was die Mauern noch beeindruckender machte.

»Jetzt hältst du am besten den Mund und lässt Sandor und mich reden, wenn es notwendig wird«, gab ihm Sarina Anweisungen.

Georg dachte gar nicht daran, sich daran zu halten. Der erste Wagen lief auf die Holzbrücke hinauf, als bereits die Torwächter angesprungen kamen und sie zurückdrängten.

»Was soll das?«, hörte Georg Sandor schimpfen. »Wer wird der alljährlichen Ostertruppe den Zugang verwehren?«

Georg vernahm zwar nicht, was die Wächter erwiderten, doch an der Gestik war klar abzulesen, dass sie es ablehnten, die Truppe auch nur einen Fußbreit in die Stadt zu lassen.

»Vater konnte das besser, er hatte Manieren wie ein Fürst!«, murmelte Sarina vor sich hin. Sie besah sich die Verhandlungen noch eine Weile, dann stieg sie vom Kutschbock und lief nach vorn. Georg hätte zu gerne gehört, was sie sagte, doch er konnte nur ihre Verbeugungen sehen, ihre Armbewegungen, wie sie sich präsentierte und vor den Wächtern drehte. Doch selbst das bewirkte nichts. Resigniert drehte die Truppe ab und stellte ihre Wagen auf dem Feld vor der Brücke ab. Die Männer der Schauspielertruppe trafen sich zur Besprechung vor den Gäulen, die sie angespannt ließen, während Mutter Jaja versuchte, aus trockenem Holz auf dem gefrorenen Boden ein Feuer zu entfachen. Georg gesellte sich mit Sarina zur Runde der Männer. Frierend standen sie da, stampften mit den Füßen, damit ihnen warm wurde und sagten vorerst gar nichts, als müssten sie sich mit der Abweisung erst einmal abfinden.

»Ich habe ihm sogar ein höheres Brückengeld angeboten!«, rechtfertigte sich Sandor. »Sie haben Angst. Die Stadt quillt über vor Flüchtlingen.«

Georg runzelte die Stirn. »Wovor haben sie Angst?«

Sandor sah ihn an, und für einen Moment glaubte Georg, er würde ihn seiner Unwissenheit wegen anherrschen. Doch der Komödiant nickte nur und sagte: »Angst vor Krankheiten. Sie glauben, wir fahrendes Volk schleppen Krankheiten hinter die Mauern. Dabei ist es umgekehrt. Wir holen uns die Krankheiten in den Städten. Das Wasser ist schlecht. Wanzen und Flöhe und Ratten fallen über uns her, als wären wir frisches Futter.«

Georg genügte die Erklärung vorerst, obwohl er gern eine weitere Frage gestellt hätte. Doch die Blicke, die zwischen Sandor und Sarina gewechselt wurden, ließen ihn verstummen, sodass er den Mund, den er bereits zur Frage geöffnet hatte, wieder schloss.

»Und was machen wir jetzt?«, fragte Georg.

»Nun, das, was wir immer tun. Warten«, warf der Mohr ein. Er fror nach Georgs Meinung am meisten. Sein Gesicht war grau. Seine Hände färbten sich an den Fingernägeln blau, und seine Augen zeigten ein Netz aus roten Adern. Die Lippen wirkten wie leer gesogen.

Die Männer nickten. Man ging auseinander und beobachtete die Menschen, die aus- und einfuhren und -gingen. Bauern und Handwerker, Fuhrleute mit riesigen Warenballen auf ihren Karren, Töpfer mit Hucken auf dem Rücken, Köhler, die ebenso dunkel waren wie die Holzkohle, die sie anlieferten, Schleifer, Buchführer und Weber mit Leinenbündeln auf dem Rücken. Ein buntes Gewimmel drängte über die Brücke, und die Wächter hatten alle Hände voll zu tun, das Brückengeld einzufordern und die aus- und einfahrenden Karren aneinander vorbeizudirigieren. Ein wenig lenkte Georg die warme Suppe ab, die Mutter Jaja zustande gebracht hatte, doch die wärmte nur für kurze Zeit und ließ die Gedanken an ein sicheres Dach über dem Kopf nur umso stärker wuchern.

Sogar eine Bärenführerin kam des Wegs und wurde durchgelassen, nachdem das Tier den Brückenwächter angeknurrt hatte und sie sich einen Klaps auf den Hintern hatte fallen lassen. Selbst Georg gefiel die fesche Person mit dem Federhut und dem engen Blusenkleid, die höchstens achtzehn oder neunzehn Lenze zählen durfte. Er sah ihr hinterher, bis Sarina hinter ihm vernehmlich schnaufte.

»Einzeln würden sie uns durchlassen«, stellte Georg fest, der sich wieder auf den Kutschbock setzte, weil dort wenigstens ein Strohlager den Hintern wärmte.

»Dafür würden wir unsere wenigen Habseligkeiten verlieren. Und den Schleppert oder den Mohren müssten wir draußen lassen. Fremdländisches Aussehen oder Misswuchs sind hinter den Mauern nicht gern gesehen.«

»Wir können doch nicht die Nacht vor den Toren verbringen. Das ist gefährlich«, antwortete Georg ein wenig verzweifelt. »Wenn der Bauernhaufen wirklich in der Gegend unterwegs ist, dann taucht er unweigerlich irgendwann vor den Toren Augsburgs auf.«

Sarina nickte nur. Sie wusste offenbar auch keine Lösung.

Langsam brach die Dämmerung herein. Der Strom an Menschen verebbte, der aus der Stadt hinaus wollte. Jetzt gab es nur noch eine Richtung: nach Augsburg hinein.

»Wann schließen sie die Tore?«, fragte Georg.

Vereinzelt schwebten weiße Kristalle aus dem Grau des Himmels und bestäubten die Sitzenden. Georg blickte ihnen nach, wie sie durch den Äther torkelten.

»Wenn die Dämmerung anbricht. Dann ist nur noch das Nachttor auf, bis gegen neun Uhr. Wer danach kommt, muss draußen bleiben.«

Georg sprang vom Kutschbock und vertrat sich ein wenig die Beine. Trotz seines Strohsacks unter dem Gesäß fror ihn erbärmlich. Er schlenderte zum Brückenkopf und blickte sehnsüchtig zur Stadt hinüber. Wenn es nur einen gangbaren Weg gäbe. Schnee, Kälte und die Tritte unzähliger Menschen hatten die Auffahrt zur Brücke in eine glitschige Rutschbahn verwandelt. Georg selbst musste sich festhalten, um nicht auszugleiten und den Hang zum Graben hinunterzurutschen. Er querte die Straße und wollte zu den Karren und zu Sarina zurück. Mit der Dämmerung kam die Kälte und mit der Kälte erneuter Schneefall. Langsam, wie mit Zauberhand gestreut, bewegten sich die Flocken aus einem grauen Nichts herab. Er

50

ging langsam, schlug mit den Armen den Frost aus seinem dünnen Kittel.

Der Schnee dämpfte die Geräusche. So hörte Georg den Schlitten erst, als dieser bereits zur Auffahrt hinaufwollte. Auf dem Eisboden konnte er sich nur langsam bewegen. Er sah vier Pferde auf sich zukommen. Der Lenker versuchte erst gar nicht auszuweichen, sondern hielt direkt auf ihn zu. Er traf genau zwischen den Gäulen auf das Gespann. Die Pferde, erschreckt durch sein unverhofftes Auftauchen, brachen aus. Georg bekam eine der Trensen zu fassen, hielt sich am Lederriemen fest und wurde mitgeschleift. Der Ruck riss ihm beinahe die Arme aus dem Leib, doch wurde er nicht unter die Hufe der Pferde geschleudert, sondern mitgezogen. Die Gäule wurden vom Lenker wieder auf den Weg zurückgebracht, doch die Kutsche rutschte durch den Schlenker, schleuderte auf der glatten Bahn und schlug mit einem ohrenbetäubenden Krachen gegen die Brückenfassung. Der Schlittenlenker riss die Zügel zurück, die Gäule rückten zusammen und zerquetschten Georg beinahe zwischen sich. Eines der Pferde begann wild auszuschlagen, weil es Georgs Nähe spürte, doch der ließ nicht los. Die Hufstöße gingen ins Leere.

Der Schlitten rutschte auf die gegenüberliegende Brückenseite, durchbrach das Geländer und verhakte sich. Das Gespann kam abrupt zum Stehen. Jetzt war es Georg wärmer, als ihm lieb war. Er ließ los und kletterte zwischen den schiebenden und um sich beißenden Pferden heraus und auf den Schlitten. Sofort erfasste er das Geschehen. Den Lenker hatte der Unfall offenbar vom Bock geschleudert. Der Schlitten hing über dem Graben. Eine bleiche Weibsperson sah ihn aus einem Berg von Fellen heraus an. Todesangst stand ihr ins Gesicht geschrieben, und Georg wurde ohne nachzudenken klar, dass er etwas tun musste. Entschlossen griff er in die Zügel, versuchte Ruhe unter die Gäule zu bringen, was ihm leidlich gelang, schwang sich auf den Bock des Schlittens und ließ sie anziehen. Die Ledertrensen hielten. Unter ächzenden Geräuschen wurde der Schlitten auf die Brücke hinaufgezogen.

Zwischenzeitlich versammelte sich eine Traube von Menschen, die stumm zusah und Georg beobachtete, der mit zitternden Knien und einem Brummen im Kopf vom Bock stieg.

Plötzlich kam der Kutscher angerannt. Er hatte eine Schramme am Kopf und war bleich wie der Schnee, der um seine Haare stob.

Er sagte nichts, als er Georg die Zügel aus der Hand nahm, nickte ihm nur zu, ließ die Zügel auf die vor Anstrengung flatternden Schenkel der Pferde klatschen und wollte weiter über die Brücke in die Stadt. Georg sprang vom Gefährt und ging langsam hinüber zu Sarina. Wie ein klumpfüßiger Betrunkener wankte er auf sie zu, so sehr zitterten seine Beine.

Ein kaum halblaut gesprochener Befehl stoppte die Pferde. Georg, der durch den neuen Schnee hindurch zu den Karren der Schauspieler zurückstapfte, wurde angerufen.

»Fremder! Darf ich Euch kurz bitten?«

Zuerst verstand Georg gar nicht, dass mit ihm geredet wurde. Er blickte sich sogar um, weil er sich vergewissern wollte, ob er gemeint war, lief dann jedoch unbeirrt weiter, immer darum bemüht, seine flatternden Knie und Oberschenkel zu beherrschen. Doch dann wurde die Stimme deutlicher. »Ja, Ihr. Kommt her.«

Jetzt blieb Georg stehen, deutete auf sich und sah sich noch einmal um. Doch außer ihm stand niemand auf dieser Seite des Pfades.

»Meint Ihr mich?«

Der Schlittenführer winkte ungeduldig. »Meine Herrin lässt bitten«, ergänzte er ungeduldig und zeigte nach hinten.

Georg machte kehrt und ging zum Schlitten zurück. Das war eine Situation, die er kannte. Jetzt würde er sein Fett abbekommen. Aber auf diesen Streit freute er sich regelrecht. Wenn die hochwohlgeborene Dame ihn jetzt rügen wollte, weil er sich ihren edlen Rössern genähert hatte, würde er sie in jene Hölle wünschen, wo sie ohne seine Hilfe jetzt wohl schon schmoren würde!

Er trat an den Schlitten heran, verbeugte sich und sah zuerst einmal das Wappen auf dem Verschlag: zwei Lilien, eine blau, die andere gelb auf jeweils gegenfarbigem Grund. Das Wappen kannte er: Jakob Fugger.

»Ich möchte mich bei Euch bedanken«, hörte er eine kräftige weibliche Stimme.

Georg sah auf und sah in ein Gesicht, das einmal sehr schön gewesen sein musste, jetzt jedoch verhärmt wirkte und einen traurigen Zug um den Mund besaß. Zudem war es aufgeschwemmt und wirkte krankhaft blass, was durchaus auch an Kälte und Schrecken liegen konnte.

»Ich habe meine christliche Pflicht getan«, erwiderte Georg ein wenig kühl.

Die Bauern sagten, dass gerade dieser Jakob Fugger an vielen Missständen der Zeit Schuld trug. Er zahlte den Webern zu geringe Löhne, er drückte die Preise, er führte billige Waren aus dem Süden ein, zudem hatte er die Hand am Peterspfennig und im Ablasshandel.

»Ihr habt mehr getan«, widersprach die Fuggerin, denn um eine solche handelte es sich ohne Zweifel. Doch es gab derer so viele, dass Georg nicht wusste, mit wem genau er es zu tun hatte. »Wärt Ihr ein Bauer gewesen, hättet ihr die Pferde sicherlich

53

rückwärtsgetrieben und den Schlitten von der Brücke gestoßen.«

Den letzten halben Satz sagte sie so leise, dass Georg genau hinhören müsste.

»Ich weiß, wer Ihr seid, Herrin«, gab Georg der Dame zu verstehen. »Ich kenne das Wappen.«

»Nun, Landfahrer, nennt mir Euren Namen«, forderte ihn die Fuggerin auf.

»Georg«, kam es prompt.

»Nun denn, Georg. Man soll einer Sibylla Fugger nicht sagen, sie würde keine Dankbarkeit kennen. Wünscht Euch etwas. Jetzt, auf der Stelle. Ich werde es erfüllen, wenn es in meiner Macht steht.«

Sie sahen einander in die Augen. Die Fuggerin sah ihn nicht an, wie man von Mitgliedern der Obrigkeit angesehen oder vielmehr übersehen wurde. Das Dunkle in ihren Augen wirkte hintergründig, ja, geheimnisvoll. Für einen Moment war Georg sprachlos, dann stahl sich ein Satz auf seine Zunge, der ihn selbst überraschte.

»Ich bitte nicht für mich, sondern für meine Gefährten. Erwirkt, dass unsere Truppe in die Stadt kann. Wir sind fahrende Komödianten und spielen regelmäßig ein Osterspiel. Wir erfrieren vor den Toren.«

Sibylla Fugger gab nicht zu erkennen, ob sie verstanden hatte, was Georg von ihr wollte. Sie schnippte mit dem Finger, und der Kutscher ließ die Pferde anziehen. Sie sagte nichts zu ihm und ließ ihn in der Ungewissheit zurück, ob sein Wunsch von ihr verstanden worden war.

Georg musste beiseitespringen, um nicht von den Kufen erwischt zu werden.

54

Enttäuscht sah er der Fuggerin nach. Wie hatte er denken können, eine Frau wie die Gräfin Fugger erfülle ihm einen Wunsch? Und noch dazu einen solchen.

Langsam trottete er zurück zu den Karren, die in der beginnenden Abenddämmerung mit dem Boden zu verschmelzen begannen. Er blieb vor den Wagen stehen. Das Feuer, das Mutter Jaja entfacht hatte, war längst erloschen. Sie würden eine weitere Nacht in der Kälte verbringen. Doch hier am Hauptweg durften sie nicht bleiben. Der Esel und die Pferde hielten vor Erschöpfung die Köpfe gesenkt. Auf den Kutschböcken saßen die Männer und sahen zu ihm herüber. Ausdruckslos beobachteten sie, wie er sich auf den Bock schwang. Niemand schien sein kleines Abenteuer zu interessieren, außer Sarina, die ihm zunickte. Georg zuckte nur mit den Schultern.

»Für einen Moment habe ich an die Gerechtigkeit Gottes geglaubt«, sagte er vor sich hin und sah zu Sarina hinüber. Ihr fielen vor Müdigkeit bereits die Augen zu. Ihre Lippen waren blau, und sie zitterte.

»Du wirst dich daran gewöhnen, sie nicht mehr einzufordern«, sagte sie lapidar. »Wir warten nur noch auf dich, damit du meinen Wagen fährst. Sandor hat sich entschieden. Wir ziehen weiter.«

Georg presste die Lippen aufeinander. Vermutlich hatte sie recht. Was konnte dieses Augsburg ihnen schon bieten? Mit einem Nicken zeigte er den anderen Wagenlenkern, dass er bereit war, und kletterte neben Sarina auf den Kutschbock. Er hob die Zügel und wollte sie gegen die Flanken der Gäule schnalzen, als vor ihm einer der Torwächter aus dem stärker werdenden Schneetreiben heraustrat.

»Wo finde ich euren Anführer, diesen Georg?«

55

»Warum willst du das wissen?«, konterte Georg. Er war hell-wach.

Sarina, die sich an den Seitenholm gelehnt hatte, richtete sich auf. »Beleidige Sandor nicht«, sagte sie schnell. »Du bist nicht unser …«

»Hier geht es darum, ob die Truppe in die Hände der Bauern fällt oder Schutz erfährt!«, zischte Georg. »Sprich!«, wandte er sich an den Wächter.

Der Wächter, der den kurzen Wortwechsel nicht bemerkt hatte oder überhören wollte, trat zuerst verlegen von einem Fuß auf den anderen, dann rückte er mit der Sprache heraus.

»Ich soll diesem Georg sagen, dass die Schauspielertruppe hinter die Mauern darf und dass sie sich beeilen soll. Wir schlie-ßen das Tor.«

Sarina griff nach seinem Knie und drückte es. In Georg jubel-te es innerlich. Gottes Gerechtigkeit, es gab sie wirklich. Er stand auf und rief zu den anderen hinüber: »Habt ihr gehört? Wir dürfen das Tor passieren. Folgt mir.«

Er winkte dem Wächter, auf den Karren zu steigen, dann trieb Georg mit einem Zuruf den Esel in Richtung Brücke. Der schien die Wärme der Stadt zu spüren und setzte sich ohne Bocken in Bewegung. Die Karren der anderen folgten Georg zögernd und in einigem Abstand.

5

»Du hättest ihn fragen müssen«, sagte Sarina, als sie sich im Wagen in ihre Decken hüllten und zum Schlafen legten. »Er kann es nicht dulden, wenn sein Wort nicht beachtet wird. Er ist unser gewählter Anführer.«

»Sei nicht dumm, Sarina. Zuerst wollten alle nach Augsburg und hinter die Mauern. Wenn wir uns an Sandors Entscheidung gehalten hätten, wären wir jetzt auf dem Weg nach Kaufbeuren oder Donauwörth oder Landsberg. Irgendwo dazwischen hätte uns ein Bauernhaufen gestellt und niedergemacht. Oder die Teufel vom Schwäbischen Bund hätten uns an die Äste der nächsten Eiche gehängt. Er soll froh sein, mit meiner Hilfe in diese Stadt gekommen zu sein.«

Georg horchte zu Sarina hinüber, doch diese schlief bereits. Die Aufregung wegen seiner Entscheidung konnte er wirklich nicht verstehen. Er habe sich wie ein Führer benommen, obwohl ihm das nicht zustehe. Er habe Sandors Einwilligung nicht erfragt. Er habe einen Beschluss missachtet. So lauteten die Vorwürfe, die sie ihm machten, nachdem sie das großzügige Angebot der Fuggerin angenommen und im Garten der Familie am Roten Tor ihr Lager aufgeschlagen hatten.

Besonders der Schleppert hatte Georg gereizt, weil er immer dann, wenn er ihn angesehen hatte, die Stirn runzelte und den Kopf schüttelte, als könne er das alles nicht verstehen. Morgen würden sie ihm beipflichten, morgen würden sie froh sein, im Sicheren zu sitzen, morgen würden sie …: Georg seufzte: Morgen … ja, morgen …

Er sah sich in der Schmiede, sah sich durch den Kühlkeller schleichen, aus dem Eisloch herausklettern, durch das er Warzenlippe gesehen hatte, zurück bis zum Wohnhaus laufen, sah sich in der Hitze zum Wasserrad hinüberkriechen, bis zum Wassertrog vor den Schaufeln. Dort holte er aus dem Versteck im Ablaufkanal des Schmiedbachs das Vermögen des Vaters. Schwere Goldgulden und ein Säckchen, in dem sich ein schmales, in Pech gewickeltes Bündel befand. Das begann er aufzureißen, bis ein Papier darunter zum Vorschein kam, gesiegelt und beurkundet von fünf Zeugen, wie es der Brauch war. Die Besitzrechte an der Schmiede waren das und ein weiterer Brief, von dem er nichts gewusst hatte. Er hob ihn ins Licht und beäugte ihn misstrauisch. Seinen Namen wollte er darauf entdeckt haben, doch er konnte ja nicht lesen. Nichts – außer seinen Namen. Und den las er zweimal, nein dreimal auf diesem Stück Papier. Es schien ihm, als wären die Namen Glocken und schlügen mit jeder Erwähnung an, bis ein ohrenbetäubender Lärm in seinem Kopf widerhallte.

Georg schreckte auf. Verwirrt fasste er sich an den Kopf. Das Läuten wurde nicht leiser, sondern lauter. Immer mehr Glocken fielen ein. Er richtete sich auf, schüttelte den Rest Traum von sich ab, der ihn gefangen hielt und langte hinüber zu Sarina. Durch das Laken hindurch erwischte er ihre Schulter.

»Was hat das zu bedeuten?«, fragte Georg. »Die Glocken läuten.«

Auch Sarina fuhr hoch. Georg hörte, wie sie das Laken zurückzog. Nur im Hemd musste sie jetzt vor ihm stehen. Georg, der in der Finsternis allein die Luftbewegungen spürte, glaubte zu ahnen, wie sie den Kopf schief legte und horchte.

»Sturmglocken!«, sagte sie. »Periculum in mora!«

»Was ist?«, fragte Georg.

»Gefahr im Verzug, heißt das. Sie läuten, weil Augsburg eine Gefahr droht.«

Als sie die Plane zurückschlugen und hinausspähten, lag die Dunkelheit noch immer wie ein schweres schwarzes Leichentuch über der Stadt. Nur von den Wehrtürmen herab drang Fackelschein. Sie standen hinter der Mauer des Fuggerschen Gartens. Davor hörten sie das Gewirr von Stimmen, ein Brummen und Trappeln, das Klirren von Waffengehängen und Brustpanzern. Als krieche der Morgen aus der Finsternis und schlage die Decke zurück, erhellte sich die Stadt zusehends. Eine Fackel nach der anderen entflammte und lieferte ein Bild, als brenne Augsburg bereits jetzt lichterloh.

Von den Wällen herab erklang der Schrei mehrmals schrill hintereinander: »Bauern. Die Bauern, die Bauern!«

»Wir ziehen uns an!«, schlug Georg vor. »Lass uns nachsehen, was vor den Mauern los ist.«

Sarina, soviel sah Georg mittlerweile, schüttelte den Kopf. »Nur wenn Sandor es für richtig hält. Gewöhn dich daran.«

»Sandor hin, Sandor her«, reagierte Georg verärgert. »Ich bin ihm zu nichts verpflichtet. Ich gehe auf die Wälle.«

Er umwickelte die Füße und Beine mit Lappen, schlüpfte in seine mit Stroh ausgepolsterten Sandalen, zog sich sein Wams über und setzte sich seine Mütze auf. So fühlte er sich gerüstet für seine Nachforschungen.

»Wenn du nicht mitwillst, gehe ich allein!«, verkündete er nicht ohne ein wenig Stolz in der Stimme. »Du kannst ja Sandor fragen und nachkommen!«, stichelte er noch, dann hob er die Plane und sprang vom Karren.

Auch in den anderen Wagen herrschte reges Treiben. Die Karren wackelten und knackten. Kinder jammerten, und die Männer sprachen mit ihren tiefen Stimmen gedämpft auf ihre Frauen ein. Georg huschte zur Gartenpforte.

Dort stand, die Arme verschränkt und einen Federhut auf dem Kopf, der ihn zu einem Galant mit lächerlicher Figur machte, der Schleppert mit düsterer Miene. Er verstellte ihm den Weg, doch Georg beachtete ihn nicht, schob ihn beiseite, hob den Riegel der Pforte und schlüpfte hinaus.

Auf der Gasse empfing ihn ein Hasten und Rennen. Handwerker mit Piken und Schwertern in den Händen stürmten auf die Wälle. Georg hatte gehört, dass jede Zunft ihren eigenen Wallabschnitt zu verteidigen hatte und bei Gefahr bewaffnet und bewehrt dort zu erscheinen hatte. Georg drückte sich die Wände entlang, damit er nicht von den gehetzten Männern im Dämmerlicht umgerannt wurde. Die Fackeln warfen ein rötliches Licht über die Gassen, das gespenstisch wirkte. In den Gesichtern der Männer spiegelten sich Angst und Entschlossenheit gleichermaßen. Nichts verstand Georg besser. Er hatte seine ganze Familie und sein Zuhause verloren. Alles hätte er gegeben, um das zu verhindern. Auch diese Männer warfen ihr eigenes Leben in die Waagschale, um ihre Heimatstadt, ihre Frauen und Kinder zu schützen. Selbst die Reichen und Mächtigen der Stadt, schoss es Georg durch den Kopf, als ihm die Begegnung mit der Fuggerin wieder in den Sinn kam. Ob die es den Handwerkern wohl danken würden?

Unvermittelt schüttelte Georg diese Gedanken ab, als er plötzlich vor dem Roten Tor stand. Er blickte an den rotgetünchten Mauern des Torturms hinauf und zu den mächtigen Bollwerken der Stadtmauer links und rechts davon. Hinter der Brustwehr standen die Männer. Ihre Helme blinken im zuckenden Fackelschein. Ob er dort hinaufdurfte? Immer noch trafen Männer ein und stiegen empor. Georg suchte eine der Leitern, die zusätzlich an den Umgang gelehnt worden waren, um eine rasche Besetzung der Wehre zu ermöglichen, und stieg aufwärts.

»Mach vorwärts, Junge«, knurrte ihn einer der Männer hinter ihm an, der nach ihm an die Leiter getreten war. »Und wenn du deine Neugier gestillt hast, dann verschwinde wieder. Das ist nichts für Kinder.«

Flott erklomm Georg die Wehr. Bei dem Kerl hinter ihm ging es langsamer. Er atmete schwer, obwohl er eigentlich spindeldürr war.

»Reich mir deine Hand, Junge«, forderte er Georg auf. »Sonst bin ich das erste Opfer dieser Belagerung, bevor auch nur ein Schuss gefallen ist.« Georg, der eigentlich schon über die Brüstung hinabgespäht hatte, drehte sich um und half dem Mann, auf den Gang zu klettern. Der nahm zuerst den Helm vom Kopf, der ihm viel zu groß war, und fuhr sich mit der Hand durch sein kreuz und quer abstehendes Drahthaar.

»Danke, mein Junge. Wie heißt du?«

»Georg«, antwortete er.

»Ein schöner Name. Einen solchen Ritter wie den heiligen Georg könnten wir gebrauchen. Er könnte dem Teufelswurm des Schwäbischen Bundes die Lanze in den Rachen treiben. Ich heiße Lukas. Wie der Evangelist.« Er hustete tief und spuckte dann in weitem Bogen in die Gosse unter ihm. »Zwei Heilige. Ein guter Zusammenstand.«

Verwirrt schaute Georg ins Gesicht des Mannes. Hatte der eben »Schwäbischer Bund« gesagt?

»Vor den Mauern sollen doch Bauern stehen. Ihr spracht von einer Belagerung.«

Der Mann trat an die Brüstung und spähte hinab.

»Ich sehe niemanden. Ob Bauern oder Bund, sie stehen vermutlich vor dem Gögginger Tor im Westen. Wir sind hier im Süden. Der südliche Abschnitt nach dem Roten Tor ist ein sicherer Ort bei Krieg. Das Gelände ist so unwegsam, dass man es ungern betritt. Nun ja, das mit der Belagerung ist vielleicht etwas übertrieben.«

Auch Georg spähte hinaus. Im Osten kündigte sich der Morgen mit einem weißen Streifen an. Atemfahnen stiegen an jeder Zinne in den Himmel. Tatsächlich befand sich nichts und niemand vor dem Tor.

Georg beobachtete den Mann neben sich. Er war ärmlich gekleidet. Brustpanzer und Helm passten nicht recht zu seinem mageren Körper und schienen aus dem Zeughaus der Stadt zu stammen und kein privater Besitz zu sein. Darunter trug er ein doppeltes Gewand aus Barchent, einem groben Leinenstoff, mehr nicht. Die Füße steckten, obwohl mit Lappen umwickelt, in Holzschuhen. Was Georg zudem auffiel, waren die besonderen Schwielen an Daumen und Zeigefinger und die vielen kleinen Schnitte auf dem Handrücken. Wieder hustete Lukas, dass es selbst Georg in den Lungen zu schmerzen begann. »Verfluchte Kälte!«, schimpfte der. Dann spuckte er über die Brüstung. Unten landete der Auswurf im Schnee, der in der Nacht gefallen war, und bildete ein Zeichen im Boden wie eine Schrift. Langsam begann Georg zu begreifen. Lukas spuckte Blut. Der Mann war krank.

»Ihr seid Weber, nicht?«, wagte Georg den Mann anzusprechen.

Der stellte seine Pike an die Mauer und blies in die Hände.

»Ja, mein Junge. Ich bin eines dieser armen Schweine, die sich Tag und Nacht für die hohen Herren abrackern und nichts gewinnen außer einem frühen Tod. Die ihre Webstühle in der Unterstadt aufstellen müssen, gleich hinterm Tor, wo die feuchte Luft uns krank macht und jeder Angriff uns als Erste trifft. In der Oberstadt sind wir nur gern gesehen, wenn wir dem Fugger unsere guten Tuche billig verkaufen. Den Kerlen hier neben uns geht es nicht anders.« Er deutete nach links und rechts, wo sich andere Zunftsoldaten eingefunden hatten. In unregelmäßigen Abständen war von den Wällen schmerzhaftes Husten zu hören. »Alle hausen sie wie ich in den feuchten Quartieren in der Unterstadt, nahe beim Tor, und müssen diesen Wallabschnitt verteidigen.«

Stumm starrte Georg auf das Land vor ihm. Der Weber führte dieselben Worte im Mund wie sein Vater. Auch der hatte sich darüber beschwert, dass er Tag und Nacht buckelte und schaffte und doch nichts von dem bei ihm blieb, was er verdiente. Kaum dass es für das tägliche Leben reichte. Er hatte über den Zehnten für die Kirche geschimpft und über den Zehnten für den Grundherrn, über die Sonderabgaben für die Feiertage, über die Frondienste, die ihm die Zeit stahlen, weil er an diesen Tagen dem Grundherrn helfen musste und nicht für sich arbeiten konnte, über die Beschränkungen beim Holzeinschlag und beim Füttern des Viehs. Flusskrebse, hatte er gemurrt, seit jeher ein Armeleuteessen, durften nicht mehr gesammelt werden. Darüber, dass er nicht fischen durfte, hatte er sich beschwert und darüber, dass ihm das Fallenstellen nicht erlaubt war, dass er im Herbst die Eicheln nicht sammeln durfte und nur das Laub der Bäume auf seinem eigenen Hof ihm gehörte, nicht aber das Laub in den Wäldern, das doch nur unnütz herumlag. Dieselbe Verbitterung hatte in seiner Stimme gelegen wie in der Stimme des Webers. Doch Vater hatte sich nicht gewehrt. Er hatte sogar mit Hannes gestritten, der aus der Umgebung die Beschwerden von Bauern und Häuslern in die Kreipe-Schmiede getragen hatte: Von Totfall- und Besthauptabgaben hatte Hannes geschimpft, die Bauern in die Armut trieben. Davon, dass die Bauersfrauen ihre Kinder heimlich zur Welt brachten, damit sie nichts zu zahlen hatten, wenn das Neugeborene oder dessen Mutter die Geburt nicht überlebten. Von Ernteausfällen, weil die Bauern zuerst das Korn des Grundherrn und der Kirche einbringen mussten, während ihres auf den Feldern verrottete, wenn schlechtes Wetter einfiel. Sogar die Steuerbelastungen der Städter hatte Hannes angeführt – und nur die Antwort erhalten, man müssen den Herren geben, was der Herren sei und Gott, was Gottes sei. Gewehrt hatte sich der Vater gegen Hannes' Wunsch, die Bauern mit Waffen zu unterstützen, die in der Schmiede hergestellt würden. »Nur über meine Leiche!«, hatte der Vater damals gerufen. Und jetzt war er tot.

»Und doch verteidigt Ihr die Mauern«, rutschte es Georg heraus, als ihm die Frage durch den Kopf ging, was die Weber denn zu verlieren hatten, wenn die Bauern die Stadt übernahmen.

»Wer weiß, was die Zukunft bringt«, antwortete der Weber neben ihm. Dann schaute er sich vorsichtig um und senkte die Stimme. »Womöglich wenden sich die Waffen, die für die Verteidigung des Feindes von außen ausgegeben wurden, gegen den Feind im Innern.«

Georg überlegte, was der Weber mit außen und innen

gemeint haben könnte. Innen, das war vermutlich innerhalb der Stadt, und außerhalb, das waren die aufständischen Bauern vor den Toren. Planten auch die Weber einen Aufstand?

»Wir sind Tausende. Die Herren nur wenige Dutzend.«

Langsam begann es Georg zu frösteln. Die Kiefer schlugen aufeinander, ohne dass er es kontrollieren konnte. Was der Weber Lukas da erzählte, traf ihn ins Mark.

»Wenn die Herren nicht mehr über die Geschicke einer Stadt wachen, wer soll es dann tun?«

»Glaubst du, mein Junge, wir wären dazu nicht in der Lage? Wären die Weber oder Schmiede, die Goldschläger oder Färber schlechtere Regenten als die Kaufleute und Adligen? Ich denke nein! Immerhin ruht der Reichtum dieser Stadt auch auf den Waren, die wir herstellen, und dennoch müssen wir selbst jeden Pfennig umdrehen. Glaub mir, wir wären umsichtigere Regenten als die hohen Herren, die von fremder Hände Arbeit leben. Und weil sie nicht wollen, dass alle Welt das bemerkt, lassen sie uns nicht über unser eigenes Geschick entscheiden. Doch irgendwann treten wir in die Fußstapfen der Obrigkeit und lösen sie ab! Vielleicht geschieht es schon bald – vielleicht erlebe ich es nicht mehr – vielleicht dauert es noch eine lange Zeit. Doch eines weiß ich bestimmt: Es wird eine Wandlung geben. Sie ist unaufhaltsam. Wie bei einer Wanderung das weit entfernte Gebirge näherkommt und die Berge vor einem sich auftürmen und letztlich überschritten werden, so wird diese neue Zeit anbrechen.«

Der Weber hatte sich in Rage geredet. Dazwischen hatte er immer wieder gehustet, und Georg hatte das Gefühl, dass allein dieses Feuer seiner Überzeugung ihn noch am Leben hielt, denn er schwankte wie ein Birkenreisig im Wind.

65

»Ich wünsche Euch, dass Ihr recht behaltet«, sagte Georg und gab dem Mann die Hand. »Vielleicht sehen wir uns wieder.«

Da es außerhalb der Mauern nichts zu bestaunen gab, machte Georg kehrt und kletterte wieder von der Brüstung herab. Diesmal nahm er allerdings nicht die Leiter, sondern lief die Wehr entlang bis zum nächsten Turm. Dabei fiel ihm auf, dass zwischen den Handwerkern, besser gerüstet, besser ernährt und mit einem hellwachen Blick auch für ihre Nachbarn, Söldner standen. Sie waren eindeutig an ihrer bunten Kriegskleidung zu erkennen.

Die Augsburger Obrigkeit verließ sich also nicht nur auf ihre Bürger, sondern behalf sich mit von der Stadtregierung bezahlten Soldaten. Wenn er es recht überlegte, hätte er es anstelle der Mächtigen nicht anders gehalten. Nach dem, was er soeben aus dem Mund des Webers über die Gegensätze innerhalb der Stadt gehört hatte, konnte keine Seite der anderen vertrauen, ohne sich abzusichern.

Erst jetzt spürte Georg, dass er Hunger hatte. Er würde zurückgehen und nachsehen, ob Mutter Jaja etwas zu essen gemacht hatte. Wenn nicht, musste er erstmals das Geld des Vaters angreifen. Als er die Wendeltreppe des Wehrturms hinabging, wurde Georg schwindlig, so stark knurrte ihm der Magen.

Auf der Straße hatte sich die Aufregung gelegt. Zwar liefen noch immer Bewaffnete durch die Gassen, doch von der Furcht in den Gesichtern war nichts mehr zu sehen. An deren Stelle war die Müdigkeit getreten.

6

»Wo warst du?«, fragte Sandor statt einer Begrüßung, als Georg zur Schauspieltruppe zurückkehrte. Breitbeinig stand der Anführer da; mit dem auf einen Stock gestützten Oberkörper und den düster zusammengezogenen Brauen wirkte er groß und bedrohlich. Seine Stimme klang wie der Eiswind, der durch den Garten pfiff. Der führte kleine, harte Kristalle mit sich, die auf Wangen und Hände einstachen.

Georg überlegte kurz, ob er sich stur stellen oder ob er einfach die Wahrheit sagen sollte. Schließlich war er niemandem Rechenschaft schuldig. Er entschied sich für die zweite Lösung, als er das bedrückte Gesicht Sarinas in der Gruppe entdeckte, die sich langsam einfand.

»Ich war auf der Wehr, um zu sehen, was vor der Mauer los ist. Doch der Bauernhaufen lagert offenbar zum Gögginger Tor hin im Westen. Vor unserem Wallabschnitt ist nichts zu sehen.«

Sandor schwieg lange, und Georg wusste nicht, ob er weiterreden oder warten sollte, bis er angesprochen wurde. Trotz der Kälte knisterte die Luft zwischen ihnen beiden.

»Du gehörst zu unserer Truppe«, sagte Sandor. »Ich will, dass du mich fragst, wenn du die Wagen verlässt. Wir sind buntes Volk. Wenn etwas in dieser Stadt geschieht, werden wir dafür verantwortlich gemacht, selbst wenn wir nichts getan haben. Ich muss wissen, wo meine Leute sind. Immer.«

Auf Georgs Lippen kitzelte der Widerspruch. Niemals würde er zu dieser Truppe gehören. Er war der Sohn eines Schmieds, eines ehrbaren Handwerkers, und kein Mitglied des fahrenden Volkes. Doch Sarinas erschrockene Miene ließ ihn innehalten und nur mit der Zunge über die Lippen streichen. Er nickte kurz. Sandor holte tief Luft und entspannte sich. Georg hatte seine Autorität nicht angetastet.

»Hast du Hunger?«, fragte er bereits etwas freundlicher. Die Härte war aus dem Ton gewichen.

»Riesigen Hunger«, sagte Georg leise.

Mit einer Kopfbewegung wies Sandor hinter die Karren. Im Windschatten eines Wagens hatte man ein Feuer entfacht. Wasser blubberte in einem Kessel, und darunter rösteten in einer großen Metallschale Getreidefladen in der Glut. Mutter Jaja griff mit bloßen Händen in die Glut und holte einen der Teigfladen heraus und hielt ihn Georg hin. Dabei grinste ihr zahnloser Mund unverschämt. Er wunderte sich, dass sie gewusst hatte, wo er stand. Doch sie kaute auf ihrem zahnlosen Kiefer herum und murmelte: »Iss, Junge, iss nur, nur feste, iss, iss, iss.«

Georg ließ es sich nicht zweimal sagen. Er griff zu. Auch Sandor setzte sich ihm gegenüber und holte mit dem Messer einen Fladen aus der Glut. Sarina tat es ihm gleich. Georg hatte noch niemals so gutes Brot gekostet. Es wärmte ihn innerlich. Ein Becher mit warmer Wassermilch, den Mutter Jaja ihm zusätzlich reichte, ergänzte das Festmahl.

»Wie lange werden wir bleiben?«, fragte Georg.

Sandor sah ihn wieder lange an, dann seufzte er. »Jetzt, da wir in der Stadt sind, können wir sie nur verlassen, wenn die Bauern abgezogen oder besiegt sind. Gestern noch hätten wir uns nach Osten aufmachen können, wo die Bauern sich kaum erheben. Heute sitzen wir hier fest. Ich denke, wir werden bis Ostern bleiben müssen.«

»Aber ihr hattet doch beschlossen, nach Augsburg zu gehen. Tags zuvor hatten wir darüber gesprochen«, warf Georg schüchtern ein.

»Ja, haben wir. Deshalb werde ich dich dafür nicht bestrafen. Doch für uns Landfahrer gelten andere Bedingungen. Wir müssen dann reagieren, wenn es für uns gefährlich wird. Und die Belagerung der Stadt heißt für uns höchste Gefahr.« Sandor biss in seinen Fladen und ließ die Worte wirken.

Georg fühlte, wie die warme Wassermilch und das Brot ihn gegen die Kälte wappneten.

»Ich dachte, die Stadt sei für alle der beste Schutz.«

»Wir sind ein Fremdkörper in der Stadt«, sagte Sandor ruhig, »ein Holzsplitter, der unter der Haut dieser Gemeinschaft steckt. Solange er sich nicht bewegt, solange nichts geschieht, juckt er nur und wird eine Zeit geduldet. Doch wehe, es kommt zu einer Entzündung, dann wird er herausgezogen und damit beseitigt. Die Belagerung durch die Bauern ist eine solche Entzündung. Wir sind zusätzliche Fresser. Wir gehören nicht dazu. Wir sind fremd.« Sandor schwieg wieder und ließ sich von Mutter Jaja auch einen Becher reichen, den er in kleinen Schlucken austrank, bevor er weiterredete. »Ich habe oft erlebt, dass die Wut der Menschen sich gegen Fremde richtet, die sie nicht verstehen können, wenn sie bedrängt werden. Jetzt hocken wir im Käfig, und sie werden uns erschlagen, wenn wir lästig werden.«

Stumm hatte Georg Sandors Ausführungen gelauscht. Langsam wurde ihm bewusst, was er getan hatte. Die Tatsache, dass er gestern spontan für die gesamte Truppe entschieden hatte, war die Ursache ihrer jetzigen Lage.

Sarina legte ihm eine Hand auf den Arm. »Wir sind Gefangene, ob wir es wollen oder nicht.«

»Das habe ich nicht bedacht«, sagte Georg, dem das Brot jetzt etwas bitter schmeckte.

Sandor nickte. »Es ist nicht mehr zu ändern. Wir werden also das Beste daraus machen. Meine kleine Sarah«, Sandor wandte sich an Sarina, »du erklärst ihm das Osterstück. Ihr könnt zu üben beginnen.«

Sandor schob den letzten Bissen Fladenbrot in den Mund und stocherte mit dem Messer in der Aschenglut. Es gab nichts mehr zu sagen.

Eine Frau steckte den Kopf aus einer der Wagenplanen und gab einen schnalzenden Laut von sich. Sofort horchten Sandor und Sarina auf. Der Anführer steckte das Messer weg und stand auf. Er ging hinüber zum Karren und redete kurz mit der Frau, die aufgeregt und verstört wirkte, dann kletterte er in den Wagen hinein.

Sarina stieß Georg an.

»Ich werde dir die Rolle ein wenig erklären«, sagte sie. »Aber nicht hier draußen. Wir klettern zu mir in den Karren.« Sie zupfte ihn am Wams, und sie ließen Mutter Jaja allein. Trotz der warmen Mahlzeit fror Georg erbärmlich. Seine Fingerspitzen waren blau angelaufen, sodass er sie ständig gegeneinanderreiben musste.

»Erzähl mir! Was hast du gesehen?«

Georg berichtete von der Stimmung auf der Wehr, verschwieg jedoch die Begegnung mit dem Webermeister. Die Söldner in ihren bunten Aufzügen schilderte er allerdings lebhaft.

Erst danach gelang es ihm, Sarina eine Frage zu stellen, die ihm seit dem Gespräch mit Sandor auf der Zunge brannte.

70

»Er hat dich ›kleine Sarah‹ genannt. Warum das?«, fragte er. Sie saßen mittlerweile unter den Decken in Sarinas Karren. In eisernen Bettpfannen glühten Holzkohlereste und wärmten die Beine.

»Sarina ist ein Kosename. Er bedeutet ›kleine Sarah‹«, erklärte Sarina verlegen.

»Und was bedeutet ›Sarah‹?«, bohrte Georg nach.

»Es bedeutet ›Fürstin‹. Ich bin jedoch nach einer Heiligen benannt, die vom fahrenden Volk verehrt wird. Seit Jahrhunderten.«

»Wie ich«, sagte Georg. »Georg, der Drachentöter.«

»Sarah soll mit der Mutter Maria an der Küste des Welschlandes gelandet sein«, sagte Sarina, wie um die besondere Bedeutung der Heiligen herauszustellen.

»Und Georg hat den Teufel in Form eines Drachens besiegt.«

Stumm sahen sie sich an, die Fürstin und der Drachentöter, bis sie beide über das ganze Gesicht grinsen mussten.

»Glaubst du daran, dass der Ritter Georg einen Drachen getötet hat?«

»Warum sollte ich das nicht glauben?«, feixte Georg. »Ich werde vielleicht auch einmal ausreiten und furchtlos einem Drachen gegenüberstehen.«

Sarina prustete los. Sie konnte sich nicht mehr halten, sosehr sie auch die Hand vor den Mund drückte.

»Was gibt es da zu lachen, Jungfer Sarina?«, warf Georg etwas pikiert ein.

»Ich stelle mir nur vor, wie du vor dem Drachen stehst, eine Lanze in der einen, das Schwert in der anderen Hand, in voller Rüstung und heldenhaft breitbeinig – weil du dir in die Hosen gemacht hast!«

Georg runzelte die Stirn. Ernst blickte er zu Sarina hinüber, die seinen düsteren Gesichtsausdruck sah und sich nur langsam wieder beruhigte.

»Entschuldige«, flüsterte sie endlich verlegen und suchte nach seiner Hand unter der Decke.

»Ich habe mir nicht in die Hosen gemacht«, sagte Georg mit spröder Stimme, »da die rückwärtige Klappe der Rüstung offen stand!«

Verblüfft sah Sarina Georg an, dann hellten sich ihre Gesichter auf, und beide begannen herzhaft zu lachen.

Die Heiterkeit wärmte, denn Georgs früher Ausflug hatte ihn so ausgekühlt, dass er geschlottert hatte, als sie in den Wagen gestiegen waren. Jetzt fühlte er sich durchwärmt.

Am liebsten wäre er dicht neben Sarina gerückt und hätte sie an sich gezogen. Doch sie war so wetterwendisch. Einmal kroch sie zu ihm unter die Decke, dann wieder benahm sie sich abweisend und jetzt war sie so übermütig, dass er für ein paar Minuten sogar die Trauer vergessen hatte, die ihn quälte.

Die beiden schwiegen vor sich hin. Georg wusste nicht, was er sagen sollte. Jedes Wort hätte nur irgendwie verkehrt geklungen. In seinem Kopf gingen die Sätze hin und her, doch plötzlich schienen sie ihm alle so unbedeutend und langweilig, dass er es nicht wagte, Sarina mit ihnen zu belästigen. Er räusperte sich zweimal, doch selbst das half nichts, und Sarina tat nichts, um ihn aus dieser Qual zu befreien.

Georg wollte gerade einen der schweren Wortbrocken über die Zunge wälzen, als sich Schritte näherten. Sofort schlossen sich Georgs Lippen. Die Plane wurde zurückgeschlagen, und der Kopf Sandors erschien. Seine Miene verriet Besorgnis.

»Sarina, komm bitte schnell. Tuah geht es nicht gut.«

Sofort war Sarina auf den Beinen. Sie kletterte mit Sandors Hilfe aus dem Wagen und sprang, so viel konnte Georg erkennen, vor dem Anführer der Komödianten her zum nächsten Wagen.

Tuah, der Name war Georg bei der ersten Begegnung mit der Truppe bereits aufgefallen. War sie nicht das blasse Mädchen mit der spitzen Nase gewesen?

»Soll ich mitkommen?«, fragte Georg laut, doch er erhielt von niemandem mehr eine Antwort, denn Sarina war bereits im Wagen gegenüber verschwunden. Georg stützte das Kinn in die Hände. So viel war neu und ungewöhnlich für ihn. Zudem ließ man ihn spüren, dass er fremd war. Lange würde er nicht bei dieser Schauspieltruppe bleiben, das wusste er. Die Landfahrer gehörten nirgends dazu, und er gehörte noch nicht einmal zu ihnen. War es nicht ein Unglück, wenn man so heimtalos durch die Welt ziehen musste? Aber – bei dem Gedanken musste Georg hart schlucken – war er selbst jetzt nicht ebenso heimatlos geworden?

Ein spitzer Schrei ließ ihn aufhorchen. Jetzt war auch er auf den Beinen, schlug die Plane zurück und sprang auf den verharschten Boden. Es klang, als breche Glas.

Aus dem Wagen vor ihm taumelte Sarina heraus und wäre beinahe zu Boeden gestürzt, wenn Sandor nicht zugegriffen hätte. Sie war blass wie die kalkverputzte Wand des Gartens.

»Was ist, was hast du gesehen?«, fragte Georg tonlos und wusste bereits, was Sarina unter die Augen gekommen war, bevor sie noch ein Wort gesagt hatte. Das Mädchen war krank, schwer krank.

»Was ist los?«, fragte Georg, als Sandor Sarina an ihm vorbei zum Feuer führte.

»Tuah, sie ist tot!«, sagte Sarina tonlos.

Georg schluckte. Der Tod griff wahllos zu. Der schreckliche Verdacht, der schon die ganze Zeit in ihm geschwelt hatte, flammte unvermittelt zu panischer Angst auf.

»Woran ist dein Vater gestorben, Sarina?«, fragte Georg drängend. Er erinnerte sich daran, diese Frage schon einmal gestellt und keine Antwort darauf erhalten zu haben. Doch nun musste er die Antwort erfahren.

Jetzt drehte sich Sarina zu ihm um. Aus Augen sah sie ihn an, die wie eingefallen wirkten, so dunkel lagen sie in ihren Höhlen.

»Sag nichts!«, beschwor Sandor das Mädchen, doch Sarina schüttelte nur langsam den Kopf. Dabei fielen ihr die Haare schwer ins Gesicht.

»Er muss es wissen!«, sagte sie. Ihre Stimme war trocken und splitterte wie das Eis, das Georg zertreten hatte. »Tuah ist am Schwarzen Tod gestorben.«

Georg schluckte. Genau das war es, was er befürchtet hatte. Der Schwarze Tod. Die Pest. Sie fraß sich durch die Städte wie eine unersättliche Raupe und hielt vor nichts und niemandem inne. Sie machte keinen Unterschied zwischen Alt und Jung, zwischen Reich und Arm.

»Wir haben ihr Wickel bereitet aus Honig, Entenschmalz, Terpentin, Ruß, Sirup und Eigelb, doch geholfen hat es nichts«, warf Sandor ein, wie um sich zu rechtfertigen.

Georg hörte nur mit halbem Ohr zu. In seinem Kopf rauschte es gewaltig. Kein Mittel gab es gegen die Pest, keine Kur, keine Therapie, keine Heilung. Nur wenige überlebten die Beulen und das grauenvolle Husten. Wenn Tuah wirklich am Schwarzen Tod erkrankt und gestorben war, hieß das, die Truppe war angesteckt. Jeder konnte die Krankheit in sich tragen: Sandor, Sarina, die Frauen, der Schleppert, alle – auch er selbst. Wenn er sich in der kurzen Zeit, die er mit den Komödianten verbracht hatte, angesteckt hatte.

Hatte er sich nicht angesteckt, was durchaus denkbar war, und die Städter erfuhren von der Krankheit, mussten die Komödianten dennoch mit dem Tod rechnen. Die Bürger würden ihnen die Karren über ihren Köpfen anzünden und die Menschen gleich mitverbrennen. Eine Furcht wühlte in seinen Eingeweiden, die er so noch nicht gekannt hatte. Vor den Mördern seiner Eltern hatte er davonlaufen können, doch vor der Pest gab es kein Versteck. War er den Wegelagerern und Schnapphähnen bei der Schmiede entgangen, um hier elend zu verrecken?

Als er den Blick hob, hatten ihn Sarina, Sandor und weitere Schauspieler umringt. Sie standen vor ihm, als wollten sie im nächsten Augenblick zugreifen und verhindern, wozu er sich blitzartig entschlossen hatte. Wegen seines nächtlichen Ausflugs hatte er die Geldkatzen mit seinem Erbteil noch am Gürtel hängen – er war bereit zur Flucht.

»Mich kriegt ihr nicht!«, entfuhr es ihm. Dann bückte er sich und schlüpfte unter dem Wagen hindurch auf die andere Seite. Er rannte den Schleppert um, der mit einem dumpfen Brummen kopfüber in den Schneeharsch stürzte. »Auch du nicht! Niemand!«

Wie ein Hase, hinter dem der Fuchs her ist, jagte er in Haken über den Garten, bis er zum Tor kam. Das war versperrt, der Riegel lag davor. Hastig versuchte er ihn zu heben, was ihm in der überstürzten Eile misslang. Erst beim zweiten Mal fiel das Holz und Georg konnte das Tor aufstoßen und hinaus auf die Gasse laufen. Hinter sich hörte er Rufe und Schreie. Wütend. Bittend. Unter den Tritten der Männer knirschte der trockene

Schnee. Doch Georg wandte sich nicht um. Er lief die Gasse hinunter und die Mauer entlang, bis ein Weg links einbog, eine Brücke einen Kanal querte und wieder in einen Weg mündete. Er lief, als laufe er um sein Leben, als könne er vor der Pest davonlaufen. Erst vor der Auslage eines Theriakhändlers, dessen Medikamente und Gesundheitswässerchen ihn anzogen, blieb er stehen, um zu verschnaufen.

Seine Lungen schmerzten, und Georg hoffte inständig, damit nicht die ersten Anzeichen einer Erkrankung zu spüren. War er blass? Wies sein Körper die typischen roten Flecken auf, die er vom Hörensagen kannte? Als er seine Hände und Arme betrachtete, erschrak er gewaltig. Blass war die Haut, als wäre sie gekalkt. Und tatsächlich zeigten sich überall rote Flecken. Unwillkürlich zitterte er. Er musste sich an der Mauer festhalten, um nicht umzusinken.

»He, verschwinde von hier!«, hörte Georg rufen. Es war der Theriakverkäufer, der ihn giftig aus seinem Laden heraus anschaute. »Gesindel hat hier nichts zu suchen.«

Blind vor Angst und Erschöpfung stürzte Georg davon.

7

»Zeige niemandem, wie viel Geld du bei dir trägst!«, hatte der Vater ihm eingebläut. Deshalb kramte Georg nach einer Münze, bevor er den Gasthof betrat.

Den ganzen Nachmittag war er kreuz und quer durch die Stadt gestromert, hatte alle Tore abgeklappert, ob er nicht durch eines die Stadt verlassen könnte, doch das Stephinger Tor war ebenso verschlossen gewesen wie das Gögginger Tor, das Rote Tor, das Vogel- und Fischertor oder jedes andere in dieser Stadt. Man gewann den Eindruck, als sperrten die Mauern die Menschen nicht aus, sondern ein.

Schließlich war er vor einem Gasthof stehen geblieben, der im schmutzigsten Winkel dieser Stadt zu finden war, der Jakober Vorstadt. Hier würde ihn niemand vermuten, wenn er den Mut fand, über die Schwelle zu treten. Die Männer, die dort ein- und ausgingen und die er seit geraumer Zeit beobachtete, flößten ihm kein rechtes Vertrauen ein. Doch in seiner Bekleidung würde man ihn in einen der besseren Gasthöfe nicht einlassen. Hier unten in der Vorstadt stellte niemand Fragen. Doch er konnte sich nicht überwinden. Noch nie hatte er eine dieser Spelunken betreten, von denen Vaters Geselle Rudolf so geschwärmt und die er in der Schmiede so weit von Augsburg entfernt vermisst hatte. So lief Georg auf und ab und warf gelegentlich einen Blick nach der Tür.

Plötzlich entdeckte Georg ein bekanntes Gesicht. Meister Lukas, der Weber vom Wehrgang am Roten Tor, kam die Straße entlang. Georg fasste neuen Mut. Der Mann sollte ihm helfen, ihn in den Gastraum mitnehmen. Wenn er ihn darum bat, würde er ihm die Hilfe sicher nicht abschlagen.

Der Weber fror. Seine Lippen waren bläulich angelaufen und rissig. Sein Drahthaar stand kreuz und quer vom Kopf ab, da er keinen Helm mehr trug. Er rieb sich beständig die Hände. Sicher hatte er seinen Mauerdienst beendet. Georg würde ihn auf einen Trunk einladen, bevor der Weber zur Familie nach Hause ging.

»Meister Weber!«, rief Georg noch, doch etwas dünn und zittrig. Meister Lukas hörte ihn nicht. Eben wollte er zu Meister Lukas über die Straße gehen und ihn ansprechen, als dieser zur Schenke hin abbog. Rasch öffnete der Handwerker die Tür, schlüpfte ins Innere und zerschlug damit Georgs Plan gründlich. Nur kurz überlegte Georg. Er musste ihm folgen. Fest presste er das Geld in seine Handinnenfläche, dann sprang er über die Gasse, drückte gegen die Tür und betrat den Schankraum. Stimmengewirr schlug ihm entgegen. Für einen Moment blieb er stehen, weil er nichts sah. Dunkel war es im Inneren. Es stank nach Bier.

»Tür zu!«, brüllte eine Stimme aus dem Hintergrund, und Georg ließ das Türblatt ins Schloss fallen. Langsam gewöhnten sich die Augen an das Dämmerlicht. Er ging einen Schritt in den Raum hinein. Der Boden war mit dunklen Sägespänen bedeckt, was die Schritte dämpfte. Der Webermeister war nirgends zu sehen. Ein blinder Musikant spielte auf einer Drehleier direkt am Eingang. Ihn stieß Georg beinahe um, als er vorwärtsging. Der Blinde murrte nicht. Niemand interessierte sich für den

Jungen, der hereingeschlichen kam und misstrauisch um sich blickte. Für den Bruchteil eines Augenblicks zögerte der Blinde, doch dann setzte sein Generalbass erneut ein, stärker und fordernder als zuvor, und übertönte die Unsicherheit durch den Rempler.

Niemand drehte sich nach Georg um. Niemand schien seine Ankunft beachtet zu haben und dennoch wurde Georg das Gefühl nicht los, jeder hier im Raum wisse über ihn und seine Herkunft Bescheid. Die Wärme kitzelte ihn in der Nase, und er musste sich schnäuzen. Danach wischte er sich die Hände an der Hose sauber.

Georg spähte nach Meister Lukas, doch dessen Drahthaar entdeckte er nirgends. Also drängte er sich zwischen den dicht aneinandergepressten Menschen hindurch, von denen einige einen stampfenden Rhythmus in der Mitte des Saals tanzten, und stahl sich bis zu einem Stuhl im hintersten Winkel, wo es so dunkel war, dass man glauben konnte, hier käme niemand vorbei.

Dennoch fand der Schankknecht bis zu ihm ins letzte Eck. »Bier oder mit Wasser verdünnten Wein?«, brummte der.

Georg wusste nicht recht, was er antworten sollte, sagte jedoch schließlich, ihm genüge eine warme Suppe und Wasser.

Die Bedienung schnaubte verärgert durch die Nase. »Kannst du zahlen?«

Georg nickte und zeigte dem Mann seinen Gulden.

Der legte nur den Kopf schief und tummelte sich mit einem Grinsen im Gesicht.

Georg streckte seine Beine aus und lehnte sich zurück. Seit er von der Komödiantentruppe fortgelaufen war, hatte er sich nicht mehr so entspannen können. Kurzzeitig mussten ihm

79

sogar die Augen zugefallen sein, denn als er sie öffnete, standen eine nicht mehr dampfende Kohlsuppe und ein Krug mit Wasser vor ihm.

Hungrig machte er sich über das Essen her. Dabei ließ er den Blick über die Besucher des Gasthofes gleiten. Keinem der Kerle, die auf grob behauenen Bänken saßen, hätte er nachts begegnen wollen. Manche trugen Narben im Gesicht oder an den Armen. Ausnahmslos wurden die Männer von ihren Händen gekennzeichnet: Handwerkerhänden. Grobe, muskulöse Finger, kurz, kräftig und häufig fehlende Fingerglieder.

Immer wieder erhoben sich laut herausgeschriene Flüche über den allgemeinen Lärm. Man verfluchte die Bauern, verfluchte die Obrigkeit, verfluchte die langen Winter und die zu heißen Sommer. Viele der Männer husteten und spuckten blutigen Rotz auf die Sägespäne am Boden. Der Blinde hatte aufgehört zu spielen und saß, den Kopf schräg zur Seite geneigt, an der Tür. Er folgte den Gesprächen, mischte sich jedoch nicht ein. Georg war es aber, als lausche er aufmerksam auf alles, was geschwatzt wurde. Georg kaute und schaute und schaute und kaute. Das Quirlige und Lebendige ließ sein Herz höher schlagen. Hier fand das Leben statt, nicht das betuliche und bedächtige Kriechen, wie er es in der Schmiede kennengelernt hatte.

Er tunkte ein Stück Graubrot in die Suppe und lutschte das weiche Innere heraus. Genießerisch schloss er die Augen. Wie sehr er diesen Geschmack von Kohlsuppe und Brot liebte. Besonders, wenn er hungrig war. Doch als er die Augen wieder öffnete, blieb ihm beinahe ein Stück Rinde im Hals stecken. Ein Mann betrat den Schankraum, den er nur allzu gut kannte. Georg war sich sofort sicher, mit wem er es zu tun hatte. Dem Kerl lief wie ihm selbst die Nase, als er in die Wärme der Stube trat, und als er sie abwischte, zeigte er deutlich die verstümmelte rechte Hand, an der ein Zeigefinger fehlte: Fehlfinger!

Hinter dem Schnapphahn aus der Schmiede betrat einer der Narbengesichter die Stube.

»Tür zu!«, wurde wieder gerufen, und mit dem Tritt seiner ledernen Reitstiefel stieß der zweite Mann die Eingangstür ins Schloss.

In Georgs Kopf hämmerte das Blut so stark, dass für einen Moment selbst der Lärm der Männer übertönt wurde, die durcheinanderriefen und -schrien. In einer Ecke, in der Karten gespielt wurde, entstand sogar ein handfester Streit, der jedoch sofort beendet wurde, als die beiden Streithähne ihre Messer zogen. Sie wurden von den Tischnachbarn überwältigt und vor die Tür gesetzt. Kurze Zeit herrschte eine gespenstische Stille, die sich langsam auflöste.

Die Neuankömmlinge wichen den Rauswerfern nur aus und belegten dann die frei gewordenen Plätze. Sie waren Söldner und trugen Degen. Niemand sonst durfte Langwaffen tragen, also standen sie im Dienste der städtischen Obrigkeit, so viel begriff Georg. Waren die anderen womöglich ebenfalls in der Stadt? Warzenlippe, der Traurige oder das zweite Narbengesicht? Sie kannten ihn. Sie mussten befürchten, dass er sie verriet. Auch wenn sie als Landsknechte wahrscheinlich keine Strafe zu erwarten hatten – das Recht zur Plünderung galt als Anrecht der Söldner –, mussten sie doch damit rechnen, ihre Aufgabe in der Stadt zu verlieren, wenn Georg sie bei der Obrigkeit anschwärzte.

Sie durften ihn hier nicht entdecken. Doch er saß im hintersten Eck des Ausschanks wie in einer Falle. Zwar war es unwahrscheinlich, dass sie ihn in diesem düsteren Winkel entdeckten, wenn er jedoch hinauswollte, musste er den gesamten Raum durchqueren. Verzweifelt suchte er nach einem Fluchtweg. Mit Erleichterung sah er deshalb, wie sich die beiden Männer zu der Gruppe Kartenspieler setzten, die wie sie den Eindruck von Landsknechten machten, und ihm damit den Rücken zukehrten.

Unauffällig beobachtete er den Gastraum und versuchte dabei, sein Gesicht im Halbdunkel zu belassen. Dadurch fiel ihm auf, dass in regelmäßigen Abständen Männer zur Tür hereinkamen, sich zum Wirt an den Schanktisch stellten und plötzlich verschwanden, als wären sie verschluckt worden. Er konnte sie im Raum nicht mehr entdecken, obwohl er ihn gut überblickte. Georg beschloss, aufmerksam zu sein. Vielleicht bot sich ihm hier eine Möglichkeit, selbst unsichtbar zu werden, oder – was er eher vermutete – den Hinterausgang zu entdecken.

Fehlfinger und Narbengesicht schienen ins Spiel vertieft, hoben jedoch bei jedem Mann, der den Raum betrat, kurz den Kopf und betrachteten ihn eingehend. Verschwand einer der Männer hinter dem Ausschank, nickte Narbengesicht Fehlfinger zu. Mit einer unauffälligen Geste verschob Fehlfinger dabei eine seiner Münzen fürs Kartenspiel von rechts auf eine Sammlung links von ihm. Selbst aus der Entfernung konnte Georg erkennen, dass die Anzahl der Münzen eine Zahl höher lag, als die der Männer, die hinter dem Ausschank verschwunden waren. Georg betrachtete das Treiben eine geraume Zeit, bis er begriff, dass die beiden Schnapphähne nicht zum Kartenspielen gekommen waren. Als wieder ein Handwerker den Raum betrat und irgendwo hinter dem Ausschank verschwand, verschob Narbengesicht wieder deutlich eine Münze. Zehn waren es bereits an der Zahl.

Die Entdeckung verblüffte und warnte Georg. Hier geschah etwas Sonderbares. Langsam kroch er aus der Ecke, schlich die Wand entlang und entdeckte, bevor er zum Ausschank hinüberkam, einen dunklen Vorhang, der neben dem Fasstisch einen Raum abschirmte. Der Durchgang lag direkt neben dem Abtritt, der offenbar in einen Hof hinausführte. Die letzten Meter legte Georg selbstbewusst und aufrecht zurück. Er wollte zum Abtritt hinaus, doch kurz vor der Tür schwenkte er nach links und schlüpfte hinter den Vorhang. Beinahe wäre er gestolpert und gestürzt, denn direkt dahinter führte eine Treppe in den ersten Stock hoch. Es war noch dunkler als im Schankraum. Zuerst stand Georg auf der untersten Treppe und horchte in die Höhe. Er glaubte, Meister Lukas' keuchendes Husten zu vernehmen. Vorsichtig schlich er höher. Die Treppenwangen knarrten und gaben wispernde Geräusche von sich. Je höher er kam, desto deutlicher wurden die Stimmen, desto klarer verstand Georg, was die Männer sagten. Sie sprachen hastig und erregt miteinander, unterbrachen sich gegenseitig, forderten einander energisch zum Handeln auf.

»Macht endlich Schluss mit diesem Hinhalten und Abwarten … Taten, nur Taten helfen … mit den Bauern … über die Mauer hinweg … falsches Pack … verdienen nur am Krieg …«, drangen Satzbrocken des Gesprächs an Georgs Ohren.

Als er oben angelangt war, streckte er den Kopf über die Brüstung. Vor ihm erschien ein langer Tisch mit vielen Stühlen. Vermutlich war dies ein Festsaal, in dem man Hochzeiten feierte oder Leichenschmaus hielt.

Mit dem Rücken zu ihm saß Meister Lukas und hustete, hustete sich Blut in die Hand, die er an der Hose abwischte.

»Wir müssen jemanden vor das Tor schicken. Die Bauern

sind auf unserer Seite. Wann, wenn nicht jetzt? Wir tragen die Waffen in der Hand!«

So viel begriff Georg: Hier ging es um etwas, was der Obrigkeit dieser Stadt nicht gefallen würde. Womöglich waren die Söldner …

Georg kam nicht mehr dazu, seine Gedanken zu Ende zu führen.

»Da ist ja der Bengel. Stiehlt sich weg, ohne zu zahlen. He, Freundchen! Lauschst du etwa?«

Stühle polterten. Die Männer vor Georg fuhren auf, einige so schnell, dass die Stühle umstürzten. Er selbst drehte sich um und bemerkte hinter sich den Schankknecht. Natürlich! Er hatte vergessen, dem Mann seinen Gulden zu geben. Wie konnte ihm das nur passieren? Doch jetzt war es zu spät.

Georg fühlte sich von hinten gepackt und hochgezogen. Zwei Männer hielten ihn links und rechts, ein dritter hielt ihm den Mund zu. Er bekam kaum Luft. Sein Blick trübte sich. Sie drehten ihn zum Tisch um und blieben mit ihm stehen.

»Na, da brat mir aber einer einen Storch!«, hörte Georg wie von weither die Stimme des Webermeisters. »Der Junge von der Wehrmauer. Was willst du denn hier in dieser erlauchten Gesellschaft?«

Georg versuchte zu nicken, doch es gelang ihm nicht, weil eine schwielige Hand gegen seinen Mund drückte.

»Versprich mir, nicht wegzulaufen oder zu schreien, dann lassen wir dich los«, beschwor ihn Meister Lukas.

Georg versuchte zu nickten, was nur undeutlich gelang. Dennoch löste sich die Hand. Georg sog die feuchtkalte Luft tief in seine Lungen. Wie herrlich sie schmeckte. Langsam sah er wieder normal.

84

»Du bist mir doch nicht etwa heimlich nachgegangen, Junge?«

Meister Lukas klang nicht freundlich, wie am Morgen auf der Wehr. Jetzt schien die Stimme scharf wie ein Messer.

»Nein, Herr«, sagte Georg. »Ich habe die falsche Tür erwischt!«

»Er lügt«, warf hinter Georg der Schankknecht ein. »Ich habe gesehen, wie er auf den Abtritt hinauswollte und dann abgeschwenkt ist. Direkt hierher, als hätte er es geplant. – Außerdem bekomme ich noch Geld.«

Georg wurde weiter festgehalten. Er konnte sich nicht rühren.

»Ich will meine Schulden begleichen!«, sagte Georg endlich, und an den Knecht gewandt betonte er: »Es tut mir leid. Ich wollte die Zeche nicht prellen.«

»Das sagen alle«, maulte der Schankknecht.

Meister Lukas gab den Männern, die Georg hielten, mit dem Kopf ein Zeichen. Mit einem energischen Zug befreite Georg die Hand, in der noch immer der Gulden lag, drehte sich zu dem Knecht um und reichte ihm die Münze. Der griff blitzschnell zu, als wolle er verhindern, dass die anderen sahen, was er da eingesteckt hatte.

»Das ist zu viel, Junge«, hörte er sagen. »Gib ihm heraus, Sepp. Wir hauen niemanden übers Ohr, der auf unserer Seite steht.« Der Schankknecht murrte, griff jedoch in seinen Schurz und zählte Georg Rückgeld in kleinen Münzen auf die flache Hand. »So, und jetzt pass draußen auf.«

Meister Lukas wartete, bis der Schankknecht verschwunden und der Filzvorhang wieder zugefallen war, dann wandte er sich erneut an Georg.

»Was suchst du hier? Zufällig scheinst du nicht in diese Runde gestolpert zu sein!«

85

Im Augenblick erschien Georg die Wahrheit angebracht zu sein. Er räusperte sich.

Hinter Meister Lukas erhob sich Protest. Die einen wollten dem Jungen die Kehle sofort durchschneiden, die anderen waren dafür, ihn von der Stadtmauer zu werfen, eine dritte Fraktion hätte ihn am liebsten in der Sickergrube versenkt.

»Seid leise«, fuhr Meister Lukas dazwischen. »Er will etwas sagen. Es ist unsere christliche Pflicht, jeden anzuhören.«

»Natürlich«, warf ein junger Kerl aus dem Hintergrund ein, »deshalb kommen wir ja auch nicht zu Sitz und Stimme. Weil wir immer zuhören, statt etwas zu sagen. Wenn ihr mich fragt …«

»Halt's Maul, Redich! Es hat dich niemand gefragt«, fuhr der Webermeister grob dazwischen und nickte Georg zu.

Georg schluckte, dann haspelte er seine Warnung herunter: »Im Schankraum sitzen zwei Söldner der Stadt und zählen die Männer, die hier heraufkommen. Ich beobachte sie schon eine ganze Weile.«

Zuerst breitete sich eine unheimliche Stille aus, als hätte er eben den Weltuntergang verkündet. Niemand schien auch nur zu atmen.

»Verflucht«, begann Meister Lukas. Er kaute auf seiner Lippe. »Woher wissen sie, wo wir uns treffen?«

»Verräter gibt es überall«, zischte der Mann dazwischen, den Meister Lukas Redich genannt hatte. Dann ging alles schnell.

»In Zweiergruppen durch den hinteren Ausgang, übers Dach und durch den Abtritthof«, kommandierte der Webermeister. Georg fuhr er durchs Haar. »Solche wie dich brauchen wir«, sagte er. »Du kommst mit mir. Wir gehen als Letzte.«

Sie warteten ab, bis die anderen das Weite gewonnen hatten. Georg wollte aufstehen und mit Meister Lukas ebenfalls hinausgehen, doch der griff nach seinem Handgelenk und umschloss es wie die Schelle eines Prangerblocks.

»Panik verhindert, dass die Menschen nachdenken, mein Junge. Man sollte immer überlegen, wo die Verräter stecken. Ich bin zu alt und zu krank, um mich überraschen zu lassen.« Der Weber macht eine kurze Pause, in der er nach Luft rang. »Woher kennst du die Kerle unten im Schankraum?« Überrascht sah Georg den Webermeister an. Selbst im Halbdunkel des Raums musterten ihn die Augen des Mannes, als könnten sie bis hinunter in seine Seele blicken. »Es kann kein Zufall sein.« Nervös kaute er auf seinen Lippen herum.

Zuerst zögerte Georg, dann begann er zu erzählen: vom Überfall, vom Tod von Vater und Mutter und Bruder, von seiner Flucht und den Landfahrern und dem Zufall, der ihn in die Stadt und in Fuggers Garten geführt hatte.

Meister Lukas hörte sich die Geschichte an. Sie schien ihm plausibel genug, denn langsam löste sich der eiserne Griff seiner Hand. Das nervöse Kauen hörte auf und ging in ein ständiges Nicken über.

»Hör zu, Junge. Im Augenblick kann ich nichts für dich tun. Mit mir kannst du nicht kommen. Wenn die Kerle wussten, dass wir uns hier treffen, kennen sie mich vermutlich. Sie wissen, wo ich wohne und beobachten mich. Für dich wäre das gefährlich. Also gehst du zur Komödiantentruppe zurück. Wo sollst du in der Stadt auch sonst hin? Dort bleibst du, bis ich mich melde. Hast du mich verstanden?«

Georg nickte. Von Tuahs Krankheit hatte er Meister Lukas nichts erzählt. Dennoch blieb ihm weiter nichts übrig, als zu Sandor und Sarina zurückzugehen, wollte er den Meister wiedersehen. Sie standen auf und wollten die Treppen hinunter, als der Filz zurückgeschlagen wurde und zwei Gestalten am unteren Ende der Treppe erschienen: Fehlfinger und Narbengesicht.

Georg fuhr der Schreck in die Glieder. Er senkte den Kopf ein, zog den Kragen seines Wamses hoch, so weit es ging, und sah zu Boden, in der Hoffnung, dass sie ihn im Dämmerlicht nicht erkannten. Meister Lukas griff nach Georgs Hand und hielt sie fest.

»Kommt herauf oder lasst mich mit meinem Enkel hinunter!«, krächzte er mit verstellter Stimme. »Oder gehört Ihr zu den Gottlosen, die nichts und niemanden mehr achten und das Alter und die Obrigkeit zum Teufel wünschen?«

Die Antwort ließ auf sich warten, sodass Meister Lukas einen Fuß auf die Treppe setzte und sich dabei bei Georg einhielt, als bräuchte er ihn, um nicht zu stürzen.

»Einen Moment, Großvater!«, ging jetzt Fehlfinger dazwischen. »Wir kommen hoch.«

Sie nahmen zwei Treppen auf einmal. Aus den Augenwinkeln heraus konnte Georg beobachten, wie sie sich erstaunt umsahen. Sicherlich konnten sie sich nicht erklären, wo die Männer geblieben waren, die sie mühsam gezählt hatten.

»Junge, hilf mir«, stöhnte Meister Lukas und mühte sich die Treppe hinab. »Die letzte Lektion an Nächstenliebe für deinen Kommunionunterricht!«, brabbelte er vor sich hin. Die beiden Söldner sahen ihnen nach. Dabei trafen sich für kurze Zeit Georgs Blick und der Fehlfingers. Ein schwaches Wiedererkennen flackerte in den Augen des Schnapphahns, der sich nicht genau erinnern konnte, wo er dem Gesicht vor sich schon einmal begegnet war.

Für Georg dehnten sich die wenigen Stufen zu einer kleinen

Unendlichkeit. Er ahnte, dass sich Fehlfinger jetzt Gedanken machte. Er spürte, wie sich dessen Blick in seinen Hinterkopf zu bohren schien. Dann endlich konnten sie den Filz beiseiteschlagen und in den Schankraum hinaustreten. Sobald das Tuch hinter ihnen zuschlug, eilten sie zur Tür.

Georg ließ Meister Lukas den Vortritt. Dabei beobachtete er den Durchgang zum ersten Stock. Noch blieb alles ruhig.

»Er hat dich erkannt«, flüsterte Meister Lukas. »Verschwinde also und such nicht nach uns! Wir sehen uns im Fuggergarten.«

Georg lief nach links weg, hinüber zur Jakober Kirche, Meister Lukas nach rechts.

8

Georg stand eine ganze Weile stumm vor der Pforte zum Garten, bevor er die Klinke drückte. Er hatte erwartet, sie verschlossen zu finden, doch sie schwang widerstandslos auf. Vorsichtig spähte Georg hinein. Die Wagen, die Tiere, die Menschen – alles war verschwunden. Wo am Morgen noch das Feuer gebrannt hatte, fand sich jetzt nur eine kreisrunde schwarze Stelle im weißbereiften Gras. Niedergetrampeltes Grün, eine aufgepflügte Krume und die Spuren der Karren waren alles, was von der Komödiantentruppe zurückgeblieben war.

Wie erstarrt stand Georg vor dem Lagerplatz. Wo waren sie hin? Schließlich konnten sie unmöglich durch eines der Tore hinausgelangt sein. Was ihm allein schon nicht gelungen war, gelang keiner Truppe. Georg ließ den Blick über den Garten schweifen. Sie hatten Tuah mitgenommen. Nirgends konnte er ein aufgeschüttetes Grab entdecken. Dass das Mädchen auf dem hiesigen Friedhof beigesetzt werden durfte, daran zweifelte er. Schließlich war sie eine Landfahrerin. Damit galt sie nach dem Gesetz als unterständisch und durfte nicht in geweihter Erde bestattet werden. Allenfalls außerhalb der Mauern würde sie einen Platz unter Bäumen finden, weitab jeglicher Kirche.

Sein Mut sank. Wenn die Truppe woanders Unterschlupf gefunden hatte, würde Meister Lukas ihn nicht mehr finden.

Allerdings musste er zunächst selbst die Komödianten wiederfinden.

Während er so dastand und in den leeren Garten blickte, knirschte hinter ihm der verharschte Schnee. Alarmiert horchte er. Er musste vorsichtig sein. Schließlich trug er einen Beutel voller Gulden mit sich herum. Ein gefundenes Fressen für Diebsgesindel aller Art. Wenn sie bislang auch niemandem aufgefallen waren, durfte er sich dennoch nicht sicher fühlen. Er suchte im Garten nach Fluchtmöglichkeiten, schätzte die Entfernungen bis zur nächsten Laube ab, deren Spalier er hochklettern konnte. Von dort würde er die Mauer erreichen, und diese führte in den Nachbargarten hinüber.

Als der Schnee erneut knirschte, wirbelte er herum und duckte sich, um einem möglichen Schlag auszuweichen

»Ich habe gewusst, dass du zurückkommst.«

Georg versuchte zuerst, seine Atmung wieder unter Kontrolle zu bringen. Er schluckte mehrmals, dann erst gelang ihm ein Satz. Langsam richtete er sich wieder auf.

»Du hast mir einen Schrecken eingejagt, Sarina.«

Sein Herz schlug höher, und er versuchte zu verhindern, dass ihm Freudentränen in die Augen stiegen. Zweimal musste er schlucken, sonst hätte ihn das Gefühl übermannt.

»Du mir auch. Warum bist du nur fortgelaufen?« Sarina klang nicht vorwurfsvoll, sondern ein wenig enttäuscht.

»Willst du es wirklich wissen?«, fragte Georg.

Sarina zuckte mit den Schultern. Sie ließ Georg nicht aus den Augen, als befürchte sie, dass er wieder davonspringen könnte.

»Ich hatte Angst, ganz einfach Angst«, gestand Georg leise. »Der Schwarze Tod ist wie Pech. Er klebt an einem, wenn man erst einmal mit ihm in Berührung gekommen ist. Ich will leben. Den Tod habe ich zur Genüge gesehen.«

Sarina sah ihn lange an, dann nickte sie und drehte sich um. Wortlos verließ sie den Garten.

Verblüfft sah Georg ihr nach, bis er begriff, dass sie ihn nicht zwingen wollte, zur Truppe der Komödianten zurückzukehren.

»Halt, Sarina. So warte doch.« Georg sprang ihr bis auf die Gasse nach und sah gerade noch, wie sie an deren Ende nach Süden hin abbog. So schnell ihn seine Beine trugen, folgte er ihr. Als er um die Hausecke rannte, die von einem groben Poller abgerundet wurde, war Sarina verschwunden. »Verdammt und zugenäht«, fluchte er atemlos vor sich hin. Er stützte sich auf seine Oberschenkel und überlegte, wohin das Mädchen gegangen sein konnte, bis ihn ein Kichern herumfahren ließ.

Hinter ihm stand wieder Sarina. Hinter den Poller hatte sie sich gekauert, sodass er sie nicht hatte sehen können und an ihr vorübergegangen war. Georg wusste nicht, ob er ihr böse sein oder wie sie über das ganze Spiel lachen sollte.

»Warum hältst du mich zum Narren?«, fragte er und schlug einen Ton an, der nicht ernsthaft gemeint war.

»Komm mit. Ein Mönch tauchte auf und sagte uns, wir sollten umziehen. Aus dem Garten heraus und hinauf zum Dom. Die Fuggerin hat beim Bischof ein gutes Wort für uns eingelegt. Dort dürfen wir unser Passionsspiel aufführen – wenn die Bauern bis dahin abziehen. Außerdem sind wir dort oben sicherer. Wir lagern im Schutz der Kirche.«

Georg nickte. »Und unter ihren wachsamen Augen.« Sie sahen einander an, dann folgte Georg dem Mädchen. Wortlos gingen sie nebeneinander her, ohne sich zu berühren. Vom Fuggergarten bis hinauf zum Dom brauchten sie eine ganze Zeit.

Auf Georgs Zunge brannte eine Frage, die ihm aber nicht über die Lippen wollte. Lange sprachen sie kein Wort miteinander. Georg beobachtete, wie Sarina ihn mehrmals verstohlen von der Seite musterte.

»Es wäre zu spät gewesen!«, sagte sie endlich.

»Was wäre zu spät gewesen?«, hakte er etwas verwirrt nach. Ihn beschäftigten seine eigenen Gedanken, die er nicht loswerden konnte.

»Deine Angst ist völlig unbegründet.« Sarina klang spöttisch. Mit dem Fuß trat sie einen Ziegelbruch beiseite, der lose im Schnee lag. Der Frost hatte ihn wohl abgesprengt und auf die Gasse befördert. Ihr Atem rauchte hell in der Kälte. »Du hast dich nämlich längst angesteckt. Tuah hat meinen Vater gepflegt. Mit mir zusammen. Sie war meine jüngere Schwester.«

Georg schluckte und blieb stehen. »Dann bist du womöglich auch krank? Und ich selbst bin es ebenso.« Hinter ihnen vernahm er ein Knirschen auf den vereisten Wegen, als schleiche jemand hinter ihnen her. Blitzschnell drehte sich Georg um und musterte die Gasse und ihre Hauseingänge, doch hinter ihnen war niemand. Vermutlich hatte er sich getäuscht.

Sarina lief noch zwei Schritte ohne ihn weiter, dann wirbelte sie um die eigene Achse. »Sehe ich aus, als hielte mich die Pest in ihrem Würgegriff?«

Georg betrachtete das Mädchen von Kopf bis Fuß. So leicht und lautlos nahm sie seine Aufmerksamkeit gefangen, wie man einen Schmetterling in einem Gazenetz fängt. Ihr schwarzes Haar, die dunkle Haut, die im hellen Schnee noch schwärzer wirkte, ihre Augen, die in ihren Höhlen wie frische Kastanien glänzten. Sarina stemmte ihre Hände in die Hüften und ließ sich mustern.

»Gefalle ich dir?«, fragte sie rasch. Doch bevor Georg antworten konnte, sprang sie ihm davon. Sie lief vorneweg und ließ ihn gerade so nahe kommen, dass er sie noch sehen konnte. Schnell und wendig war sie. Erst als sie auf das innere Stadttor stießen, dufte Georg wieder zu ihr aufschließen.

»Das Tor zur Bischofsstadt. Es wird jeden Abend geschlossen und jeden Morgen wieder geöffnet. Dahinter befindet sich eine Stadt in der Stadt«, erzählte sie beiläufig. »Sie werden jeden Moment schließen.«

Sarina griff nach Georgs Hand, und der ließ sich gerne von ihr durch die Öffnung ziehen. Wirklichen Verteidigungszwecken diente das Tor nicht mehr. Die Bohlen waren alt und ein wenig löchrig geworden mit den Jahrzehnten. Dennoch hätte es einer gewissen Anstrengung bedurft, den Zugang gewaltsam zu öffnen. Kurz dahinter blieben sie stehen und sahen zu, wie die Portale von jeweils zwei Männern geschlossen und mit einem schweren Riegel versehen wurden. Man hätte denken können, der Bischof der Stadt lebe in Furcht vor den Bewohnern Augsburgs.

»Georg!«, hallte ihnen eine Stimme im Tordurchgang nach. Er blieb kurz stehen und drehte sich um. Er sah niemanden, außer den beiden Schließern. »Da hat jemand meinen Namen gerufen«, wandte sich Georg an Sarina, doch die sah ihn nur ein wenig spöttisch an. »Du musst dich irren. Ich habe nichts gehört!«, beruhigte sie ihn, wie man ein kleines Kind beruhigt. »Ich könnte schwören …«, hakte Georg noch nach, doch er glaubte selbst nicht recht an diese Stimme. »Vermutlich hast du recht!«, gab er schließlich nach.

Im letzten Augenblick, bevor das Tor geschlossen wurde, huschte eine Gestalt hindurch, ein Kleriker offenbar, der die

Kapuze seiner Kutte tief ins Gesicht gezogen hatte. Ohne zu grüßen, ohne sie weiter zu beachten, hastete er in Richtung Dom davon.

»Unhöflicher Kerl«, murmelte Georg und sah dem Geistlichen nach.

»Wir müssen langsam an deiner Rolle arbeiten«, brachte Sarina das Gespräch ohne Umschweife auf den Punkt. »Sandor hat mich beauftragt – und du bist mir davongelaufen.«

»Was spielst du für eine Figur im Passionsspiel?«, fragte Georg unschuldig.

»Die Maria natürlich!«, zischte sie.

»Die Jungfrau Maria?« Georg betrachtete Sarina voller Ehrfurcht, bemerkte jedoch, dass sie nicht mehr auf seinen Blick reagierte.

»Was habe ich denn jetzt schon wieder falsch gemacht?«, dachte er.

»Ich spiele die Maria Magdalena. Eine Hübschlerin.«

»Oh«, entfuhr es Georg, woraufhin Sarina sich mit finsterer Miene noch mehr in sich zurückzog. »Das wollte ich nicht. Ich bin eben nur der Sohn eines Schmieds.«

Nachdem die beiden Pfortentore zugefallen waren, herrschte eine Düsternis im Durchgang, die vom hereinbrechenden Abend verstärkt wurde.

Sarina trat direkt vor Georg hin. »Wir sollten einige heikle Dinge üben«, sagte sie, und ihre Stimme klang eigenartig rau. So nahe stand sie ihm, dass ihre Zehen sich berührten und Georg ihre Brust auf seiner spürte. Er musste schlucken. Eigentlich wollte er fliehen, wollte sich umdrehen und wegrennen. So nahe war ihm noch niemals ein Mädchen gekommen. Doch hinter ihm ragte die Ziegelmauer des Durchgangs auf, und Sarina stützte sich mit ihren Armen links und rechts an der Mauer ab. Er hätte Sarina zurückstoßen müssen, um von ihr loszukommen. Doch das wollte er nicht. Ihr Atem blies warm und feucht an seinen Hals.

»Was für heikle Dinge?«, stotterte Georg, der nicht mehr wusste, wo er hinblicken sollte, obwohl er Sarina im Dunkel der Durchfahrt nicht erkennen konnte.

»Judas hat vom Hohepriester Kaiphas dreißig Silberlinge erhalten, damit er Jesus verrät. Er soll ihm bei Gelegenheit einen Kuss geben und ihn damit ausliefern. Dieser Kuss ist nicht leicht, wenn man noch niemals geküsst hat.«

Georg spürte, wie Sarinas Lippen sich langsam seinen näherten. Sie musste auf den Zehenspitzen stehen, weil sie ihm gleich groß vorkam, dabei war sie gut einen Kopf kleiner als er selbst. Plötzlich berührten sich ihre Lippen. Die seinen waren trocken und ein wenig rissig. Sarina hatte die ihren angefeuchtet. Georg spürte ihren Atem, ihre Wärme, ihre Nähe. Er wusste, gleich würden seine Beine nachgeben, und er musste auf den gefrorenen Boden sinken. Doch nichts dergleichen geschah. Wie von selbst schlossen sich seine Arme um ihre Hüften, und er drückte sie an sich – um sie im selben Augenblick von sich zu stoßen.

»Nein. Um Gottes willen!«, rief er ein wenig atemlos. »Wenn einer von uns noch gesund ist, darf er sich nicht beim anderen anstecken.«

Sarina sagte zuerst nichts, bis aus der Dunkelheit eine recht spitze Bemerkung ertönte.

»Hast du denn nichts gefühlt?«

»Natürlich ... äh ... nein ... äh ... was soll ich denn ...?«, stotterte Georg und lief zum Ende des Durchgangs, um im wenigen Tageslicht, das noch verblieb, Sarinas Reaktion zu betrachten.

Er hatte sie nicht wegstoßen wollen, im Gegenteil. Doch was er gefühlt hatte, das konnte er ihr doch schlecht mitteilen. Das sagte man nicht.

»Wo seid ihr denn untergebracht?«, versuchte er das Gesprächsthema zu wechseln.

Als Sarina aus dem Nachtdunkel der Durchfahrt auftauchte, lauernd wie eine Füchsin, funkelten ihre Augen im letzten Licht des scheidenden Tages. Sie machte einen Bogen um ihn und ging voraus, die Arme auf dem Rücken verschränkt. Georg versuchte aus diesen Augen, aus ihrem Gang, aus ihrer Stimme herauszulesen und herauszuhören, ob sie ihm gram war. Doch sie verhielt sich wie immer, bis auf die Tatsache, dass sie einen gehörigen Abstand zu ihm hielt.

Kurz nach dem Tor bogen sie nach links ab, bis zu einem weiß getünchten Turm, der in der hereinbrechenden Dämmerung wie ein Juwel leuchtete. Wieder glaubte Georg, Schritte und ein Schleichen zu vernehmen. Als er sich umdrehte, huschte gerade eine krumme Figur aus seinem Blickfeld, die nur eine Erklärung zuließ.

»Wir werden verfolgt!«, flüsterte Georg, nachdem er mit ein paar schnellen Schritten zu Sarina aufgeschlossen hatte. »Ich höre es deutlich.«

»Es ist der Schleppert. Sandor hat ihn damit beauftragt, mich zu schützen. Seit dem Fuggergarten schleicht er hinter uns her und glaubt, wir würden ihn nicht sehen.«

»Seit unserem Treffen …?« Georg beendete den Satz nicht, denn er hatte den stummen Zwerg erst am Zugang zur Bischofsstadt entdeckt. Wie leicht man sich täuschen ließ. Schließlich hatte er geglaubt, der Kapuzenmann stünde gegen sie. Dabei hätte er eigentlich bemerken müssen, dass der Verfolger ungewöhnlich klein gewachsen war. Zukünftig, schwor er sich, würde er besser auf solche Dinge achten. Wenn er an das Treffen der Weber zurückdachte, so schien in dieser Stadt überhaupt vieles im Verborgenen vor sich zu gehen.

Der Turm erhob sich am Ende der Gasse über vier Säulen, die den Eingang zum Fronhof bildeten und mit einem Gitter verschlossen waren. Sarina griff durch die Lücken im Gitter, holte einen Schlüssel aus einer der schmiedeeisernen Windungen, der an einem Lederriemen hing und sperrte auf.

»Nur herein!«, sagte sie, knickste wie eine artige Kammerzofe und schloss hinter ihnen wieder ab. »Hier sind wir zu Hause. Jedenfalls bis nach Ostern.« Georg schritt unter dem Turm hindurch und trat auf einen Platz hinaus, der im Dämmerlicht gespenstisch wirkte in seiner Größe. Die Wagen bildeten in einer Ecke einen Kreis. Alle Komödianten waren um ein niedriges Feuer versammelt.

Georg blieb stehen. Das Bild, das sich ihm bot, wirkte zu schön: friedliche Spielleute auf kirchlichem Boden. Sandor und der Schwarzhäutige erhoben sich und blickten mit ernsten Gesichtern zu ihnen herüber. Dem Anführer würde er Rede und Antwort stehen müssen, warum er erneut weggelaufen war. Selbst Mutter Jaja spitzte die Ohren und wühlte in der Glut nach einem frischen Fladen.

»Willkommen, mein Junge!«, plärrte sie über das Feuer weg und schien die Reserviertheit der anderen zu ignorieren.

Georg hob matt die Hand – bis ihm bewusst wurde, dass die Alte ihn unmöglich sehen konnte.

»Was habt ihr mit Tuah gemacht?«, kam ihm plötzlich die Frage über die Lippen geschossen. Erschrocken fuhr er sich an den Mund. Er hatte es eigentlich nicht sagen wollen.

Sarina trat von hinten her neben ihn. »Was hätten wir deiner Meinung nach für sie tun sollen? Sie begraben? Sie verbrennen? Du weißt, dass beides nicht geht. Der Boden ist wieder gefroren, ein Scheiterhaufen hätte zu viel Aufmerksamkeit erregt.«

Georg rührte sich keinen Fußbreit. »Ihr habt sie mitgenommen? Sie …«

»Nein. Wir hätten sie ohnehin nicht auf einem der christlichen Friedhöfe begraben dürfen. Keiner der Geistlichen hätte uns das erlaubt. In der Nähe gab es eine hohle Linde. Wir haben sie in das Innere des Baumes hinabgelassen und dort begraben.« Georg schluckte und wankte ein wenig. »Wir hängen nicht am Ort unserer Toten, Georg. Weil wir wandern, nehmen wir sie mit uns. In Gedanken. Der Körper ist unnötig, um sich an einen Toten zu erinnern.«

9

Sandor hatte ihn gnädig wieder aufgenommen. Mit der ruhigen Gelassenheit des Führers einer eingeschworenen Gemeinschaft und mit so leise gesprochenen Ermahnungen, dass Georg sich darüber bewusst wurde, sich einen solchen Schnitzer nicht mehr leisten zu können.

Am nächsten Morgen begannen sie zu üben. Nicht ohne Zuschauer. Ministranten, die sich in den Fronhof schlichen, beobachteten seine ersten schüchternen Sprechversuche, Männer, die sich die Beine vertraten, und Händler, die während der Messe eine kleine Pause hielten, bevor sie unter den Pfeilern des Doms oder der Johanniskirche daneben wieder Weihwasser, Rosenkränze und falsche Reliquien oder in kleine Säckchen abgefüllte Ulrichserde verkauften – geweihte Erde vom Grab des heiligen Ulrich, der vor sechshundert Jahren Bischof von Augsburg gewesen war. Noch heute erzählten sich die Menschen in Stadt und Umland Geschichten von ihm. Auch Georg hatte sie als Kind gehört.

Georg bekam die Rolle des Judas erklärt. Ihm wurden Auftritte und Sprechtexte vorgespielt und vorgesagt, bis er einigermaßen einen Überblick über die Szenen besaß.

Gespielt wurde auf einem der Karren. Dessen Plane hatte man entfernt und ihn so mit Brettern belegt, dass eine Spielfläche entstanden war. Diese wurde wiederum längs durch einen Vorhang

in einen Spielort davor und einen Raum zum Warten dahinter
unterteilt. Der Vorhang enthielt in der Mitte einen Durchschlupf,
sodass die Komödianten drei Auftrittsmöglichkeiten besaßen:
links oder rechts vom Vorhang und durch die Mitte. Der Raum
dahinter war durch seitliche Tücher abgeteilt, damit er nicht eingesehen werden konnte. Dort wartete Georg auf seine Stichwör-
ter, von dort flüsterte er dem Kaiphas seine verschwörerischen
Verrätereien zu, dort übte er mit Sarina den Judaskuss.

»Raus jetzt!«, herrschte ihn Sandor an, wenn er sich wieder
weigerte, vor den Vorhang zu treten. »Komm jetzt«, lockte ihn
Sarina, und ab und zu stolperte er über den Schleppert, der sich
zwischen ihnen herumtrieb und überall nur im Weg umging.

»Junge, das hast du gut gemacht. Ein echter Kerl, dein
Judas!«, riefen sie manchmal, und dann wieder verspotteten sie
ihn, weil er stockte, weil er den Text ganz vergaß oder sein
Stichwort versäumte. »Schreib dir die Wörter hinter die Ohren«,
riefen die jungen Kerle, oder: »Steck dir einen Zettel in die
Hosentasche zum Nachschauen!« Und im nächsten Moment
klatschten sie wieder, weil sich Judas über die seiner Ansicht
nach allzu friedfertige Art seines Herrn Jesus aufregte.

Ja, dieser Judas gefiel ihm, weil er sich nichts sagen ließ, weil
er seine eigene Meinung hatte und diese auch vertrat. Auch
wenn Sandor ihm erzählte, er solle den Judas ein wenig verschlagen und nicht so aufmüpfig spielen, solle die Schultern
hochziehen und den Blick von unten auf die Menschen vor ihm
richten. Georg tat nichts dergleichen. Sein Judas kam stolz
daher und redete nicht, als wollte er den Menschen irgendeine
Weisheit verkaufen, sondern als betreibe er eine Schmiede:
geradeheraus und ehrlich. Sein Judas war ein Mann, der wusste, was er tat.

Immer mehr Menschen lockte dieser widerspenstige Jünger an, bis Sandor aufhörte zu schimpfen und gleichzeitig damit begann, kleine Beträge von den Schaulustigen zu fordern.

»Müssen wir nicht fürchten, keine Zuschauer mehr zu haben, wenn wir das Stück aufführen?«, erkundigte sich Georg bei Sarina, doch die winkte ab.

»Das Gegenteil ist der Fall. Wir spielen ja nur Einzelszenen. Sie wollen das gesamte Stück sehen. Außerdem wirken während der Ostertage die Feierlichkeit und die Atmosphäre des Festes mit. Sie werden glauben, ein ganz neues Stück zu sehen.«

In fünf Szenen musste Georg mitspielen – und in allen Szenen pfuschte ihm der Schleppert dazwischen. Entweder maulte er mitten in die Szene hinein oder er sprang Faxen treibend darin herum. Einmal hätte Georg ihn beinahe von der Bühne gestoßen, so sehr gingen ihm die Unterbrechungen durch den Hanswurst auf die Nerven.

Da taten Sarinas Lob und das Lachen der Zuschauer gut. »Du bist ein Talent«, flüsterte Sarina ihm ins Ohr, nachdem er wieder einmal dem Kaiphas mitgeteilt hatte, wie er seinen Herrn verraten werde, und der Hohepriester ihn lobte, das sei nur zum Besten aller. Schließlich dürfe man die römische Besatzungsmacht nicht weiter verärgern und müsse mit Kritik an ihr ein wenig sorgsamer umgehen, als dieser Jesus es zu tun pflegte. Georg empfing einen schweren Beutel mit dreißig Silberlingen und trat erhobenen Hauptes von der Bühne ab.

Die Menge grölte und buhte und schimpfte über diesen Verrat, der so echt gewirkt und sie regelrecht mitgerissen hatte.

Sarina empfing ihn hinter der Kulisse. »Sie lieben deine Art zu spielen«, lachte sie ihn an. »Es lässt sie die Belagerung vergessen«, sagte sie und hängte sich in seinen Arm. »Heute ist Freitag. Kommst du mit auf den Markt? Wir brauchen Mehl und ein wenig Salz.«

Ihre Augen wirkten wässrig und glänzten wie mit einer Silberschicht überzogen.

Mehrere Tage hatte er nicht mehr an die Krankheit und an seine Angst davor gedacht. Doch diesmal, beim Blick in Sarinas Augen, überkam ihn ein merkwürdiges Gefühl.

»Geht es dir gut?«, fragte er und versuchte, seiner Stimme nichts von der Sorge um sie anmerken zu lassen.

»Ein bisschen müde bin ich«, sagte Sarina und zog ihn mit sich. »Wir müssen einkaufen. Es soll noch alles zu essen geben. Die Bauern lassen die Karren durch. Aushungern wollen sie uns noch nicht.«

Georg schielte durch den Vorhang und suchte Sandor. Er wollte ihn nicht verärgern, indem er ihm davonlief.

»Er braucht dich nicht mehr. Ich habe schon gefragt«, betonte Sarina.

Georg glaubte ihr zwar, doch er teilte Sandor lieber per Handzeichen sein Gehen mit. Dieser nickte nur und konzentrierte sich wieder auf den Mohren, der gerade als römischer Legionär über die Bühne schritt und unter den Betrachtern für ängstliche Ausrufe sorgte.

Als Sarina ihn hinüber zum Dom zog, bemerkte er, dass sie am ganzen Körper zitterte. Sofort blieb er stehen.

»Was soll das?«, fragte sie ärgerlich.

Georg legte ihr die Hand auf die Stirn. »Du fieberst ja!«, entfuhr es ihm.

»Ach was«, antwortete sie. »Es ist nichts. Mir geht es gut.«

Georg fand kein Wort, mit dem er seine Bedenken hätte aus-

103

drücken können. In ihm stritten die Gefühle. Am liebsten hätte er ihren Arm, mit dem sie sich untergehakt hatte, freigegeben, doch er wagte es nicht. Es hätte Sarina vor den Kopf gestoßen.

»Du bist krank und gehörst ins Bett«, bestand Georg noch einmal energisch auf seiner Einschätzung. »Du hast Fieber.«

Diesmal gab Sarina nach. »Wir brauchen dennoch Lebensmittel. Wenn ich im Fieber daliege, muss ich etwas zu essen bei mir haben. Wer weiß, wie viel ich mir noch kaufen kann.« Sie hatte immer leiser geredet.

»Das ist doch Unsinn. Du gehst jetzt in den Wagen und legst dich hin. Ich kaufe Mehl, Salz, Hirse und Milch. Bitte!«, fügte er hinzu.

Murrend ließ sie sich von ihm zum Karren führen, bestieg ihn und versprach, sich in die Decke zu wickeln. Georg holte Geld aus seiner Börse und sprang wieder vom Wagen. Sarina reichte ihm einen Brotbeutel hinaus, in dem er das Mehl aufbewahren sollte. Bevor er die Plane hinter sich schloss, sah ihn Sarina an mit diesen silbern schimmernden Augen. Unausgesprochen stand ein Flehen im Raum, die Bitte, sie nicht allein zu lassen und wiederzukommen.

»Ich bin bald wieder da«, sagte Georg, und seine Stimme klang rau und kratzte im Hals.

Als die Plane fiel und er darauf horchte, wie sie die Decke um sich wickelte, schloss er für einen kurzen Augenblick die Augen. Wie krank war sie wirklich? Hatte sie bereits die ersten schwarzen Beulen unter der Achsel oder in der Leiste?

Was sie neben den Lebensmitteln wirklich brauchte, war ein Arzt. Doch woher sollte er einen Arzt nehmen? Für eine Komödiantin? Ärzte kosteten zudem Geld. Außerdem hatte sein Vater oft gesagt, wer die Behandlung durch einen Arzt überlebe, könne es ebenso gut mit der Krankheit selbst aufnehmen. Für ihn waren Ärzte allesamt Pfuscher gewesen. Doch Georg hatte keine Wahl.

Er griff prüfend an seine Seite und fühlte die harten Gulden im Beutel. Für Mehl und Salz würde es reichen. Langsam schlenderte er zum Tor, schlüpfte hinaus und lief zum Perlach hinunter, dem Marktturm der Stadt. Zehn Uhr schlug es ihm von dort entgegen, und der Dom antwortete mit demselben Stundenmaß, zeitversetzt, als habe man sich nicht darauf einigen können, heute denselben Stundenbeginn anzuzeigen.

Georg achtete nicht auf die Passanten, zumeist Geistliche in ihren dunklen Soutanen oder Mönche in zerschlissenen Habits, die bis zum Tor der Bischofsstadt ohnehin spärlich blieben. Erst in der Kaufleutestadt draußen begann das Leben zu wimmeln. Die Masse schwoll an. Vom flachen Land strömten die Menschen in die Stadt und suchten dort Zuflucht, obwohl von Kämpfen und von der Belagerung kaum etwas zu spüren war.

»He, hast du keine Augen im Kopf, Kerl?«, fuhr ihn ein Mann an, dem er gegen die Schultern gerempelt war. Doch Georg beachtete ihn nicht, murmelte nur eine Entschuldigung und suchte in seinem Inneren nach zwei Gefühlen, nämlich Zweifel und Gewissheit darüber, ob Sarina an der Pest erkrankt war oder nicht. Doch er fand keine Sicherheit.

Erst als er auf den Markt hinaustrat, der sich unter dem Turm duckte, als hätten ihn die Zeitläufte erschreckt, versuchte er seine Gedanken zu sammeln. Mehl benötigte er, Salz, vielleicht Rosinen und Nüsse, wenn er welche fand. Die Luft hatte sich in den letzten Tagen erwärmt und wiegte sich in einer milden Sonne, der man eine Belagerung nicht zutraute, und der Himmel kam ihm vor wie ein bläulich schimmerndes Eisen, das eben abgeschreckt worden war.

Viele Stände fanden sich nicht, dafür umso mehr Menschen, die sie umlagerten. Lautstark pries der Müller der Kleßingsmühle aus der Unterstadt sein Mehl, das bräunlich verfärbt war, als habe er Sägespäne daruntergemischt. Tuche und Waffen gab es zu kaufen, Bücher aus dem Bauchladen eines Buchführers, Flugblätter und »Newe Zeitungen«, also mehr oder minder glaubwürdige Neuigkeiten von Missgeburten und Unglücken, sowie Holzlöffel, Holzteller, Holzkrüge. Trotz der mageren Auslage boten die Stände ein prächtiges, ein farbiges Bild.

Doch das Scheffel Mahlgut war teuer geworden, doppelt so teuer wie noch vor zwei Wochen, als Vater eingekauft hatte. Georg verlangte zwei Eimer Mehl und einen kleinen Sack Haselnüsse, der aber – den Fäden nach zu urteilen, die am Sackstoff klebten – mehr Maden enthielt als Nüsse. Der Müller füllte ihm das Mehl in seinen Brotbeutel ab. Nur Salz fand er nirgends. Auf die Salzstraße hielten offenbar die Bauern vor den Mauern ihre Hand.

Als Georg das Mahlgut schulterte, begegneten ihm neidische Blicke. Ihm fiel auf, wie viele ärmlich gekleidete Gestalten vor den Ständen herumlungerten, ohne etwas zu kaufen. Sie verschlangen die Brote und Würste der Auslagen nur mit begehrlichen Blicken. Doch in ihren Taschen klimperten keine Münzen. Waren das alles Weber? Georg versuchte die Blicke zu ignorieren, die sich in seinen Rücken bohrten. Hastig drängte er mit seiner Last durch die Menge, wollte keinem in die Augen sehen. Georg befürchtete, man würde ihm Mehl und Nüsse aus den Händen reißen. Dennoch ging er beim Buchführer vorbei und erstand eine Flugschrift mit dem handkolorierten Bild eines

Kometen, der gesichtet worden war. Sarina würde sich darüber freuen.

Der Weg öffnete sich auf den Platz vor dem Rathaus hinaus. Und obwohl Georg wie gehetzt durch die Phalanx der Leiber drängte und vorausschauend in der Menge nach Lücken spähte, blieb sein Blick an der Lippe eines Mannes hängen. Die dunkle Blutwarze darauf war ihm nur allzu bekannt. Als hätte man ihn von einer Sekunde auf die andere festgenagelt, konnte er keinen Schritt mehr weiter. Georg wollte ausweichen, wollte sich nach links oder rechts zwischen die Marktbesucher zwängen, doch die Beine versagten ihm den Dienst. Noch hatte ihn der Schnapphahn nicht entdeckt. Ob er auch zu diesen Landsknechten gehörte, die der Rat der Stadt eingekauft hatte, um Ruhe und Ordnung in Augsburg sicherzustellen? Vermutlich verhielt es sich so. Georg bildete ein derart hartnäckiges und auffälliges Hindernis in der drängenden und drückenden Menge, dass man ihn auf Dauer nicht übersehen konnte.

Langsam fügte er sich dem Druck und ließ sich mitnehmen. Die Menge spülte ihn gegen eine Hauswand, an der entlang er sich in Richtung Bischofsstadt davonstahl, ohne den Blick von dem Schnapphahn zu lassen. Erleichterung erfüllte ihn. Warzenlippe hatte ihn nicht bemerkt.

Doch selbst die Last der beiden schmalen Beutel drückte schwer auf seine Schultern, und Georg stellte auf halber Strecke seinen Sack auf den Boden. Kurz schloss er die Augen, erschöpft und müde ließ er sich auf die Unterschenkel niedersinken. Aus dem Tordurchgang zur Bischofsstadt hallte ein ungezwungenes Lachen. Eine Gruppe Geistlicher unterhielt sich und kam auf ihn zu.

Georg wollte sich eben mit der freien Hand über das Gesicht

fahren und sein Glück beschwören, als ihm vom Markt herkommende Schritte aufhorchen ließen. Noch bevor er die Augen öffnete, wusste er, wer dort die Straße heraufkam. Nur ein paar Tritte hatte er von diesen Stiefeln vernommen, doch die hatten sich für immer in sein Gedächtnis eingeprägt. Er ließ den Kopf gesenkt und hoffte, dass der Kerl an ihm vorübergehen würde.

Aus dem Tor der Bischofsstadt traten schwatzend und scherzend drei Benediktiner in ihren dunklen Kutten. Ihre für geistliche Männer ungewöhnlich heitere Art stand für Georg ganz im Gegensatz zu seiner eigenen Stimmung. Warzenlippe näherte sich nämlich dem Ort, an dem Georg an eine Fachwerkmauer gelehnt saß und sich ausruhte. Seine Schritte hallten in Georgs Kopf, als wummerten die Schmiedehämmer aus der Werkstatt des Vaters darin. Der Schnapphahn erreichte ihn ein wenig früher als die Benediktiner, und tatsächlich blieb er vor ihm stehen. Georg begann zu beten, er möge vom Bösen nicht erkannt werden.

»He, du«, fuhr ihn Warzenlippe an. »Was schleichst du so übern Markt? Das riecht nach schlechtem Gewissen. Die Beutel da sind sicher gestohlen!«

Georg sah nur die Beine und – die Schuhe des Kerls. Die Augen zu heben wagte er nicht, also blieb sein Blick auf das rotbraune Leder, die sonderbar gebundenen Schnürsenkel und die spitz zulaufende Form der Stiefel gerichtet. Wenn er vorhin noch gezweifelt hatte, jetzt war daraus eine Sicherheit geworden. Diese Schuhe gehörten zweifellos zu dem Mann, dessen Lippe von einer dunklen Warze verunziert wurde. Diese Schuhe würde er niemals vergessen.

»Hat es dir die Sprache verschlagen?«, knurrte der Schnapphahn und stieß ihm die Stiefelspitze in den Unterschenkel.

»Nein, Herr, ich habe alles bezahlt. Ihr könnt den Müller …« –
»Du lügst auch noch!«, fuhr ihn Warzenlippe an. »Das ist frech.
Woher soll einer wie du so viel Geld haben, das Mehl zu bezahlen?«

Am liebsten wäre Georg aufgesprungen und hätte dem Kerl
die Wahrheit ins Gesicht geschrien, doch dazu hatte er zuviel
Angst. Seine Lippen zitterten, als er antwortete: «Ich lüge nicht!
Der Müller der Kleßingsmühle, bei dem ich eingekauft habe,
kann das bestätigen.«

»Schau mich an, wenn du mit mir sprichst!«, fauchte ihn der
Mann an, doch Georg schüttelte nur den Kopf. Er durfte sein
Gesicht nicht zeigen und blickte weiter starr zu Boden.

Hinter Warzenlippes Stiefeln tauchten die Sandalen eines
der Benediktiner auf, der hinter den Schnapphahn trat. Georg
ertappte sich dabei, dass er sich für einen Moment darüber
wunderte, dass der Mönch auch in dieser kalten Jahreszeit barfuß in seinen Kuhmäulern steckte.

»Bedenkt, Hauptmann, jede gute Tat verlängert euer Leben.
Der Herr hält Gericht am Ende des Lebens. Gebt – und ihr werdet erhöht werden.«

Georg, der es nicht wagte, den Blick in die Höhe zu richten,
hörte eine Münze vor seine Füße klimpern.

»Der Kerl lügt wie gedruckt, und er ist ein Dieb – und ihr
wollt ihn schützen?« Der Schnapphahn drehte sich zu dem
Mönch um. »Ein sauberes Pfaffenvolk seid ihr.«

Georg witterte seine Chance. Er packte den Brotbeutel mit
seinem Mehl und das Säckchen mit den Nüssen und sprang auf.
Der Hauptmann, der seine Bewegung wohl wahrgenommen
hatte, drehte sich zu ihm um – und für einen kurzen Moment
starrten sie sich gegenseitig ins Gesicht. Die Verblüffung des

Schnapphahns und ein Augenzwinkern des Benediktiners ver-
schafften ihm die nötige Zeit. Bevor der Schnapphahn begriff,
dass Georg mit Mehl und Nüssen floh, hatte dieser bereits einen
respektablen Vorsprung. Die drei Geistlichen taten ein Übriges.
Zuerst wollte Georg nicht zurücksehen, als er jedoch unter dem
Torbogen zur Bischofsstadt noch immer keinen Verfolger hinter
sich hörte, wagte er einen Blick zurück. Der Hauptmann lag am
Boden und rappelte sich gerade wieder auf. Er fluchte lautstark
und schüttelte seine Faust gegen die Benediktiner, die Warzenlippe umringten, ihm umständlich aufhalfen und damit gleichzeitig verhinderten, dass er ihm folgen konnte. Dann verschwand Georg im Durchgang, hastete mit Riesenschritten zur
Pfalz hinauf und verschwand im Fronhof.

Als er die Pforte hinter sich hatte und von außen nicht mehr
gesehen werden konnte, lehnte er sich gegen die Mauer, die
seinen erhitzten Körper kühlte, und versuchte erst einmal Luft
zu schnappen. Sein Atem flog. Außerdem versuchte er zu lau-
schen, ob ihm jemand gefolgt war. Im Augenblick konnte er
nicht einschätzen, was es bedeutete, dass Warzenlippe ihn offenbar wieder erkannt hatte. Er konnte sich nur eines kleinen
Triumphgefühls nicht erwehren, weil er Mehl und Nüsse vor
den gierigen Händen dieses Schnapphahns gerettet hatte. Noch
immer war Georg voller Empörung darüber, dass dieser Räuber
selbst innerhalb der Mauern seinem Handwerk ungestört nach-
ging. Nicht eine Handvoll hatte der Kerl von ihm bekommen.

Als er kein Geräusch vernahm, getraute sich Georg über den
Platz zu Sarinas Karren zu gehen.

Sie wartete sicher bereits ungeduldig auf ihn. Er flüsterte
zuerst Sarinas Namen, erhielt jedoch keine Antwort. Verunsichert darüber, entschloss er sich, auf den Kutschbock zu klet-

tern und nachzusehen, ob Sarina noch da war. Als er die Plane zurückschlug, erschrak er.

Sarina hatte die Decke beiseitegeschoben und lag verkrampft am Boden des Karrens. Ihre Arme zogen sich nach innen, und ihr Atem ging stoßweise.

»Sarina! Um Gottes Willen, was ist denn los?«, schrie er und rief damit Mitglieder der Truppe herbei. Georg lud sich das Mädchen auf die Arme und trug sie zum Feuer.

Sandor holte währenddessen Mutter Jaja. Er sah Georg ernst an: »Dasselbe Fieber, das ihren Vater und Tuah geholt hat. Wir können ihr nur helfen, die Hitze zu mildern. Mit allem anderen muss sie selber zurechtkommen.«

10

Als Georg geweckt wurde, stand die Sonne bereits über den Dächern der Bischofspfalz.

»Sie hat nur zu wenig getrunken! Das erklärt den Krampf!«, beruhigte ihn Sandor. »Jetzt schläft sie, und wir müssen arbeiten, wenn wir bis Ostern so weit sein wollen.«

Georg sah zur Pritsche hinüber. Sarinas Gesicht hatte alles Verzerrte verloren. Ihre Gesichtszüge wirkten entspannt. Er erhob sich und legte die Hand auf ihre Stirn. Sie fieberte weiter. Die Temperatur hatten sie nicht senken können. Eine ganze Weile starrte er auf dieses friedliche, blasse Gesicht, bis er sich durch einen Klaps auf den Unterarm von Sandor zur Ordnung rufen ließ.

»Sie ist erst gegen Morgen eingeschlafen«, versuchte Georg zu erklären, der die ganze Nacht bei Sarina gewacht hatte. Doch Sandor winkte ab.

»Sie kommt wieder auf die Beine«, murmelte er nur. In Georgs Ohren klang der Satz nicht recht überzeugend.

Als er ans Feuer trat, begann er zu ahnen, warum Sandor ihn nicht hatte weiterschlafen lassen. Im Publikum, das sich jeden Tag vergrößerte und nicht mehr nur aus Ministranten bestand, befanden sich drei Männer, deren Haltung allein Respekt einflößte.

»Der Prior der Benediktinerabtei St. Ulrich und Afra vom

anderen Ende der Stadt«, flüsterte Sandor ihm zu, »der Sekretär des Bischofs und der Domprobst. Also streng dich an. Wir spielen die Szene vor Kaiphas. Sei etwas demütig!«

Sandor verließ ihn und stellte sich neben die drei Geistlichen, die mit sichtlichem Ernst der Vorführung folgten.

Bevor er hinter die Bühne ging, um auf seinen Auftritt zu warten, ging Georg hinter den drei Männern vorbei. Aus ihrem Gespräch hörte er Begriffe wie »Sitte«, »Tauglichkeit« und »Gottesfurcht« heraus. Besonders besorgt war er nicht, da Sarina ihm bereits einmal erklärt hatte, wie Komödianten behandelt wurden. Sie mussten immer fürchten, von der Obrigkeit, vor allem aber von der Geistlichkeit abgelehnt und dann aus der Stadt vertrieben zu werden. Von daher konnte er nur Sandor zustimmen, der behauptet hatte, das Judas-Stück, das hier zu Ostern gespielt werden sollte, habe das Zeug, angenommen zu werden. Schließlich zeige es, zu wem man in diesen schweren Zeiten stehen soll: nämlich zu seinem Herrn und Gott. Georg fand die Erklärung zwar etwas schwülstig, begriff jedoch durchaus den Zusammenhang zwischen der Bedrohung durch die abtrünnigen Lutheraner und aufrührerischen Bauern und der Figur des Judas.

Ohne sich den drei Männern vorzustellen, schlich er hinter die Bühne. Dort traf er bereits auf Kaiphas. Der dunkelhäutige Schauspieler, den Georg als Modo kennengelernt hatte, verzog verärgert die Mundwinkel. »Da bist du ja endlich, Georg«, flüsterte er. »Nur die kurze Szene, als du mir den Verrat an Jesus zuflüsterst und von mir die Silberlinge erhältst. Ich gehe ab, und du trittst aus dem Vorhang und freust dich über den Verdienst. Das Schicksal klopft lautstark an. Du horst es zwar, nimmst davon jedoch keine Notiz. Und dann mit dem Monolog über den Glauben abgetreten.«

Georg nickte. Das hatten sie mindestens ein Dutzend Mal geprobt.

»Den Schleppert habt ihr weggesperrt? Er stört solche Szenen nur, weiß sich nicht zu benehmen«, zischte Georg.

Kaiphas zuckte nur mit den Schultern. »Wir sind dran! Ich weiß nicht, wo er steckt.«

Mitten im Satz erkletterte er die Bühne, trat von links auf und hielt seinen Monolog, in dem er den Tod eines jüdischen Aufrührers mit Namen Jesus forderte. Georg umrundete die Bühne. Er musste in den abgehängten Raum in der Mitte hinter dem Bühnenvorhang, doch die Aufstiegsleiter fehlte. Er fluchte leise. Das war sicher wieder einer der Scherze dieses Nichtsnutzes von Schleppert. Jetzt musste er aufspringen. Der gesamte Karren würde wackeln und der Vorhang sich bauschen. Das wiederum würde von der Zuschauertribüne her zu sehen sein, was ihm sicher den Ärger Sandors einbringen würde. Wenn er den Schleppert in die Finger bekam, würde der etwas erleben!

Rasch schwang er sich an der Seite des Wagens hoch. Er konnte seinen Kopf gerade rechtzeitig durch den seitlichen Auftritt stecken und dem Hohepriester Kaiphas seinen Verrat zuzischen. Der reagierte sofort auf die veränderte Situation und ging darauf ein, dass der neue Judas nicht durch den Mittelteil wisperte, sondern von der Seite her zischte.

Da er ihm gerade den Rücken zukehrte, tat Kaiphas so, als würde er von der Stimme regelrecht angezogen. Er lief rückwärts auf Georg zu und lauschte dem Verräter mit schiefgelegtem Kopf. Sogar das Geld streckte er ihm auf eine unnachahmliche Art hinter die Kulisse, ohne dem Judas ins Gesicht zu sehen, sodass man glauben konnte, er wasche seine Hände ebenso in Unschuld wie Pontius Pilatus und wisse nichts von Lüge und Verrat.

Auch die drei Geistlichen steckten ihre Köpfe zusammen, nickten und tuschelten und pressten anerkennend die Lippen aufeinander.

Georg spürte das Schaukeln des Karrens, maß ihm jedoch keinerlei Bedeutung zu. Erst als sich neben ihm der Vorhang blähte, als wehe ein Wind durch den von den Tüchern eingenommenen Raum, wurde er stutzig. Unterdrückte Rufe drangen von nebenan, denen ein Röcheln folgte. Dann war wieder Stille. Georg sah durch den Spalt zu den drei Geistlichen hinaus, die Sandor beiseitegenommen hatten. Die vier Männer, die in einem Kreis gestanden und die Köpfe zusammengesteckt hatten, drehten sich wie auf Befehl um und starrten zur Bühne.

Irgendetwas ereignete sich auf dem Spielboden, das Georg nicht sehen konnte. Der Benediktiner fuhr sich mit der Hand an den Mund. Die beiden anderen waren wie erstarrt vor Schrecken. Georg, der noch immer nichts sehen konnte, weil er schlecht den Kopf aus der Kulisse stecken konnte, wunderte sich. Kaiphas torkelte regelrecht rückwärts und konnte sich nur aufrechthalten, indem er die Stangen umklammerte.

Dann trat ein Mann in Georgs Blickfeld. Offenbar war er aus dem Mittelauftritt auf die Bühne gekommen. An eine derartige Änderung der Szene konnte sich Georg jedoch nicht erinnern. Langsam stakste der Fremde an den Bühnenrand. Er hielt seine Arme merkwürdig verkrampft gegen den Bauch gepresst. Am liebsten wäre Georg hinausgesprungen und hätte den Kerl aufgehalten, denn der lief zielsicher auf die Wagenkante zu, und man konnte an der Art des Laufens ablesen, dass er nicht anhalten würde. Dennoch stockte er kurz davor. Bevor er den letzten Schritt über die Bühne hinaus tat, sackte der Körper des Mannes leicht in sich zusammen und begann sich um die eigene Achse zu drehen. Jetzt erst erkannte Georg den Grund für dessen gebückte Haltung. Aus seinem Bauch ragte der Griff eines Messers, das der Mann mit einer unnatürlich verkrampften Hand umklammerte. In einer kurzen Schrecksekunde erkannte Georg ihn. Der Auswuchs auf seinem Mund verriet ihn: Warzenlippe. Und Georg erkannte noch etwas anderes: den Messergriff. Den in sich verschlungenen Drachen. Das Messer seines Bruders Hannes. Wie ein Echo hallte in Georgs Kopf sein eigener Schrei wider, mit dem er aus dem Versteck im Radhaus der Schmiede nach dem ertrinkenden Bruder gerufen hatte.

Warzenlippe verdrehte die Augen, gab ein gurgelndes Geräusch von sich und sackte vollständig in sich zusammen. Dabei fiel er rückwärts über den Rand des Bühnenbodens hinaus und verschwand aus Georgs Blick. Wie vom Donner gerührt stand Georg da und fragte sich, ob er das alles gerade wirklich gesehen oder ob ihm sein Kopf nur etwas vorgegaukelt hatte. Doch die Reaktion der Kirchenmänner belehrte ihn sofort eines Besseren. Leichenblass wichen sie zurück. Der Benediktiner deutete mit ausgestrecktem Arm auf den Mann zu seinen Füßen, den Georg nicht sehen konnte. Sandor sprang Warzenlippe geistesgegenwärtig zu Hilfe, doch er richtete sich sogleich wieder auf, Blut an den Händen. Hilflos blickte er um sich. Georg verstand sofort, warum. Warzenlippe war tot. Das Messer in seinem Bauch deutete darauf hin, dass er sich nicht selbst gerichtet hatte, sondern erstochen worden war.

Eine Flutwelle von Angst, Verwirrung und bangen Fragen brandete durch seinen Kopf und schwemmte jeden klaren

116

Gedanken hinweg: Von wem? Wo? Was tat der Mann überhaupt hier?

Ohne dass sich der Vorhang bewegte, zog Georg sich zurück. Er musste sich den Kopf frei schütteln, so betäubt fühlte er sich. Er setzte sich auf die Bretter des Auftritts, wollte sich erst einmal sammeln. Wieder ein Toter! Als verfolgten sie ihn. Langsam wurde ihm mulmig. Er erinnerte sich an das Schaukeln des Karrens. Hatte hinter den Tüchern ein Kampf stattgefunden? Offenbar, denn nichts sonst erklärte dieses Schwanken. Doch wie war der Mann hierhergekommen? Und warum war er gerade hinter den Theaterkulissen auf so grausam dramatische Weise seinem Mörder begegnet? Hatte er womöglich doch Selbstmord begangen? Diese Möglichkeit schloss Georg sofort aus. Ein Kerl wie Warzenlippe, dem das Gewissen längst abhanden gekommen war, brachte sich nicht um. Warum auch? Reue für seine Taten konnte wohl kaum der Grund sein.

Sein Atem beschleunigte sich, ohne dass er etwas dagegen unternehmen konnte. Vor der Bühne wurden Stimmen laut. Männer riefen, die Frauen der Komödianten schrien kurz auf und begannen zu weinen. Georg konnte sich das Durcheinander gut vorstellen, das sich eben vor dem Bühnenwagen abspielte.

Einem raschen Entschluss folgend, ließ Georg sich auf die Knie nieder und spähte unter dem Vorhang hindurch. Doch er sah nichts außer einer dunklen Blutlache vor dem Durchgang. Wer immer hier gestanden und Warzenlippe abgepasst hatte, er war verschwunden. Konnte das Schaukeln bedeutet haben, dass der Mann abgesprungen war? Natürlich. Der Aufstieg war ja nicht mehr dagewesen.

Ohne auf den Tumult zu achten, der sich vor der Bühne

abspielte, sprang Georg seitlich vom Wagen und suchte den Boden hinter dem Karren ab. Tatsächlich fanden sich die Abdrücke von Stiefeln als tiefe Narben im Gras. Hier war jemand gesprungen, vielleicht auch gestolpert, weil er die Leiter nicht mehr gefunden hatte.

Plötzlich kam Georg ein weiterer Gedanke: die Leiter. Wo war sie? Wenn der Schleppert sie wirklich weggenommen hatte, musste er sie irgendwo versteckt haben – und womöglich saß er selber dort und lachte sich eins ins Fäustchen.

Die kleine Treppe fand Georg sofort. Sie lag fein säuberlich umgedreht unter dem Wagen zwischen den beiden Radachsen, zum Zuschauerraum vorgeschoben, sodass man erst unter den Karren kriechen musste, um sie herauszubekommen. Für solche hässlichen Späße zeichnete der Schleppert verantwortlich. Doch der stumme Zwerg war nirgends zu entdecken.

Aus den ratlosen, verängstigten Rufen von eben noch schälten sich plötzlich verärgerte, anklagende Laute. Die Stimmung schlug in einen gereizten Ton um. Jetzt arbeitete Georgs Verstand fieberhaft. Ihm war bewusst, dass Warzenlippe ihm gefolgt war und dass sich die Benediktiner, die ihm den Mann vom Hals gehalten hatten, sicherlich an die Episode mit dem Schnapphahn und damit an ihn erinnern würden. Wie schnell war ein Zusammenhang hergestellt, ein Verdacht ausgesprochen und ein Strick um den Hals gelegt.

Georgs Mund fühlte sich plötzlich trocken an, und er verspürte Schmerzen beim Schlucken. Er durfte nicht hierbleiben. Komödianten galten ohnehin als Freiwild. Einer mehr oder weniger am Galgen, wer scherte sich schon um das bunte Volk? Doch wohin?

Er brauchte Geld, und sein eigenes Geld fand er nur in Sarinas Wagen. Blitzschnell huschte er vom Bühnenwagen weg, richtete sich auf und schlenderte langsam, als ginge ihn die Streiterei und das Geschrei davor nichts an, zum buntesten der Karren hinüber. Aus dem Augenwinkel sah er, dass drei Burschen bereits Sandor an den Armen gepackt hielten. Ein vierter, kaum älter als Georg, spurtete davon. Georg wusste sofort, wohin. Während die drei Männer Sandor unter dem lautstarken Protest und mit Hilfe weiterer hinzueilender Kirchgänger niederrangen, holte der Junge die Stadtschergen. Und die würden Sandor ins Gefängnis bringen – und höchstwahrscheinlich den Rest der Truppe gleich mitnehmen.

Das sonnige Wetter, dessen warmer Atem die Seelen der Menschen um ihn her erfrischte, passte nicht so recht zu den Ereignissen; wie zum Hohn schlug ihm die milde Luft ins Gesicht, dass ihm davon schwindlig wurde.

Mit einem Satz schlug Georg gleichzeitig die Plane zurück und schwang sich ins Innere. Sarina lag auf dem Rücken, das Gesicht gerötet und so trocken, dass die Haut kleine weiße Risse zeigte, als würde sich die oberste Schicht abschälen. Sie häutete sich wie eine Schlange.

Georg langte unter die Pritsche, auf der er selbst immer lag, und zuckte zurück. Er hatte nicht seine Geldkatze berührt, die er dort versteckt hatte, sondern in etwas Haariges gegriffen. Er ging in die Knie und blickte in das bärtige Gesicht des Schlepperts.

Der sah ihn aus schreckgeweiteten Augen an und bewegte den Mund, als wolle er etwas sagen, brachte jedoch keinen Ton heraus. In diesem Moment tat ihm der Zwerg leid. Was konnte er schon dafür, dass er in Gegenwart der Menschen nicht reden konnte. Welche Strafe der Herr dieser Missgeburt auch zuge-

119

dacht hatte, unter die christliche Nächstenliebe fiel jede Krea-
tur. Georg packte also den Winzling am Kragen und zog ihn
unter der Pritsche hervor. Der Zwerg war in heller Aufregung.
Unablässig klappte sein Mund auf und zu, seine Hände zitterten und vollführten Bewegungen, die offensichtlich nicht be-
herrschbar waren.

»Was hast du gesehen?«, fragte er den Schleppert, in der
Hoffnung, seine barsche Art würde den Knoten lösen, den der
Zwerg in seiner Kehle mit sich trug. Doch der stierte ihn nur mit
weit aufgerissenen Augen an und blickte schließlich ins Leere,
bevor er die Augen verdrehte und sein Kopf nach hinten sackte. Voller Verachtung ließ Georg los. »Da ist mir jedes Kaninchen lieber, das ängstlich in meiner Falle zappelt, als dieses
Geschöpf!«

Georg ließ den Zwerg los und suchte nach seiner Geldkatze.
Er fand sie an ihrem Ort und steckte sie ein.

Als er sich wieder aufrichtete, stöhnte Sarina vor Fieber. Ihr
Atem ging schnell, die Lippen waren mittlerweile stark ange-
schwollen und rissig, und auch die Augenlider zeigten Schwel-
lungen.

»Sarina!«, flüsterte Georg, tauchte einen Lappen in das kühle Wasser der Schüssel neben Sarinas Bett. Sanft legte er ihr das
Tuch auf die Stirn. »Ich muss weg. Schnellstens, sonst verhaften
sie mich womöglich, und ich kann nichts mehr für uns tun.«

Georg war es, als nickte Sarina ihm zu, doch es konnte ebenso gut der Zwerg gewesen sein. Der Schleppert war aus seiner
Ohnmacht erwacht und aufgestanden. Dabei hatte er den Karren geschaukelt.

Schwer löste sich Georg von dem Mädchen. Schließlich sieg-
te sein Wille zu überleben. Er wandte sich an den Schleppert,

der ihn immer noch anstarrte, als käme er aus einer anderen Welt.

»Hör gut zu«, fuhr er den Kerl an. »Sorg für Sarina, solange ich nicht da bin. Sollte ihr etwas zustoßen, glaub mir, ich werde dich finden – und dann gnade dir Gott! Hast du verstanden?«

Der Zwerg zuckte zurück und nickte unaufhörlich. Dabei formten sich seine Lippen zu einem O, das sich fortwährend öffnete und schloss.

Georg nahm sich nicht mehr die Zeit, den Schleppert ein zweites oder gar drittes Mal vor seiner Rache zu warnen, sondern schlüpfte aus der Plane und sprang vom Wagen. Ein kurzer Blick zum Bühnenkarren hinüber zeigte, dass es höchste Zeit wurde zu verschwinden. Gegen die Meute, die sich dort bereits versammelt und sich die Komödianten gegriffen und niedergerungen hatte, kam er nicht an.

Zuerst schlenderte Georg zum Burggrafenturm, einem gedrungenen Torturm, der sich über dem Eingang zur Bischofsstadt erhob, doch als er aus dem Tor schlüpfen wollte, wäre er beinahe mit dem Torwächter zusammengestoßen, der mit dem Rücken zu ihm stand. Noch bevor sich die Stadtwache umdrehen konnte, hatte Georg das Tor zugeschlagen und war in den Fronhof zurückgesprungen. Die Wache konnte ihm nicht folgen, weil das Tor versperrt blieb.

Für Georg hieß das jedoch, dass er an der wütenden Menge vorbei und über eine der Kirchen in die Stadt gelangen musste. Allein an der Kleidung konnten sie ihn erkennen.

Er musste Zeit gewinnen. Da kam ihm der Zufall zu Hilfe. In der Fassade der Residenz öffnete sich eine Pforte, die zum Fronhof hinausführte. Ein Geistlicher erschien, hochrot im Gesicht, als habe er sich beeilt.

»Aufhören!«, schrie er. »Pack! Gesindel! Hundsfötte!«, brach es aus ihm heraus. Die Menge hörte ihn rufen und ließ von den Komödianten ab. Ein Murmeln lief von Mund zu Mund. Manche beugten die Knie, andere warfen sich zu Boden, wieder andere reckten ihm trotzig das Kinn entgegen. »Das ist geweihter Boden, ihr Brut«, schimpfte er und es schien sogar, als wachse der Mann, während er auf die Menge zuschritt.

Georg hätte gerne zugesehen, was der Geistliche bewirken konnte. Doch als die Tür, die der Geistliche aufgestoßen hatte, nicht wieder ins Schloss fiel, sondern offen blieb, sah er darin seine Chance.

Er wartete, bis der Mann an ihm vorüber war, dann schlenderte er so unauffällig wie möglich zu der Tür und schlüpfte hindurch. Er befand sich in einem Gebäude, das bereits ein wenig altersschwach wirkte. Es roch modrig im Untergeschoss, als stocke dort die Feuchtigkeit in den Wänden. Direkt gegenüber der Tür befand sich eine weitere, die erneut auf einen Platz hinauslief. Georg dachte nicht lange nach, sondern lief darauf zu, öffnete sie, schlüpfte blitzschnell hindurch und gelangte in einen Garten.

Dessen Ausgang lag ihm direkt gegenüber. Georg rannte darauf zu – und fand das Tor versperrt. Er saß in der Falle.

11

Der nächste Morgen fand ihn neben einem Holzschuppen, der sich an eine drei Mann hohe Mauer lehnte. Er kauerte daneben hinter einem Holzstoß. Ein goldener Strahl kitzelte über seine Lider. Die Sonne stieg im Osten ans Firmament und weckte die Welt. Georg hingegen erwachte von den Schmerzen in seinen von der Kälte gepeinigten Gliedern. Im Grunde wollte er weiterschlafen, doch etwas in seinem Kopf sagte ihm, es wäre besser aufzustehen, denn wenn er liegen bliebe, würde er erfrieren. Keine Decke wärmte ihn, keine Wolljacke, kein Filz. Steif wie ein Brett fühlte er sich, durchgefroren, mit blauen klammen Fingern und steifen Beinen. Nie wieder würde er laufen können, glaubte Georg. Obwohl der gestrige Tag warm gewesen war, hatte die Nacht Frost über die Welt ausgestreut und deren Krume mit einer weißen, körnigen Schicht bedeckt. Ihn ließ das Gefühl nicht los, sogar seine Wangen wären mit diesem Reif überzogen. Ein Wunder war es, dass er die Nacht über nicht erfroren war. Und er dankte dem Herrn, der ihm diesen Sonnenstrahl aus dem Osten geschickt hatte, ihn wieder zu wecken.

Außerdem war er froh, aus den Klauen eines Albdrucks befreit zu werden. Die ganze Nacht hindurch geisterte der Griff des Messers durch seine Träume. Obwohl er ihn nur kurz gesehen hatte, glaubte Georg, ihn wieder erkannt zu haben. Doch das war Unsinn. Purer Unsinn. Hannes' Messer konnte unmöglich im Leib Warzenlippes gesteckt haben. Hannes hatte das Messer mit in den Tod genommen.

Georg versuchte von seinem Versteck aus den Hof zu überblicken, doch das war unmöglich.

Er stand auf wie ein alter Mann, langsam, mit Schmerzen in den Gelenken und ein wenig wackelig. So musste es sich anfühlen, wenn man fünfzig geworden war und hochbetagt auf die Schar seiner Enkel herabblickte. Mit zittriger Hand würde er sie tätscheln und auf seinen steifen Knochen reiten lassen. Wenn Pest und Krieg ihn nicht vorher dahinrafften ... Georg schüttelte sich. Ganz allmählich kehrte das Leben in seinen Körper zurück.

Zu seiner Verwunderung hatte niemand ihn gesucht. Kein Geistlicher war aufgetaucht, keine Stadtschergen hatten den rückwärtigen Garten durchstöbert. Hatten sie ihn übersehen?

Als er sich erhoben hatte und umherspähte, ob es nicht doch eine Fluchtmöglichkeit in die Stadt hinein gäbe, traute er seinen Augen kaum. Das gestern noch verschlossene Tor stand sperrangelweit auf und lud ihn geradezu ein, es zu durchschreiten.

Doch Georg zögerte. Zu einfach erschien ihm diese Möglichkeit. So einfach, dass er ihr nicht traute. Die Welt, so viel hatte er begriffen, war kompliziert. Nichts ging den direkten Weg, alles wand und krümmte sich. Warum also sollte ihm der Zufall eine Tür geöffnet haben, noch dazu eine derart große, die zudem in die richtige Richtung führte?

Georg beobachtete das Tor eine ganze Weile, doch niemand ging in dieser Zeit aus und ein. Es waren höchstens vierzig oder fünfzig Fuß, die ihn vom Leben und Treiben der Stadt trennten. Er versuchte, sich hinter dem Holzstoß zu wärmen, schlug in

124

seinem engen Versteck die Arme gegeneinander und genoss die Sonne, die sich zu ihm hinter den Stoß verirrte.

Endlich fasste er sich ein Herz. Wenn der Herrgott ihn diesmal nicht übersehen hatte, wäre es eine Sünde gewesen, die Gelegenheit nicht beim Schopfe zu packen. Also lief er los. Langsam zuerst, ein wenig ungelenk, dann schneller, zuletzt rannte er und wischte über die Schwelle hinweg, aus dem Hof hinaus. Georg rannte, wie nur jemand rennt, der um sein Leben fürchtet. Kaum achtete er darauf, wohin ihn seine Beine führten. Er sah nur enge Gassen, begegnete Geistlichen in schwarzen Soutanen, Dienstmägden, Adligen, Handwerkern, die ihm erstaunt hinterherblickten, reagierte weder auf Zurufe noch auf das Gelächter, das sie hinter ihm herschickten, sondern lief blindlings dorthin, wohin ihn seine Beine trugen. Schließlich konnte er nicht mehr. An einer kleinen Kreuzung, die ihm die Möglichkeit bot, in vier verschiedene Richtungen zu fliehen, blieb er stehen, keuchte, schnappte nach Luft und kämpfte gegen die Tränen der Anstrengung und der Dankbarkeit in den Augen. Doch niemand folgte ihm. Die Gasse hinter ihm blieb leer.

Georg versuchte, sich zu orientieren. Wenn er hochblickte, sah er die Sonne aufgehen. Vor ihm lag also Osten. Das Tor zur Stadt befand sich im Süden der Bischofsstadt. Dorthin musste er. Im Norden, hatte ihm Sarina erzählt, gab es ebenfalls ein Tor, das Fischertor, das er durch das Frauentor erreichte. Er war jedoch weder durch das eine noch durch ein anderes Tor gekommen, also befand er sich noch auf dem Gebiet des Bischofs.

Langsam bekam Georg wieder Luft. Einzig ein stechender Hunger quälte ihn. Er hätte sich von Sarina etwas Essen mitnehmen sollen. Daran hatte er nicht gedacht. Mit wachsamen

Augen sah er sich um und bewegte sich vorsichtig an den Hauswänden entlang. Er musste irgendwo etwas zu beißen herbekommen, sonst konnte er nicht denken. Und denken musste er jetzt. Er brauchte einen Plan. Einen guten Plan, wie er Sarina und den Komödianten helfen konnte. Doch diesmal wollte der Zufall nichts mit ihm zu tun haben. Kein Bäckerjunge, der Brot oder Süßstücke zustellte, keine Milchkanne, nicht einmal ein Apfel oder sonst eine Frucht auf einem Fensterbrett. Er hätte sogar in grünes Blattwerk gebissen, wenn es irgendwo gewachsen wäre. Vater hatte immer von Basilikum geschwärmt, das die Scholaren auf ihren Fensterbrettern züchteten und dem sie heilende Wirkungen zusprachen. Nichts von alledem begegnete ihm, denn der Frühling hatte den Laubbäumen noch nicht einmal Knospen beschert. Nur aus einem Vorgarten hörte er das Gackern von Hühnern, doch die Mauer, die das Gelände umschloss, war zu hoch, als dass er sich ein paar frische Eier hätte stehlen können.

Schließlich kauerte er sich zwischen zwei Häuser in eine Nische. Er musste mit leerem Magen und vor Hunger schmerzendem Kopf nachdenken. Das führte dazu, dass ihm nur ein Gedanke kam: Webermeister Lukas. So sehr er sich anstrengte, nur dieser eine Name bildete sich in seinem Gehirn, setzte sich fest und hämmerte schließlich gewalttätig gegen sein Schädelinneres. Mehr fiel ihm nicht ein. Also, sagte er sich, musste er den Webermeister Lukas suchen. So schwer konnte das schließlich nicht sein.

Georg schlenderte so unauffällig wie möglich in Richtung Innenstadttor. Mehrmals ging er wie unbeteiligt daran vorbei und spähte den Durchgang nach möglichen Schergen aus. Niemand suchte nach ihm. Keine Wache würde ihn daran hindern, durch das Tor in die Stadt zu gehen. Sein Herz pochte in einem wilden Rhythmus, den er bis in den Hals hinein spürte, als er die Stadt betrat.

Was hatte Webermeister Lukas erzählt, wo er seine Webstühle stehen hatte? In der Unterstadt. Nahe beim Tor. Doch wo sollte er die Unterstadt suchen? So genau kannte er sich in Augsburg nicht aus. Dennoch musste er den Webermeister finden. Der konnte ihm sicher raten, was zu tun sei. Dann würde man weitersehen.

Zuerst galt es, etwas zu essen zu besorgen. Georg fasste neuen Mut und schlich die Hauswände entlang, immer auf der Hut vor Überraschungen. Bald war Georg klar, warum keine Wache am Zugang zur Bischofsstadt gestanden hatte. Fuhrwerke mit zerlumpten Gestalten rumpelten Achse an Achse in die Stadt hinein – Flüchtlinge überschwemmten Augsburg: Handwerker wie Müller und Schmiede und Walker, Kaufleute aus den kleineren Städten der Umgebung, Geistliche vor allem aus Klöstern und Klausen, selbst Bauern, die sich den Aufständischen nicht anschlossen. Die Stadt sog sie aus dem Umland auf wie ein Schwamm. Trotz der dadurch notwendigen Verstärkung der Wachposten konnten diese nicht auf einen einzelnen entlaufenen Komödianten achtgeben.

Vorsichtig lief er den Weg zurück, den er schon einmal gegangen war, in der umgekehrten Richtung. Sofort war die Erinnerung wieder da. Warzenlippe musste ihn verfolgt haben. Aber womöglich war der Landsknecht selbst auch verfolgt worden. Von einem Menschen, der ihn derart hasste, dass er ihm ein Messer in den Leib gerannt hatte. Plötzlich sah Georg nicht mehr die Straße, nicht die Menschen und Gebäude, die diese Stadt ausmachten, plötzlich dachte er nur noch an die Person, die ihm und Warzenlippe gefolgt sein musste. Keiner der Komödianten hätte sich an einem Hauptmann der Stadtwache vergriffen. Und wenn, so viel wusste er bereits von Sarina, hätte er den Mann nicht in aller Öffentlichkeit auf der Bühne erstochen, sondern ihn heimlich beseitigt.

Überall schrien die Fuhrwerker und schimpften die Bauern und Handwerker, die Feldarbeiter und Köhler auf ihren Karren wie die Rohrspatzen. Dieses Geschrei, es klang wie ein Echo in seinem Kopf, als wollten all die Stimmen eine andere wachrufen … Plötzlich erinnerte er sich an eine Begebenheit, die ihm im Nachhinein unheimlich vorkam. Hatte nicht jemand im Durchgang zur Bischofsstadt seinen Namen gerufen? Laut und deutlich? »Georg«, hatte er gehört. Nur »Georg«, dann war wieder Stille gewesen. Hatte ihn womöglich wirklich jemand angerufen? Doch wer um alles in der Welt sollte das gewesen sein?

»He, Junge, aus dem Weg!«, schrie ihn ein Fuhrwerker an, der geradewegs vom Fischertor hereinkam und dessen Pferd ihn beinahe umrannte.

Sofort war Georg wieder in der Wirklichkeit angekommen: Menschentrauben, das Rattern von Fuhrkarren, das Brüllen der Ochsen und das Geschimpfe und Gefluche der Bewohner, die von den Schutz Suchenden an die Hauswände gedrängt wurden. Mit einem Sprung rettete er sich in einen der Hauseingänge und beobachtete, wie ein Fuggerkarren an ihm vorüberzog, kenntlich durch die Lilien, die auf den Spanndecken zum Verzurren gemalt waren. Fuggerkarren durften offenbar trotz der Kontrollen an den Toren noch passieren. An der von Feuer versengten Oberdecke des Warenballens sah man, dass das Fuhrwerk eine gefährliche Reise hinter sich hatte. Auch das Gesicht

128

des Wagenlenkers war verrußt; die geröteten Wangen waren völlig haarlos.

Durch die schnelle Bewegung begann sich die Welt vor Georgs Augen zu drehen. Er hatte sich bei Sarina angesteckt, war sein erster Gedanke. Doch es konnte ebenso gut sein, dass er nur Hunger hatte. Er musste etwas zu essen beschaffen, dann würde er sich auf die Suche machen.

Georg lief weiter bis in die Innenstadt, zum Markt und zur Moritzkirche, an der es sonst Brot zu kaufen gab. Doch er war nicht der einzige. Heerscharen von Menschen drängten sich an den leeren Marktständen und bettelten um Essen. Kein Krümelchen Mehl war mehr zu finden, kein Stück Brot, keine Saftwürste mehr. Über Nacht hatte sich die Welt verändert. Wegen der vielen Flüchtlinge, die in die Stadt gekommen waren, gingen Augsburgs Vorräte ungewöhnlich schnell zur Neige.

»Gebt uns Brot!«, schrie auf einmal eine alte Frau, die vor der Moritzkirche die Hände aufhielt. »Wir sind hungrige Christenmenschen, kein Vieh. Gebt uns zu essen!«

Die Menschen neben ihr murrten. Manche fielen zögernd in ihre Forderung ein: »Gebt uns Essen! Essen!«, wiederholten sie immerfort. Lauter und lauter schrien die Menschen, bis die Bittenden auf dem Platz vor der Kirche in regelrechte Raserei verfielen. Georg, der vom Weberhaus auf der anderen Straßenseite her zusah, bemerkte gereckte Fäuste, verzerrte Gesichter, geifernde Münder. Passanten, die vorübergingen und in mehr als nur Lumpen gehüllt waren, wurden bespuckt und mit Kieseln beworfen. Er sah, wie ein Mann mittleren Alters von einem Stein an der Schläfe getroffen wurde, taumelte, sich fing, seine Wunde mit der Hand abpresste, kehrt machte und davonlief. Seine Flucht wurde von allgemeinem Zischen und finsterem Gelächter begleitet.

129

Georg rührte sich nicht von der Stelle. Die Menge, die sich dort zusammenballte, gebärdete sich, als bestünde sie nicht aus einzelnen Menschen, sondern bildete einen einzigen Leib. Einen bedrohlichen, gefährlichen Leib. Jeden Augenblick erwartete Georg, sie würde sich aufrichten, mit einem gewaltigen Körper wie der biblische Leviathan, und um sich schlagen, denn immer mehr Menschen strömten auf den Platz und stimmten in den Protest mit ein. Doch dann zerfiel das Gebilde plötzlich wieder in Einzelwesen.

Langsam wurde Georg die Masse dort unheimlich. Ein Ausdruck schlich sich in die Gesichter der Schreier, der den Namen mordlüstern verdiente. Viele geiferten und spuckten, und als erneut ein Fuhrwerk der Fugger, kenntlich am Lilienwappen der Familie, am Zunfthaus der Bäcker einbog und in Richtung Weinmarkt rollte, entlud sich der Zorn der Menschen endgültig. Wie eine Wand standen sie plötzlich vor dem Gefährt, und obwohl der Fuhrwerker den Pferden die Peitsche gab und seinen Durchgang mit Gewalt erzwingen wollte, wich die Menge nicht. Hände griffen in die Zügel, andere lösten die Gäule von der Deichsel; Hände packten den Fuhrwerker und ließen ihn in der Menge verschwinden; Hände rissen an den Planen und zerrten deren Inneres ans Licht – und was ans Licht kam, ließ selbst Georg den Kopf schütteln: Tuche, Speckseiten, Wein, aber auch Waffen und Pulver fanden den Weg in die Arme dieses Leviathan.

Die Menschen plünderten. Die Menge plünderte. Der Karren wurde unter ohrenbetäubendem Geschrei regelrecht ausgeweidet. Erst als nur noch das lose Gerippe des Wagens dastand, begriff Georg, dass er von hier verschwinden musste. Wer sich in der Nähe dieses Ereignisses aufhielt, war verdächtig, wer

Gegenstände dieser Plünderung in seinen Besitz genommen hatte, war straffällig geworden. Er wollte alles, nur nicht in den Hexenlöchern enden, wohin vermutlich Sandors Sippe gebracht worden war. Er war offenbar nicht allein mit dieser Erkenntnis, denn viele liefen an ihm vorbei, einen Gegenstand aus dem Fuggerkarren in der Hand oder unter dem Wams verborgen.

Unwillkürlich streckte Georg seine Hand aus, als ein junger Kerl mit zwei Seiten Pökelschinken an ihm vorüberwollte, und hielt ihn am Hemd fest. Der Junge fuhr herum, den Schrecken in den Augen. Noch bevor Georg etwas sagen konnte, hatte der ihm einen der beiden Schinken auf die Brust gedrückt und tauchte in der fliehenden Menge unter. Verblüfft hielt Georg den Schinken an sich gepresst, als er das Signal einer Posaune vernahm: Die Stadtwache rückte an. Sicher war sie verstärkt mit den Männern des Schwäbischen Bundes. Jetzt galt es zu handeln. Mit der freien Hand griff er erneut in die Gruppe der an ihm Vorüberhastenden und zog wie ein Fischer eine Person an Land: ein Mädchen, dessen erhitztes Gesicht allein bereits seine Schuld bewies.

»Wo finde ich die Unterstadt? Ich suche dort einen Weber!«, sagte Georg ganz ruhig, doch das Mädchen sah ihn an, als wolle er sie an den Galgen bringen. Er hatte jedoch keine Zeit mehr, die Kleine von seiner Harmlosigkeit zu überzeugen, also schrie er sie an: »Wo finde ich die Unterstadt?«

Die Kleine deutete direkt auf eine Reihe Häuser, die St. Moritz gegenüber standen. »Die Gasse hinunter«, sagte sie weinerlich und voller Angst. Georg ließ das Mädchen frei und lief los. Kaum hatte er den Abweg erreicht, stürmten Stadtschergen auf den Platz und begannen die Menschen einzukesseln.

131

Georg kehrte dem Tumult den Rücken und rannte den Berg hinab. Unten empfing ihn feuchte Luft und ein Gestank, der ihm den Atem nahm. Langsam konnte er Vater gut verstehen, der niemals in die Stadt hatte ziehen wollen. »Ich will atmen können!«, hatte Vater immer wieder betont, und Georg hatte sich darüber gewundert, da das Atmen doch eine solche Selbstverständlichkeit war. Jetzt wusste er, was sein Vater damit gemeint hatte.

In den verwirrenden Gassen der Unterstadt war er rasch untergetaucht. Von überall drangen die Geräusche der Handwerker auf ihn ein. Die Rufe der Färber, die Hämmer der Walker und Schmiede, das Klappern der Webstühle. Dieses Klappern erfüllte die Luft wie das Summen der Bienen am Stock. Hunderte mussten hier unten an den Kanälen über den Balken sitzen. Neben dem Grunzen von Schweinen, die hier unten wie in vielen Städten Unrat und Kot fraßen und dabei fett wurden, gackerten Hühner und schnatterten Gänse und so mancher Esel ließ sein heiseres Krächzen hören. Georg zögerte erst, bevor er in einen der Innenhöfe trat und einen Kistler nach Meister Lukas fragte. Der magere Mann, dessen Aufgabe darin bestand, hölzerne Behältnisse zum Transport herzustellen, sah ihn prüfend von oben bis unten an, sagte jedoch kein Wort. Ein gellender Pfiff ins Haus hinein war das einzige, was Georg dem Mann entlocken konnte. Im Hauseingang erschien eine Gestalt, die das Gegenteil des schmächtigen Männleins war, groß, breitschultrig und gesund. Ein breites Grinsen spielte um dessen Mund.

»Wirf ihn hinaus, Leu«, sagte der Mann nur und senkte wieder den Kopf über seine Arbeit. Was mit Georg geschah, interessierte ihn offenbar nicht mehr.

Der Riese kam näher und ließ dabei seine Muskeln spielen. »Ich geh ja schon«, murmelte Georg, der einerseits enttäuscht war, andererseits die Menschen durchaus verstehen konnte. Hier unten war man als Komödiant noch weniger gern gesehen als in der Oberstadt.

Er drehte sich um und lief nach draußen, doch der Koloss folgte ihm. Und als Georg sich umwandte, sah er, dass er ihn regelrecht verfolgte. Georg fiel in Schritt, der Riese ging schneller. Georg begann zu rennen, der Riese trabte an. Die Distanz zwischen ihnen wurde nicht größer. Endlich gab Georg auf. Hinter einer Mauerecke passte er den Kerl ab.

»Was willst du von mir?«, fauchte er den Riesen an, der jetzt, als er dicht neben Georg stand, noch gewaltiger wirkte.

Keineswegs überrascht hielt der Riese an. Breitbeinig blieb er vor ihm stehen. Georg erwartete den ersten Schlag mit der flachen Hand oder mit der Faust. Er spannte bereits die Kinn- und Kopfmuskeln an in Erwartung des Schlags.

»Was ich von dir will?« Der Hüne lachte. »Was ich von dir will? Nichts!« Er senkte die Stimme zu einem Flüstern, das Georg ihm niemals zugetraut hätte. Dabei sah er verstohlen um sich. »Wolltest du nicht etwas von uns? Willst du nicht den Webermeister Lukas sprechen?« Verdattert nickte Georg. Mit allem hatte er gerechnet, doch nicht damit. »Ich bring dich zu ihm!«, sagte er. »Komm mit!«

Der Baum von einem Mann ging vor ihm her und bog um mehrere Gassenecken, bis er endlich vor einem kleinen Häuschen am Wall anhielt. »Hier wohnt er.«

12

Georg hielt noch immer die Schinkenseite im Arm. Selbst beim Rennen hatte er seine Beute nicht fallen lassen. In der momentanen Situation konnte diese Schinkenseite ein Leben retten, auch wenn sie mehr Fett als Fleisch enthielt.

Der Riese hatte ihn zu einem windschiefen Fachwerkgebäude geführt und ihm gesagt, er solle klopfen und warten. Dann war der Hüne verschwunden.

Georg ging auf das Häuschen zu. Bescheiden wirkte das Anwesen, einfach. Die Holztür verschloss das Gebäude sicher seit mehr als hundert Jahren, so löchrig und grau war sie. Georg klopfte dennoch energisch. Von drinnen hörte er es poltern und rufen. Dann herrschte Stille, als wären alle zur Hintertür hinaus geflohen. Als Georg die Klinke drückte, fand er die Tür verriegelt, was ihn wunderte. Nur bei vornehmen Familien schloss man ab. Bei Handwerkern stand die Tür offen. Das war hier unten im Wasserviertel Augsburgs nicht anders als anderswo auf dieser Welt. Außer man hatte etwas zu verbergen.

Georg wartete – unendlich lang, wie ihm schien. Schließlich wollte er unverrichteter Dinge abziehen und es am folgenden Tag noch einmal versuchen, da hörte er Schritte im Haus und ein keuchendes Husten. Der Riegel wurde beiseitegeschoben und die Tür einen winzigen Spalt aufgezogen. Ein Auge blickte ihm entgegen, das Georg sogleich erkannte.

»Ich bin es ...«, setzte Georg an, doch da wurde das Türblatt schon sperrangelweit aufgerissen und der Webermeister erschien auf der Schwelle.

»Wenn das nicht der Junge von der Stadtmauer ist!«, kommentierte Meister Lukas freundlich und aufgeräumt. Er strahlte dabei übers ganze Gesicht, und Georg hatte sofort das Gefühl, willkommen zu sein. »Und er bringt uns etwas zu essen, der gute Junge!«

Er packte Georg bei der Schulter und zog ihn nach innen. Bevor er die Tür schloss und erneut den Riegel vorlegte, spähte er misstrauisch die Gasse hinauf und hinunter.

Georg war nicht gekommen, den Schinken zu teilen, doch der Weber ließ keine Gegenwehr gelten und vereinnahmte ihn sofort.

»Rein in die gute Stube, niedergesetzt und erzählt!«, forderte er Georg auf und nahm ihm gegenüber an einem Tisch Platz. Im Nebenraum schnatterten zwei Webstühle im Takt um die Wette wie erregte Gänse. Es roch nach Schimmel und Feuchtigkeit, die Luft war klamm, und das Wasser legte sich wie Nebel überall auf die Gegenstände. Auf dem Boden im Nebenraum stand zentimeterhoch, soweit Georg das sehen konnte, das Wasser. Georg betrachtete die bescheidene Inneneinrichtung, die nur aus einer Bank, zwei Stühlen, einem Tisch, einer Herdstelle und einem Schrank bestand.

Als Georg dem Webermeister gegenübersaß, hatte sich dessen Miene völlig verändert. »Hatte ich dir nicht verboten, hier aufzukreuzen?«, fauchte der ihn an. »Ich suche dich auf, hatten wir vereinbart.«

Georg juckte es plötzlich am ganzen Körper. In seiner Not hatte er gar nicht daran gedacht, dass dem Weber sein Besuch

135

nicht willkommen sein könnte. »Ich weiß, weshalb du hier bist, Junge – und meine Antwort ist: nein!«

Zu verblüfft war Georg über die Äußerungen Meister Lukas', als dass er sofort etwas hätte antworten können. Es dauerte eine ganze Weile, bis er zu seiner Stimme fand. Wobei er nicht wusste, ob er hier drinnen in der Stube wirklich Luft holen wollte, denn die feuchte Schimmelatmosphäre nahm ihm den Atem.

»Bislang ist kein Sterbenswort über meine Lippen gekommen. Was ...«

»Sag lieber nichts. Wir haben Probleme genug. Jeder in der Stadt weiß mittlerweile, was sich oben im Fronhof abgespielt hat. Mehr als zehn meiner Späher haben mir das Geschehen geschildert. Einer der Hauptleute wurde von einem Komödianten erstochen. So lautet das Gerücht. So heißt es offiziell. Viel Falsches scheint nicht dran zu sein.«

Georg widersprach energisch. »Ihr habt keine Ahnung. Niemand von uns war daran beteiligt.«

Der Webermeister sah ihm in die Augen. Georg hielt dem Blick stand, bis Meister Lukas beiseiteschaute.

»Es ist nicht wichtig, ob wirklich jemand von euch daran beteiligt war«, sagte der Weber leise. »Die Menschen gieren nach Gerüchten. Wer außer den Komödianten sollte es sonst gewesen sein? Weil offenbar alles ineinanderpasst, kommen auch keine Zweifel auf. Aus dem Gerücht wird Wahrheit – und die genügt, um das fahrende Volk schuldig zu sprechen.«

Ein Knurren drängte sich in das Klappern der Webstühle. Meister Lukas musste lächeln.

»Du hast Hunger«, kommentierte er. »Her mit dem Schinken. Ich steuere Brot dazu bei und ein paar Zwiebeln. Wer weiß, ob wir morgen noch leben werden.«

Nur ungern sah Georg den Schinken ziehen, den Meister Lukas in das Zimmer dahinter reichte. Nervös strich er sein Halstuch glatt. Dort draußen redete er vermutlich mit seiner Frau, denn kurz darauf hörten sie beide das Wetzen von Stahl. Die Messer wurden geschärft.

»Du kommst, weil ich dir helfen soll. Nicht wahr? Hör zu, Junge. In der Stadt selbst stehen zweihundert schwer Bewaffnete. Allesamt Söldner des Schwäbischen Bundes. Eingesetzt als Schergen und zur Verteidigung der Mauern. Was soll ich deiner Meinung nach für deine Leute tun? Sie einfach befreien? Das können wir nicht. Freikaufen? Dazu reicht das Geld nicht aus. Was soll ich also unternehmen?«

Georg konnte gar nichts erwidern, denn die Tür ging auf und eine zierliche Frau, die erheblich jünger war als der Meister, brachte einen großen Holzteller herein, auf dem sein Schinken lag, fein säuberlich in Scheiben geschnitten. Daneben hatte die Hausfrau in Essig Eingelegtes geschichtet und Brot dazugegeben. Die Zwiebeln lagen in grobe Stücke geteilt über den Schinkenscheiben. Allein vom Anblick begann sich in Georgs Kopf alles zu drehen, so sehr verspürte er, dass er seit dem letzten Abend nichts mehr gegessen hatte. Der Teller stand noch nicht auf dem Tisch, als sein Arm schon vorschnellte – und vom Webermeister am Handgelenk zurückgehalten wurde.

»Wir danken dem Herrn, unserem Gott, für unsere Mahlzeit und dass er uns in diesen Tagen mit so viel Reichtum gesegnet hat. Amen!«, betete der Alte energisch das Tischgebet. Erst danach gab er Georgs Hand frei. Der schämte sich für seine Voreiligkeit, doch Meister Lukas lachte nur, dass es ihm die Augenfältchen zu einer schrundigen Rinde quetschte.

»Wer Hunger hat, dem gehen manchmal die Manieren verloren. Doch wir wollen uns nicht verhalten, wie es die hohen Herren tun. Gottesfurcht hat dem gemeinen Mann noch niemals geschadet. Guten Appetit!«

Georg langte zu und schlang den Schinken und das Brot zusammen mit der Zwiebel hinunter. Langsam beruhigte sich sein Magen, langsam füllte sich das Gedärm, und er wurde müde. Sie aßen schweigend. Auch die Hausfrau, die ihn interessiert musterte, nahm sich vom Essen, doch nur mit Maßen. Georg war, als säße ein Vögelchen mit am Tisch und pickte nur die Körner vom Brett. Der Meister schickte die Frau nach nebenan um sein Bier und einen zweiten Krug. Mit geschickter Hand teilte er das Getränk auf zwei Gefäße auf und prostete Georg zu. Der hielt mit, obwohl er noch niemals ein Bier gekostet hatte.

Erst als der letzte Schluck durch die Kehlen geronnen war und sie die feinen Fasern des Schinkens hinabgespült hatten, nahm Meister Lukas das Gespräch wieder auf.

»Du darfst nicht bei mir hier bliebn, ja, du darfst nicht einmal in der Stadt bleiben. Sie werden dich finden und zu den anderen werfen. Und was mit denen geschieht, weiß der Himmel. Sei froh, dass der Vogt nicht in die Stadt kann. Die aufständischen Bauern lauern überall. Es ist ihm zu gefährlich.« Er lachte kehlig, und dieses Lachen verwandelte sich in einen Husten, der ihn zuerst rot, dann blau anlaufen ließ, bis er, nach Luft ringend und beide Arme auf dem Tisch aufgestützt, die Augen schloss. Georg glaubte schon, der Meister sei ohnmächtig, als eine sanfte Stimme neben ihm sagte: »Er ringt mit seinem Körper. Irgendwann wird er verlieren. Heute nicht, nein. Doch morgen kann es schon vorbei sein. Er lässt sich zu Beginn jeder Woche vom Priester die Beichte abnehmen, damit er im Stand der Gnade sterben kann.«

Die Meisterin redete von ihrem Mann, als sei sein Tod nur mehr eine Frage der Zeit. Vielleicht war der Tod unter den Webern tatsächlich derart alltäglich, dass sie über ihn redeten wie über das Wetter und das Bier. Georg jedoch musste schlucken. Für ihn war er schrecklich.

Langsam kam Meister Lukas wieder zu sich. Sein Atem beruhigte sich, das Hustenwürgen ebbte ab, die Gesichtsfarbe wechselte ins Blasse, er schlug die Augen wieder auf.

»Du musst raus aus der Stadt, mein Junge«, sagte der Weber kurzatmig und flach. »Vergiss die Komödianten.«

Langsam schüttelte Georg den Kopf. »Nein!« Immer stärker wurde die Bewegung. »Nein, nein und nochmals nein! Ich lasse Sarina nicht im Stich und Sandor auch nicht!« Dass er beim Schleppert eine Ausnahme gemacht hätte, verschwieg er. Den Zwerg brauchte er nicht. Wozu war so ein Zwerg schon gut?

»Du hast einen Starrkopf«, schalt der Weber. Doch er schmunzelte dabei. »Das gefällt mir, Junge! Du könntest uns nützlich sein!«

Georg sah Meister Lukas an, doch der sah ihn nicht wirklich. In seinem Kopf formte sich das Bild Sarinas, die in ihre Decken gehüllt dalag und fieberte. Wenn sie in die Hexenlöcher mitgenommen worden war, würde sie sterben. Wenn sie noch im Fronhof lag, musste jemand sich um sie kümmern. Dem Schleppert traute er nicht. Der war falsch.

Mit trockenem Mund und stockend antwortete er: »Ich muss schauen, ob Sarina etwas zugestoßen ist.«

»Junge!«, sagte der Weber und stieß ihn an. Jetzt erst bemerkte Georg, wie tief er in seine Gedanken versunken gewesen war. »Das Bier war wohl ein wenig zu stark für deinen Hunger«, grinste er. »Lass die Suche nach dem Mädchen unsere Sorge sein. Meine Männer finden sie. Sie geben dir Bescheid.«

Wieder schüttelte Georg den Kopf. »Ich werde hier nicht untätig herumsitzen. Sarina hofft, dass ich ihr helfe. Sie wird von mir nicht enttäuscht werden.«

Meister Lukas nickte ernst und legte seine schrundige Hand auf Georgs Arm.

»Du wirst zu tun bekommen, Junge. Doch in der Bischofsstadt oben darfst du dich nicht mehr sehen lassen. Sie warten auf dich.« Er machte eine Pause, während der er Georg scharf fixierte. »Hilf uns, dann hilfst du den Komödianten.«

Die Meisterin erhob sich und ging aus dem Raum hinüber in die Werkstatt. Kurz darauf hörte Georg einen weiteren Webstuhl klappern. Offenbar wollte sie nicht hören, was ihr Mann ihm zu sagen hatte.

»Ich will wissen, was zu tun ist. Dann entscheide ich mich«, drängte Georg. Er kaufte keine Katze im Sack.

»Du bist vorsichtig. Das ist gut, das ist sehr gut.« Meister Lukas' Kurzatmigkeit brachte das Gespräch ins Stocken. Immer wieder musste der Weber innehalten und um Luft ringen. »Du sollst eine Botschaft nach draußen bringen. Zu den Bauern.«

Georg wurde regelrecht schwindlig, als er das hörte. »Zu den Bauern? Vor die Stadt?«

»Vor die Stadt! Du sollst nur einen Brief weitergeben. Mehr nicht.«

Fassungslos starrte Georg den Webermeister an. »Wie soll das gehen? Weder weiß ich, wie ich aus der Stadt hinauskommen soll, noch wo die Bauern lagern.«

»Lass das eine unsere Sorge sein, das andere findet sich. Wir kümmern uns um Sarina. Wenn sie nicht gefangen genommen worden ist, wirst du sie wiedersehen.« Der Meister machte eine Pause, dann hielt er ihm seine Hand hin. »Schlägst du ein?«

Georg zögerte. Doch der Weber hatte recht. Er würde in der Stadt nicht zur Ruhe kommen. Da war es von Vorteil, wenn er für einige Tage verschwand. Endlich schlug er ein. Meister Lukas hielt seine Hand fest und klopfte ihm auf die Schultern.

»Ich habe es gewusst«, lächelte er. »Ich habe es einfach gewusst. Vorsichtig und doch mutig. Komm mit, mein Junge, ich muss dir etwas zeigen. Wir waren nämlich nicht untätig. Während du dich irgendwo in der Stadt herumgetrieben hast, haben wir schon einmal unseren Teil der Vereinbarung gehalten.«

Georg runzelte die Stirn. Was sollte diese Anspielung? Der Weber ging voraus in die Kammer der Webstühle und winkte Georg, er solle ihm folgen. Die Feuchtigkeit des Raums nahm ihm beinahe den Atem. Die Meisterin sah nicht einmal von ihrem Tuch auf, als sie beide an ihr vorübergingen. Regelmäßig schoss das Schiffchen von einer Seite auf die andere, ebenso regelmäßig wechselten die Fadenbäume in gleichmäßigem Auf und Ab, sodass sich ein Rhythmus ergab, zu dem man hätte singen können. Und die Meisterin sang auch tatsächlich, mit leicht zur Seite geneigtem Kopf und so leise, dass es Georg beinahe entgangen wäre.

Der Weber durchschritt den Raum und wartete bereits auf der gegenüberliegenden Seite. Ungeduldig winkte er Georg heran. »Jetzt komm schon. Die Luft darf nicht zu trocken werden. Im Winter ist das schlimm. Die Luft draußen enthält zu wenig Feuchtigkeit. Man darf nicht allzu oft aus- und eingehen. Die Fäden reißen sonst. Jeder Knoten im Gewebe mindert die Qualität.«

Er nahm Georg am Arm und zog ihn hinter sich her. Die Tür fiel hinter ihnen ins Schloss. Sie durchquerten einen schmalen Innenhof, dessen Schacht kaum das Licht des Tages auf den Grund ließ und der auf halber Länge ganz überbaut und dort so niedrig war, dass sie gebückt gehen mussten. Sie schlüpften beinahe bis ans Ende der Unterführung, an dem der Weber eine Tür aufstieß, durch die sie in einen feuchten Keller dahinter gelangten. Obgleich nicht tief in die Erde gegraben, stand der Raum im Wasser. Trotz der Feuchtigkeit diente er als Warenlager. Ein alter Webstuhl befand sich darin, Garne, Schussfäden auf langen Spindeln, Wirteln aus Stein und Holz, Spinnräder. »Damit die Fäden feucht bleiben«, kommentierte der Weber Georgs Verwunderung. Zügig kletterte Meister Lukas eine Leiter hoch. Sie erreichten einen Raum zu ebener Erde, der Werkzeuge enthielt und in dem sich Stoffe stapelten und der abgedunkelt war. Auf einem Schemel lag ein Messer, das im Dämmerlicht kaum zu erkennen war, und Georg ging zuerst achtlos daran vorbei. Ein kurzes Wiedererkennen ließ ihn innehalten. Aus dem Augenwinkel heraus kam ihm etwas an diesem Messer bekannt vor. Er blieb stehen, drehte sich um und betrachtete den Griff.

»Wo habt Ihr das Messer her?«, fragte Georg. Er starrte den Griff an. Das war nicht irgendein Messer. Den Drachen, dessen Schwanz sich um den eigenen Körper schlang, kannte er. Ein fürchterlicher Verdacht regte sich in ihm. »Woher stammt es?«

Meister Lukas stieg die Leiter wieder hinunter.

»Mit diesem Messer wurde der Hauptmann ermordet. Es steckte in seinem Körper. Kennst du es?«

Georg schluckte.

Natürlich kannte er es. Nur zu gut. »Es ist die Klinge meines

Bruders«, antwortete er tonlos. »Der Hauptmann hat Hannes bei unserer Schmiede erschossen.«

Eine Stille breitete sich aus, in der nur das Knacken des Gebälks und das schwere Atmen des Webers zu hören waren. Georg starrte in den feinen Staub, der durch die Lichtfinger tanzte, die durch Spalten im Fensterholz in den Raum fielen. Die Landsknechte hatten seinen Bruder also gefunden und ausgeraubt. Woher hätte sonst irgendjemand sein Messer haben sollen? Er musste mehrmals schlucken, um gegen die Tränen anzukämpfen, die in ihm hochstiegen.

Meister Lukas schien zu ahnen, was in ihm vorging, und klopfte ihm auf die Schultern.

»Denk nicht mehr dran, mein Junge. Je eher das Gesocks verschwindet, desto besser.«

»Darf ich es mitnehmen?«, fragte Georg.

Meister Lukas zuckte mit den Schultern. »Meinetwegen. Wir haben es nur an uns genommen, weil der Griff so ungewöhnlich ist. Das wäre ein weiterer Hinweis auf euch Komödianten gewesen. Kein Mensch hat sich beschwert, dass der Kerl ohne Messer begraben wird.«

Schnell entschlossen griff Georg zu und steckte das Messer in seinen Gürtel. Sah man von den Gulden des Vaters ab, war Hannes' Klinge das einzige Stück Erinnerung an seine Familie.

»Komm, ich muss dir noch etwas zeigen!«, drängte der Weber.

Er nahm eine weitere Leiter, lehnte sie gegen die Wand, stieg hoch und hob aus der Decke einige Bretter, sodass eine Öffnung entstand. Der Gebäudeteil war so schmal, als hätte man dafür ein Haus halbiert. Sie durchstiegen den Durchlass, zogen die Leiter nach oben, schlossen die Bretteröffnung wieder und gelangten endlich im ersten Stock in eine Kammer. Darin roch es nach Thymian und Kampfer, nach Kamille und Nachttopf. Und es roch nach etwas, was Georg kannte, wenn er es auch am liebsten aus dem Gedächtnis verdrängt hätte: dem Schleppert.

Als er den Raum betrat und den Teil sehen konnte, der von der Tür bislang verdeckt worden war, wären ihm beinahe die Knie weich geworden. Auf einer Liege, verborgen unter mehreren Decken, lag Sarina und schlief. Am Kopfende, direkt hinter der Tür, saß der Schleppert und hielt einen feuchten Lappen in der Hand. Mit schreckgeweiteten Augen sah er ihn an.

»Wir haben sie hierherbringen lassen. Gerade rechtzeitig, bevor die Stadtschergen auch die Frauen verhaftet haben.«

Meister Lukas wandte sich jetzt zu Georg um. Sein Gesicht wirkte ernst. »Sie ist sehr krank. Niemand sonst wollte sie aufnehmen.«

»Ihr habt etwas gut bei mir«, sagte Georg. Seine Stimme klang heiser.

13

Die Dunkelheit war hereingebrochen. Georg hatte eine Tasche umhängen und folgte dem Nachtwächter, der langsamen Schritts durch die Straßen zog, an jeder Gassenmündung stehen blieb und mit seiner Laterne das Dunkel darin ausleuchtete. Dann stimmte er sein Lied an, schlug eine dumpfe Glocke und ging weiter. Immer wieder sah er sich um und blickte dabei in Georgs Richtung, doch der hielt sich außerhalb des Lichtkegels. Im Gegenlicht seiner Laterne konnte ihn der Nachtwächter nicht entdecken. Georg folgte ihm auf Anraten Meister Lukas' bis in die Nähe des Heilig-Kreuz-Tores. Dort gab es angeblich den einzigen Weg aus der Stadt hinaus, die porta nocturna, die Nachtpforte. Während der Mann vor ihm erneut in eine Toreinfahrt in der Stadtmauer leuchtete, murmelte Georg unablässig die Parole, die ihm Meister Lukas verraten hatte. Nur mit ihrer Hilfe würde er sich den Bauern nähern können. Das Licht der Laterne zeigte eine Tordurchfahrt in der Mauer, über der sich kein Turm erhob. Das musste der Eingang sein. Georg fühlte sich unwohl. Ein unbestimmtes Gefühl sagte ihm, dass er diesen Auftrag nicht hätte annehmen dürfen. Doch jetzt war es zu spät. Mit Handschlag hatte er eingewilligt.

Die Tasche drückte ihn in die Seite. Sie enthielt weiter nichts als einen Brief an den Bauernführer vor den Toren. »Sag ihnen, dass sie hinter den Mauern Verbündete haben. Doch ohne ihre

Unterstützung sind wir machtlos. Zu wenige und zu schlecht bewaffnet«, hatte ihm der Weber eingeschärft. »Wir hoffen auf sie.«

Unverständlich war es ihm gewesen, warum er diese Botschaft nicht mündlich überbringen konnte. Doch der Weber hatte scharf auf dem Brief bestanden, also hatte sich Georg gefügt. Er wartete, bis der Nachtwächter weitergegangen war und die schmale Sichel des Mondes mit leichter Hand ihr Restlicht zwischen die Häuserzeilen legte. Als sich seine Augen daran gewöhnt hatten, ging Georg auf den Durchlass zu. Tagsüber hatte er ihn nicht besuchen dürfen.

»Je weniger dort herumschleichen«, hatte Meister Lukas betont, »desto weniger Misstrauen erwecken wir.«

Eng an die Hausmauern gedrückt, schlich Georg vorwärts, immer darum bemüht, kein Geräusch zu verursachen. Der Durchgang selbst lag im Restlicht des Mondes, das jedoch den Platz vor dem Bogen reichlich beleuchtete. Wer hineinwollte, musste das schwache Lichtfeld durchqueren und konnte gesehen werden. Georg blieb nichts weiter übrig, als das zu riskieren. Der Einlass, hatte Meister Jakob ihm erzählt, werde seit dem Tod Kaiser Maximilians 1519 nur noch selten benützt. Seit sechs Jahren also. Dennoch gebe es den Mechanismus zum Öffnen des Tores weiter, und er funktioniere bestens. Vor allem deshalb, weil einer der Weberleute ihn bediene.

Eine Lücke zwischen zwei Gebäuden ließ den Hauch Mondlicht hindurchfließen, der wie eine breite Schranke wirkte, weil sich alles darin abzeichnete. Kurz davor blieb Georg stehen. Wie aus einem dunklen Stoff herausgeschnitten wirkte der Lichtraum. Wer in ihn hineintrat, wurde unweigerlich von jeder Person erkannt, die im Dunkeln stand. Wieder fühlte sich Georg unwohl. Irgendetwas stimmte nicht. Die Dunkelheit schreckte ihn nicht. Oft war er bei Vaters Schmiede nachts durch den Wald gelaufen. Diesmal war es anders. Er verharrte im Schwarz des Nachtschattens, während seine Augen jeden Fußbreit nach etwas absuchten, was sein Gefühl bestätigen konnte. Er horchte in die Dunkelheit hinein, hörte jedoch nichts. Dennoch hinderte ihn etwas daran, diesen Flecken Mondlicht zu durchschreiten.

Geduldig wartete er. Der Vorfall an der Schmiede hatte ihn gelehrt, seinem Bauchgefühl zu vertrauen. Das Wesen, das in der Schwärze unterm Torbogen lauerte, würde sich verraten. Und tatsächlich. Kaum so laut, dass es zu vernehmen gewesen war, drang ein Geräusch aus der Dunkelheit, ein Kratzen. Georgs Sinne erspürten es sofort.

Passte ihn nun doch jemand ab? Meister Lukas hatte nichts von einer Wache erzählt, nur von dem Weber, der die Schließanlage bediente.

Georg konnte nicht sagen, ob das, was er vernahm, dieses helle Ziehen und Schaben, sein eigener Atem war oder der eines Wesens, das hinter der Lichtpforte auf diejenigen wartete, die sie zu überschreiten wagten.

Was sollte er tun? Warten? Weitergehen? Er fühlte im Gürtel das Messer des Bruders, dessen Knauf ihm in den Bauch drückte.

Plötzlich änderte sich alles. Er hörte ein unterdrücktes Stöhnen, ein Röcheln, dann schlug ein Körper auf den Boden auf. Eine Hand erschien im Lichtstreifen, und der Mond beschien vier Finger, die leicht zuckten, sich schlossen und langsam wieder öffneten. Dann lagen sie ruhig im Licht des Nachtgestirns. Nur kurz ragten sie in die Lichtschranke hinein. Energisch wurden sie mit dem dazugehörigen Körper ins Innere des Durchgangs zurückgezogen.

Georgs Hals schmerzte, so trocken fühlte sich sein Mund an. Der Mann war tot, da war er sich sicher. Noch mehr beunruhigte ihn ein anderer Umstand. Georg hatte den Toten sofort erkannt. Es war eine rechte Hand gewesen, die ins Licht gefallen war. Und ihr hatte ein Finger gefehlt. Ein Zeigefinger. Direkt an der Wurzel hatte man ihn entfernt, sodass sich in der Hand selbst eine Kerbe gebildet hatte. Der Tote konnte nur der Landsknecht sein, den er Fehlfinger nannte.

Georg stand wie festgeschmiedet. Unmöglich konnte er in den Zugang zum Alten Einlass schlüpfen. Wer dort auf ihn lauerte, hatte keine redlichen Absichten.

Georg dachte daran umzukehren. Doch jede Bewegung, die er machte, würde ein Geräusch verursachen und ihn verraten. Kein Mörder konnte Zeugen gebrauchen. Also verharrte er wie eine Steinfigur im Häuserschatten. Seit er vom Webermeister eine wollene Joppe bekommen hatte, fror er nicht mehr so stark. Er würde die Nacht durchstehen.

Je länger er jedoch stand, je genauer er über das nachdachte, was er gesehen hatte, desto unwahrscheinlicher erschien ihm das alles.

Natürlich hatte er die Hand gesehen, natürlich hatte er sie erkannt und dem richtigen Mann zugeordnet. Doch im Durchgang wartete niemand auf ihn. Woher sollte der Mensch wissen, dass er kam? Es war unmöglich. Nur Meister Lukas wusste von seiner Mission. Niemand sonst. Nicht einmal dessen Ehefrau hatte es erfahren. Folglich wartete der Kerl dort drinnen nicht auf ihn, sondern auf etwas anderes oder jemand anderen. Wenn er überhaupt wartete. Es konnte ebenso gut sein, dass er er-

148

reicht hatte, was er wollte, und mittlerweile geflohen war. Schließlich hatte er jemanden getötet. Doch der Fremde war nicht im Lichtbogen erschienen. Folglich hielt er sich noch drinnen auf. Sicher war das aber nicht – denn wenn er, Georg, durch das Tor aus der Stadt kam, gelangte vielleicht der Unbekannte ebenfalls auf diesem Weg hinaus. Womöglich handelte es sich um einen Mitverschwörer der Weber, dessen Aufgabe darin bestand, diesen Weg freizuhalten, damit Georg hinauskonnte.

All diese Gedanken schwirrten gleichzeitig immer wieder durch Georgs Kopf und hinderten ihn daran, sich zu entscheiden. Erst als sich der Mond hinter den Giebeln zu verbergen begann und das Lichtband vor dem Tordurchgang löschte, fand Georg zu einem Entschluss. Er würde hindurchgehen. Da er lange nichts mehr gehört hatte, nahm er einfach an, der Unbekannte sei verschwunden. Er wollte eben den ersten Schritt nach vorne wagen, als er von einer Bewegung im Durchgang überrascht wurde. Im letzten spärlichen Mondlicht trat eine Gestalt aus dem Torbogen, die in einen weiten Mantel gehüllt war und einen breitkrempigen Hut auf dem Kopf trug. Auf der gegenüberliegenden Seite verschwand der Schatten wieder im Dunkeln. Nur einen flüchtigen Moment hatte Georg das Gesicht unter dem Hut gesehen, nur im schwachen Mondlicht, doch die Furcht fiel ihn an wie eine wilde Katze.

Der Mann, der an ihm vorübergegangen war, sah einem Menschen ähnlich, der längst tot war und für dessen Tod er den Beweis an seinem Körper trug: seinem eigenen Bruder! Aber das war unmöglich. Hannes war ertrunken. Mit eigenen Augen hatte Georg es gesehen. Niemand entkam dem Ablauf des Wasserrads, und im Winter schon gar nicht. Nein, er musste sich irren! Wahrscheinlich spielte die schneidende Kälte seinen Sin-

149

nen einen Streich. Sein Gedächtnis war auch nicht besonders geschult. Dennoch hinterließ die Person ein merkwürdiges Gefühl in Georgs Kopf. Sie hatte bestimmt seinem Bruder Hannes ähnlich gesehen.

Georg schüttelte sich, als müsse er die Gedanken und Beobachtungen der letzen Stunden abstreifen, weil sie ihn zu sehr bedrückten. Er musste sich auf seinen Auftrag konzentrieren, konnte sich jetzt nicht mit Dingen belasten, die ihn behinderten.

Er zögerte eine kleine Weile, dann durchschritt er den Torbogen, der jetzt ganz im Dunkeln lag. Mit nach vorne gestreckten Händen tastete er sich durch die Finsternis, bis ihm ein schwacher, flackernder Lichtschein entgegenleuchtete. Georg war vorgewarnt. Am Beginn der Brücke, die zum Einlass führte, hatte es geheißen, brenne eine Kerze. Er schritt vorsichtig darauf zu. Die Augen gewöhnten sich an das flackernde Licht, bis er den Stuhl sah. Dort, beinahe außerhalb des Lichtkegels, stand ein Stuhl, und auf diesem Stuhl saß ein Mensch. Eine Hand baumelte an der Seite herab und hielt einen Fetzen Papier in den Fingern. Noch hatte der ihn nicht kommen hören, denn er saß, leicht vorgebeugt, und Georg glaubte sogar, den regelmäßigen Atem eines Schlafenden zu hören. Regelmäßig ging der Atem. Nichts davon hatte ihm Meister Lukas verraten. Ein Mechanismus sollte es sein, kein Mensch, der das Tor bewachte. Der Mann vor ihm bewegte sich leicht, er kippte nach vorn, und sein rechter Arm fiel zur Seite herab. Georg erstarrte. An der Hand fehlte ein Finger, der Zeigefinger. Es war Fehlfinger, der dort saß. Langsam, als würde die Zeit für einen kurzen Moment an Geschwindigkeit verlieren, sackte der Körper nach vorn, der tote Arm pendelte vor, als versuche er den Fall aufzuhalten, konnte ihn jedoch nur verlangsamen. Fehlfinger fiel leblos wie

ein Sack Getreide zu Boden. Der Kopf glitt zur Seite, und Fehlfinger schien Georg aus gebrochenen Augen anzustarren. Aus
seinen Fingern glitt das Stück Papier und rutschte auf dem
gefliesten Boden entlang. Es gab ein schabendes Geräusch. Erst
jetzt begriff Georg. Was er für das Atmen des Wächters gehalten hatte, war das Geräusch seines eigenen Atems gewesen, die
vermeintlichen Bewegungen hatte ihm nur das Flackern der
Kerze vorgegaukelt. Fehlfinger war tot. Mausetot. Jemand hatte ihn in diese Position gesetzt, damit man ihn sehen konnte. Mit
einem Ruck fuhr der Junge herum und starrte in die Nacht hinter ihm. Hörte er Geräusche? Folgte ihm der Fremde, der aussah wie sein Bruder? Zurück konnte er nicht mehr. Es gab also
nur noch die Flucht nach vorn.

Georg musste sich überwinden, um eng an die Wand
gedrückt an dem Toten vorbeizuschlüpfen. Dabei stieß er mit
den Zehen gegen das Blatt Papier. Rasch hob Georg es auf und
betrachtete die Schrift eingehend. Etwas stand darauf, doch was
es bedeutete, konnte er nicht entziffern. Hilflose Wut und Panik
wallten in ihm auf. Verdammt, warum konnte er nicht lesen!
Hatte er nicht längst anfangen wollen, es zu lernen? Sarina hatte doch versprochen, es ihm beizubringen. Sarina ... Bei dem
Gedanken an sie wurde er ruhiger. Er musste sie retten, und
dazu brauchte er die Hilfe der Weber. Also musste er diesen
zunächst beweisen, dass er ein vertrauenswürdiger Kurier war.
Rasch steckte er das Blatt Papier ein. Man konnte nie wissen.

Dann tauchte er wieder in die Dunkelheit ein. Vor ihm lag die
überdachte Holzbrücke, in deren Mitte sich der Mechanismus
befinden sollte. Es dauerte eine Weile, bis er zum ersten Tor
gelangt war. Das musste er aufdrücken. Dahinter befand sich
ein Raum, in dem bequem ein Mann mit einem Pferd Platz fand.

Der Weber hatte ihn mit dessen Besonderheit bekannt gemacht. Wenn das Tor hinter ihm zufiel, war es unmöglich, daraus zu entkommen, außer man bezahlte das Brückengeld. Erst danach öffnete sich wie von Zauberhand die Tür vor einem und schloss sich wieder hinter dem Durchgehenden. Wieder würde man in einem Raum stehen, der völlig abgeschlossen wäre. Erst nachdem das Schloss der rückwärtigen Tür wieder gesperrt hätte, würde sich das Tor vor einem öffnen und den Weg nach draußen freigeben. Ein Wunderwerk der Mechanik, das gar nicht so wunderbar war, wenn man Bescheid wusste. Drei Männer bedienten das Tor rund um die Uhr, deshalb brannten auch in jedem Raum zwei Kerzen. Nur so konnten die Männer, die in einem Zimmerchen über dem Durchgang versteckt waren, beobachten, ob das Brückengeld bezahlt wurde oder nicht. Die Schließer der heutigen Nacht standen mit den Webern in Verbindung und öffneten ihm bereitwillig die Tore. Erst als die letzte Schleuse quietschend aufschwang und ihn nach draußen entließ, fiel die Anspannung von Georg ab. Kurz grüßte er zu den dunklen Sichtöffnungen in der Decke hinauf, durch die man ihn beobachtete. Dann rannte er über die Brücke, als würde er verfolgt, und schlug sich draußen sofort in die Büsche. Dort blieb er sitzen und versuchte sich zu beruhigen. Doch die Angst lief in mehreren Schauern über seinen Körper und schüttelte ihn. Niemals hätte er diesen Auftrag annehmen dürfen. Er brachte ihm nur Schwierigkeiten. Außerdem ließ ihn das Gesicht nicht los, das sich ihm eingebrannt hatte: Hannes! Es war unmöglich.

Doch Georg fand keine Zeit, lange darüber nachzudenken, warum ihm seine Fantasie solche Bilder vorgaukelte, denn von zwei Seiten näherten sich Schritte. Plumpe Körper brachen durch das Gehölz am Graben.

»Ich hab gehört, wie sich jemand rausgeschlichen hat. Der ist gerannt, als wär der Teufel hinter seiner armen Seele her!«

»Wer weiß, was für 'ne Teufelei die aushecken. Wo ist er bloß hin?«, fragte eine weitere Stimme grob.

»Ins Kraut, beim Graben! Los! Du suchst dort drüben, ich hier!«, lautete der Befehl.

Es waren Bauern, das war nicht zu überhören. Ihrem Dialekt nach kamen sie von weiter weg, denn es fiel Georg nicht leicht, sie auf Anhieb zu verstehen. Nur allzu deutlich vernahm er jedoch, wie sie im Nachtdunkel ihre Spieße in die Büsche stießen. Sie mussten ihn zwangsläufig aufstöbern, wenn sie so weitermachten. Die Parole! Georg überlegte krampfhaft, was der Weber ihm für eine Parole mitgegeben hatte, doch das Erlebnis am Einlass und das Auftauchen der Kerle jetzt hatten die Erinnerung völlig verschüttet. Nervös nestelte er an seinem Halstuch. Nicht ein Wort fiel ihm ein, so sehr er sich zu erinnern versuchte. Georg machte sich klein wie ein Igel und hoffte, sie würden vorbeistechen.

Sanduhr hieß die Losung nicht, auch nicht Turmuhr. So ähnlich, war es. So ähnlich und doch hatte es damit nichts zu tun. Rundwurf, Turmwurf, Tarnschuh. Nein, nichts von alledem. Die Spieße kamen näher. Georg vernahm bereits das Keuchen, das die Anstrengung den Männern abverlangte. Dabei berührten seine Hände die Bänder, mit denen er seine Schuhe geschnürt hatte – und sofort wusste er, wie die Parole hieß.

»Bundschuh!«, rief er in die Nacht hinein. Dann lauschte er. Ohne zu sehen, was geschah, ahnte er, dass die Männer starr standen vor Schreck. Sofort wiederholte er das Signalwort: »Bundschuh!«

»Bundschuh!«, wiederholte einer der Kerle etwas unbeholfen.

153

»Sieg dem Bundschuh!«, wiederholte Georg etwas abgewandelt die Parole.

»Er ist es«, sagte der Bauer in die Nacht hinein – wohl zu seinem Kumpanen, der sofort in ihre Richtung durch das Gestrüpp brach.

Sofort hörten die Männer auf, mit den Spießen im Gesträuch zu stochern.

»Wölk! Ich habe ihn!«, rief der Kerl in Georgs Nähe. »Hier! Horch!« Dann rief er: »Losung!«

Georg beeilte sich zu antworten und bellte abermals:

»Bundschuh! Sieg dem Bundschuh!«

»Brüll nicht so«, wurde der andere getadelt. Und dann wandte sich der Wortführer in der Dunkelheit an ihn: »Wo steckst du, Kerl? Wir warten schon lange auf dich.«

14

Ein merkwürdiges Gefühl war es schon, sich am Schaft einer Hellebarde festhalten zu müssen und einfach hinterhergezogen zu werden. Georg stolperte durch die Nacht. Zwischen die Bäume hängten sich Nebelfäden und trübten das wenige Mondlicht. Das Nachtgestirn lief gerade unter den Horizont und drohte nichts als eine rußige Finsternis zurückzulassen.

»Ist es noch weit?«, wagte Georg zu fragen, nachdem er sich zum vierten Mal den Schädel an einem Ast aufgestoßen hatte.

»Hä?«, brummte der eine der Bauern, der sich als Wölk Mattheis vorgestellt hatte. »Ah, so. Nein. Wir sind gleich da!«

Tatsächlich öffnete sich das Gehölz zu einer Lichtung, auf der mindestens ein Dutzend großer Feuer glühte und Zelt an Zelt stand. Es waren abgerissene Behausungen, gegen deren Löcher und Risse in den Stoffbahnen sich die Bauern mit Tannenwedeln beholfen hatten.

Bevor sie auf die Lichtung selbst hinausdurften, trat ihnen ein Mann in den Weg. Er hielt einen Dreschflegel in der Hand und schützte den Kopf mit einem alten Eisenhelm, der ihm offenbar zu klein war.

»Losung!«, zischte er. Sein Gesicht konnte Georg in der Finsternis nicht ausmachen.

»Mensch, Fichtl, ich bin's, der Wölk. Du kennst mich doch!«

»Losung!«, brauste der Fichtl auf und ließ seinen Dreschfle-

155

gel, mit dem er bewaffnet war, in ihre Richtung kreisen. Georg duckte sich.

»Herrgottssacker!«, fluchte der Wölk und stotterte etwas von »Bundschuh!«

»Wenn du ein andrer wärst, dann müsste ich dich melden. Versteh das halt endlich«, versuchte der Fichtl zu beschwichtigen. »Das ist wichtig!«

»Wenn ich nicht ich wär, dann wärst du nicht mehr am Leben!«, gab der Wölk brummig zurück und ließ die Wache stehen. »Dann könntest du auch nichts mehr melden.«

Etwas ruppig zog der Wölk an der Hellebarde und damit Georg aus dem Dunkel ins Licht.

»Wer ist der Bub? Was soll er hier?«

»Schon gut«, beschwichtigte der Wölk wieder und ging einfach weiter.

Er führte Georg zwischen den Feuern hindurch, an denen abgerissene Gestalten in zerlumpten Kleidern saßen. Manche hatten Hüte auf, deren breite Krempen beinahe den gesamten Körper beschirmten, wenn ihr Träger stand, andere trugen nur Mützen aus Leder, die sich eng um den Kopf legten. Ein Sammelsurium an Waffen stand in Griffweite bei den Feuern. Dabei bildeten Hellebarden und Schwerter eindeutig die Minderheit. Die Bewaffnung bestand hauptsächlich aus Dreschflegeln, Mistgabeln und Holzstöcken. Mit solcher Ausrüstung, das war Georg sofort klar, konnte man keine Stadt erobern. Insgesamt erkannte Georg in den Waffenhürden nur vier Gewehre. Seitab bei einigen wenigen Pferden standen noch zwei Feldschlangen, mittlere Kanonen auf ihren Lafetten. Daneben ein Dutzend Kugeln. Mehr nicht. Eine magere Rüstung für einen Feldzug.

Der Wölk hielt vor einem Zelt, das nicht anders aussah als alle anderen, und bedeutete Georg, er solle stehen bleiben. Der zweite Bauer, der bislang kein Wort gesagt hatte, stellte sich einfach neben ihn. Keine drei Atemzüge lang blieb der Wölk im Zelt, dann schlug er von innen die Stoffbahn zurück und befahl: »Dort hinein, Bub. Jetzt wird's wirklich ernst.«

Georg drückte seine Tasche an sich und betrat das Zelt. Es handelte sich offenbar um einen Besprechungsraum, denn das eigentliche Zelt war nach hinten hin erweitert und damit gleichzeitig verdoppelt worden, um Platz zu schaffen. Inmitten des Raums stand ein Tisch, um den sich mehrere Männer versammelt hatten. Flaschen standen und lagen darauf, große Papierbögen, vermutlich Karten, rollten sich oder wurden von den leeren Flaschen offen gehalten.

»Ah, ja, da kommt der Bote. Dann wollen wir mal sehen.«

Ein Mann kam auf Georg zu, der so gar nicht in das Bild eines Kriegsmannes passte. Ein hageres Gesicht, als hätte er lange hungern müssen. Die Augen liefen von der Nasenwurzel an schräg nach unten und endeten in kleinen, sich überlappenden Hautfalten. Seine Hände zitterten ständig, deshalb hielt er die Arme hinter dem Körper verschränkt, als er Georg umrundete und von allen Seiten begutachtete. Der stand wie angeschmiedet und getraute sich nicht, irgendetwas zu sagen.

»Was hast du für uns?«, fragte er nicht unfreundlich.

»Das kann ich Euch sagen, wenn ich weiß, wer Ihr seid!«, sagte Georg bestimmt, doch innerlich zitterte er. »Christenmenschen stellen sich gegenseitig vor. Ich bin Georg. Der Sohn des Schmieds bei Thannhausen.«

»Nun, dann soll es sein«, antwortete der Mann, der in eine weiße Tracht mit Lederschürze gekleidet war und darin eher

157

wie ein Bäcker aussah als wie ein Kriegsmann. »Ich bin der Mechteler Kunz, Führer des Bauernhaufens hier.«

Georg tat es wohl, mit jemandem zu reden, den er auf Anhieb verstand und der beim Reden keine Silben verschluckte, sondern den Mund richtig aufmachte.

»Kunz? Ich habe etwas für Euch. Die Weber der Stadt schicken mich. Sie bitten Euch …«

Mit einer heftigen Handgeste brachte der Kunz Georg zum Schweigen. »Hast du etwas Schriftliches?« Er deutete auf die Tasche. »Dort drinnen?«

Georg nickte und kramte in seiner Tasche herum, bis er den versiegelten Brief der Weber in Händen hielt. Er nahm ihn heraus und reichte ihn an den Bauernführer weiter. Als der Kunz ihn greifen wollte, zog Georg den Brief zurück. Kunz Mechteler hob überrascht eine Augenbraue, dann legte sich seine Stirne kraus.

»Willst du mich foppen, Kerl?«, blaffte er Georg an.

»Könnt Ihr lesen?«, war Georgs einfache Antwort dazu.

»Natürlich«, fauchte der Bauernführer. »Ich bin auf die Lateinschule gegangen.« Damit griff er erneut nach dem Papier und brachte es an sich. Rasch brach er das Siegel, ging zusammen mit dem Brief zu dem langen Tisch, legte das Blatt sorgfältig darauf, strich es glatt, zog sich einen Stuhl heran und las.

Währenddessen stand Georg starr wie eine Säule und beobachtete den Bauernführer. Der bewegte nur leicht den Kopf hin und her. Mit keiner Äußerung verriet er, was er über den Brief dachte. Weder verzog er eine Miene noch seufzte oder schnaufte er.

Er dachte an Sarina und daran, dass sie ihm das Lesen hatte beibringen wollen. Wenn er sah, wie rasch die Augen des

158

Bauernführers über die Zeichen huschten, fühlte er etwas wie Neid.

Nachdem Kunz Mechteler geendet hatte, stand er auf und trat dicht vor Georg hin. Er sah ihm in die Augen, ohne zu blinzeln, und Georg erwiderte den Blick.

»Du weißt, was in dem Brief steht?«, fragte der Bauernführer.

Georg schluckte. Wollte er ihn prüfen, wie weit er eingeweiht war?

»Ich weiß nur, was Meister Lukas mir erzählt hat. Gelesen habe ich den Brief nicht«, antwortete er. »Ich … ich kann nicht lesen.«

»Das soll ich dir glauben?« Die Stimme des Kunz Mechteler klang spöttisch.

»Es ist die Wahrheit«, sagte Georg schlicht. Dennoch begann ihm der Schweiß den Rücken hinabzulaufen, obwohl es selbst hier im Zelt nicht viel wärmer war als draußen. »Nur was der Weber mir erzählt hat, weiß ich. Bei meiner Seele.« Georg glaubte hintenüber fallen zu müssen, wenn sich der Bauernführer nicht endlich entfernte.

Abrupt drehte sich der Kerl von ihm ab.

»Geschrieben hat er, wir sollen dich töten, wenn du den Brief überreicht hast!«

Georg bemerkte, wie die Männer, die im Zelt um ihn herumstanden, zu den Dolchen griffen. Sein Herz machte einen schmerzhaften Satz, und seine Halsschlagader pulsierte plötzlich, als wolle sie platzen. Er fühlte förmlich, wie er blass wurde und ihm die Beine unter dem Körper wegsacken wollten. Beinahe versagte ihm seine Zunge den Dienst, als er hervorwürgte: »Das kann nicht sein. Das würde Meister Lukas niemals tun.«

Der Führer musterte ihn aus harten Augen. »Du kannst dein Leben retten, indem du uns sagst, wer wirklich hinter dieser Botschaft steckt.« Er zog ein Messer aus seinem Gürtel und schnitt sich damit die Fingernägel. »Los. Wir warten.«

In Georg überschlugen sich die Gedanken und verknoteten sich. Er konnte es einfach nicht glauben. Der Weber hatte ihn hintergangen.

»Er hat es nicht geschrieben«, stieß er hervor. »Meister Lukas würde das niemals schreiben«, brach es endlich aus ihm heraus, ebenso gewalttätig wie die Tränen, die er nicht zurückhalten konnte.

Ohne ein Wort zu sagen, stand der Bauernführer vor ihm und kürzte und säuberte sich mit dem Messer die Fingernägel. Erst als er geendet hatte, wandte er sich wieder ab und ging auf den Tisch zu, auf dem er den Brief abgelegt hatte.

»Du hast recht. Es steht nichts davon im Schreiben. Ich wollte dich nur prüfen.«

Georg, in dessen Gehör es schwirrte und surrte, hätte diesem Menschen, der nicht einmal ein entschuldigendes Lächeln zeigte, am liebsten selbst das Messer in die Eingeweide gerammt. Wusste der nicht, was er ihm damit angetan hatte, ihn in solche Todesangst zu versetzen?

»Lass dir draußen etwas zu essen geben. Wir brauchen eine Zeit für die Antwort. Du kannst an einem der Feuer schlafen, aber erfrier dir die Zehen nicht. Vor dem Morgengrauen musst du zurück in der Stadt sein.« Dann rief er den Wölk zu sich heran und flüsterte ihm einen Befehl ins Ohr. Mit einem Wink schickte er beide hinaus.

»Dort hinten gibt's was zu essen!« Der Kunz deutete auf ein Feuer am Rand des Lagerplatzes, an dem einige der Bauern anstanden. Sie hielten Teller in den Händen oder ihre Helme oder einfach nur Rindenstücke, die sie von den Bäumen abgeschält hatten.

Georg trottete dorthin und stellte sich an, während Wölk sich von Feuer zu Feuer begab und Männer zusammenrief. Unschlüssig stand Georg am Ende der Schlange. Weder besaß er ein Gefäß, in dem er etwas Essen mitnehmen hätte können, noch ein Tuch oder ein Rindenstück. Er würde mit dem vorlieb nehmen müssen, was er in die Hände bekam.

Der Geruch des Eintopfs stieg ihm in die Nase. Obwohl er bei Meister Lukas gegessen hatte, fühlte er erneut Hunger. Doch er kam nicht bis zum Kessel, denn hinter einem der Feuer, die zunächst zum Wald lagen, bemerkte er eine Bewegung. Ein Mann war angekommen und wurde begrüßt. Sofort war er von anderen Bauern umringt und wurde befragt. Und er schien etwas zu erzählen zu haben, denn die Männer hingen an seinen Lippen. Georg wäre der Mann nicht aufgefallen, wenn ihn nicht die Handbewegungen und die Art zu gehen an jemanden erinnert hätten.

Langsam, als würde er von etwas angezogen, verließ er die Schlange der Hungrigen und steuerte auf das Feuer zu. Der Neuankömmling hatte sich gesetzt und kehrte ihm den Rücken zu. Je näher Georg kam, desto stärker wurde seine Vermutung. Sogar die Stimme hatte Ähnlichkeit mit dem Menschen, den er kannte.

Dicht hinter ihm blieb Georg stehen und lauschte. Er verstand nicht viel, doch soviel, dass es um die Heldentaten eines Kriegmannes ging, der bereits eine ganze Anzahl seiner Feinde zur Strecke gebracht hatte.

Zuerst blieb ihm der Name regelrecht im Halse stecken und

er brachte nur ein Krächzen zustande, doch bereits beim zweiten Versuch ging ihm der Name über die Lippen:

»Hannes?«

Der Mann vor ihm fuhr herum, als hätte ihn eine Hornisse gestochen. Vom Feuer geblendet, in das er gesehen hatte, erkannte er Georg nicht sofort. Doch Georg sah das Gesicht seines Bruders vor sich, wie er es bereits einmal gesehen hatte: blass und verstört.

»Hannes! Bruder!«, wiederholte Georg noch einmal, wie um sich das Ungeheuerliche dieses Namens ins Gedächtnis zu rufen. »Du bist nicht tot?«

Eine Welle der Freude brandete in Georg auf, dass ihm Tränen in die Augen liefen. Er versuchte, sie zu verbergen, doch es gelang ihm nicht.

»Du musst mich verwechseln!«, hörte er sagen und verstand es erst nicht. »Ich bin nicht dein Bruder. Bestimmt verwechselst du mich.« Hannes stand auf, nahm ihn an der Schulter und drehte ihn vom Feuer weg. »Ich weiß gar nicht, wie du darauf kommst«, sagte er laut, »dass ich dein Bruder sein soll? – Jetzt heul nicht. Das ändert nichts daran, dass wir uns nicht kennen.«

Georg war zu verdutzt, als dass er etwas erwidern konnte. Sein eigener Bruder verleugnete ihn, denn er sah an den noch frischen Wunden, dass es Hannes sein musste. Die Holzsplitter von der Abdeckung des Wasserrads hatten ihn am Hals und in der rechten Gesichtshälfte verletzt. Sie waren bis zu den Feldschlangen gekommen, leichten Metallgeschützen, von denen Georg bislang nur gehört hatte. Gesehen hatte er sie bis jetzt noch nicht. Vater hatte von ihnen erzählt und sie so beschrieben, dass er keinen Zweifel hegte, was auf den kurzen Holzla-

162

fetten lag. Erst dort schob Hannes ihn nicht mehr vor sich her, sondern hielt ihn fest und drehte ihn zu sich um.

»Hör zu, kleiner Bruder!«, säuselte er plötzlich. »Ich will nicht, dass mich irgendjemand erkennt. Ich will nicht, dass irgendjemand weiß, wer ich bin. Ich will nicht, dass du mich deinen Bruder nennst. Hast du das verstanden?«

Georg starrte seinen Bruder an. »Aber du bist doch mein Bruder!«

»Ich war dein Bruder und bin jetzt ein anderer. Das verstehst du nicht. Aber halt dich von mir fern! Ist das klar?«

Georg nickte und starrte zu Boden. Er verstand nichts. Unwillkürlich langte er an seinen Gürtel und spürte Hannes' Messer. »Ich hab hier dein Messer!«, sagte er tonlos, zog es aus dem Gürtel und hielt es ihm hin.

»Wo hast du das her?«, fragte Hannes unwirsch.

»Es steckte im Bauch von Warzenlippe, einem der Mörder unserer Eltern«, antwortete Georg noch leiser. »Hast du ihn umgebracht?«

Hannes nahm das Messer an sich. Betrachtete es und steckte es in den Gürtel. »Eine schöne Arbeit und ein Andenken an deinen Vater.«

»Er ist auch der deine gewesen«, setzte Georg nach. Dass Hannes sich nicht freute, ihn wiederzusehen – er musste ihn umgekehrt ja auch für tot gehalten haben –, und stattdessen die kleinliche Rivalität wiederaufleben ließ, ärgerte Georg. Schon deshalb fragte er weiter. »Und der Mann im Tor? Fehlfinger? Warst du das auch?« Georg konnte den Mund nicht halten.

Hannes fuhr auf. In seiner Stimme schwang unterdrückter Ärger mit. »Spionierst du mir etwa nach, Bruderherz? Halt dich aus meinem Leben raus. Ich mach, was ich mach, und damit genug. Am besten, du verschwindest wieder von hier.« Hannes stieß ihn mit der Hand vor die Brust. Dabei blieben seine Finger an seinem Halstuch hängen, ein kariertes Tuch, dessen vier Enden in kleinen Fransen ausliefen. »Mutters Geburtstagsgeschenk«, blaffte er.

Georg hatte alles erwartet, nur nicht diese Abweisung. Hannes behandelte ihn, als gehöre er nicht zur Familie. »Wo soll ich denn hin?«, fragte er und bemerkte, wie es ihm erneut die Tränen in die Augen trieb. »Vater und Mutter sind tot. Du bist der einzige, den ich noch habe.« Seine Lippe zitterte. Georg wusste, dass er ab jetzt kein Wort mehr sagen konnte, ohne dass ihn der Schmerz überwältigte und ihm das Wasser über die Wangen lief.

»Weißt du eigentlich, dass dieses Halstuch mir hätte gehören sollen? Sie hat es für mich gewebt. Gib es her.« Er löste die Schlaufe und zog es Georg vom Hals. »Eine schöne Erinnerung an unsere Mutter.«

Nun gab es für Georgs Tränen kein Halten mehr, doch Georg weinte weniger aus Trauer, sondern vielmehr aus Wut – Wut auf diesen Bruder, der selbst jetzt den Zwist zwischen ihnen nicht begraben konnte und ihm ankreidete, der Lieblingssohn des Vaters und das Nesthäkchen gewesen zu sein. Dabei hatte er sich so darüber gefreut, wenigstens einen Menschen wiederzutreffen, den er kannte.

Vom Zelt, in dem Georg den Bauernführer getroffen hatte, wurde das Eingangstuch zurückgeschlagen, und Männer drängten heraus. Viele schüttelten die Köpfe, alle gestikulierten und unterhielten sich lebhaft. Georg vermutete, dass sie ihn bald rufen würden. Hannes stieß ihn in die Dunkelheit hinein.

»Hau ab, wenn dir das Leben lieb ist!«, gab ihm sein Bruder noch auf den Weg. Er kehrte ihm den Rücken, setzte sich jedoch nicht ans Feuer, sondern verschwand zwischen den Bäumen.

Georg hätte ihn so vieles noch gern gefragt. Zum Beispiel, wie er hierhergekommen war? Den Alten Einlass konnte er unmöglich benutzt haben, schließlich hätte er hinter ihm herkommen müssen, doch er war offenbar schon kurz nach ihm im Bauernlager gewesen. Wie er den Sturz unter die Eisdecke überlebt hatte, wie er zu den Bauern gekommen war, wie er in die Stadt gelangt war und warum er – hier stockte Georg, weil er es einfach nicht glauben konnte – die Männer umbrachte. Je länger er so dastand und in die Finsternis starrte, in der Hannes verschwunden war, desto mehr Fragen fielen ihm ein.

»Da bist du ja endlich!«, riss ihn die Stimme des Wölk aus seinen Gedanken. »Der Mechteler Kunz will dich sprechen.« Der Wölk lachte verhalten. »Ich glaube nicht, dass es dir gefallen wird, was er zu sagen hat!«

15

Georg entschied sich im Bruchteil eines Lidschlags. Wölks Satz war eine Drohung. Er hatte noch im Ohr, dass der Bauernführer ihn als Boten einer Nachricht der Weber hatte töten wollen. Auf derartige Scherze konnte er verzichten. Mit einem Satz schnellte er in die Dunkelheit hinein. Die ersten Schritte lief er blind in eine Schwärze, die sich um ihn schloss und ihn aufnahm wie Wasser es tat, wenn man hineinsprang. Er fühlte sich wie aufgesogen. Georg fürchtete, gegen einen Baum zu laufen, doch seine Füße folgten instinktiv einem Pfad, als laufe er auf hölzernen Schienen. Diesen Weg musste sein Bruder gekannt haben, blitzte es in seinem Kopf auf, denn der war in dieselbe Richtung verschwunden.

Hinter Georg her jagten Verwünschungen und Flüche. Das Lager geriet in Aufruhr. Stimmen schrien durcheinander, Befehle wurden gebellt, eine Fanfare geblasen.

Georg scherte sich nicht darum. Er verfiel in einen weichen Trab. Seine Augen gewöhnten sich an die Nacht. Bald sah er den Pfad vor sich, sah ihn als hellen Streifen zwischen den Blattreflexen der Bäume und Sträucher. Hin und wieder wischte ihm ein Zweig durchs Gesicht und brannte auf der Haut, oder eine Spinnwebe berührte ihn feucht. Direkt hinter ihm folgte das Schnaufen von Wölk, der zuerst Alarm geschlagen hatte und ihm jetzt nachlief. Doch schon bald hörte man, wie der Bauer

166

lautstark alle neunschwänzigen Teufel auf Georg herabrief, weil er an einer engen Stelle aus dem Tritt gekommen war und sich offenbar verfangen hatte, woraufhin er durch das Geäst brach und lang hinschlug.

Der Mond war bereits untergegangen. Nur Sternenlicht beleuchtete den Wald mit einem blauen Licht, das wie ein zarter Nebelschleier über der Natur lag.

Georg wusste nicht, in welche Richtung er lief. Umso mehr überraschte es ihn, als er mit einemmal vor dem Stadtgraben stand, der Augsburg vom Umland trennte. Nie und nimmer hätte er das Lager der Aufständischen so nahe an der Stadt vermutet.

Hatten ihn die Bauern bewusst in die Irre geführt? Ihm war der Weg vom Alten Einlass bis zum Lager der Aufständischen viel weiter erschienen. Offensichtlich hatten sie ihn einige Male im Kreis geführt.

Georg blieb stehen und horchte hinter sich in die Dunkelheit hinein, doch er vernahm kein Knacken oder Rascheln mehr. Sie folgten ihm also nicht, hatten seine Spur verloren. Die Szenerie vor ihm wirkte gespenstisch. Dunkel ragte die Stadtmauer empor, dahinter leuchteten die Sterne an einem Himmel, in den Zinnen, Kirchtürme und Häuser dunkle Flecken stanzten. Von den Türmen drang Fackelschein herab, der sich im Wassergraben spiegelte und Tausende schimmernder Spiele trieb. Den Graben entlang lief ein Weg, der über eine Brücke führte. Georg war ein wenig verwirrt, denn er konnte nicht recht einschätzen, wo genau er sich befand. Bevor er nachdenken konnte, wurde seine Aufmerksamkeit von einer Gestalt gefesselt, die im Licht dieser hellen Nacht gebückt über die Brücke huschte. Den Gang kannte er, die Haltung ebenfalls. Es war Hannes.

167

Georg wurde ganz aufgeregt. Was wollte Hannes am Graben? Ohne lange nachzudenken, hastete er dem Bruder nach. Der hatte einen guten Vorsprung, den Georg niemals würde einholen können. Schnell und sicher bewegte sich Hannes vorwärts, als würde er den Weg kennen. Georg verlor ihn mehrmals aus den Augen, doch das schwache Licht der Sterne und der Fackelschein von der Mauer stöberten ihn immer wieder auf.

Hannes rannte vorbei an einem kleineren Tor, das Georg als das Stephinger Tor ausmachte, bog dann scharf nach Süden ab und verschwand, als hätte ihn der Erdboden verschluckt. Beinahe wäre Georg an der Stelle vorübergelaufen, an der Hannes abgebogen war. Nur ein kleiner Saumpfad führte dort ein wenig bergab. Georg schlich den Weg entlang und stand plötzlich vor einem der Stadtbäche, der schnell und gurgelnd dahinfloss. Von Hannes war nichts mehr zu sehen. Außerdem wurde das Gewässer von Buschwerk umwuchert, sodass es stockfinster war und sich die Augen erst langsam an die tintige Schwärze gewöhnen mussten.

Georg blieb stehen und horchte. Außer dem Rauschen des Baches, das eher ein Gluckern und Blubbern war, vernahm er nichts. Wo war Hannes? Erst ein Platschen und Spritzen ließ ihn aufhorchen. Als wäre jemand ins Wasser gesprungen. War das sein Bruder gewesen?

»Hannes?«, flüsterte er in die Dunkelheit hinein, erhielt jedoch keine Antwort. Vorsichtig, um nicht auszurutschen und ins Wasser zu platschen, folgte er dem Ufer des Bachlaufs bis vor den Graben. Und dann sah er, was er noch niemals gesehen hatte. Vor ihm watete eine Gestalt im eisigen Wasser des Bachs. Sie verschwand unter dem Durchstich der Fahrstraße, die um die Stadt herumführte und die verschiedenen Tore miteinander verband. Georg, der sich vergewisserte, ob die Straße frei war, schlich auf die andere Seite. Dort wurde der Graben von einer Mauer abgeschirmt. Behände kletterte Georg auf die Mauer, gerade noch rechtzeitig, um Hannes zu entdecken, wie der, bis zu den Knien im Wasser, auf die Mauer zuwatete.

Der Stadtbach wurde auf einer Pritsche über den Graben geführt. Nur bis zu den Knien stand der Bruder im Wasser und kämpfte gegen die Strömung an. Georg begriff sofort. Das war Hannes' Weg aus der Stadt hinaus und in die Stadt hinein. Sollte er ihm folgen?

Allein der Gedanke an das eisige Märzwasser ließ ihn erschaudern. Nein. Er würde sich alles von innen ansehen. Jetzt, da er wusste, wo er sich befand, würde er auf demselben Weg zurückkehren, auf dem er hinausgekommen war.

Eine ganze Zeit blickte er Hannes nach, der sich vorankämpfte und schließlich im Mundloch unter der Mauer verschwand. Woher kannte sein Bruder diesen Weg? Doch Hannes war nicht nur um einiges älter, er war auch erfahrener als er. Schon vor Jahren hatte der Vater ihn manchmal mit nach Augsburg genommen, wenn er dort Geschäfte machte. Sicher kannte sich Hannes deshalb in den Winkeln und Gassen der Stadt besser aus als er.

Georg ließ sich zu Boden gleiten und schlug die Richtung zum Alten Einlass ein. Noch während er dem Grabenufer folgte, immer darauf bedacht, im Schatten der Bäume zu bleiben, überlegte er, ob es nicht ein Fehler gewesen war, Hannes ziehen zu lassen. Einen geheimen Fluchtweg aus der Stadt zu kennen besaß gewisse Vorteile. Andererseits durfte Georg nichts riskieren, wenn er unversehrt wieder zu Sarina zurückkehren wollte. Unschlüssig verlangsamte er seine Schritte. Schließlich

169

blieb er stehen und lehnte sich gegen den Stamm eines Baums. Nur für einen Augenblick wollte er ungehindert nachdenken. Es war eisig. Sein Atem dampfte. Von seinem Körper stieg ein leichter Nebel auf, während er so stand.

»Hast du das gerade gehört, Narbe?«, hauchte es direkt vor ihm.

Georg erstarrte zum Eiszapfen. Die Stimme, die das eben in die Nacht gesprochen hatte, befand sich keine zehn Schritte von ihm entfernt.

»Glaubst du, er ist es?«, flüsterte eine zweite Stimme. Rauer, als wäre der Kerl nie aus dem Stimmbruch gekommen.

»Möglich. Er schleicht immer hier entlang. Der Hauptmann, Gott hab ihn selig, hat es mir jedenfalls gesteckt.«

Georg musste schlucken. Die beiden Unsichtbaren vor ihm lauerten auf jemanden, der hier regelmäßig vorüberkam. Doch wer schlich hier nachts am Graben entlang? Er kannte bislang nur eine Person, die das tat: seinen Bruder. War es möglich, dass die beiden Kerle vor ihm auf Hannes warteten?

Georg wagte es nicht einmal zu atmen und glaubte bereits, sein Zittern, das sich in ihm ausbreitete, je stärker die Kälte biss, müsse von den beiden Männern vor ihm bemerkt werden. Sollte er den Rückzug antreten? Sollte er stehen bleiben?

»Wenn er hier nicht durchgekommen ist, dann hat ihn unser vierfingeriger Freund am Alten Einlass getroffen.« Der Mann lachte hämisch vor sich hin. »Er entwischt uns nicht!«

»Wenn er noch lange braucht, ist die Sehne meiner Armbrust ausgeleiert. Verfluchtes Warten!«, knurrte der Nachbar vor sich hin.

Georg glaubte, den schlechten Atem zu riechen, den der Mann vor ihm ausstieß. Plötzlich wurde ihm bewusst, wer hier

170

lauerte. Es waren die Schnapphähne, die Vaters Schmiede überfallen hatten, womöglich die beiden Narbengesichter. Natürlich. Der Hinweis auf Fehlfinger am Alten Einlass. Er war tot, doch das konnten die beiden hier draußen unmöglich bereits wissen.

Ganz verstand Georg nicht, woher sie wussten, dass Hannes hier war und warum sie ihn verfolgten, doch eines war ihm sofort klar. Er musste von hier verschwinden. Wenn sie ihn bei Anbruch der Dämmerung, die nicht mehr lange auf sich warten lassen würde, hier antrafen, würden sie ihn töten.

Vorsichtig trat er einen Schritt zurück, immer darauf bedacht, kein Geräusch zu verursachen. Es schien ihm endlos zu dauern, bis die Sohle des Fußes wieder die Erde berührte, bis das Bein belastet werden, bis er das Gewicht verlagern und mit dem andren Bein dasselbe wiederholen konnte. Doch er entfernte sich schrittweise von den Halunken, einerseits froh darüber, aus der Gefahrenzone zu verschwinden, andererseits mit einem gewissen Bedauern darüber, selbst keine Armbrust zu besitzen.

Alles ging so quälend langsam, dass die erste Helligkeit den Horizont berührte, als Georg glaubte, sich umdrehen und davonlaufen zu können. Die Schnapphähne hatten nichts bemerkt. Zuerst nahm er den Weg zurück und bog dann in einen Pfad ein, von dem er nicht wusste, wohin er führte. Vorsichtig bewegte er sich zwischen den Büschen vorwärts.

Nach einer Weile blieb Georg einfach stehen. Er musste sich orientieren, wo von ihm aus gesehen der Alte Einlass lag. Dorthin sollte er zurückkehren, bevor der Tag anbrach. Dann nämlich wurde der Einlass geschlossen, hatte ihm der Webermeister erklärt.

171

Georg rannte. Wenn er den Einlass nicht rechtzeitig erreichte, würde er den Tag über draußen verbringen müssen. Und wenn er die Kälte bedachte, die ihm ohnehin die Zehen abfror und ihn trotz der Wolljacke am ganzen Körper zwickte, dann, das wusste er, hatte er verloren. Außerdem verspürte er Hunger und wollte schlafen. Beinahe mechanisch bewegten sich seine Beine ohne Zutun seines Kopfes. Ihm war, als falle er in einen Zustand zwischen Wachen und Schlafen, während er den Pfad entlangrannte. Für kurze Zeit fiel alle Vorsicht von ihm ab, und nur die Sorge um eine rasche Rückkehr in die Stadt hielt ihn im Griff.

Georg brach aus dem Wald und stand urplötzlich auf einer Lichtung. Bevor er sich orientieren konnte, hatten ihn Arme gepackt und hielten ihn fest.

»Wen haben wir denn da?«, hörte er nahe seinem Ohr. »Gesucht und gefunden!«

Langsam begriff er: Er war den Bauern direkt in die Arme gelaufen.

»Bub, Bub, was machst du denn?«, sagte einer der Männer. »Zapple nicht so.« Den Dialekt kannte er. Als Georg aufblickte, grinste ihn Wölk an. »Jetzt wirst du mit dem Mechteler Kunz reden müssen.«

Georg schloss die Augen. Alles war umsonst gewesen, seine Botschaft, seine Flucht, sein Rückkehrversuch. Im Moment wusste er, dass er sich als Überbringer von Nachrichten nicht eignete. Vier Männer nahmen ihn in die Mitte und führten ihn aus der Lichtung heraus und über einen kurzen Weg mitten hinein in das Lager der Bauern. Innerlich schüttelte Georg den Kopf. Er war beinahe denselben Weg zurückgelaufen, den er bei seinem Entkommen benutzt hatte. Die Bauern führten ihn durch die Zeltstadt. Männer traten heraus und grinsten ihn an. Andere sahen ihm grimmig nach, manche spuckten vor ihm auf den Boden.

Wölk und die anderen führten Georg vor das Mechtelerzelt. Wölk betrat das Zelt wieder allein, kehrte diesmal jedoch rasch zurück und deutete Georg an, er solle ihm folgen.

Der Bauernführer saß in einem Stuhl und beugte sich über Karten, die, soweit Georg es sehen konnte, grob eine Ansicht Augsburgs zeigten.

»Da ist ja unser Ausreißer«, begrüßte ihn der Mechteler. »Du hast einige unserer Leute ganz schön auf Trab gehalten.« Mechteler deutete auf einen Stuhl ihm gegenüber. Georg erwartete ein Donnerwetter, eine Verurteilung und sogar den Tod. Er wagte nicht, den Blick zu heben und starrte auf den platt getretenen erdigen Boden. »Männer wie dich könnten wir gebrauchen, Georg. Du zeigst Mut und Entschlossenheit. Nun, ein wenig Übermut vielleicht und ein bisschen mehr Verstand wären ganz gut, aber du bist jung. Das kann sich entwickeln.«

Überrascht blickte Georg auf. Wovon redete der Bauernführer? Konnte er nicht einfach ein Urteil fällen und ihn hinausführen lassen an einen der Galgenbäume, die er draußen schon gesehen hatte? Stattdessen schwadronierte der Kerl über Mut und Entschlossenheit.

»Hör zu, mein Junge, du musst dem Webermeister meine Botschaft überbringen. Sie wird ihm nicht gefallen. Doch gemeinsam können wir vielleicht siegen.« Der Bauernführer winkte Georg heran. Der glaubte immer noch an eine Falle, an eine besonders teuflische Art, sich an ihm für seine Flucht zu rächen. Tatsächlich packte ihn der Mechteler am Arm und zog ihn an sich, als wolle er ihm die Glieder brechen. Erst als er den

173

Mund dicht neben seinem Ohr hatte, wurde Georg bewusst, was der Bauernführer wollte.

»Keinen Brief, nur eine mündliche Botschaft«, flüsterte er Georg ins Ohr. »Die Weber müssen in der Stadt gleichzeitig mit uns losschlagen. Erst dann können wir ihnen helfen. Wir sind zu schlecht bewaffnet, als dass wir allein gegen die Söldner bestehen könnten. Gründonnerstag! Das wird auch die Parole sein. Hast du verstanden?« Georg nickte, nickte zweimal und dreimal. Daraufhin ließ der Griff Mechtelers nach. »Wir vertrauen dir.«

Georg musste schlucken. Sie warfen ihm seine Flucht nicht vor?

Der Bauernführer musste seine Gedanken erraten haben, denn er lächelte schwach.

»Ich wäre auch davongelaufen, wenn ich an deiner Stelle gewesen wäre«, sagte er spöttisch. »Das ist kein Makel, sondern zeigt, dass du Charakter hast, mein Junge. Und jetzt verschwinde. Sie schließen bald den Alten Einlass.«

16

Die Stadt schien sich über Nacht verändert zu haben. Auf den Straßen herrschte eine spürbare Gereiztheit. Landsknechte in voller Rüstung liefen durch die Gassen und musterten jeden, der an ihnen vorübermusste. Sie gingen nur noch zu zweit und mit gezogenen Schwertern.

Wenn der Wärter des Alten Einlasses Georg nicht vor dem Durchgang beiseitegenommen hätte, wäre er dort einer Wache in die Hände gelaufen. So lenkte der Mann Georg über seinen geheimen Zugang zum Tor an den Wächtern vorbei in die Stadt.

Irritiert von den Veränderungen und völlig übermüdet, schleppte sich Georg zu Meister Lukas. Der zog ihn, kaum hatte er die Tür geöffnet, sofort in den Flur hinein.

»Wir dachten schon, sie hätten dich erwischt, mein Junge.« Der Meister schien erleichtert zu sein. »Welche Botschaft hast du für uns? Wann schlagen die Bauern zu?«

Georg, dem alles vor den Augen verschwamm und der das Gefühl hatte, im Nebel zu gehen, musste sich auf seine Antwort erst konzentrieren. Doch etwas anderes brannte ihm noch mehr auf der Seele.

»Wie geht es Sarina?«, fragte er.

Er bemerkte, wie der Weber sich bezähmen musste, um ihn nicht anzuherrschen. »Sie fiebert immer noch«, presste der We-

175

ber zwischen den Zähnen hervor. »Der Schleppert ist auf und davon. Ein Nichtsnutz ohne Verantwortung.«

»Bringt mich zu ihr!«, forderte Georg matt.

»Jetzt red schon, Junge. Es ist wichtig für uns. Der Mord am Alten Einlass hat die Obrigkeit aufgeschreckt und die Soldknechte nicht minder. Sie glauben, die Bauern haben Verbündete in der Stadt.«

Jetzt musste Georg lächeln. »Haben sie doch!«

»Es darf nur niemand erfahren. Noch nicht. Hast du den Mann am Einlass erstochen?«

Georg sah Meister Lukas erstaunt an. »Warum sollte ich den Mann töten?«

Der Weber drehte sich um und hielt Georg ein Tuch entgegen. Es war ein kariertes Tuch, dessen vier Enden in kleinen Fransen ausliefen. Es war das Halstuch, das Hannes ihm abgenommen hatte. »Ich glaube, es gehört dir. Jedenfalls hast du es getragen, als du zur Porta Nocturna hinaus bist. Oder täusche ich mich?«

Georg wusste nicht, was er sagen sollte. »Wo hat man es gefunden?«

»Bei dem Toten, wo sonst?« Meister Lukas' Ton klang scharf. »In seiner Hand.«

»Das ist unmöglich«, flüsterte Georg. »Unmöglich!« In seinem Kopf hämmerte eine Stimme beständig zwei Silben: Hannes, Han-nes, Han-nes! Er musste noch einmal zurückgekommen sein und dem Toten das Tuch in die Hand gedrückt haben. Alles andere war unmöglich. Warum hatte er das nur getan? Rasch überlegte er, was er sagen sollte. Er konnte doch nicht seinen Bruder verleumden.

»Ich muss es verloren haben!«, log er, bemerkte jedoch selbst, dass er nicht sonderlich überzeugend war.

»Vielleicht habe ich dich unterschätzt«, flüsterte der Weber und sah ihn von der Seite her mit einem Blick an, der Georg durch und durch ging. Georg wollte sich umdrehen und den Weg zu Sarina einschlagen, doch der Meister hielt ihn am Arm fest. Sein Blick bedeutete dem Jungen, dass er nicht bereit war, ihn ohne eine Antwort auf seine Frage ziehen zu lassen.

Georg fiel es schwer, die Augen offen zu halten, so sehr drückte ihn die Müdigkeit.

»Sie werden gar nicht angreifen. Dazu sind sie zu schwach. Ihr sollt euch einen Zeitpunkt ausdenken, zu dem der Aufruhr draußen und drinnen gleichzeitig losbricht. Nur so wird es gelingen.« Georg hatte zuletzt rasch gesprochen, als wolle er alles möglichst schnell loswerden. »Sie schlagen den Gründonnerstag vor.«

»Mehr nicht?« Meister Lukas klang enttäuscht.

»Vorerst nicht mehr!«, bestätigte Georg und löste sich aus dem Griff des Webers. »Zuerst muss ich Sarina sehen.« Kurz bevor er durch die Tür ging, drehte sich Georg um. »Wenn Ihr Euch entschieden habt, soll ich eure Antwort nach draußen bringen.«

Es brauchte eine gewisse Anstrengung, bis Georg sich wieder an den Weg erinnerte, der ihn zu Sarina führte. Vor der Tür blieb er kurz stehen. Er fürchtete sich vor dem, was ihn erwartete. Man erzählte sich schaurige Dinge über Menschen, die bei lebendigem Leib verfaulten, über das Aufquellen und Platzen der schwarzen Geschwüre, über den Gestank und die Farbe des Todes, die den Kranken vom Herrgott auf die Haut gemalt worden war. Er schluckte, schloss kurz die Augen, öffnete sie wieder und trat ein.

Sarina lag mit dem Gesicht zu Wand und schlief. Unhörbar

sog Georg die Luft in dem kleinen Raum ein. Sie roch nach Kamille und Lavendel, nicht nach dem Odem der Pest. Georg wusste nicht, was er tun sollte, also setzte er sich einfach auf einen Stuhl und betrachtete den Rücken des Mädchens, dessen dunkles Haar stumpf wirkte, und den Nacken, der rötlich schimmerte. Am liebsten hätte er sich zu ihr ins Bett gelegt, hätte sich in ihre Wärme gehüllt und sie an sich gedrückt. Erst jetzt fühlte er, wie sehr er Sarina vermisst hatte …

Ein Poltern schreckte ihn auf. Georg fühlte einen Schmerz am Ellenbogen. Dann gluckste Lachen an sein Ohr. Nur langsam wusste er sich zu orientieren. Der Raum wirkte hoch, viel höher als zuvor. Er lag auf dem Boden, soviel war sicher. Über ihm tauchte ein Kopf auf: der von Sarina. Sie lachte aus vollem Hals.

»Was machst du denn auf dem Boden?«, fragte sie.

Langsam begriff Georg, dass er wohl eingeschlafen sein musste und vom Stuhl gerutscht war. Er rappelte sich auf, rieb sich den Ellenbogen und starrte Sarina ins Gesicht. Die Wangen leuchteten noch rot in einem wächsernen Gesicht, doch nirgends hatten sich die gefürchteten schwarzen Knoten gebildet. Mager war sie, mit einer Haut, die wie durchscheinend wirkte.

»Wie geht es dir?«, fragte Georg, und er hörte sich ungewöhnlich sanft und vorsichtig sprechen.

Sarina lächelte ihn an. Ihre halbmondförmigen Augen besaßen ein Dunkel, das ihn einfing und nicht mehr loslassen wollte.

»Ich habe noch Fieber. Doch es sinkt, sagt die Weberin. Ich bin stark, ich werde es überleben.« Den letzten Satz hatte sie ganz leise gesprochen.

»Keine Pest?« Georg schluckte. So direkt hatte er gar nicht fragen wollen. Es rutschte ihm regelrecht heraus.

Sarina schüttelte langsam den Kopf. »Nur eine schwere Erkältung. In ein paar Tagen bin ich wieder auf den Beinen, sagt die Weberin.«

Eine Welle der Zufriedenheit durchströmte Georg. Bald würden sie die Stadt zusammen verlassen können.

»Ich weiß einen Fluchtweg aus der Stadt«, verkündete er stolz. »Zu zweit wird es keine Probleme geben.« Seine Augen suchten die ihren.

Sarina sah ihn lange an, bevor sie ihm antwortete. Ihre Stimme klang tief und hatte einen rauen Klang. Man hörte ihr den Husten an, der sie manchmal durchschüttelte.

»Ich werde ohne die Truppe nirgendwohin gehen, Georg. Entweder gehen wir alle, oder keiner geht. Wir sind wie eine Familie. Niemand lässt den anderen im Stich.«

Verlegen blickte Georg beiseite. Bei dem Wort »Familie« hatte er an Hannes denken müssen. An Hannes und seine besondere Art, ihm, dem Bruder, zu »helfen«, an seine Flucht vor ihm, an das Halstuch.

»Ich verstehe«, sagte er tonlos. »Ich verstehe es.«

»Nichts verstehst du«, sagte Sarina sanft und streckte die Hand nach ihm aus. Die Finger waren so dünn, die Hand selbst so schmal geworden! »Setz dich auf die Bettkante. Ich muss es dir erklären.« Sie winkte ihm, nicht energisch, sondern auf eine bittende Weise, die er nicht abschlagen konnte. Trotzdem er die Müdigkeit von Tagen in seinen Gliedern spürte, setzte er sich zu ihr aufs Bett. Sie rückte etwas beiseite und legte ihre heiße Hand auf sein Bein.

»Wir Komödianten sind in den Städten nicht gern gesehen.

Man sagt uns nach, wir brächten Krankheiten in die Stadt, was durchaus stimmen mag. Schließlich kommen wir weit herum und oft genug fliehen wir vor Krankheiten, wenn sie in der Stadt ausbrechen. Da kann es vorkommen, dass wir die giftigen Ausdünstungen mit uns führen. Doch wir werden häufig genug zu Unrecht verfolgt und beschimpft. Wenn irgendwo etwas gestohlen wurde, waren es die Komödianten, wenn ein Kind gestorben ist, waren es die Komödianten, wenn eine Seuche ausbricht, waren wir es, wenn Sturm oder Hagel, wenn Wasser oder Dürre die Fluren verwüsten, waren wir der Grund dafür. Retten kann uns nur unser Zusammenhalt. Einer hilft dem anderen, Komödiant ist Komödiant, egal ob nur unsere Truppe in einer Stadt weilt oder mehrere zugleich dort ankommen. Wenn wir uns teilen lassen, wenn wir einander nicht mehr helfen, können wir gegen die Obrigkeiten nur verlieren. Lass dir das gesagt sein.«

Georg hatte einfach nur Sarinas Stimme gelauscht. Ihr weiches Fließen hatte ihn mitgenommen, als führe sie ihn an der Hand. Er fühlte noch, wie er seitwärts kippte und an die Schulter des Mädchens sank. Sarina ließ es geschehen, und ihre letzten Worte senkten sich in ihn, wie Regen im Erdreich versickert. Dann ließ er sich fallen, und ihm wurde bewusst, dass er einschlief. Kurz versuchte er sich dagegen zu wehren, doch ein sanfter Druck warmer Hände hinderte ihn am Aufstehen, und so ließ er los und sank in einen weichen Pfuhl heller Träume.

Er sah Hannes an der Schulter getroffen in den eisigen Schmiedbach stürzen, sah ihn rudern und vergeblich nach einem Halt greifen, bis ihn der Sog des Wassers unter die Eisdecke zog. Er folgte ihm in Gedanken unter das Eis, fühlte, wie der Bruder nach Luft zu ringen begann, wie er mit Armen und

180

Beinen strampelte, wie er gegen die Eisdecke schlug, immer wieder dagegen hämmerte und hämmerte und schlug … bis er die Augen öffnete.

Etwas hämmerte gegen eine Tür, eine Wand. Er lag neben Sarina. Diese beugte sich eben über ihn und rüttelte an seiner Schulter.

»Wach auf!«, flüsterte sie und legte ihm eine Hand sanft über den Mund. »Schergen sind unten in der Werkstatt! Sie suchen etwas.«

»Mich?«, fragte Georg.

Sarina schüttelte den Kopf. Beide lauschten sie angestrengt nach unten. Jetzt vernahm man, gedämpft durch die Bretter-decke, die Stimme von Meister Lukas.

»Was sucht ihr? Meinen Harnisch und die Pike, die ich auf-bewahren muss, weil ich sie zur Verteidigung brauche? Beide stehen im Wohnraum, nicht hier.«

Meister Lukas schrie regelrecht, und Georg hatte das Gefühl, er tat es nur, um sie hier oben zu warnen.

»Das gesamte Zeughaus ist von euresgleichen ausgeräumt worden. Ihr habt Waffen aus den Waffenstuben herausgetra-gen, mit denen könnte man das gesamte Heer des Schwäbi-schen Bundes versorgen.« Die Stimme kam Georg zwar be-kannt vor, er konnte sie jedoch nicht zuordnen. Wenn er nur nicht mehr so müde gewesen wäre. Man hörte das Klirren von Metall, das Scheppern von Gegenständen, die umgeworfen wurden, als wühlte sich der Mann durch die Einrichtung.

»Sollen wir die Stadt vielleicht mit Messern und Löffel ver-teidigen?«, fuhr der Handwerker dazwischen.

»Ihr führt ein loses Mundwerk, Weber. Aber so viel kann ich euch verraten: In Zukunft werdet Ihr Hellebarden und Spieße

181

nicht mehr benötigen. Wir haben Anstalten getroffen und werden selbst über ausreichend Waffen und Mannschaften verfügen, der Bauernbrut vor den Toren den Garaus zu machen. Ein Fugger hat dafür gesorgt ...«

»Halt endlich dein Maul«, fuhr ihn ein anderer der Schergen an, der bislang geschwiegen hatte. Dessen furchtbar raue und kurzatmige Stimme klang so leblos, so grau, als komme sie aus einem Totenschädel anstatt von einem lebendigen Menschen.

»Lasst mich los!«, schrie der Weber wieder. »Mich wundert es nicht, wenn die Bürger dieser Stadt eure grausame Willkür satt haben. Wie ihr mit den Menschen umspringt! Man müsste den Bauern draußen tatsächlich verraten, wie es hinter den Mauern zugeht.«

Einer der Schergen lachte und Georg ahnte, dass es nicht der Tonlose war.

»Ihr werdet keine Gelegenheit mehr haben, Euch mit den Bauern in Verbindung zu setzen. Bald wird es diese Bauern nicht mehr geben!« Der Tonlose zischte durch die Nase. Wieder entstand ein Tumult, in den hinein der Weber fluchte und schrie, bis er hörbar zu Boden geworfen und gefesselt wurde – und wohl auch geknebelt, denn plötzlich verstummten seine Protestschreie. »Wir nehmen ihn mit für die Hexenlöcher hinterm Rathaus«, ergänzte der Tonlose sachlich. Dann klopfte es wieder regelmäßig gegen die Wände.

Sarina griff nach Georgs Hand, um sich festzuhalten.

»He, Narbenpaule«, ertönte unter ihnen wieder die graue Stimme. »Ich habe das Gefühl, dass mit diesem Gebäude etwas nicht stimmt. Es muss noch ein Stockwerk geben. Vielleicht sind wir drüben nur noch nicht auf den Zugang gestoßen.«

Georg wusste jetzt, welche Landsknechte dort unten herum-

182

schnüffelten: »Narbenpaule« war bestimmt niemand anderer als Narbengesicht, und der mit der leblosen Stimme musste der Traurige sein!

In Georg stieg eine Ahnung hoch. Er schlüpfte aus dem Bett und stellte sich mit beiden Beinen auf die Bretter, die hochgehoben werden konnten. Tatsächlich fühlte er, wie unter ihm jemand mit einem Besenstiel die Decke abklopfte. Er schloss kurz die Augen. Hätte sich auch nur eines der Bretter gehoben, wären sie hier oben verloren gewesen. Ein kurzer Blick zu Sarina zeigte, dass sie verstanden hatte. Ihre Unterlippe verschwand beinahe ganz im Mund.

Woher wussten die beiden Kerle, wo sie suchen mussten? Als Sarina ihn ansah, zuckte er nur mit den Schultern und deutete mit den Fingern hinunter, um anzudeuten, dass er gern mehr darüber gewusst hätte, woher die beiden von dieser Werkstatt wussten.

Sarina hegte offenbar denselben Gedanken. Sie beugte sich zu Georg hinüber und formte lautlos mit den Lippen ein Wort: »Schleppert!«

Plötzlich ging Georg eine ganze Osterkerze auf. Natürlich, dieses charakterlose Wesen hatte sie verraten. Das bedeutete jedoch, dass sie über kurz oder lang den Zugang finden würden. Dass der Schleppert selbst nicht dabei war und ihnen den Durchstieg zeigte, wunderte ihn zwar, doch konnte es dafür alle möglichen Gründe geben.

Sie hörten, wie sich die Schergen entfernten, und wagten kaum sich zu rühren. Endlich fasste Georg Mut und stand auf.

»Wir müssen hier weg. Wenn uns der vermaledeite Zwerg verraten hat, dann ...«

»Er hat es nicht getan«, fiel ihm Sarina ins Wort.

Georg sah sie erstaunt an. »Bitte? Du hast doch eben gesagt ...«

»Ich habe mich geirrt. Er kann uns nicht verraten haben. Er bringt Fremden gegenüber kein Wort über die Lippen. Erinnerst du dich?«

Georg maulte zwar noch eine Weile, weil ihm die Logik nicht recht einleuchtete und ihm zudem eine einfache Erklärung aus den Fingern glitt. Schließlich hatte der Schleppert sehr wohl den Mund aufgebracht, als Georg bei den Komödianten aufgetaucht war. Doch er musste an das Notwendige denken.

»Wir müssen von hier verschwinden«, drängte er Sarina. Dabei fühlte er eine kühle Sachlichkeit, die ihm ungewohnt war. Der Schock darüber, dass sein Bruder mit dem Halstuch-Trick offenbar versucht hatte, ihm einen Mord in die Schuhe zu schieben, hatte sein Denken verändert. Georg wusste jetzt: Wenn er Sarina und die Ihren retten wollte – und das wollte er! –, konnte er sich einzig und allein auf sich selbst und seinen eigenen Kopf verlassen. Er atmete tief durch und fuhr fort: »Sie werden über kurz oder lang den Durchlass entdecken und sich fragen, wer sich hier versteckt. Womöglich halten sie uns für Bauern. Das würde für uns beide den Galgen bedeuten.«

Sarina nickte ihm zu. In ihren Augen las er keinerlei Zweifel über seinen Vorschlag. Nur eine Frage: Wohin sollen wir gehen?

Georg sah, dass sich ihre Wangen bereits wieder leuchtend rot verfärbten. Er nahm seine Hand und legte sie ihr auf die Stirn. Die Haut glühte im Fieber. Blitzschnell überlegte er, wo er Sarina unterbringen konnte, doch ihm fiel kein geeigneter Ort ein. Langsam nahm die Unruhe in ihm überhand. Er selbst hätte sich überall verstecken können. Zur Not wäre er nach draußen vor die Mauern gegangen und hätte sich den Bauern angeschlossen. Doch Sarina war krank. Sie konnte sich nicht frei bewegen und brauchte Pflege, wie die Bauern sie ihr nicht gewähren konnten.

Das Stichwort Bauern brachte ihn auf die richtige Idee.

»Es gibt jemanden, der mir noch einen Gefallen schuldet«, sagte er bestimmt. »Es wird der Dame sicherlich nicht behagen, doch für eine kurze Zeit wird sie uns aufnehmen müssen. Außerdem haben wir noch etwas anderes zu tun.«

Sarina ergriff seine Hand und drückte sie. Sie glühte, und Georg durchfloss es heiß, doch ausgelöst worden war die Welle nicht durch Sarinas Krankheit.

»Du meinst die Warnung des Schergen, dass sie bald über ausreichend Waffen verfügen werden?« Sarina runzelte die Stirn.

»Ich muss herausfinden, wie sie das bewerkstelligen. Jetzt, wo Meister Lukas im Gefängnis sitzt.«

17

Niemand beachtete das Paar, das, langsam und von Hunger geschwächt, mühsam den steilen Weg in die Oberstadt erklomm. Er trug einen breitkrempigen Hut, der sein Gesicht beinahe ganz verbarg und hielt einen Tuchballen in der Hand. Sie hatte sich bei ihm am freien Arm untergehängt, steckte in einem grobfaserigen Kleid und verbarg ihre Haare züchtig unter einer Haube.

So standen sie beide vor dem großflügeligen Tor der Fuggerhäuser am Weinmarkt und getrauten sich offensichtlich nicht, den Innenhof zu betreten. Sie zögerten, tuschelten miteinander und entschlossen sich endlich doch, die Schwelle zu überschreiten.

»Georg, glaubst du wirklich, dass es richtig ist?«

Der Mann drehte seinen breitkrempigen Hut so, dass sie darunterschauen konnte, und sah seine Begleiterin schelmisch an.

»Wer nicht wagt, der nicht gewinnt, Sarina.« Georg schulterte das Bündel Tuch, das ihnen die Weberin mitgegeben hatte. Sie sollten es bei Fugger abgeben und dafür wieder Wolle und Schussgarn mitnehmen. »Wenn wir Glück haben, treffen wir auf die Herrin selbst. Die Weberin hat gesagt, dem Herrn Fugger gehe es schlecht. Jetzt halte die Fuggerin das Heft in der Hand, solange die Neffen nicht in Augsburg weilen.«

Sie sahen sich um und lauschten den Befehlen, die von einer Balustrade herunter den Fuhrleuten zugeschrien wurden. Mengen wurden gerufen, Orte genannt, Preise hinauf- und hinuntergebrüllt. Trotzdem die Bauern die Stadt belagerten, herrschte im Innenhof des Fuggerhauses ein Treiben wie in Friedenszeiten. Sarina und Georg blieben unschlüssig mitten im Hof stehen. Georg fühlte, wie sich Sarina immer stärker an ihn hängte. Sie wurde mit jedem Schritt schwächer, und ihr Arm fühlte sich an, als hätte man Georg einen erhitzten Eisenstab zwischen Körper und Arm geschoben.

Er wusste nicht, wohin er sich wenden sollte. Im gesamten Atrium herrschte ein regelrechtes Jahrmarktstreiben, in dem niemand sie wahrzunehmen schien. Wie blind huschten die Menschen an ihnen vorüber. Es war, als hätten sie eine andere Welt betreten, in der sie unsichtbar blieben.

»Wo wollt ihr beiden Hübschen denn hin?«, fragte sie einer der Fuhrwerker, der beinahe in sie hineingerannt wäre und so gezwungen war, sie zu bemerken.

»Das Tuch abgeben, Herr!«, sagte Georg rasch, bevor der Mann wieder verschwand. »Wo finden wir die ...?«

»Dort!«, wies der Mann hinter sich, ohne Georgs Frage abzuwarten.

Georg und Sarina bedankten sich und humpelten in die Ecke, die ihnen der Fuhrwerker gezeigt hatte. Dort standen bereits zwei weitere Weber, dürre Gesellen, deren Gesichter von Hunger und Krankheit gezeichnet waren. Wie Knochenmänner sahen sie aus, ausgemergelt und blass und mit Schädeln, über deren Gebein die Haut spannte.

Georg und Sarina reihten sich ein, bis endlich ein Mann erschien, ihre Ware entgegennahm und prüfte. Während der

Beschauer das Tuch gegen das Licht hielt, die Knoten zählte, die infolge gerissener Fäden im Tuch selbst erschienen, die Dichte prüfte, indem er einen Dorn zwischen die Maschen stieß und mit dem Finger die Festigkeit untersuchte, wurde Georgs Neugier von einem Wagen gefesselt, der ganz im hinteren Teil stand, am Durchgang zum nächsten Hof, direkt neben einem Kellerabgang. Abgesondert stand er dort, unauffällig bewacht von zwei Söldnern. Aus dem Keller wurden Kisten hervorgeholt und in den Wagen geladen.

Georg stieß Sarina in die Seite. »Was machen die da?« Mit dem Kinn deutete er in die Richtung des Wagens.

Sarina sah hinüber und zuckte schwach mit den Schultern. »Waren einladen?«

Der Beschauer verlangte ihre Aufmerksamkeit. Der rechnete ihnen beiden vor, wie fehlerhaft und schlecht das Tuch sei, das sie ihm abgeliefert hatten. Dass es zu viele Knoten und zu wenig Dichte besitze.

Georg beunruhigte das alles nicht. Er hatte von der Weberin eingeschärft bekommen, dass das Tuch allerbeste Qualität sei und mindestens vier Gulden erbringen müsse, da es noch dazu Überlänge habe. Zudem seien, wie befohlen, mindestens zwanzig Kettfäden mehr eingewebt als unbedingt nötig, was eine insgesamt dichtere Webe ergebe. Er sagte es dem Beschauer ruhig und verbindlich. Dennoch suchten seine Augen den Hof ab, und seine Ohren lauschten den Befehlen und Stimmen hinter ihm, ob nicht die Stimme der Fuggerin irgendwo zu hören war.

Der Beschauer zog die Brauen zusammen und musterte Georg neugierig.

»Ich habe dich noch niemals hier gesehen, Weber.«

Georg ließ sein Gesicht unter dem Hut verschwinden. »Die Herrin Fugger selbst hat uns hierher bestellt«, sagte er selbstsicher.

Er konnte zwar die Miene des Beschauers nicht direkt sehen, an seinem Husten jedoch ablesen, dass der überrascht war.

»Sibylla Fuggerin – Euch – hierher?« Der Beschauer gluckste und wollte in ein Lachen einstimmen. Bevor seine Heiterkeit wieder in Strenge umschlug, sagte Georg so selbstbewusst wie möglich: »Seid erstaunt oder nicht. Holt die Fuggerin her, und Ihr werdet Euch wundern.«

Sarina hing beinahe nur noch an seinem Arm.

Georg lugte unter seinem Hut hervor. Jetzt konnte er die Zweifel im Gesicht des Beschauers ablesen. Das musste er ausnützen. Er drehte sich zum Hof hin um und rief in den freien Raum hinein, dass es hallte: »Sibylla Fuggerin, Ihr habt ein Versprechen einzulösen.«

Stille herrschte plötzlich im Innenhof. Alles drehte sich nach Georg und Sarina um. Im selben Augenblick wurde ihm bewusst, dass er einen katastrophalen Fehler begangen hatte. Bislang waren sie von niemandem beachtet worden, jetzt wusste alle Welt von ihnen.

»Ich habe nicht nachgedacht«, flüsterte Georg Sarina zu, die an ihm zerrte.

»Das tun Männer selten!«, fauchte die schwach.

»Bist du wahnsinnig, Weber?«, schrie ihn der Beschauer an. »Raus hier. Nimm dein dreckiges Gebinde und mach dich vom Acker! Wer bist du, unsere Herrin an irgendwelche Versprechen zu erinnern?«

Langsam rollte Georg das Gewebe auf, das ihm der Beschauer hingeworfen hatte. Sarina musste sich an seiner Schulter festhalten, und Georg befürchtete, ihre Kraft werde nicht ausreichen, bis er die Arbeit beendet hatte. Es war ein Fehler gewesen, ein unverzeihlicher Fehler. Jetzt, da alle Menschen von ihnen wussten, war es nur noch eine Frage der Zeit, bis die Schnapphähne hier auftauchten.

Er packte die Rolle unter den Arm, nahm Sarina vorsichtig an seine Seite und schlich zum Tor. Sarinas Beine knickten zweimal unter ihr weg; hätte er sie nicht gestützt, wäre sie auf den Boden geschlagen. Unter ihren Augen hatten sich tiefschwarze Ränder gebildet, während die übrige Haut beinahe durchsichtig wirkte. Man konnte die blauen Äderchen darunter erkennen, wie kleine Flüsse aus blauem Lebenssaft.

»Wo wollt Ihr hin?«, fragte ihn eine Frau, die Georg den Weg vertrat. Georg hatte nicht darauf geachtet, wo er hinging. Erschrocken über das plötzliche Auftauchen der Dame entschuldigte er sich, machte eine Verbeugung, soweit dies mit Sarina am Arm und dem Tuchballen möglich war, und wollte mit gesenktem Kopf an ihr vorüber. Doch die Frau ließ sich nicht beirren.

»Herrin, verzeiht«, bemühte sich der Beschauer einzugreifen. Er war den beiden Jugendlichen nachgegangen und schob Georg jetzt beiseite, um der Dame den Weg frei zu machen. »Es ist ungehobeltes Weberpack.«

Georg wollte scharf erwidern, als die Dame die Hand hob. »Welche Aufgabe maßt Ihr Euch an, Meister Burghart, dass Ihr Menschen, die nach mir verlangen, von der Türschwelle weist? Ihr lebt von der Arbeit dieser Hände, also ehrt sie auch.« Wie ein geprügelter Hund zuckte der Beschauer zurück und verbeugte sich. »Und Ihr, Weber, was wollt Ihr von der Herrin des Hauses Fugger?«

Georg war zu überrascht, als dass er antworten konnte. Er zog den Hut ab.

»Kennt Ihr mich nicht mehr, Sibylla Fugger?«, fragte er. Gleichzeitig sah er, wie sie überrascht und freudig und zugleich verärgert reagierte.

»Wir waren quitt, wenn ich das recht im Gedächtnis habe. Für Eure Hilfe bin ich dankbar, dafür seid Ihr hier in der Stadt.« Sie sprach in einem scharfen Ton, der keine Ausflüchte, keine Bettelei zuließ. »Zu mehr habe ich mich nicht verpflichtet.«

»Ich bitte auch nicht für mich«, sagte Georg. In diesem Augenblick versagten Sarina die Beine. Sie sank an Georgs Seite in sich zusammen und wäre unweigerlich gestürzt, wenn Georg nicht das Tuch fallen gelassen und dem Mädchen unter die Arme gegriffen hätte. »Sie braucht dringend Ruhe und etwas zu essen.«

Die Mannschaft im Innenhof hatte zugesehen. Stumm standen die Männer da und warteten darauf, was ihre Herrin erwidern würde. Georg wich ihrem forschenden Blick nicht aus, sondern hielt stand. Die Fuggerin war in den Jahren ihrer Ehe mit Jakob Fugger kräftig geworden. Ihr mildes Gesicht und ihre üppigen Formen ließen jedoch erahnen, dass sie als junge Frau von hinreißender Schönheit gewesen war. Sie atmete schwer, was auch an ihrem Brokatgewand liegen mochte.

»Bringt das Mädchen in … in das leer stehende Kontor im hinteren Turnierhof. Rasch! Und etwas vorsichtig!«, herrschte sie die neben ihr stehenden Männer an.

Diese griffen sofort zu und trugen Sarina durch ein weiteres Tor in den dahinter gelegenen Innenhof. Dort betteten sie Sarina auf einen Tisch, der in dem Raum unter einem der Arkadenbögen stand. Nur ein Stuhl stand zusätzlich darin, ansonsten war die Kammer leer wie ein Sterbezimmer. Mit einem Wink

191

bedankte sich Sibylla Fugger bei den Helfern und schickte sie weg.

»Lasst auch Ihr uns allein«, bat sie den Beschauer, der ihnen gefolgt war. »Schickt den Medicus. Er müsste gerade seine Visite bei Eurem Herrn beendet haben. Er soll sich eilen.«

Georg räusperte sich. Er wartete, bis sich der Tuchbeschauer getrollt hatte, dann warf er schüchtern ein: »Wir können keinen Medicus bezahlen, Herrin.«

»Was hat das junge Ding?«, überging die Fuggerin seinen Einwand und trat an den Tisch.

»Fieber«, antwortete Georg wahrheitsgemäß.

»Die Pest?«, schoss sofort Sibyllas Frage nach.

»Nein. Nur Fieber. Starkes Fieber. Seit einer Woche. Sie hat kaum etwas gegessen. Helft ihr! Bitte!«

Sibylla sah Georg lange an, dann nickte sie. »Komm morgen wieder. Frag den Beschauer nach dem Mädchen.« Dann lächelte sie.

Georg lächelte verlegen zurück. Unschlüssig darüber, ob er Sarina wieder allein lassen sollte, zögerte er sein Gehen hinaus.

»Sei unbesorgt«, nahm ihm Sibylla Fugger seine Ängste. »Ihr wird hier nichts geschehen. Ich sorge für sie.«

Georg nickte dankbar. »Der Herr wird es Euch vergelten!«, flüsterte er, dann drückte er sich rückwärts aus dem Raum.

Er überquerte den Turnierhof, auf dem eine ganze Reihe Wagen ohne Pferdebespannung standen. Offenbar wurden hier die Karren abgestellt, die als gemeinsamer Zug nach draußen gingen.

Georg ging auf das Tor zum Handwerkerhof zu und versuchte, es aufzudrücken, doch es rührte sich nicht. Es dauerte eine ganze Weile, bis er begriff, dass er ziehen musste. Er hängte

192

sich an den Türgriff und zog. Doch das Türblatt war schwer. Es kostete ihn Mühe, sodass er zuerst nur einen Fuß in die so entstandene Lücke stellen konnte.

»Mattheis, wie viele Kisten sind noch unten?«, hörte er durch den Spalt hindurch die Männer miteinander reden, die den bewachten Wagen beluden. Georg achtete zuerst nicht darauf, sondern mühte sich mit dem Torflügel ab.

»Vier Kisten. Wohin der Alte das viele Geld wohl schafft? Gibt es einen neuen Kaiser zu küren?«

»Ich glaube nicht, dass er die Wahl Karls V. ein zweites Mal bezahlen würde. Da ist zu viel schiefgelaufen. Diese Spanier sind aalglatt. Ganz anders als der alte Maximilian, der dem Alten aus der Hand gefressen hat wie ein zahmer Gaul.«

Beide lachten sie. Georg hatte mit dem Schieben aufgehört und lauschte, den Fuß immer noch im Tor. Davon, dass Fugger die Kurfürsten bestochen hatte, damit sie Karl V., den Enkel Kaiser Maximilians, auf den deutschen Kaiserthron wählten, hatte er gehört, ebenso von den unvorstellbaren Summen, die dabei geflossen sein sollten. So viel Geld sprudelte dabei in den Erzählungen über die Lippen der Menschen, dass es kaum glaubhaft war.

»Ich schätze, das Gold geht an den Schwäbischen Bund. Söldner sollen gekauft werden.« Der zweite Knecht erschien am Kelleraufgang und hielt wieder eine Kiste in der Hand, die er weiterreichte. Der Kerl, der sie entgegennahm, wuchtete sie auf den Wagen und rief in das Kellerloch hinab: »Damit kann man sich ja eine Armee kaufen!«

Als der Knecht wieder erschien, hatte er die Antwort bereit: »Es wird vermutlich eine Armee werden. Schließlich kann man die Bauern vor Augsburg nicht in den Lech hinunterspucken.

Da braucht man Landsknechte und Waffen. Für beides zahlt Fugger gern.«

Der zweite Mann pfiff durch die Zähne. »Dann ist der Spuk ja bald vorbei.«

Georg hatte ganz vergessen, das Tor zu öffnen. Was er eben gehört hatte, warf all die Pläne der Bauern und Weber in der Stadt durcheinander. Wenn der Wagen mit dem Geld Jakob Fuggers aus Augsburg hinausgelangte, würde es nicht lange dauern, und ein starkes Heer würde die Gegend um Augsburg unsicher machen.

Georg sah, wie die Männer verstohlen um sich sahen und unter dem Kutschbock eine Kiste öffneten. Sie holten einen steinernen Krug hervor und genehmigten sich jeder einen kräftigen Schluck. »Gott sei Dank kann man unter diesem Kutschbock einen ganzen Kerl verstauen!«, lachte einer der Männer. Dann hoben sie die letzte Last auf den Wagen. Als die beiden Knechte die letzte Kiste aufgeladen hatten, schlüpfte Georg durchs Tor. Beinahe wäre der Saum seiner Wolljacke im Türspalt hängen geblieben. Wie rasend klopfte sein Herz, als er an dem Karren und den auf der hinteren Pritsche Brotzeit machenden Männern vorüberging. Doch die Kerle hoben nicht einmal den Kopf und fragten erst recht nicht, wo er denn herkomme.

Er drückte sich die Mauer entlang zwischen Warenballen und Beschautischen hindurch. Georg wollte nicht, dass man ihn ohne das Mädchen sah. In einer Ecke duftete es wie auf einem Weihnachtsmarkt nach Gewürzen, und Georg wunderte sich, woher diese stammen mochten. Säckeweise standen sie gestapelt und warteten auf ihren Weitertransport. Neugierig trat Georg näher, wie magisch angezogen vom exotischen Aroma des Orients, das in der Luft lag. Er wollte nur ein wenig von dieser Herrlichkeit riechen, doch zwischen den Säcken grinste ihn ein Gesicht an, das er nur zu gut kannte.

»Hannes!« Ein Schreck durchfuhr ihn, aber es war kein freudiger Schreck wie bei ihrer ersten Begegnung. Er wusste, wie Hannes bei den Bauern reagiert hatte, was er ihm mit dem Tuch angetan hatte.

»He, du kleine Ratte, was suchst du hier?«, zischte ihm Hannes entgegen.

Georg fühlte sich wie vor den Kopf gestoßen. Er hatte Hannes fragen wollen, wie er den Schnapphähnen und dem Eis entronnen war, doch er verschluckte seine Frage. »Ich bin keine Ratte, Hannes. Warum sagst du das?« Obwohl er jetzt selbst Wut verspürte, war Georg verblüfft über den Hass, der in Hannes Stimme mitschwang. »Was hab ich dir getan? Was bezweckst du mit dem Tuch, das du dem Toten in die Hand gedrückt hast?«

»Es reicht, dass es dich gibt, Kleiner! Geh mir aus der Sicht! Ich habe zu tun.«

Ein kurzer Blick über die Schulter hinweg genügte, um Georg klarzumachen, was Hannes hier tat. Er beobachtete die Warenbewegungen.

»Du spionierst? Für wen? Für die Bauern draußen?«

»Ach, halt's Maul, Kleiner. Was verstehst du denn schon davon, wie man sich als Waise über Wasser halten muss? Ich arbeite hier.«

Alles glaubte Georg, nur das nicht. Hannes log. Demonstrativ stellte sich Georg in die Sicht zum Geldwagen, doch Hannes trat einen Schritt aus seinem Gewurzsackversteck heraus und schob ihn wortlos beiseite. »Was hab ich dir getan, dass du mich behandelst, als wären wir nicht aus einem Fleisch und Blut?«

Hannes antwortete nicht mehr, sondern starrte interessiert geradeaus. Georg sah aus dem Augenwinkel heraus, dass die Arbeit beim Geldwagen eine wunderliche Wendung genommen hatte. Der Traurige war zu den Knechten getreten. Gang und Miene waren unverwechselbar. Kurz sah sich der Landsknecht um, winkte nervös mit der Hand und befand sich bald im Gespräch mit den Knechten. Sofort schoss Georg ein Gedanke durch den Kopf: Sein Bruder kundschaftete nicht das Gold aus, sondern lauerte auf sein nächstes Opfer, den Traurigen mit seiner totenblassen Haut.

Langsam schob sich Georg aus dem Gewürzwinkel heraus. Er fühlte sich unwohl neben Hannes, der den Blick nicht von den beiden Männern nahm und ihn vergessen zu haben schien.

Doch irgendetwas sagte ihm, dass er gerade eben nicht aufgepasst, dass er etwas übersehen hatte.

18

Die Frau des Webers drückte ihn unter die Bank, und Georg verkroch sich, so gut es ging, in den hintersten Winkel. Das Schlagen der Tür klang wie eine Warnung. Die Schritte wirkten bedrohlich fest und hallten militärisch stramm auf den Ziegelfliesen. Als die Tür quietschend aufschwang, fiel nur wenig Licht herein: Es stand jemand im Eingang. Die Weberin seufzte auf, und Georg vergaß das Atmen.

»Jesusmaria!«, rief sie und sprang auf. »Jesusmaria!« Mehr brachte sie nicht hervor. Georg konnte von seinem Versteck aus sehen, wie die Beine der Weberin auf den Fremden zuliefen, zuerst nach oben verschwanden und danach wieder auftauchten, als wäre sie kurzzeitig an die Decke des Zimmers gestiegen.

Plötzlich lachte die Weberin, und es klang, als würde sie gleichzeitig weinen.

»Für dich habe ich auch eine Überraschung! Georg! Komm aus deinem Versteck. Schnell!«

Der Mann knurrte etwas Unverständliches, während Georg sich aus seinem Loch unter der Sitzbank quälte. Endlich glaubte er, sich aufrichten zu können, stieß aber prompt mit dem Kopf gegen die Tischkante. Jetzt lachte auch der Mann.

»Was machst du unter meinem Tisch, Georg?«, brummte er.

Verblüfft starrte Georg den Mann an und rieb sich die schmerzende Stelle.

»Jetzt schau nicht, als hättest du noch niemals einen Weber gesehen!«, lachte Meister Lukas.

Er war es tatsächlich, mit hochrotem Kopf und einem scharfen Geruch nach faulem Stroh und Fäkalien. »Sie konnten mich nicht festhalten. Unser Zunftoberster hat sich gegen die rüde Behandlung gewehrt. Die Obrigkeit braucht die Weber noch. Die Fugger brauchen die Weber noch. Alle Welt braucht die Weber.« Wieder lachte er, doch nicht mehr lauthals, sondern mehr in sich hinein. Er stützte sich mit einem Arm auf die Tischplatte und umschlang die Hüfte seiner Frau. Während er redete, drückte er sie an sich. »Sie haben mich freilassen müssen. Die Schnapphähne haben zu sehr gewütet. Der Zunftobere war außer sich. Er hat sofort damit gedroht, die Stadtverteidigung aufzuheben, wenn seine Männer nicht augenblicklich aus den Hexenlöchern gelassen würden.« Er musterte Georg von Kopf bis Fuß. Sein Blick war dennoch unstet und wanderte zwischen ihm und der Hellebarde hin und her, die im Herrgottswinkel lehnte, direkt neben dem Kruzifix. »Du kommst gerade recht. Gerade recht, Junge. Es geschieht. Eben jetzt. Viel Zeit haben wir nicht.« Dann verengten sich seine Augen zu Schlitzen.

»Was geschieht, Meister Lukas?«, wollte Georg wissen, doch der Weber winkte ab.

»Wo ist Sarina?«, fragte er.

Rasch erzählte Georg, was geschehen war und dass sie sich zur Fuggerin begeben hätten. Der Webermeister nickte kurz. »Eine gute Idee. Dort werden sie das Mädchen nicht suchen.«

»Georg!« Der Meister trat auf ihn zu und legte ihm eine Hand auf die Schulter. »Wir brauchen dich. Du bist unsere einzige Verbindung nach draußen!«

Georg legte den Kopf schief und überlegte. Sollte er dem Weber erzählen, was er gehört hatte? Bevor er sich noch entschieden hatte, fuhr Meister Lukas bereits fort:

»Es geht los, Georg. Die Weber greifen zu den Waffen«, teilte er Georg mit.

»Ist der Schwäbische Bund bereits vor den Mauern? Das wäre schnell gegangen!«

Meister Lukas wollte weiterreden, doch Georgs Mitteilung stoppte seinen Drang. Verwundert sah er Georg an. »Was redest du da, Junge? Was soll das mit dem Schwäbischen Bund?«

Rasch erzählte Georg dem Weber, was er im Fuggerhof erlauscht hatte und dass er vermutete, das Geld, das dort umgeladen worden war, könnte zum Ankauf von Söldnern und Waffen verwendet werden.

Meister Lukas, der sich gesetzt hatte, lauschte aufmerksam Georgs Bericht, nickte immer wieder bedächtig und zog wie nebenbei seine Frau auf den Schoß. Diese umschlang seinen Hals und drückte sich an ihn. Während der ganzen Zeit hustete der Weber kein einziges Mal. Als Georg geendet hatte, breitete sich eine unbehagliche Stille im Raum aus. Endlich stand Meister Lukas auf und lief im Zimmer auf und ab. Er rieb sich die Stirn, als wollte er seinen Kopf kneten, damit die Gedanken leichter fließen konnten.

»Das kommt zu einer ungünstigen Zeit. Dieser Fugger hatte den richtigen Riecher. Unser Zunftoberster hat nämlich beschlossen, dass wir noch heute losschlagen. Du musst die Bauern unterrichten, dass sie uns schnellstens zu Hilfe eilen sollen. Jetzt gilt es, schneller zu sein als der alte Fuchs.« Mit beiden Händen rieb er sich die Schläfen. »Frau!«, sagte er dazwischen. »Hol mir den Harnisch und die Bein- und Armschienen. Auch wenn sie nur aus Leder sind. Wir dürfen nicht länger zögern!«

Die Weberin nickte zwar, lief auf den Flur hinaus und Georg hörte sie in den ersten Stock hinaufeilen, doch glücklich hatte sie dabei nicht ausgesehen.

»Ich bringe das alles nicht zusammen, Georg«, flüsterte der Weber, indem er sich über den Tisch hinweg zu Georg beugte. »Wer hat euch beide verraten? Das ist eine Frage, die geklärt werden müsste. Woher wussten die Schergen, wo ihr euch aufhieltet, du und Sarina? Der Schleppert kommt dafür nur bedingt in Frage. Er würde nicht ernst genommen werden. Wer also sonst? Mein Eheweib?«

Georg schüttelte den Kopf. »Nie und nimmer! Sie steht hinter Euch und der Zunft.«

Wortlos stapfte der Webermeister von einer Seite des Raums auf die andere und wieder zurück. »Wer weiß«, überlegte er laut und schien keineswegs überzeugt. »Jedenfalls – du musst für uns noch einmal nach draußen gehen, zu den Bauern.«

Georg zuckte kurz zusammen. Das war kein Spaziergang. Er dachte angestrengt nach. Schließlich hatte ihn das Problem schon einmal beschäftigt. Je länger er daran knabberte, desto unbehaglicher wurde ihm. Ganz in seinem Hinterkopf regte sich nämlich ein Verdacht, den er gar nicht auszusprechen, den er nicht einmal zu denken wagte. Aber es konnte nicht anders sein: Er musste bei seiner Rückkehr durch den Alten Einlass beobachtet und auf dem Weg zu Meister Lukas verfolgt worden sein. Übermüdet, wie er war, hatte er es einfach nicht bemerkt.

»Ich habe den Verräter hierhergelockt!«, sagte er unvermittelt.

»Bitte? Junge, du weißt nicht, was du sagst!«, konterte Meister Lukas.

»Ich bin beobachtet worden. Ganz sicher!« Der Weber war mitten im Raum stehen geblieben. Jetzt pfiff er durch eine Zahnlücke.

»Weißt du, wer hinter dir her ist?«, fragte er.

Georg schüttelte langsam den Kopf. Natürlich wusste er es. Er mochte es dem Webermeister nur nicht sagen: die beiden Schnapphähne oder – noch schlimmer – Hannes. Ja, Hannes hatte ihn an die Stadtschergen verraten. Wahrscheinlich hatte er, nachdem er dem toten Fehlfinger das Halstuch in die Hand gedrückt hatte, hinter dem Alten Einlass darauf gewartet, dass Georg wieder in die Stadt zurückkehrte. Hannes! Hannes! Hannes! Seine Unterlippe begann zu zittern, als er stumm den Namen wiederholte.

Der Weber sah ihn an, als wüsste er, gegen welches Unbehagen Georg kämpfte. In diesem Augenblick kam die Weberin zurück. Sie schleppte einen Brustharnisch an und hatte sich die vier Lederschienen über die Schultern geworfen. Langsam begann sie, ihren Mann einzukleiden. Zwar war der Harnisch bereits dunkel angelaufen und die Schienen ebenfalls dunkelbraun vom Alter, doch sie würden ihren Zweck einigermaßen erfüllen. Meister Lukas dehnte und streckte sich in seiner Wehr, um es bequemer zu haben.

»Traust du dir zu, noch einmal zu den Bauern vor die Stadt zu gehen?«, fragte der Weber. »Du musst ihnen erzählen, dass die Weber aufstehen. Wir brauchen sie. Jeder Mann, den sie auf den Mauern binden, weil er ihren Angriff abwehren muss, erleichtert uns die Übernahme der Stadtregierung. Auch von dem Transport musst du ihnen erzählen. Du musst sie warnen.«

»Ich weiß nicht einmal, wann sie abfahren. Sie könnten bereits weg sein«, konterte Georg.

Meister Lukas lächelte wissend. »Niemand verlässt diese Stadt, ohne dass die Weberzunft davon erfährt.« Das kann so ja wohl nicht sein, wollte Georg erwidern, weil er an Hannes dachte. Niemand wusste von ihm und seinem geheimen Zugang. Doch er behielt seine Überlegung für sich.

»Frau? Gibt es etwas zu essen?«, fragte Meister Lukas. »Nachdenken und rüsten macht hungrig!« Georg war ihm dankbar dafür, denn er hatte seit gestern nichts mehr zu sich genommen. Die Weberin verschwand erneut und kam mit einem Teller zurück, auf dem Georg einen Teil seines Räucherschinkens wiederentdeckte.

»Leider haben wir kein Brot«, bedauerte sie. »Nur Rindensirup und …« Sie legte den Schinken auf.

»Fleisch allein macht auch fett!«, konterte der Weber gut gelaunt. Dass nach langem Warten die Zeit zum Handeln gekommen war, schien den alten Handwerker in Hochstimmung versetzt zu haben. »Wir brauchen einen Schlachtplan!«

Während sie sich Scheiben dünnen Räucherschinkens in den Mund schoben, planten sie, dass Georg noch einmal zu den Bauern vor die Stadt gehen sollte, um diese vom Geldtransport zu informieren. Die Aufständischen sollten den Fuggertransport aufhalten und das Geld an sich nehmen. Außerdem musste Georg sie vor dem Schwäbischen Bund warnen. Wenn Geld zu diesem unterwegs war, konnte er nicht allzu weit von der Stadt entfernt sein. »Wir treffen uns in einer halben Stunde vor dem Rathaus. Gerüstet wie anno 1347, um uns erneut einen Anteil am Stadtregiment zu holen und uns das Ratsgesindel vom Hals zu schaffen.« Der Webermeister klang regelrecht fröhlich, als ginge es auf einen Ausflug. Dabei konnte es für jeden, der teilnahm, tödlich enden.

Georg nickte und erhob sich. Er wollte sofort aufbrechen. An der Türschwelle zögerte er.

»Was ist, Junge?«, fragte der Weber.

»Was ist mit Sarina? Was geschieht mit ihr? Wenn ihr gegen Fugger aufsteht, wird sie womöglich getötet werden.«

Der Webermeister grinste übers ganze Gesicht. »Lass sie bei der Fuggerin. Dort ist sie in besten Händen, und niemand wird ihr etwas tun. Das Gastrecht ist der Fuggerin heilig, und sie weiß, dass Sarina nicht zu den Webern gehört. Sie wird sie nicht für unseren Streit mit Fugger büßen lassen.« Seine Augen verengten sich; sein Tonfall wurde plötzlich hart. »Wie willst du nach draußen kommen?«

Darüber hatte sich Georg keine Gedanken gemacht. »Ich wäre noch heute über den Alten Einlass nach draußen gegangen. Nach Einbruch der Dunkelheit.«

»Zu spät, Georg. In einer halben Stunde versammeln sich die Weber. Wenn sie mit ihren Forderungen vor dem Rathaus stehen, wird die Stadt abgeriegelt. Dann wird selbst der Alte Einlass sofort geschlossen. Du solltest dich beeilen. Die Bauern müssen heute noch einen kleinen Angriff auf die Mauern wagen. Das musst du ihnen sagen, hörst du! Wenn sie angreifen, muss der Rat die letzten Waffen aus dem Zeughaus zur Verteidigung ausgeben, und die werden wir gegen die Ratsherrn richten.«

Georg musste schlucken. So viel Verantwortung war ihm noch nie übertragen worden. Er nickte. Sofort los, hieß die Devise. Sie verabschiedeten sich mit einem langen Händedruck. Auf der Türschwelle verharrte Georg eine Weile, unschlüssig darüber, was er tun sollte. Einerseits wollte er den Webern helfen, andererseits ... spukte Sarina in seinem Kopf herum. Mit einem

Ruck entschied er sich für etwas ganz anderes. Für sein Bauchgefühl. Das hatte ihn noch niemals betrogen. Er wollte nach
Sarina sehen, bevor er die Stadt verließ.

Sobald er die Straße betrat, dachte er an den Menschen, den
er ohne Wissen zu Meister Lukas geführt haben musste. Also
spähte er den Weg hinauf und hinunter, doch konnte er niemanden entdecken. Er bog zum Milchberg hin ab, folgte den Geräuschen der Schmiede, die am Fuße des Berges ihren Sitz hatte.
Regelmäßig schlugen die Hämmer. Metall zischte, und das eisige Wasser blubberte, wenn glühendes Eisen hineinfuhr. An der
Schmiede bog er hangaufwärts ab. Über ihm ragte der Turm von
St. Ulrich und Afra in den Himmel des Spätnachmittags. Georg
blieb kurz stehen und legte den Kopf in den Nacken, um die
Turmspitze zu begutachten. Wie hoch sie ragte. Als würde ihre
Kupfernadel die Wolken ritzen, die schnell darüber wegflogen.
Wie gern wäre er mit diesen Wolken gezogen oder hätte sich
auch nur in die Höhe zurückgezogen, um dem Elend auf der
Erde unten zu entkommen. Engel, ja Engel hatten es gut. Sie
konnten bis dort hinaufgelangen und höher und darüber hinaus.

Er riss sich von seinen Tagträumereien los und wollte weiter-
laufen. Im Augenwinkel entdeckte er eine Gestalt, die sich
schräg hinter ihm in einen der Hauseingänge drückte und zu
ihm hersah. Georg tat, als hätte er sie nicht gesehen, und
erklomm den steilen Weg hinauf in die Oberstadt. Dort wandte
er sich nach rechts, drehte sich auf Höhe des Salzstadels wie
übermütig um die eigene Achse und bemerkte seinen Verfolger
erneut. Diesmal war kein Zweifel möglich. Er wurde beobachtet. Jemand schlich hinter ihm her.

Langsamer, als er es vorgehabt hatte, schlenderte er die mit kleinen Kieseln gepflasterte Stockgasse entlang und blieb hier und

da stehen. Die Stimmung hatte sich geändert. Die Bürger, denen er begegnete, hielten die Köpfe gesenkt, runzelten die Stirnen, blickten ernst. Überall standen oder marschierten Landsknechte in Kampfmontur. Georg war es, als musterten sie die Passanten auf Waffen. Endlich betrat Georg das Kontor eines der Weinhändler am Weinmarkt. Dort schlüpfte er an den Fässern vorbei, die einen bitteren Geruch verströmten. Seinen Verfolger hinter sich her ziehend wie eine Klette, durchquerte er das Gebäude und stand auf der gegenüberliegenden Hallgasse. Er lief nach rechts hinaus und drückte sich direkt hinter dem Tor an die Mauer. Von innen konnte er so nicht mehr gesehen werden, und wenn sein Verfolger aus der Tür trat, würde dieser ihm direkt in die Arme laufen. Voller Anspannung stand Georg da, den Rücken gegen das Holz des Stadels gedrückt, und wartete. Er hatte den Kerl nur flüchtig gesehen und war gespannt darauf, um wen es sich handelte. Lange konnte es nicht dauern, der Fremde war ihm dicht auf den Fersen gewesen. Zwar sahen ihn einige der Söldner bereits schräg von der Seite an. Ein sich an die Wand drückender Jugendlicher bot einen merkwürdigen, wenn nicht gar einen verdächtigen Anblick. Tatsächlich tauchte alsbald ein Kind auf, das durch das Tor schlenderte, seine Kapuze als Schutz vor der Kälte über den Kopf gezogen. Georg schenkte ihm zuerst keine Aufmerksamkeit. Er hätte es beinahe an sich vorüberziehen lassen, wenn ihn nicht der humpelnde Gang des Kleinen irritiert hätte. Erst da wagte er einen zweiten Blick und rief den Kleinen an. Da rannte das Kind, was es konnte. Doch Georg war längst über ihm, packte es am Halskragen, zerrte es beiseite und riss ihm die Kapuze vom Kopf.

»Hab ich es mir doch gedacht!«, keuchte Georg vor Anstrengung, denn das Kerlchen wehrte sich und schrie und kratzte und trat. Doch es war zu klein, als dass seine Arme Georg hätten erreichen können. »Sieh an, der Schleppert! Und eine Stimme besitzt er auch.«

Sofort verstummte der Zwerg und hielt still.

»An wen wolltest du mich jetzt verraten, Freundchen?«, fauchte ihn Georg an. »An den Stadtpfleger, an die Schergen? Oder gibt es noch andere?« Georg zögerte, bevor er sich selbst zugestand, dass er jetzt fragen musste. »Hannes zum Beispiel?« Das Gesicht des Zwergs bleichte aus. Aschfahl blickte er zu ihm auf. Schließlich nickte der Schleppert. Georg schloss kurz die Augen. Er hatte es geahnt. Nein. Er hatte es gewusst.

»Sag meinem Bruder, er soll sich nicht in meine Angelegenheiten mischen«, fauchte Georg. »Ich habe jetzt keine Zeit, dir das Fell über die Ohren zu ziehen, werde es jedoch nachholen, sobald ...«, sofort verstummte er, weil er den neugierigen Blick des Schlepperts sah. Beinahe hätte er sich verraten.

Er packte den Zwerg und stieß ihn wie Abfall in eine der Straßenecken. Dort blieb der Kleine liegen, und Georg setzte seinen Weg fort. Er lief rascher, weil er mit dieser sinnlosen Verfolgungsjagd Zeit verloren hatte. Gerade wollte er in den Kontorhof einbiegen, als ihn etwas am Ärmel zupfte. Ärgerlich über das typische Verhalten, das sonst Bettler an den Tag legten, schüttelte er den Zupfer ab und gewahrte den Schleppert, der ihn inbrünstig ansah wie ein Hund.

»Was willst du schon wieder?«

Stumm deutete der Zwerg auf den Innenhof der Fugger, schüttelte den Kopf, zeichnete den Körperbau einer Frau in die Luft und deutete den Brotmarkt hinunter zum Rathaus. Die Zeichensprache floss so schnell, dass Georg im ersten Moment glaubte, sich getäuscht zu haben. Doch der Schleppert zog ihn an seinem Ärmel in Richtung des Rathauses. Georg rührte sich nicht, sondern versuchte, in dem merkwürdigen Verhalten des Zwergs einen Sinn zu erkennen.

»Nicht so schnell, Freundchen«, unterbrach er, da ihm langsam die Bedeutung der wilden Gesten schwante. »Heißt das Windgeflügel mit den Armen, dass Sarina nicht mehr bei der Fuggerin ist?« Der Schleppert verzog das Gesicht zu einer Art Grimasse und nickte dabei heftig mit dem Kopf. »Wo ist sie … dann?« Die Frage stellte er nicht mehr dem Zwerg, sondern sich selbst. Siedendheiß schoss ihm die Wahrheit in den Kopf. Ohne weiter auf den Zwerg zu achten, jagte er davon, die Straße hinunter in Richtung Rathaus. Vor seinem geistigen Auge erschien ein Schriftstück mit blutroten Lettern. Obwohl er nicht lesen konnte, wusste er in seinem sekundenlangen Tagtraum, dass die Buchstaben den Namen SARINA bildeten. Er schüttelte den Gedanken ab. Wenn sie Sarina verhaftet hatten, wenn sie womöglich … Georg durfte nicht weiterdenken … Er durfte keine Zeit mehr verlieren, er musste sie retten! Das war ihm wichtiger als alle Weber und Bauern zusammen.

Georg rannte, als gelte es sein Leben – doch er kam nicht weit. Vor dem Rathaus und auf dem Perlachplatz hatte sich bereits eine Menschenmenge versammelt. Stumm standen die Menschen dort, alle mit dem Gesicht zum Gebäude, als erwarteten sie einen der Ratsherren oder den Stadtpfleger am Fenster. Nicht die zahllosen Menschen waren es, die Georgs Schritt hemmten, nicht die Waffen, die alle in der Hand trugen – es waren die Landsknechte, die sich unauffällig an allen Durchgängen und Zugangsstraßen postiert hatten. Blitzschnell schloss er, dass er unweigerlich in der Menge feststecken würde, wenn er dort hineinlief. Kurz blitzte der Gedanke auf, dass dieser Schleppert ihn absichtlich hierhergeschickt hatte, denn wenn die Soldaten die Zugänge sperrten, dann war er gefangen und konnte weder sich noch Sarina mehr helfen. Er zweifelte an der Ehrlichkeit des Zwergs, doch der war bereits über alle Berge.

Sicher war jedoch, wenn Sarina in den Hexenlöchern lag, dann war es ihm im Augenblick unmöglich, auf diesem Weg zu ihr zu gelangen. Er musste aufgeben – allein konnte er nichts erreichen. Seine Wut steigerte sich zu blindem Zorn. Dann besann er sich wieder auf seinen Auftrag. Jetzt erst recht, dachte er sich. Sollen diese Ratsherren doch an den Spießen enden. Er musste raus aus Augsburg und die Bauern informieren. Wenn sie zusammen mit den Webern die Macht in der Stadt übernahmen, würden sie auch die arme Sarina freilassen.

19

Der Weg war ihm versperrt. Georg lief am Tor zum Alten Einlass vorbei, als interessiere ihn der Weg nach draußen nicht, als eile er zu seiner Wachablösung an die Mauer. Aus dem Augenwinkel heraus sah er vier Landsknechte, die das Tor bewachten. Wie viele sich im Durchgang noch befanden, konnte er nicht erkennen. Nur eines war sicher: Durch den Alten Einlass würde er die Stadt nicht verlassen können.

Er fluchte innerlich. Heute gelang ihm gar nichts. Er musste aus der Stadt raus. Er musste die Bauern zu einem Angriff bewegen! Er musste Sarina helfen! Keinen Tag würde sie in den Hexenlöchern überleben.

Er versuchte es am Klinkertor und am Gögginger Tor. Doch beide Durchlässe waren geschlossen worden. In blinder Eile rannte er die Straßen hinter der Stadtmauer entlang – von Tor zu Tor, fast einmal um die ganze Stadt herum. Doch die Stadtwachen hatten alle Durchgänge verriegelt und die Posten verstärkt, als röchen die Landsknechte den bevorstehenden Umsturz und träfen ihre Vorbereitungen. Krampfhaft überlegte Georg, wie er aus diesem Augsburg hinauskommen sollte. Die Stadt schloss mit den Mauern nicht nur die Feinde aus, sie schloss ihre Bürger hinter der Befestigung ein. So hatte er den Mauerring um eine Stadt noch niemals betrachtet. Die Erkenntnis traf ihn wie eine Ohrfeige. Langsam konnte er die

209

Abneigung der Wandertruppe gegen befestigte Plätze verstehen.

Sollte er sich ein Seil holen und über die Mauer klettern? Doch woher sollte er es nehmen? Sollte er die Torwachen bestechen? Dafür benötigte er Geld. Mit den Fuggerwagen konnte er möglicherweise aus der Stadt hinausgelangen, doch dann war es bereits zu spät. Es sollte ja verhindert werden, dass die Wagen die Stadt verließen und in die Hände des Schwäbischen Bundes gelangten.

Georg fröstelte, weil ein eisiger Wind durch die Straßen fegte und einen Geruch nach Schnee mit sich führte. Wenn es so weiterging, würden die Kanäle wieder zufrieren.

Im selben Augenblick kroch ein Gedanke in seinen Kopf, der ihm die Beine wie von selbst in Richtung Unterstadt lenkte. Georg hatte Hannes dabei beobachtet, wie er in die Stadt hineingekommen war. Wo man hineinkam, kam man ebenso wieder hinaus! Georg fiel in einen Laufschritt. Er achtete kaum auf die Männer in Waffen, die auf das Zentrum der Stadt zueilten. Vor dem Rathaus musste es bereits von ihnen wimmeln. Gleichzeitig fielen ihm die Landsknechte auf. Sie verbargen sich in Hofeinfahrten oder standen in kleinen Grüppchen an Kreuzungen. Schwer behängt mit Harnischen, geschützt durch Arm- und Beinschienen, angetan mit Schwertern und Helmen, wirkten sie wie Brunnenfiguren, so starr und reglos standen sie, doch ihre Augen bewegten sich unter den Helmen rastlos und bewachten die wichtigen Punkte.

Im Augenblick hatte Georg andere Probleme. Er musste den Wasserlauf finden, der aus der Stadt hinausführte. Das war keineswegs einfach, denn nicht nur ein einzelner Bach durchfloss die Stadt und lieferte für Wasserräder und andere Gewerke wie

Gerber und Färber das dringend benötigte Nass, sondern deren vier. Welcher führte nach draußen?

Georg überlegte, wo er Hannes gesehen hatte, und versuchte, auf den Wasserlauf zurückzuschließen. Er hastete die Bäche entlang bis zur Mauer und entschied sich für den Sparrenlech. Von ihm glaubte er, dass er über den Graben geführt und dann nach draußen geleitet wurde. Ganz sicher war er sich nicht, da er den Wasserlauf nur von außen gesehen hatte, und das auch noch bei Nacht. Doch was blieb ihm übrig, als es zu versuchen?

Tief in Gedanken versunken starrte er in das rasch fließende Wasser, als er schräg gegenüber dem Durchbruch, durch den der Bach verschwand, eine Bewegung wahrnahm. Erst bei genauerem Hinsehen entdeckte er eine Gestalt. Sie drückte sich in den Winkel zwischen einem hölzernen Pfeiler, der den Aufgang zum Wehrgang über ihm hielt, und den Ziegeln der Mauer. Bequem war dieser Ort nicht, sodass Georg sofort der Verdacht kam, der Kerl warte heimlich auf etwas oder jemanden. Ihn selbst schien er noch nicht wahrgenommen zu haben, denn er kehrte ihm den Rücken zu. Georg sah nur den Mantel des Fremden. Es schien, als starre der Kerl ununterbrochen auf die Maueröffnung, in der der Bach verschwand.

Langsam wich Georg zurück, vermied jegliche schnelle Bewegung und drückte sich selbst in einen Hauseingang.

Das merkwürdige Verhalten des Kerls sagte Georg, dass er mit seiner Vermutung richtig lag. Hier musste es nach draußen gehen. Doch wenn der Bach beobachtet wurde, war ihm auch dieser Weg versperrt. Verzweifelt überlegte er, was er tun konnte.

Der Wind frischte auf und fuhr mit eisigen Krallen über Georgs Wangen. Auch der Kerl in seinem Versteck bewegte

211

sich. Georg blickte vorsichtig in die Richtung des Treppenauf-
gangs – und plötzlich hätte er laut auflachen können. Wieder
fuhr eine kräftige Böe in den Winkel der Stadtmauer und blähte auch den Mantel des Fremden dort in der Ecke. Dabei ent-
hüllte Georg die Natur des Beobachters: Dort hatte jemand Kleidung in die Ecke gehängt. Ein Mantel, ein Hut, Beinlinge. Als
habe jemand diese Dinge nicht mehr gebraucht. Plötzlich wusste Georg, wo er diesen Kleidungsstücken und ihrem Träger
schon einmal begegnet war: am Alten Einlass. Es waren Hannes' Kleider gewesen.

Er lief hinüber zu Mantel und Hut. Vor Ort erkannte er, dass
der Wind das Gewand aus dem Versteck regelrecht herausge-
blasen hatte. Was konnte es bedeuten, wenn ein Teil von Hannes' Kleidung hier hing? Verständnislos langte er nach Mantel
und Hut, bis er begriff. Wenn Hannes durch die Öffnung nach
draußen ging, spielte es keine Rolle, ob er dort nass ankam. Die
Bauern wussten, wie er aus der Stadt gelangte. Anders verhielt
es sich, wenn er in die Stadt kam. Ein Bürger, der klitschnass
durch die Straßen lief, musste auffallen. Unter Mantel und Hut
fiel nicht auf, dass Kleidung und Haare trieften.

Lange überlegte Georg nicht. Er schaute sich um, ob er beobachtet wurde. Als er niemanden entdeckte, kletterte er behände
über die Brüstung und ließ sich ins Wasser gleiten. Es reichte
ihm bis zu den Knien. Die Kälte packte ihn brutal an den Waden
und nahm ihm den Atem. Das Wasser war eisig, und bereits nach
wenigen Schritten spürte er seine Unterschenkel nicht mehr.
Das Schneewasser fraß jegliches Gefühl. Ihm war, als würde er
bei lebendigem Leibe in einen Eisblock eingefroren.

Er ließ sich dennoch vom Wasser mitnehmen, das an seinen
Beinen zerrte, und verschwand unter der Mauer. Nur mattes

212

Licht fiel noch auf den Wasserweg. Sein eigener Körper verdunkelte den Weg zusätzlich. War der steinerne Boden anfänglich rau, begann er weiter drinnen glitschig zu werden. Nur mit Mühe gelang es Georg, sich aufrechtzuhalten. Vor ihm begann das Wasser zu rauschen, als fiele es über eine Schwelle oder eine steile Rampe. Georg blieb einfach stehen. Doch der Druck des Wassers auf der glatten Holzpritsche schob ihn vorwärts und auf das Hindernis zu. Er wollte sich festhalten, doch es gelang ihm nicht. Dann fühlte er Eisenstangen. Mit ihnen wurde der Zugang unter der Mauer offenbar geschützt. Georg hielt sich daran fest. Um ihn her schäumte der Sparrenlech. Anscheinend gab es keinen Durchgang. Er hatte sich geirrt. Doch wie sollte er umdrehen? Wenn er noch länger hier stand, dann froren seine Beine ein, und er würde unweigerlich umknicken. Ein Gefühl packte ihn, wie er es noch nie erlebt hatte: Angst und Ohnmacht, Zorn und Hilflosigkeit zerrten gleichzeitig an ihm und schnürten seine Gedanken ab. Er klammerte sich an die Eisenstäbe, fühlte bereits seine Finger nicht mehr und seine Beine ohnehin nicht. Georg versuchte zurückzukehren, gegen die Strömung anzukämpfen, doch die hielt ihn im Griff. Jeder Schritt zurück in Richtung Eingang wurde vereitelt. Schon deshalb konnte Hannes nicht hier durchgekommen sein. Er hätte sich ebenfalls durchkämpfen müssen, doch es war unmöglich. Plötzlich griff seine Hand, die nach einem Halt suchte, in einen Strick aus Hanf. Er schien an der Decke befestigt. Mit Hilfe des Stricks konnte er sich gegen die Strömung behaupten und sah bald schon das Tageslicht vor sich. Also hatte er doch den richtigen Zugang gefunden. Es war kein Zufall, dass sich hier ein Strick befand. Ohne Zögern drehte Georg erneut um und ließ sich, jetzt das Seil in der Hand, in den Schlund des Sparrenlechs hineingleiten. Tatsächlich führte ihn der Strick auf eine Lücke in den Stangen zu. An der Stelle, durch die das Seil lief, war die Eisenbewehrung auseinandergebogen. Ein Mann konnte dort leicht hindurchschlüpfen. Georg drängte sich durch die Stangen und wurde durch das fallende Wasser am Ende beinahe umgerissen. Steil fiel das Bachbett ab. Um ihn her schäumte das Wasser, zog, zerrte, saugte ihn regelrecht aus dem Durchfluss ins Freie. Endlich beruhigte sich der Sparrenlech. Sein Wasser kräuselte sich nur noch und schoss dahin. Das Seil hob sich erneut gegen die Decke. Dort war es wieder an einem eisernen Haken befestigt. Nachdem Georg die Hanfleine ausgelassen hatte, spülte ihn die Strömung aus dem Mauerdurchbruch und auf eine kleine, trogartige Pritsche hinaus, die ihn über den Graben brachte und in einem bewachsenen Kanal mit üppigem Uferbuschwerk verschwand. Endlich schwang sich Georg wieder ans Ufer. Es war die Stelle, an der Hannes sich ins Wasser gelassen hatte.

Als er am Ufer stand, waren seine Beine völlig taub. Er hatte das Gefühl, vom Gürtel abwärts aus reinem Eis zu bestehen. Doch er musste vorwärts, er musste die Bauern zu einem Angriff bewegen. Sonst war Sarina verloren. Trotzdem er seine Beine kaum mehr bewegen konnte, humpelte er vorwärts. Zwar erinnerte er sich nicht mehr genau, wie er gelaufen war, doch der Wald ein wenig abseits der abgeholzten Fläche vor den Toren ließ nur eine Richtung zu.

Als er ins Lager der Bauern stolperte, taumelte er, vor Schmerzen in den Beinen und Erschöpfung wimmernd, an eines der Feuer. Er flüsterte immer wieder den Namen des Bauernführers: »Mechteler! Ich muss zu Mechteler! Bringt mich zu Mechteler!«

Mit einemmal fühlte er sich hochgehoben und getragen.

»Ja, da schau her. Der Bub! Schon wieder. Ja, was willst du denn hier?«

Es war eindeutig Wölks Stimme.

Georg zappelte. »Bring mich zu Mechteler, Wölk!«, flüsterte er. »Aber lass mich bitte runter. Mir tun die Beine weh!«

»Vom Tragen?« Wölk schüttelte verständnislos den Kopf, setzte den Jungen jedoch ab. Der hüpfte von einem Bein aufs andere. »Ja, was machst du denn jetzt?«, mischte sich der Wölk wieder ein und grinste übers ganze Gesicht.

»Schnell, Wölk. Zu Mechteler. Es ist wichtig. Sehr wichtig.«

»Ha, na dann komm, Bub«, sagte der Bauer und schritt vor Georg her. Die ganze Zeit brütete Georg darüber, was er dem Bauernführer erzählen sollte. Seine größte Furcht bestand darin, dass ihn Mechteler nicht verstand oder dass der die Gefahr unterschätzte.

Die Männer im Lager hatten sein Kommen bemerkt. Von vielen Feuern erhoben sie sich und blickten ihm nach. Wo er durchkam, verstummten die Gespräche. Erst hinter ihm hob ein Raunen und Brummen an und begleitete ihn bis vor den Bauernführer. Als sie vor Mechtelers Zelt standen, zogen sie bereits einen ganzen Rattenschwanz an Neugierigen hinter sich her.

Wie bereits einmal hieß der Wölk ihn stehen bleiben und schlüpfte ins Innere. Doch diesmal wartete Georg nicht lange. Mechteler folgte Wölk aus dem Zeltinneren.

»Der Bub ist wieder da!« Der Wölk deutete auf Georg.

Der erschrak, als er den Mechteler vor sich sah. In den beiden Tagen, die sie sich nicht gesehen hatten, war der Mann um gut zehn Jahre gealtert. Seine Augen waren regelrecht in das Gesicht eingefallen und hatten sich mit Ringen umkränzt. Die Wangen prägten tiefe Falten, die sich auf der Stirn fortsetzten.

215

Kurz sahen sie sich in die Augen und musterten sich gegenseitig. Dann nickte Mechteler und bat Georg herein. Die Menschen hinter ihm verharrten stumm, als Georg das Zelt betrat. Nur einige wenige Unterführer drängten hinter ihm durch die Öffnung.

»Lange halten wir es hier nicht mehr aus!«, begann der Bauernführer das Gespräch. Dabei drehte er ihm noch den Rücken zu. »Wir hungern die Stadt nicht aus. Wir verhungern hier draußen langsam, aber sicher selbst.«

Georg räusperte sich. Leise sagte er: »Deshalb bin ich hier.«

Abrupt drehte sich Mechteler um. Wieder musterte sein Blick Georg von oben bis unten.

»Vergiss nicht«, knurrte der Bauernführer. »Hier handelt es sich nicht um ein Spiel!«

Georg nickte. Das wusste er selbst. »Ich habe eine dringende Botschaft für Euch. Von der Weberzunft!«

Mechteler schloss die Augen und hob den Kopf gegen das Zeltdach. Dann seufzte er tief. »Schlag es dir aus dem Kopf. Wir greifen nicht an. Womit denn? Sollen wir unsere Dreschflegel gegen die Mauern schleudern?« Er lachte hart, als würden Kiesel aus seinem Mund fallen. »Ein für allemal. Nein! Und bringt dem Jungen trockene Beinlinge«, ordnete Mechteler an.

Georg hatte es gewusst. Die Antwort des Bauernführers stand im Raum wie ein Todesurteil. Doch er musste ihn umstimmen, musste diese dickschädligen Bauern auf seine Seite ziehen. Sarinas Leben hing davon ab.

»Ihr werdet bald nicht einmal mehr die Dreschflegel brauchen, Mechteler«, sagte er in ruhigem Ton. Durch die Menge der Anführer ging ein Raunen. Die Männer murrten, weil er so kühn das Wort führte. Jetzt hatte er sie, wo er sie haben wollte.

Mit leicht erhobener Stimme warf er sein gewichtigstes Argument in die Runde. »Der Fugger lässt Geld aus der Stadt bringen, das für den Ankauf von Waffen verwendet werden soll«, warf Georg ein. »Damit soll der Schwäbische Bund unterstützt werden.« Wieder ließ er eine Pause. »Gegen euch. Euch alle.«

Ein Sturm der Entrüstung brach los.

»Verflucht!«, knurrte Mechteler. »Wer hat dir das gesagt?«

Es dauerte eine ganze Zeit, bis schließlich wieder Ruhe im Zelt einkehrte.

»Niemand. Ich habe es mit eigenen Augen gesehen!« Georg stand breitbeinig und fest, als könne ihn die Wucht dieser Nachricht nicht verunsichern. Doch das Gegenteil war der Fall. Ihm zitterten die Knie. Wenn die Bauern nicht einwilligten, war Sarina verloren. Seinem Verhandlungsgeschick würde das Mädchen sein Leben verdanken. Wenn er versagte, trug er die Schuld an ihrem Tod. Ihm musste schnell ein letztes, ein schlüssiges Argument einfallen, das die Bauern umstimmte.

»Wann soll der Transport Augsburg verlassen?«, hakte Mechteler nach, doch Georg blieb stumm. Nicht jetzt. Noch durfte er sein Wissen nicht preisgeben. Zuerst brauchte er die Zustimmung der Bauern.

»Presst es aus ihm heraus!«, keuchte ein Mann hinter Mechteler. Georg hatte ihn bislang nicht beachtet, weil er eine Kapuze über den Kopf gezogen hatte und derart sein Gesicht bedeckt hielt. Jetzt streifte er diese ab. Vor ihm stand Hannes, sein Bruder. Spott lag auf seiner Miene, ein widerlicher Spott, der um die Augen herum zu unverhohlenem Hass umschlug, als er die klitschnassen Hosenbeine des Bruders entdeckte.

Georg ließ Hannes nicht mehr aus den Augen und wunderte sich selbst über seine eigene kühle Reaktion. Dieses selbstgefällige Grinsen, das Hannes im Gesicht trug, machte ihn hart gegen den Bruder. Hannes' Vorschlag bedrohte ihn mit schwerer Folter. Es war, als gefriere die Bruderliebe in ihm. Hannes hatte einen Faden durchgeschnitten, der bislang noch bestanden hatte.

»Die Weber wollen heut noch Schlag fünf Uhr das Rathaus stürmen. In der Stadt brodelt es«, holte Georg seinen vorletzten Trumpf aus der Tasche. »Ich habe mit einem der Weber gesprochen. Sie brauchen eine Ablenkung der Truppen, sonst werden sie niedergemacht.« Er machte eine Pause, in der er nach den richtigen Worten rang. »Es liegt an euch, Bauern, ob diese Stadt in eure Hände fällt oder ob ihr vom Schwäbischen Bund weggefegt werdet. Es gibt Zeiten zu handeln und Zeiten, um am Feuer zu sitzen.« Georg wunderte sich, woher er diese Worte genommen hatte. Doch da erinnerte er sich, dass es beinahe dieselben Worte waren, die Sarina zu ihm gesagt hatte, als sie ihm vorgeschlagen hatte, ihn das Lesen zu lehren.

»Wollt Ihr Euch von einem Bengel wie diesem vorschreiben lassen, wie Ihr zu handeln habt?«

Die Frage des Bruders wurde mit so viel Zorn und Hass in die Menge geschrien, dass diese wie ein Messer durchschnitt. Die umstehenden Bauern wichen zurück. Doch Mechteler fasste Hannes am Arm, um ihn zu besänftigen.

»Hannes, Ihr seid uns seit jeher eine große Hilfe gewesen. Die wenigen Schwerter und Harnische und Hellebarden in unseren Reihen stammen aus Eurer Schmiede.«

Georg glaubte, sich verhört zu haben. Mechteler hatte etwas von »Eure Schmiede« und »große Hilfe« gesagt. Er kannte Hannes also seit längerer Zeit. »Doch ist Besonnenheit die einzige Waffe, die sich in unserer jetzigen Situation nicht abnützt. Wenn wir uns keine Verbündeten schaffen, brauchen wir nicht einmal mehr die Landsknechte des Schwäbischen Bundes zu unserer Vernichtung. Wir werden uns selbst aufreiben und langsam verhungern. Jeder, wie wir hier stehen.«

Georgs Herz machte einen Sprung. Er hatte es geschafft. Das war die Zustimmung des Bauernführers gewesen. Georg jubelte innerlich.

»Ziehen wir vor die Mauern und werfen wir die Dreschflegel dagegen!«, murmelte der ehemalige Lateinschüler und jetzige Bauernführer leise, aber entschlossen. Die Männer um ihn her nickten stumm.

Die Blicke der beiden Brüder begegneten sich. Aus Hannes' Augen schoss ihm flammender Hass entgegen, der Georg bis ins Innerste verletzte. Was um alles in der Welt hatte er dem Bruder getan?

»Wir haben noch miteinander zu reden, Junge!«, sagte Mechteler, bevor er sich an die Männer wandte und Befehle erteilte. »Wir müssen wissen, wann der Karren kommt!«

20

Georg getraute sich nicht aus seinem Versteck heraus. Irgendwo vor ihm auf dem Weg zum Sparrenlech lauerte Hannes. Er ahnte es, konnte ihn jedoch im fahlen Licht der Morgendämmerung nirgends entdecken. Allerdings ging ihm der Blick des Bruders nicht mehr aus dem Kopf, den er ihm im Zelt des Bauernführers zugeworfen hatte. Am liebsten hätte er ihn wohl sofort abgestochen.

Was er nicht recht verstand, war Hannes' Aufgabe bei den Bauern. Er hatte neben Mechteler gestanden, als kenne er ihn seit Langem. Der Bauernführer hatte etwas von Waffen gefaselt, als hätte Hannes ihnen solche verschafft. Das war unmöglich. Vater hatte es immer abgelehnt, Schwerter zu schmieden. Einzig ihre Messer waren auf seinem Amboss entstanden. Auch die Bemerkung »eure Schmiede« hatte Georg verunsichert. Es war nicht Hannes' Schmiede. Es war die des Vaters gewesen – und die der Brüder. Beider Brüder. Also auch die seine. Und sie gehörte ihm immer noch ebenso wie Hannes, auch wenn sie niedergebrannt war.

Seine Gedanken waren abgeschweift. Langsam wurde Georg kalt und er fror. Er musste unbedingt zu Sarina in die Stadt zurück – und natürlich zum Fuggertransport. Mechteler hatte ihm vergangene Nacht befohlen herauszufinden, wann die Karren die Stadt verließen, und den Bauern dann ein Zeichen zu geben. Zuvor jedoch musste er durch den Durchbruch über die Pritsche des Sparrenlechs in die Stadt gelangen. Und daran würde ihn Hannes hindern. Jedenfalls glaubte er das. Er hatte den Bruder nämlich nicht mehr gesehen, seit er mit Mechteler allein gesprochen hatte.

Lange konnte er hier im Unterholz vor dem Graben nicht mehr ausharren. Es wurde eisig. Kurz schloss er die Augen und gab sich einen Ruck. Egal, was jetzt geschah: Sarinas wegen musste er es versuchen.

Georg drückte sich aus dem Unterholz ins Freie und überquerte das erste Stück Wiese vor sich, bevor er wieder in einen Streifen Gebüsch tauchte. Das war gut gegangen. Von hier aus hörte er bereits den Bach gluckern. Noch eine weitere freie Stelle, dann konnte er in den Sparrenlech einsteigen. Wieder musterte er den gegenüberliegenden Streifen, hinter dem sich das Gelände zum Bachbett absenkte. Vielleicht täuschte er sich ja, und sein Bruder war längst wieder in der Stadt. Er gab sich einen Ruck und hastete gebückt über die offene Lichtung. Auch diesmal schien alles ruhig zu bleiben. Er schlich auf die Stelle zu, an der er aus dem Bach gestiegen war, und wollte sich hineingleiten lassen. Doch daraus wurde nichts.

Eine Faust packte ihn am Kragen und zog ihn wieder hoch.

»Verfluchter Kerl!« Es war Hannes. Der warf ihn zu Boden und versetzte ihm einen Fußtritt, der ihm die Luft nahm. »Was mischst du dich in meine Angelegenheiten? Du Bastard, du Tölpel!«

Georg wurde schlecht. Er krümmte sich am Boden. Nur langsam ließ der Schmerz nach.

»Was soll das, Hannes?«, keuchte Georg. »Ich bin dein Bruder.«

221

Jetzt lachte Hannes, und es klang wie das Kreischen, wenn Vater ein Metallstück gebogen hatte, das noch nicht ganz abgekühlt war.

»Du? Mein Bruder? Wir mögen dieselbe Mutter haben, denselben Vater haben wir nicht.«

Dem Satz folgte erneut ein Tritt, der Georgs Erwiderung zu einem Winseln verunstaltete. Dass Mutter nach dem frühen Tod ihres ersten Mannes den Schmied geheiratet hatte, der ihren Sohn Hannes an Kindes statt annahm, bevor sie zusammen noch einen weiteren Sohn – Georg – bekamen, war doch bekannt.

»Das ist doch nichts, was uns trennt, Hannes!«, japste Georg. Erst mit dem nächsten Satz des Bruders wurde Georg klar, was Hannes daran so erbitterte.

»Für dich macht es vielleicht keinen Unterschied, für mich schon. Ich hätte die Schmiede geerbt. Ich allein. Mir gehört sie, du Wurm.« Hannes warf ihm alle diese Anschuldigungen an den Kopf, als hätte er Jahre darauf gewartet, es zu tun. Jeden Satz begleitete er mit Grobheiten, die Georg langsam das Ufer hinuntertrieben. »Du hast dich in mein Erbe gedrängt, du hast mich beraubt!«

Georg versuchte, sich so weit wie möglich zusammenzurollen, um den Fußtritten zu entgehen.

»Hat Mechteler deshalb von deiner Schmiede gesprochen?« Georg wollte sich auf die Knie hochdrücken, doch Hannes schlug zu, und Georg knickte wieder ein. An seiner Wange spürte er das Gras erfrischend kühl. Ansonsten hatte er das Gefühl, als glühe sein Körper.

»Es war deine Schuld. Verstehst du? Deine Schuld, dass sie die Schmiede niedergebrannt haben. Ganz allein deine Schuld!« Hannes heulte diese Sätze geradezu, wie ein Wolf, der

222

auf Beute lauert und sie mit seiner Stimme in Angst und Schrecken versetzen möchte.

»Ich habe doch gar nichts getan«, wimmerte Georg.

»Du hast dich versteckt, Kerl!«, schrie Hannes und schlug abermals zu. Mittlerweile kniete er neben ihm. Georg wusste, wenn er nicht bald von hier wegkam, dann würde Hannes ihn erschlagen. Aber er fühlte, dass er keine Kraft mehr besaß, sich gegen den körperlich überlegenen Bruder zu wehren. Er musste versuchen, ins Wasser zu kommen. »Hättest du dich nicht versteckt, wären sie nicht so außer sich gewesen und hätten die Schmiede stehen lassen!«, fauchte Hannes ihn an und ließ für einen Augenblick von ihm ab.

Mit einer letzten Kraftanstrengung rollte sich Georg ins Wasser. Die Eiseskälte verbiss sich in seinem Körper und weckte seine Lebensgeister. Er verspürte plötzlich keinen Schmerz mehr, spürte keine Müdigkeit. Sobald er Boden unter den Beinen hatte, begann er, gegen die Strömung zu waten. Offenbar hatte Hannes ihn nicht beachtet, denn es dauert eine Weile, bis dessen Fluchen und Schreien an Georgs Ohr drangen und ankündigten, dass er ihm folgte. Wie ein Verrückter hastete Georg gegen die Strömung durch das Bachbett, immer in der Hoffnung, sein Vorsprung würde ausreichen, ihn bis zum Durchgang zu bringen. Dort würde er einfach das Seil durchtrennen und damit den Geheimweg von außen her unbrauchbar machen. Ohne Seil konnte man sich unmöglich über die Wasserrutsche ziehen. Doch noch war es Georg nicht klar, ob es ihm mit Seil gelingen würde. Hannes schien seine Kräfte zu schonen, weil er nur gemächlich hinter ihm herkam. Vielleicht wollte er auch nur die Wachen nicht auf sich aufmerksam machen, die an dieser Stelle der Mauer ungewöhnlich nachlässig waren. Hannes wusste, was ihn erwartete.

Georg erreichte den Durchschlupf als Erster und tastete nach dem Seil über seinem Kopf. Tatsächlich bekam er es beim ersten Mal zu fassen. Er hielt sich mit der rechten Hand fest und zog mit der linken sein Messer aus der Scheide. Mit einem kurzen Schnitt trennte er es ab und wickelte sich das lose Ende um das Handgelenk. Dann begann er den Aufstieg. Ein Schrei hinter ihm und das Patschen von schnellen Schritten zeigten ihm, dass auch Hannes jetzt begriffen hatte, wie der Bruder vorging. Die Strömung wurde stärker, und Georg musste sich festhalten. Wenn er jetzt rutschte, würde er nicht wieder auf die Beine kommen, das wusste er. Er stemmte sich schräg gegen die Strömung. Hinter sich hörte er Hannes schreien. Einmal fühlte er noch, wie Finger sich an sein Hemd zu klammern versuchten, doch er konnte sie mit einer schnellen Bewegung abschütteln. Dann hatte er es geschafft. Die Gitterstäbe tauchten links und rechts auf, er schlüpfte hindurch, das Eiswasser spritzte seine Oberschenkel hinauf, dann verlangsamte sich die Strömung, Licht kam ihm entgegen, und er tauchte aus dem Durchgangstunnel auf. Bevor er ganz daraus hervorkroch, wickelte er das Seil um den Deckenhaken, damit es nicht durch die Öffnung gespült würde und Hannes in die Hände fiel.

Endlich schleppte er sich nach draußen und zog sich erschöpft und mit matten Gliedmaßen über die Steinbrüstung. Georg ließ sich zu Boden sinken. Er war klitschnass, hungrig, und ihn fror erbärmlich. Außerdem hatte er das Gefühl, als hätte man ihn auf der Tenne mit Dreschflegeln durchgeprügelt. Sicherlich war er am gesamten Körper grün und blau. Er wollte nur für einige wenige Herzschläge liegen bleiben und sich ausruhen und durchatmen. Doch daraus wurde nichts.

»Na, wen haben wir denn da?«, hörte er über sich eine Stimme, deren Farblosigkeit ihn an einen grauen Nebeltag erinnerte. »Wenn das keine wunderbare Fügung ist! Der Bengel aus der Schmiede!«

»Ich bin ins Wasser gefallen!«, versuchte Georg seine Situation geistesgegenwärtig zu retten.

»Oh, natürlich. Jemand hat dich gestoßen, als du über die Brüstung gesehen hast«, spöttelte der Traurige. Obwohl Georg ihm noch nicht ins Gesicht geblickt hatte, wusste er, mit wem er redete.

»Ja. Ein Kerl hat mich über die Steinbrüstung gehoben. Ich ... ich glaube, es war ... er hat dort hinter der Treppe gestanden!« Georg stand auf, was ihm mehr schlecht als recht gelang. Seine Beine waren beinahe gefühllos, und seine rechte Körperseite brannte, als hätte man sie mit Brennnesseln abgerieben.

Der Traurige stand hinter Georgs Rücken, sagte jedoch nichts. Erst als sich Georg zu ihm umdrehte, sprach er ihn an. Der Traurige war allein.

»Du siehst nicht gut aus, Junge«, knurrte der Mann. Seine Linke hielt den Griff eines Degens umklammert. »Hast du mich hierherbestellt?«

»Ich?« Jetzt wunderte sich Georg doch über die Entwicklung der Dinge. »Die letzten Stunden habe ich im Wasser zugebracht. Gott sei Dank ist das Gitter unter der Mauer nicht ganz vom Sparrenlech umspült. Man kann atmen. Beinahe wäre ich dort drinnen ersoffen!« Er deutete auf den Durchgang. »Jemand wollte mich loswerden!«

Georg bat heimlich seinen Schöpfer, er möge ihm diese Notlügen vergeben. Mit dem Rücken stand der Schnapphahn zum Wasserlauf, und die niedrige Brüstung reichte ihm gerade ein-

225

mal bis zu den Unterschenkeln. Ein gefährlicher Platz, schoss es Georg durch den Kopf.

Der Traurige, dessen graue Gesichtfarbe noch eine Spur blasser wurde, hielt ihm plötzlich einen Fetzen Papier unter die Nase.

»Was soll das? Ich kann weder lesen noch schreiben! Was steht da?«, blaffte er den Traurigen an. Obwohl er es sich nicht anmerken ließ, wusste er sofort, wer das geschrieben hatte. Diese krakelige Handschrift, die eine Schönschrift nachzuahmen versuchte, gehörte einem Menschen, der es gewohnt war, den Schmiedehammer zu führen, nicht die Gänsefeder. Sie gehörte Hannes, seinem Bruder. Der konnte lesen und schreiben. Zumindest einigermaßen. Georg schluckte.

Misstrauisch musterte ihn der Traurige.

»Ich sollte dich wieder ins Wasser zurückstoßen, Kerl. Aber irgendetwas hindert mich daran. Es ist nur eine Vermutung. Sie haben alle solch einen Brief bekommen, Birger, Mattheis – und jetzt eben ich selbst. Keiner ist lebend zurückgekommen, um zu erzählen, was der Schreiber wollte.« Vorsichtig blickte er sich um, als müsse er überprüfen, ob er in eine Falle gelaufen war.

Georgs Verstand arbeitete heute langsam. Der dumpfe Schmerz, der sich langsam in seinem Körper auszubreiten begann, wirkte wie ein Dämpfer. Immer weniger von der Welt drang zu ihm durch, immer mehr musste er sich mit sich und seinem Körper beschäftigen. Dennoch wunderte er sich ein wenig über das, was der Traurige da von sich gab. Birger und Mattheis kannte er nicht, vermutete jedoch, dass es sich nur um Warzenlippe und Fehlfinger handeln konnte. Jeder der Schnapphähne hatte also einen kurzen Brief bekommen, war an den verabredeten Ort gegangen und – für einen Moment setzte sein Den-

226

ken einfach aus und er sackte auf die Knie – und sie waren getötet worden. Das konnte nur bedeuten, Hannes hatte die Männer geködert. Mit irgendetwas an die Angel genommen und dorthin geführt, wo er leichtes Spiel mit ihnen hatte. War er nicht selbst Hannes im Fuggerhof begegnet? Beim Verladen des Karrens? Hatte er nicht gesehen, wie der Traurige hinter seinem Rücken eine Geste zu einem Komplizen gemacht hatte? Die beiden steckten unter einer Decke – und Hannes hatte ihn hierher bestellt, um ihn … Georg wollte das letzte Wort nicht denken, nicht aussprechen, und doch zwängte es sich mit aller Kraft in sein Bewusstsein: zu ermorden!

Als ihm das klar geworden war, musste er fast lachen. Ihr habt euch mit dem Teufel eingelassen, dachte er, doch er wagte es nicht, den Satz zu sagen.

»Wer hat Euch den Brief geschrieben?«, bohrte Georg nach. »Vielleicht sind Euer Briefschreiber und mein Kerl, der mich über die Brüstung geworfen hat, ein und dieselbe Person?«

Am Nicken erkannte Georg, dass auch der Traurige schon daran gedacht hatte.

In diesem Moment drang die Sonne durch eine Lücke in die Gasse und leuchtete den Winkel aus, in dem sie standen. Die Wärme, die sie mit schwachen Lichtfingern auf die Erde hinabschickte, streichelte Georgs Hinterkopf. Die Frühjahrssonne war kräftig und blendete den Schnapphahn. Es war ein klares, ein gleißendes Licht, das so intensiv wirkte, dass man die Augen schließen musste. Georg zögerte keine Sekunde. Noch während der Schnapphahn sich die Augen beschattete, um besser sehen zu können, rammte ihn Georg mit der Schulter.

Er hätte nie gedacht, dass es so wehtun könnte. Ein harter Schmerz zuckte durch seine rechte Körperseite, doch da verlor der Traurige bereits den Stand und kippte nach hinten über die Brüstung und ins Wasser. Die eisige Kälte musste ihn gelähmt haben, denn er trieb, ohne sich zu rühren, auf den Durchlass zu und verschwand darin. Georg überlegte, ob er dem Traurigen helfen sollte, doch dann gewann sein eigener Auftrag die Oberhand. Er musste Sarina retten, nicht einen der Mörder seines Vaters.

Zuerst brauchte er trockene Kleidung. Zwar hatte er sich Hannes' Mantel umgelegt und den Hut aufgezogen, doch darunter konnte er schlecht nackt gehen. Die nassen Fetzen klebten an ihm, sodass die Märzkälte auf seiner Haut zu brennen begann. Der einzige Ort, an dem er damit rechnen konnte, trockene Sachen zu bekommen, war Meister Lukas' Haus. Dennoch schlug er nicht sofort den Weg dorthin ein. Denn die Sonne würde bald untergehen, und dann wurden die hölzernen Läden vor die Hexenlöcher gestellt. Dann musste er bis zum nächsten Morgen warten, um mit Sarina zu sprechen. Womöglich war es bis dahin zu spät.

Georg hastete vorwärts und versuchte, den Landsknechten auszuweichen, die überall herumliefen wie aufgeschreckte Ameisen. Vom Gögginger Tor her klang mehrmals ein Signalhorn, und vom Perlach herab wurde die Sturmglocke geläutet. Der Angriff der Bauern begann und zog Soldaten aus der Innenstadt ans Gögginger Tor. Bewaffnete hasteten die Gassen entlang und zwangen Georg immer wieder in Hauseingänge und Innenhöfe. Mit hochgeschlagenem Mantel und herabgezogenem Hut war zwar sein Gesicht nicht zu erkennen, er wollte aber dennoch möglichst niemandem über den Weg laufen, ließ die Soldaten vorbei und rannte hinter ihnen weiter. Seine Kleidung klebte dabei regelrecht an seinem Körper. Er hoffte, der

Einsatz für Sarina würde ihn nicht krank machen. Atemlos kam er an den Hexenlöchern an, den Gefängniszellen, die hinter dem Rathaus tief in einen Hang gegraben waren. In einer davon befand sich Sarina. Die Sonne hatte sich rasch verzogen, so dass es zu dämmern begann. Georg suchte nach einer Wache, doch der Angriff hatte alle verscheucht. Sicherlich standen sie irgendwo auf der Wehr und wunderten sich darüber, was die Bauern für ein Tänzchen veranstalteten.

Georg stellte sich an das erste Gitter.

»Sarina? Sandor?« Er lauschte in die Finsternis hinter den Eisenstangen. Nichts regte sich. Doch Georg kannte sich bei den Hexenlöchern nicht aus. Er glaubte ein Rascheln zu vernehmen, das ihn vorsichtig machte. Dann sprang er einen Schritt zurück. Gerade noch rechtzeitig, denn eine Hand schoss aus dem faulenden Stroh zu seinen Füßen und schnappte nach seinem Knöchel. Sie verfehlte ihn, doch die schmutzigen Fingernägel kratzten über seinen Unterschenkel und hinterließen schmerzende Striemen.

»Komm doch her, Kindchen!«, lockte eine Stimme, und ein struppiges, ungewaschenes Gesicht zwängte sich zwischen den Eisenstangen hindurch, soweit es ihm möglich war. Krallenfinger reckten sich nach ihm. »Komm her!«

Doch Georg dachte im Traum nicht daran. Er sprang zum nächsten Gitter: »Sarina? Sandor?« Diesmal hielt er Abstand. Die Arme, die sich nach ihm ausstreckten, zeigten Spuren von Misshandlung, Krankheiten, Entbehrungen. Wieder antwortete niemand, und Georg zweifelte bereits daran, ob die Schausteller und Sarina selbst noch lebten.

Am dritten Hexenloch klang seine Stimme bereits wie das verzweifelte Winseln eines Menschen, der sich bewusst wurde, dass er zu spät gekommen war. Schwach rief er die beiden Namen: »Sarina? Sandor?«, und ... erhielt Antwort!

»Wer bist du?«, hörte er eine Männerstimme fragen.

»Ich? Georg!«, stieß Georg hervor.

»Georg?« Dann, als erinnere sich die Stimme an den Namen, rief sie: »Georg!« Eine ungebändigte Freude wallte in Georg auf und ließ seine Augen feucht werden. Beinahe hätte sie sich in einem Schrei entladen. »Georg, bist du das? Bist du das wirklich?«

»Sandor?«, fragte Georg nach.

»Ja. Sandor. Ich bin es. Wir glaubten schon, sie hätten dich ...«

Er ließ Sandor nicht ausreden. »Sandor, wo ist Sarina?«, fragte Georg unsicher.

Aus dem Verlies drang nur ein Flüstern und Wispern, als müsse man die Frage bis ganz nach hinten tragen. Endlich, Georg hatte nicht mehr daran geglaubt, hörte er ein Mädchen.

»Hier bin ich, Georg. Hier. Es geht mir gut!« Es war gut, Sarina zu hören. Die Stimme des Mädchens klang zwar schwach und dünn, aber Sarina lebte! »Komm her zu uns. Ich muss dich sehen.«

Georg konnte nicht anders: Ihm liefen Tränen der Freude über die Wangen. Wie gut es jetzt passte, dass seine Kleidung feucht geblieben war. So konnte er sich rasch die Tränen mit dem nassen Ärmel abwischen, bevor er vor das Hexenloch trat, ohne dass es jemand bemerkte. Eine Hand streckte sich ihm entgegen. Georg griff danach – und wurde brutal gepackt und an das Gitter gezogen. Rasch fassten weitere Hände nach ihm und pressten ihn so fest an die Eisenstäbe, dass er glaubte, daran festgeschmiedet zu sein.

»Trau keinem!«, hörte er neben seinem Ohr jemanden flüstern. »Nur dir selbst!«

230

21

Hände durchwühlten seine Taschen und tasteten ihn ab. Georg spürte, wie man ihm das Messer des Vaters aus der Scheide zog. Ein Lachen ging durch den Raum, als es nach hinten gereicht wurde. Aus dem Kerkerloch drang ein stechender Geruch nach Fäkalien, faulendem Stroh und Schweiß, der Georg, der mit dem Gesicht gegen das Gitter gedrückt wurde, das Atmen erschwerte.

»Was machen wir mit ihm?«, fragte eine Stimme. Sie klang verlebt und brüchig wie zersplittertes Glas. Der Sprecher musste sich anstrengen, um überhaupt einen Ton herauszubringen.

»Stich ihn ab!«, schlug einer der Kerle vor, die ihn festhielten. Die Antwort kam aus unmittelbarer Nähe.

Georgs Hirn suchte verzweifelt nach einer Lösung. Sie durften ihn nicht abstechen. So sehr er sich für seine Unvorsichtigkeit verwünschte, er musste eine Lösung finden.

»Damit die gesamte Zelle an den Galgen wandert oder aufs Rad geschnallt wird? Für wie dumm hältst du mich?« Wieder krächzte die Stimme aus dem Rückraum.

»Dann brechen wir ihm die Gliedmaßen, schneiden ihn in kleine Stücke und holen ihn rein.«

»Plack, du bist und bleibst ein Depp!«, knurrte der Mann mit der rauen Stimme. Und dann geschah etwas, was Georg nicht geglaubt hätte. Der Mann mit der Stimme wie zerbrochenes

Glas wandte sich direkt an ihn. »Junge, woher hast du das Messer?«

»Es ... es gehört mir. Mein Vater hat es mir geschmiedet.« Georg überlegte, was es mit der Frage auf sich haben könnte, aber da hakte der Unbekannte bereits nach.

»Ich kenne das Messer. Sag mir, woher ich es kennen muss!«

Beinahe hätte Georg geantwortet, wie er das wissen solle, doch er verbiss sich die Antwort. Für einen schnippischen Ton war jetzt nicht die Gelegenheit.

»Mein Vater hat jedem seiner Söhne ein solches Messer geschmiedet. Hannes und mir. Hannes hat es bekommen, als Vater geheiratet und ihn adoptiert hat. Ich habe es zu meiner Geburt bekommen.«

Georg hörte, wie von ganz hinten ein Wesen herangeschlichen kam. Er drehte den Kopf leicht, sodass er im Augenwinkel einen alten Mann erkennen konnte, dessen ehemals weißes Haar verfilzt und grauspeckig zu beiden Seiten herabfiel. »Der Schmied aus Thannhausen? Der Kreipe-Schmied? Von dem bist du der Sohn?«

Georg staunte. Ihm schmerzten alle Gliedmaßen, doch er bekam mit, wie sich die Griffe langsam lockerten, wie sie absichtlich oder unabsichtlich an Kraft verloren.

»Der jüngste, der Georg«, beeilte sich Georg zu sagen. »Hört«, fügte er hinzu, »ich muss zu den Webern. Ich muss ihnen mitteilen, dass die Bauern angreifen. Jetzt können sie gegen die Stadtobrigkeit vorgehen. Doch sie müssen es bald erfahren.«

Der Mann im Verlies, der im Düsteren für Georg kein Gesicht besaß, schüttelte den Kopf. »Der Sohn des Kreipe-Schmieds und bei den Bauern draußen? Ganz der Bruder. Ein Bauernfreund. Lasst ihn los. Sofort!« Den Befehl zischte er links und rechts seinen Handlangern zu, die tatsächlich ihre Schraubengriffe lockerten. Georg stürzte nach hinten und fiel auf den Boden vor dem Kerker. Sogleich robbte er einige Fuß nach hinten, außer Reichweite der Hände dieser Kreaturen.

»Woher kennt Ihr meinen Vater?«, fragte Georg, jetzt ernstlich interessiert.

»Ich kenne beide. Deinen Vater und deinen Bruder, Junge.« Die Stimme klang, als würde man mit einer Scherbe über einen Stein kratzen. »Dein Bruder Hannes hat die Bauern mit Waffen versorgt. Ich habe ihn oft besucht, nachdem ich mich einem der Bauernhaufen angeschlossen hatte. Dem Baldinger Haufen. Dein Bruder ist ein rechter Bauernfreund. Dein Vater weniger. Nichtsdestoweniger ein rechtschaffener Mann, dein Vater.«

Doch Georg hatte keine Zeit, sich mit den Toten zu beschäftigen. Jetzt nicht. Er musste Sarina finden. »Vater ist tot. Sagt mir lieber, wo ich Sarina finde.«

»Eins weiter, mein Junge!«, hörte er die Stimme des Alten. Dann vernahm er ein Scheppern. Das Messer klirrte auf den Steinboden. »Nichts für ungut. Auch wir haben unseren Stolz. Ich habe deinem Vater gezeigt, wie man Damaszenerklingen faltet.« Der Alte lachte rau. »Ein guter Mann, dein Vater. Ich bete für ihn. Bete du für mich!«

Rasch griff Georg nach der Klinge und steckte sie ein. Seine Knie gaben nach, als er versuchte aufzustehen, seine Oberschenkel zitterten und seine Hände ebenfalls. Er suchte nach dem letzten Verlies, das ein Stück entfernt lag. Dunkel lag das Loch vor ihm. Die Gitter hatte man bis auf die Ebene der Straße heruntergezogen und die Stollen mindestens fünfzehn Fuß tief in den Unterbau des Rathauses hineingeführt. Das Gitter nahm höchstens ein Drittel der Breite ein, sodass man links und rechts vom Eingang regengeschützt liegen konnte. Er getraute sich erst nicht zu fragen, denn ein Erlebnis wie das von eben brauchte er jetzt nicht mehr. Was, wenn Sarina gar nicht dort lag? Was, wenn der Schleppert ihn hinters Licht geführt hatte und ihn nur in die Menge vor dem Rathaus hatte treiben wollen? Was, wenn Sarina längst am Fieber gestorben war?

In seinem Kopf wirbelten die Gedanken durcheinander. So viel war heute geschehen, das er nicht recht verstand. Was bedeutete es, wenn der Gesichtslose sagte, Hannes sei ein Bauernfreund gewesen und habe diese mit Waffen versorgt? Hatte er Hellebarden geschmiedet und an die Bauern verkauft, ohne dass Vater es gebilligt hatte? War das möglich? Georg erinnerte sich, wie Hannes am Schmiedefeuer gestanden hatte, wenn Vater seine Besorgungen machte, und dass die beiden Männer in den letzten Monaten immer wieder gestritten hatten, weil Altmetall fehlte und die Holzkohle so schnell aufgebraucht war. In Zorn hatten sie sich geredet. Sich unchristliche Worte an den Kopf geworfen. Mehrmals hatte der Vater – Georg erschrak zutiefst, als ihm jener Vorfall wieder einfiel – gedroht, Hannes zu enterben und ihm, Georg, alles zu vermachen. Hatte diese Drohung jenen Hass in Hannes angefacht, der sein jetziges Verhalten bestimmte?

»Georg? Georg, bist du das?« Diesmal war es ohne Zweifel Sandors Stimme, die ihn anrief. Er war sich ganz sicher. Georg schaute hoch. Aus dem Gitter streckte sich ihm eine Hand entgegen. Langsam stand er auf und trat vor die Absperrung. Dennoch wagte er sich nicht direkt an die Absperrung heran. Ein

Mann sah ihm entgegen, dicht von Haaren überwuchertes Gesicht, schmutzige Haut.

»Wer bist du?«, fragte Georg dennoch vorsichtig.

»Sandor! Kennst du mich nicht mehr?« Georg versuchte in den von Bart verdeckten Zügen die Miene Sandors zu erkennen. Doch die einsetzende Dunkelheit verhinderte das gründlich. Eine Kerze wäre hilfreich gewesen, eine einzige Kerze.

»Wie geht es Sarina?«, fragte Georg.

»Es geht mir gut, Georg«, meldete sich Sarina aus dem Verlies. Sie hustete und atmete schwer, als sie antwortete. »Das Fieber ist gesunken. Ich habe nur Hunger und fühle mich ein wenig schwach. Aber das wird vergehen.«

Eine weitere Hand streckte sich ihm entgegen. Die Finger waren dünn wie junge Triebe, der Unterarm bestand nur noch aus den beiden Knochen und ein wenig Sehnen. Sarina war abgemagert, und die Haut schien so dünn, dass man die Knochen darunter zu erkennen glaubte.

»Sarina!« Georg schluckte erst, dann wagte er sich näher heran und griff nach ihrer Hand. Eiskalt lagen ihre Finger in den seinen. Sie drückte ihn schwach. »Sarina!« Georg konnte die Tränen kaum zurückhalten, so sehr tat es ihm leid, dass das Mädchen in diesem Dreckloch sitzen musste. »Ich hole euch hier heraus! Ich verspreche es.«

Sarinas Gesicht tauchte hinter den Eisenstangen auf. Wie ein Schatten wirkte es in der Dunkelheit. Augen und Mund waren schwarze Löcher, während Wangen und Stirn als leuchtende weiße Flecken im Schwarz des Verlieses schwammen.

»Beeil dich. Uns geht es nicht gut. Wir haben seit Tagen nichts zu essen bekommen«, drängte Sandor. »Sie lassen uns hier verhungern.«

Ein tröstendes Wort wollte er sagen, Sandor und Sarina beruhigen. Ein Trompetensignal von der Stadtmauer gab ihm das Stichwort, und er erzählte von seinem Abenteuer bei den Bauern.

»Hört ihr die Trompeten? Die Bauern greifen an«, beendete er die Geschichte, »und in der Stadt stehen die Weber auf«, teilte Georg mit, doch damit erntete er nur ein höhnisches Grunzen. »Ihr werdet freigelassen werden. Da bin ich mir sicher.«

Sandor räusperte sich. »Das mit dem Weberaufstand ist vorbei, Georg. Die Obrigkeit hat längst reagiert und ihre Landsknechte eingesetzt. Gestern haben sie den Platz vor dem Rathaus umzingelt und alle eingelocht. Alle. Sie hocken in den Türmen und hier in den Hexenlöchern.«

Es war, als hätte man Georg den Boden unter den Füßen weggezogen. Das Kartenhaus seiner Hoffnungen fiel in sich zusammen, als hätte jemand absichtlich an den Tisch gestoßen.

»Was jetzt?«, fragte er, und es klang leer und ausgebrannt. Die Hoffnung, dass durch die Revolution der Weber zumindest die Gefangenen freigesetzt würden, war zerbrochen. Er sah keine Möglichkeit mehr, die Schauspieler zu befreien. Georg setzte sich vor das Verlies, zog die Beine hoch, steckte den Kopf zwischen die Knie und schluchzte hemmungslos. Warum musste es solche Tage geben, an denen nichts, rein gar nichts gelang? Der Herrgott konnte und durfte solche Tage doch nicht zulassen. Man verzweifelte ja am Glauben an das Gute in dieser Welt. Wenn Sarina noch lange in diesem Hexenloch blieb, würde sie sterben. Und Sandor und den anderen ging es nicht besser.

»Herrgott, wenn es dich gibt, jetzt wäre es an der Zeit für ein Wunder!«, flehte er. Doch es geschah nichts – außer dass Georg nach einem Fetzen Stoff suchte, um sich das Gesicht zu säubern. Dabei fiel ihm der Zettel in die Hände, den er vor Fehlfingers Leiche aufgelesen hatte. Er zog ihn heraus und faltete ihn auf. Das Papier war zwar feucht, doch die Tinte hatte nicht gelitten.

»Sarina?« Er zögerte, weil er nicht nur neugierig war, was auf dem Blatt stand, sondern zugleich etwas von Sarina für sich behalten wollte, die er vielleicht nie wieder in Freiheit sehen würde. Und wenn sie ihm entzifferte, was dort geschrieben war, dann war das ein sehr persönliches Geschenk für ihn. Er schluckte mehrmals, atmete tief durch und nahm seinen ganzen Mut zusammen. »Kannst du das lesen?«, fragte er zögernd und reichte ihr das Blatt. Zwar begann das Licht zu schwinden, doch die Schrift war groß, für Sarina ein Kinderspiel.

Sarina nahm das Blatt entgegen und las leise für sich.

»Wo hast du das Papier her?«, flüsterte Sarina und Georg hörte aus der Stimme ein leises Erschrecken heraus.

»Es … es lag … ich habe es gefunden. Was steht denn drauf?«

»Dort steht: Erinnere dich an die Schmiede, bevor du stirbst!« Sogleich verstummte Sarina. Sie kannte natürlich Georgs Geschichte. Und Georg war zu verblüfft, als dass ihm etwas dazu einfiel, außer den Satz zu wiederholen: »Erinnere dich an die Schmiede, bevor du stirbst? Wer sagt denn so etwas?«

»Georg!«, flüsterte Sarina und berührte seine Schulter. »Georg! Ich möchte gern, dass du mit dem Schleppert mitgehst. Bitte!«

Verblüfft sah Georg auf. Sofort war der merkwürdige Satz vergessen. Er hielt Sarinas Hand noch immer fest. »Mit dem Schleppert? Mit diesem Hundsfott? Er hat dich doch verraten! Seinetwegen steckst du doch in diesem Loch!«

Georg erregte sich derart, dass er nicht mehr sitzen konnte.

Er sprang auf, entriss Sarina das Blatt und steckte es sofort ein. »Warum sollte ich mit diesem Kerl ...?«

»Georg!«, unterbrach Sarina ihn, so scharf sie konnte. Ihre Stimme war so leise, dass Georg sie beinahe überhört hätte. »Bitte! Du hast keine Ahnung. Ich weiß nicht, warum du den Schleppert nicht magst, doch ich weiß, wer mich verraten hat: Es war dein Bruder Hannes!«

Von einem Augenblick auf den anderen verstummte Georg. Starr stand er da und sah in die Tiefe des Kerkers, die ihm plötzlich unendlich erschien. Ihm war, als würde sie ihn aufsaugen und nur die Tatsache, dass er sich an den Stäben festhielt, verhinderte seinen Sturz in den Schacht.

»Woher kennst du Hannes?«, fragte Georg.

»Du hast mir von ihm erzählt«, sagte Sarina, sichtlich erschöpft. Sie lehnte sich an das Gitter, schloss die Augen. »Ich habe ihn gehört, wie er die Stadtschergen angewiesen hat. Er erzählte ihnen, er sei dir gefolgt, von einem Weberhaus in der Jakober Vorstadt bis hierher zur Wohnstatt der Fugger. Drei Schergen brachte er mit. Wilde Kerle mit Narbengesichtern. Du hättest den Transport ausgespäht, schwärzte er dich an. Den Transport zum Schwäbischen Bund. Außerdem hättest du mich verstecken wollen. Ich würde vom Magistrat der Stadt gesucht! Die Fuggerin konnte nichts mehr für mich tun. Nichts.«

So verblüfft war Georg, dass ihm kein weiteres Wort mehr einfiel.

Er hatte sich demnach nicht getäuscht. Jemand hatte ihn die ganze Zeit über beobachtet. Jetzt wusste er auch, wer es gewesen war: Hannes. Was trieb ihn nur dazu? Ein Schatten legte sich über seine Augen. Das würde er ihm heimzahlen!

Die Dunkelheit schlich sich in die Stadt wie ein Dieb, langsam und kaum merklich. Doch die Gesichter an den Gitterstäben verschwanden, und nur die Stimmen blieben übrig, als wären sie vom Körper abgetrennt worden. Schließlich kroch die Nacht über den Vorplatz, und eine Wache marschierte auf, eine Fackel in der Hand.

»Such den Schleppert, Georg. Er wollte dir etwas zeigen, doch du hast ihn geschlagen und bist davongelaufen. Vertrau ihm. Uns hat er Brot gebracht, sonst wären wir hier verhungert.« Die letzten Sätze kamen von Sandor, bevor Georg sich losreißen musste. Die Wache vertrieb alle, die vor den Kerkern hockten. Nachts durfte niemand mit den Gefangenen reden.

»Versprich es mir!«, hörte er Sarina sagen, aber er konnte ihr keine Antwort geben. Er konnte es einfach nicht.

Georg trollte sich, doch er wusste nicht, wohin er gehen sollte. Wo suchte man den Schleppert? Wenn er ihn überhaupt finden wollte. Jetzt erst bemerkte er, wie sehr ihn fror. Sein nasses Wams, seine feuchte Hose, alles war durch und durch eisig und klebte ihm am Körper. Wenn er mit dieser klammen Kleidung die Nacht draußen verbringen musste, würde er erfrieren. Georg fiel nur ein Ort ein, an dem er unterschlüpfen konnte: die Weberin.

Doch wie würde sie ihn empfangen?

22

Dunkel wuchs das Haus des Webers vor ihm empor. Es neigte sich über die Straße, als wolle es sich auf den stürzen, der sich ihm näherte. Mindestens eine Stunde hatte Georg in einem dunklen Winkel in der Nähe ausgeharrt, um sicherzugehen, diesmal nicht verfolgt und beobachtet zu werden. Jetzt war er sich sicher. Weder schlich ein Unbekannter um das Gebäude, noch hatte sich zwischen den Glockenschlägen der Stundenuhr vom Perlach ein Verfolger gezeigt. Langsam musste er jedoch etwas unternehmen, sonst erfror er hier noch. Doch es gab ein Problem: Im Haus selbst rührte sich nichts, kein Licht, kein Laut. Niemand kam oder ging. Ein Haus ohne jegliches Lebenszeichen, als hätten es die Bewohner verlassen. Hoffnung machte ihm das nicht.

Als die ersten Wolken das Mondlicht verdunkelten und den Grund der Gasse mit einer tintigen Schwärze ausgossen, huschte Georg zum Gebäude hinüber, ging die Treppenstufen hoch, die zur Tür hinaufführten, und schlug mehrmals hart gegen das Holz. Dann kauerte er sich im Schatten vor dem Türblatt zusammen und wartete, immer den Blick auf die Gasse gerichtet, um bei der geringsten Bewegung zu verschwinden. Den Fluchtweg hatte er sich ebenfalls längst ausgesucht. Er würde links in die Gasse hineinlaufen und sich zwischen den Häusern in eine der Spalten drücken. Gerade so schmal waren sie, dass sie ihm selbst ein Versteck bieten konnten.

Ein Ohr drückte er gegen das Holz, um zu horchen, ob sich Schritte näherten, ob sein Klopfen Erfolg zeigte. Zwar hörte er ein Huschen und Trippeln, doch das kam von der Gasse her. Es waren Ratten, die sich in der Dunkelheit auf die Suche nach Nahrung machten. Im Haus herrschte eine Stille, als wäre der Tod selbst zu Gast.

Doch dann gab es ein unmissverständliches Zeichen. Es klang wie der Pfiff einer Ratte, wenn sie angegriffen wird und warnt: kurz und hoch. Niemand hätte etwas darauf gegeben. Nicht so Georg. Er erkannte den Ton sofort. Schon einmal hatte ihn dieser Pfiff erschreckt. Das Geräusch war direkt von unterhalb der Treppe gekommen, wenn ihn der Hall in der Gasse nicht täuschte. Georg glitt auf allen Vieren die Stufen hinab. Direkt unter den Treppenstufen bildete sich ein Hohlraum. Dorthinein wurde Holz gestapelt oder Werkzeug abgelegt. Selbst für Georg war die Öffnung zu klein, sodass er direkt davor hocken blieb. Womöglich hatten ihm seine Sinne einen Streich gespielt, und es waren tatsächlich Ratten gewesen. Ratten, die hier in der Stadt alltäglich waren. So alltäglich, dass Augsburg vermutlich mehr Einwohner mit vier als mit zwei Beinen hatte.

»Geeeooorg?«, flüsterte es direkt neben ihm so leise, dass er es kaum hörte.

Die lang gezogen artikulierende, weinerliche Stimme kannte er: Sie gehörte dem Schleppert.

»Schleppert?«, wisperte Georg zurück und rutschte tiefer in die Finsternis zwischen Treppe und Hausmauer. Mit vor Kälte zitternder Stimme brachte er hervor: »Ich brauche trockene Kleidung! Lass mich ins Haus!«

»Nieeemaaand daaa! Geeeflooohen!«, zischte es beinahe

241

unhörbar zurück. Dann kicherte der Kerl in einer unverschämten Art.

Georg fühlte, wie er zusammensackte. Seine letzte Hoffnung wurde ihm genommen. Er brauchte wirklich dringend frische Kleidung. Seine Zähne schlugen derart hart aufeinander, dass er glaubte, der Schmelz würde brechen.

»Hiiier!«, flüsterte die Stimme des Schlepperts noch. »Giiib Aaacht!« Danach verstummte der Zwerg.

»Schleppert?«, flüsterte Georg in die Dunkelheit hinein, erhielt jedoch keine Antwort mehr.

Es raschelte wieder, als wären Ratten unterwegs. Ein Kratzen, ein Huschen, ein Trippeln, und der Kerl war verschwunden. Dafür klirrte etwas vor Georgs Füße. In der Schattenschwärze tastete Georg nach dem Gegenstand und griff nach Metall: eiskalt und schwer lag ein Schlüssel zwischen seinen Fingern. Der Haustürschlüssel zum Weberhaus?

Die Gasse lag in einem undurchdringlichen Dunkel, in dem man noch die leisesten Geräusche überdeutlich wahrnahm. Doch außer seinem eigenen Atem hörte Georg nichts. Er verharrte noch eine ganze Weile regungslos und lauschte, doch die Stille war beruhigend. Endlich fasste er Mut, huschte auf die Treppe, richtete sich auf, suchte mit den Fingern das Schlüsselloch, stieß den Schlüssel hinein. Er sperrte. Rasch war die Tür geöffnet, Georg schlüpfte hindurch, ließ die Tür wieder ins Schloss fallen und legte den Riegel vor. Er wartete eine kleine Weile, bis sein Atem sich beruhigt hatte, damit er besser hörte und schlich dann durch die Zimmer. Irgendwo in diesem Haus musste es Kleidung geben. Wirklich geräuschlos gelang es ihm nicht, sich fortzubewegen, denn das Zittern seiner Glieder wurde stärker, und die Holzbohlen knarrten bei jedem Schritt. Ein eisiger Hauch berührte sein Inneres, doch diesmal war es nicht nur die Kälte, sondern auch die Angst.

Georg tastete sich vorsichtig die Treppe hinauf. Dort oben, im Schlafraum des Webers, fand sich sicherlich eine Truhe mit Kleidung. Er fand das Ende der Treppe, fand ebenfalls die Tür zum Schlafraum des Meisters und öffnete sie beinahe geräuschlos. In der offenen Tür verharrte er. Im Raum roch es nicht so, als wäre niemand anwesend. Schlafgeruch empfing ihn, wie Körper ihn ausdünsten, wenn sie ruhen.

»Wer immer Ihr seid, bleibt stehen, oder ich renne Euch einen Degen in den Leib, dass Ihr noch im Jenseits daran denken werdet!«

Georg stieß einen dumpfen Schrei aus, so erschrak er über diese Begrüßung. Also hatte ihn der Schleppert belogen.

»Wer seid Ihr?«, fragte er hastig.

»Wer seid Ihr, muss die Frage heißen«, wurde gekontert. Er hörte, wie eine Klinge den Boden berührte und leise klirrte.

»Georg. Ich bin der Georg, den Meister Lukas vor die Mauern geschickt hat. Ich brauche Kleidung.«

»Georg?« Jetzt erst begriff Georg, dass er es mit einer weiblichen Stimme zu tun hatte. »Komm näher und schließ die Tür. Ich will Licht machen.« Plötzlich wurde eine Samthaube von einer Lampe gezogen, und mattes Licht drang in das Zimmer. Georg blinzelte in die ungewohnte Helligkeit und erkannte die Weberin, die einen Degen vor sich hielt und damit auf ihn zielte.

»Weberin! Der Schleppert sagte mir, Ihr wärt geflohen.« Georg war verblüfft. Seine Stimme versagte ihm beinahe, denn ihm fror so erbärmlich, dass seine flatternden Lippen die Wörter nur mangelhaft über die Zahnreihen brachten.

Die Weberin erkannte sofort, was nötig war. »Zieh deine

Sachen aus, Junge!«, sagte sie schroff, ohne auf Georgs Frage einzugehen. »Mach schon. Ich habe schon mehr Männer als dich gesehen. Du brauchst dich nicht zu schämen. Wenn du noch länger in diesen nassen Sachen steckst, stirbst du mir nur.«

Georg ließ sich das nicht zweimal sagen. Er streifte sich die immer noch feuchte Kleidung vom Leib und stand bald nackt vor der Weberin, die ihm lächelnd ein Leibhemd, eine Hose und ein Wams reichte. Sogar Sockenwickel gab sie ihm.

Dankbar nahm Georg an und fühlte, wie die Wärme der Kleidung langsam das wohlige Gefühl nach innen weitergab. Das Zittern ließ nur langsam nach.

»Ich dachte, dass du kommen würdest. Deshalb hockte der Schleppert unter der Treppe.« Sie lächelte immer noch. »Sie haben Lukas verhaftet und wollen ihn hinrichten. Er soll die Weber in einen Aufstand hineingeführt haben, sagen sie.«

»Ihr arbeitet mit dem Schleppert zusammen?« Georg war verblüfft. Offenbar fiel alle Welt auf diesen Zwerg herein und nur er selber wusste, womit er es zu tun hatte. »Er ist so falsch, so hinterhältig, so … Er hat mir gesagt, alle seien aus dem Haus geflohen.«

Die Weberin schmunzelte. »Er hat gut daran getan, dir dieses Märchen zu erzählen. Wenn euch jemand gehört hätte, käme der nicht auf die Idee, mich hier zu suchen. Außerdem hat er mir für dich etwas mitgeteilt. Die Wagen fahren morgen weg. Gegen Mittag. Du solltest auf die Fuhrwerker achten, sagte er noch.«

Georgs Miene verdüsterte sich. Gut, dass das Licht in der Kammer nicht ausreichte, um all den Ärger zu zeigen, der sich auf seinem Gesicht widerspiegelte. Mürrisch schnaubte er durch die Nase. »Damit ich wieder in die Falle laufe. Danke! Ich muss Sarina retten. Und euren Mann, Weberin. Ich weiß nur nicht, wie ich das anstellen soll.«

Die Weberin, die bislang vor ihm gestanden und ihn angesehen hatte, trat einen Schritt auf ihn zu und strich ihm durchs Haar. »Ist das alles nicht ein wenig viel für einen Jungen wie dich? Lukas wusste, was er tat. Ob ihn die Weberkrankheit umbringt oder der Galgen, spielt keine große Rolle mehr.«

Georg fühlte wie er taumelte. Allein die Nähe der Weberin, das warme Zimmer mit der matten Beleuchtung und der Schlafgeruch sagten ihm, wie müde er eigentlich war.

»Du bist ja sterbensmüde, Junge«, sagte die Weberin und schüttelte lächelnd den Kopf.

Georg verneinte. Er sei wach, sei bei Kräften, vielleicht etwas hungrig, doch er dürfe nicht schlafen, müsse Sarina helfen und werde gleich wieder, jetzt, da er trockene Kleidung am Leib habe, gleich wieder durch die Stadt gehen, um für Sarina einen Ausweg zu finden.

»Natürlich«, nickte die Weberin bestätigend. »Ich gebe dir etwas, das müsste dich stärken.« Sie entnahm dem Wandschrank gegenüber eine kleine Flasche aus Steingut. »Nimm einen Schluck. Nur einen kleinen. Du wirst sehen, es belebt, vertreibt den Hunger und wärmt.«

Georg ließ sich das nicht zweimal sagen. Er roch den Schnaps und wusste, dass Vater ihn zur Stärkung getrunken hatte. Was Vater gutgetan hatte, würde auch ihm helfen, wach zu bleiben. Er setzte die Flasche an, nahm rasch einen Schluck und hustete sofort. Wie Feuer brannte das Zeug den Hals hinunter bis in den Magen. Georg musste nochmals wurgend husten, drückte der Weberin die Steingutflasche in die Hand, und die Hände gegen den Bauch. Tatsächlich wärmte das Gesöff, das ihm den

245

Atem nahm. Zwei, drei Atemzüge lang hatte er das Gefühl, gleichzeitig ersticken und verbrennen zu müssen, dann fühlte er, wie alle Anspannung von ihm abfiel, wie alles leicht wurde. Er setzte sich auf das Bett. Seine Gedanken kreisten um Sarina und ihr Vegetieren in den Hexenlöchern. Er musste sie befreien, musste jetzt aufbrechen, doch die Beine wollten nicht mehr. Wie schwere Gewichte hingen sie an ihm. Die Weberin sprach ihn an, doch er verstand nicht recht, was sie sagte.

Gehen müsse er, jetzt sofort, plapperte er vor sich hin und versuchte aufzustehen. Die Weberin nickte ihm zu und lächelte. Georg nahm dieses Lächeln wahr und freute sich darüber, jemanden gefunden zu haben, der Verständnis für ihn und seine Sorgen hatte.

Einen Augenblick wolle er sich noch ausruhen, dann müsse er los, murmelte er noch.

Sein Kopf sackte ihm auf die Brust – und dann fühlte er, wie er zur Seite kippte und einfach so liegen blieb, weil es schön war und warm.

23

Georg hatte einen Plan. Er beruhte auf einem ersten Satz, einem überwältigenden ersten Satz, dem besten ersten Satz, den jemals ein menschliches Wesen ausgesprochen haben dürfte: zwingend, brillant, geschliffen. Noch wusste er keinen solchen Satz, doch der würde ihm zu gegebener Zeit einfallen. Ausgeschlafen und mit frischer, warmer Kleidung am Körper sollte es ihm gelingen, seinen Plan umzusetzen.

Der Tag lag noch im Pfühl der Nacht, als er sich bei der Weberin bedankte und aus der Tür schlich. Bis hinauf zum Fuggerkontor war es nicht weit. Heute gegen Mittag würde der Transport abgehen. Bis dahin musste Sarina frei sein.

Entschlossen stapfte Georg hinauf in die Oberstadt und hinüber zu den Fuggerhäusern, als gehöre er zur Mannschaft, die im Auftrag des Handelsherrn beim Packen half. Kein Zögern, als er durch das Tor schritt, kein Zaudern, als er in den hinteren Hof eilte. Niemand hielt ihn auf. Er grüßte bescheiden, wenn er auf jemanden traf, der ihn neugierig musterte. Die undurchdringliche Dunkelheit schützte ihn. Niemand schien sich an dem Jungen, der in seiner sauberen Kleidung durch die Innenhöfe schritt, zu stoßen. Er hielt sich abseits der Fackelbrände und Feuerbecken, sodass er meist im Dunkeln vorwärts kam. Als er den Turnierhof betrat, in dem noch immer gepackt wurde, trat er rasch beiseite und verschwand linkerhand hinter einigen

247

Tuchballen und Fässern. Von dort hatte er den besten Überblick über den Hof, der hell erleuchtet war. Das Fuhrwerk mit den Geldern erkannte er sofort. Es unterschied sich von allen anderen durch die Pferde. Kräftige Rösser waren vorgespannt, die auch einmal einen Galopp durchstanden. Die Bretter, aus denen der Karren gezimmert war, waren verstärkt worden, und wer es wusste, konnte den doppelten Boden erahnen.

Im Hof standen Soldaten herum, Landsknechte, die alle Fuggertransporte bewachten, die sich über Europas Wegenetz schoben und das Lilienwappen des Augsburger Handelshauses trugen. Georg betrachtete jeden einzelnen der Männer genau – und schon bald wusste er, was der Schleppert ihm hatte sagen wollen. Unter zwei Lederhelmen entdeckte er die beiden Narbengesichter. Sie hielten sich in der Nähe des Geldtransports auf, drehten ihre Kreise, verließen ihren Standort jedoch nicht.

Sollten sie ruhig, dachte Georg, sein Plan sah anderes vor. Als er das letzte Mal mit Sarina hier gewesen war, hatte er den alten Fugger auf dem Balkon über sich gesehen. Dort hatte er in einem Sessel gethront und das Treiben unter sich überwacht.

Georg spähte umher, ob sich ein Aufgang fand, und tatsächlich konnte er einen solchen auf seiner Seite des Innenhofs ausmachen. Er schloss die Augen und versuchte sich zu konzentrieren: Er musste dort zur Tür hinein und in den ersten Stock hoch. Dann würde er zum Balkon eilen und sofort mit seinem Vorschlag beginnen, bevor ihn irgendwelche Wachen oder Hausbedienstete hinauswerfen würden. Sein erster Satz musste sitzen. Doch gerade an dem haperte es gewaltig. »Ich muss euch etwas mitteilen!« klang langweilig. »Gefahr im Verzug!« klang zwar besser, machte jedoch nicht neugierig. »Ihr seid in Gefahr!« konnte als Drohung missverstanden werden und ihn selbst in Bedrängnis bringen. Manchmal wünschte er, er hätte in seinem Leben mehr Zeit darauf verwandt, lesen zu lernen. Dann würden ihm jetzt die richtigen Worte einfallen, weil sie in irgendeinem Buch bereits gestanden hatten und er sich ihrer erinnerte. Sarina musste es ihm unbedingt beibringen – und dafür musste sie freikommen. Trotzdem blieb er zuversichtlich. Ihm würde zur gegebenen Zeit ein Satz einfallen. Schon allein, wenn er an Sarina dachte.

Als er die Augen wieder aufschlug, glaubte er, diesen nicht mehr trauen zu dürfen. Ein Mann stand beim Rottfuhrwerk, den er trotz des flackernden Lichts sofort erkannte: der Traurige. Was tat der hier? Wie war er wieder in die Stadt gekommen? Der Schnapphahn hielt ein Schreiben in der Hand und winkte eben seine beiden Kumpane herbei, die sich unauffällig näherten, als gehörten sie nicht zusammen. Georgs Herz schlug bis in den Hals hinein, wenn er an sein Erlebnis von gestern dachte.

Der Traurige hielt einem der beiden Landsknechte das Papier hin und sprach rasch auf ihn ein. Doch der Soldat zuckte nur mit den Schultern. Endlich deutete der Traurige auf das Papier und begann offenbar vorzulesen. Selbst im Halbdunkel konnte Georg erkennen, wie alles Blut aus dem Gesicht des Mannes wich. Es musste Ungeheuerliches in diesen Zeilen stehen. Sogleich griffen die Männer nach ihren Piken und ließen die Blicke über den Innenhof schweifen. Georg zog sich hinter einen der Warenballen zurück. Was hatte das Narbengesicht Beunruhigendes erfahren?

Kurze Zeit darauf lugte er wieder zu den drei Gestalten hinüber. Der Traurige hielt weiter den Brief in der Hand, als stünde dort ein Todesurteil. Dann reichte er ihn an das Narbengesicht weiter, der jedoch nur heftig den Kopf schüttelte und das Schrei-

249

ben nicht in die Hand nehmen wollte. Todesurteil! Eben der Begriff ließ Georg erschaudern. Es musste etwas ... Endlich fühlte sich Georg an sein Abenteuer am Alten Einlass erinnert. War nicht Fehlfingers Hand ein ähnlicher Fetzen entglitten, wie der Traurige jetzt einen in den Fingern hielt? Georg tastete sein Wams ab. In der Innentasche steckte noch immer das Papier. Er trug es ständig bei sich.

Was hatte Sarina darauf gelesen? »Erinnere dich an die Schmiede, bevor du stirbst!« Was sollte dieser Satz? Der ergab nur einen Sinn, wenn er ... In Georg stockten die Gedanken. Was er jetzt dachte, war so ungeheuerlich, dass er aufhörte zu atmen. Das Wort »Todesurteil« traf es vorzüglich. Das Stück Papier war genau das. Wer immer den Brief dem Traurigen ausgehändigt hatte – wer ihn geschrieben hatte, das wusste Georg: Hannes! Hannes schickte jedem einzelnen der Schnapphähne ein Todesurteil und vollstreckte es. Großer Gott! Sein Bruder war zum Mörder geworden. Selbst der Traurige hatte von einem Treffen gefaselt, zu dem ihn ein Schreiben gelockt hatte. Deshalb waren der Schnapphahn und er am Kanal aneinandergeraten. Zufällig. Hannes wäre durch den Kanal gekommen und hätte den Traurigen überrascht, wenn er, Georg, nicht gewesen wäre.

Georg schaute über den Warenballen hinweg und sah, wie der Traurige um sich blickte, wie die beiden Narbengesichter jeden musterten, der den Hof betrat, und wie der Traurige die beiden Narbengesichter anwies, sich nicht mehr vom Karren zu entfernen. Er selbst hastete durch den Torflügel hindurch nach draußen. Am liebsten wäre Georg ihm gefolgt, doch er musste etwas erledigen. Und der richtige Zeitpunkt dafür musste bald kommen.

Langsam begann Georg die Zusammenhänge zu begreifen. Die Schnapphähne kümmerten sich nicht deshalb um den Wagen, weil Fugger sie bestens bezahlte, sondern sie verfolgten einen eigenen Plan. Diesen allerdings galt es aufzudecken. Doch zuvor musste er einen Jakob Fugger überzeugen. Nein, nicht überzeugen, zwingen.

Über seinem Versteck auf dem Balkon der Arkade begann sich Leben zu regen. Stühle wurden geschoben, Männerstimmen tuschelten miteinander. Bald darauf rief ein volltönender Bass seine Befehle in den Hof hinunter. Sofort regten sich vor Georg die Knechte und Mägde, trugen dies hierhin und das dorthin, begannen am einen Wagen zu schnüren und am anderen umzupacken. Ein unablässiger Strom von Menschen ergoss sich in den Innenhof und verließ ihn wieder.

Endlich wagte sich Georg unauffällig hinter seinem Warenballen hervor. Jetzt war die beste Gelegenheit für sein Vorhaben. Der Traurige war weg, die beiden Narbengesichter würden sich keine fünf Fuß vom Karren wegbewegen, und auf dem Balkon über ihm hatte Jakob Fugger seinen Platz eingenommen. Ein letztes Mal atmete er tief durch. Unauffällig huschte Georg die Arkade entlang, er bewegte sich außerhalb der Lichter im Dunkeln. Erst die letzten fünfzehn Fuß musste er ohne Deckung gehen. Er drehte sich seitlich zu den beiden Soldaten, tat so, als zählte er die vor der Wand aufgereihten Säcke, die sicherlich noch auf einzelne Karren verteilt werden würden. Dann war er bei der Tür und öffnete sie. Er zwang sich dazu, keine überhasteten, keine fahrigen Bewegungen zu machen. Erst als er den Raum betreten und die Tür hinter sich geschlossen hatte, begannen ihm die Knie zu zittern. Der Vorraum wirkte düster und wenig einladend. Kurz musste er stehen bleiben.

251

Er nützte die Zeit, um sich umzusehen. Eine Treppe führte in den nächsten Stock hinauf. Die würde er nehmen. Alles war einfach gehalten, schmucklos und zweckmäßig. Lag das am Geiz des greisen Fuggers?

Georg zwang sich zu handeln. Er musste bis zu dem alten Kaufmann vordringen, ehe ihn dessen Leibwache abschirmen konnte. Leichtfüßig sprang er die Treppe hoch. Oben wandte er sich nach rechts und – fand keine einzige Tür, die auf diesen Balkon hinausging. Ein Gang führte das Gebäude entlang, und an dessen Ende stand, ihm den Rücken zukehrend, ein Lakai.

Georg biss sich auf die Lippen. Vermutlich musste er an diesem Wachhund vorbei, bevor er auf den Balkon hinaustreten konnte. Niemals würde er sich an diesem Kerl vorbeischleichen können.

Er zermarterte sich das Gehirn, was zu tun sei. Sein gesamter Plan beruhte darauf, Jakob Fugger zu überreden, ihm zu helfen. Vor Wut und Hilflosigkeit traten ihm Schweißperlen auf die Stirn, die er mit dem Ärmel seines neuen Wams' abwischte. Wenn er Erfolg haben wollte, einmal nur an diesem Morgen, in diesen Tagen, dann musste er sicher auftreten, bereits mit dem ersten Blick, dem ersten Schritt, dem ersten Wort überzeugen. Doch dazu bedurfte es eines lückenlos geplanten Vorgehens.

Unruhig trat er von einem Bein aufs andere und wischte abermals mit dem Hemdsärmel übers Gesicht. In seinem Wams raschelte es. Der Brief Fehlfingers steckte in einer Innentasche. Georg zögerte, zog ihn heraus und betrachtete ihn sorgfältig, drehte ihn zwischen den Fingern, faltete ihn auf und zusammen und wusste endlich, mit welchem Trick er den Aufpasser überlisten konnte. Er musste lächeln, so einfach erschien er ihm. Vorsichtig schlich er wieder die Treppe hinab. Das Holz knarrte nicht und erwies sich so als sein Verbündeter. Unten angelangt, holte er das Papier aus dem Wams, faltete es zweimal und hastete möglichst laut und unter allerlei Ächzen und Hecheln die Treppe hoch. Oben angelangt, hatte er bereits die Aufmerksamkeit des Lakaien gewonnen. Der drehte sich nach dem Neuankömmling um. Georg tat so, als wäre es das Selbstverständlichste, auf den Kerl zuzugehen. Wie eine Trophäe schwenkte er den Brief in seiner Hand. Bereits von der Treppe aus rief er: »Für den Herrn Fugger! Dringend. Vom Stadtpfleger. Persönlich auszuhändigen!« Er rannte den Gang entlang und hätte beinahe laut aufgelacht, als der Diener pflichtschuldigst, wenn auch mit leicht gerümpfter Nase, zurückwich und Georg hindurchließ. Tatsächlich führte nach dem Durchgang links eine kleine Tür nach draußen. Georg schlüpfte hindurch und stand auf einem kleinen Balkon.

Vier Männer zählte der Junge. Ein Bewaffneter zückte den Säbel, bevor er ganz unterm Sturz hindurch war. Zwei weitere Männer flankierten einen Stuhl mit hoher Lehne, in dem, mager und abgehärmt durch ein arbeitsreiches Leben, ein kleiner Mann saß.

Georg stutzte. Jakob Fugger, der Riese der Bankiers, der König der Kaufleute, der Kaisermacher und Kunstmäzen, war ein kleiner Mann. Sein Vater hatte ihn vor kleinen Männern gewarnt. Diese, so der Vater, müssten sich fortwährend beweisen. Was sie an Körpergröße zu wenig empfangen hätten, hatte der ihn gewarnt, das machten sie durch Charakterlosigkeit wett. Wer einem groß und kräftig entgegentreten könne, brauche sich nicht zu verstellen. Die schiere Sichtbarkeit der Kraft machte sie zu angenehmen Verhandlungspartnern und Helfern ohne Hintergedanken. Kleine Männer dagegen fühlten sich immer benachteiligt, würden nie offen ihre Interessen verfolgen, sondern immer hinterrücks und schleichend vorgehen. »Sei auf der Hut, wenn dir der Mann vor dir nicht bis zur Schulter reicht!«

Diese Warnung klang ihm im Ohr, als er sah, dass der Fugger ebenso schnell aufstand, wie der Soldat seine Waffe zückte.

Doch Jakob Fugger interessierte sich nicht für Georg. Er erhob sich, weil er Schmerzen im Unterleib verspürte und Stehen ihm Erleichterung verschaffte. Er beachtete Georg nicht einmal. Erst als der Wächter seine Warnung bellte, Georg solle nicht weitergehen, sondern bleiben, wo er sei, drehte der Kaufmann den Kopf. Georg versuchte in seinem trockenen Mund etwas Speichel zu sammeln, damit sich seine Stimme nicht so spröde anhörte. Noch spürte er auf dieser trockenen Zunge keinen Satz, und sein Gehirn, das er presste und presste, gab keinerlei Gedanken in Form von Wörtern frei. Georg beschloss in seiner Verzweiflung, zumindest den Mund zu öffnen. Rasch ließ er den Zettel in einem Ärmel verschwinden und sagte, als er bemerkte, wie die Aufmerksamkeit des Alten sich wieder dem Hof zuwandte, mitten hinein in die Drohung des Soldaten einen Satz, der ihm wie selbstverständlich über die Zunge rutschte:

»Rettet euer Geld, Fugger!«

Verwundert drehte Jakob Fugger den Kopf. Seine Augen wirkten beinahe farblos, so grau und schimmernd lagen sie in seinem Gesicht. Das Augenweiß war klar und nicht, wie bei älteren Männern oft zu beobachten, von roten Äderchen und gelblichen Schlieren durchzogen. Im Gegensatz zum Körper, der gebrechlich und verbraucht schien und dem Alter Tribut zollte, strahlte der Blick mit ungebrochener Energie. Kurz ruhte dieser Blick auf Georg, maß ihn mit der Sicherheit einer über

Jahrzehnte hin unfehlbaren Menschenkenntnis, und der Junge wusste, dass er gewonnen hatte.

Der alte Mann bewegte nur einen Finger, schon ließ der Wächter von ihm ab. Langsam ging der Kaufmann zu seinem Stuhl zurück und ließ sich darin nieder. Niemand rührte sich während dieser Zeit oder sagte ein Wort. Stumm sahen sie dem alten Mann zu, wie er sich abmühte. Als Georg sich anschickte, ihm zu helfen, schüttelte Fugger den Kopf. »Wenn ich nicht mehr allein vom Geländer zum Stuhl gelange, geht es zu Ende«, murmelte er. Georg wusste genau, was er meinte. Großvater hatte ihm einmal gesagt, wenn die Zeit käme, an der er sich tagsüber hinlegen sollte, wäre es nur zum Sterben. Und so war es geschehen. Großvater hatte sich eines Vormittags niedergelegt, weil er sich müde fühlte, und war nicht mehr aufgestanden.

»Komm her!«, sagte Jakob Fugger. In seiner Stimme lag die ruhige Sicherheit eines langen Lebens. Er klopfte mit der Hand gegen die Armlehne. Georg trat einen Schritt näher, argwöhnisch beobachtet von dem Wächter, der seinen Degen zwar gesenkt, jedoch nicht in die Scheide zurückgesteckt hatte. »Was hast du eben gesagt?«

Georg räusperte sich. »Ihr müsst euer Geld retten, Herr. Es ist in Gefahr!«

Jakob Fugger griff mit der rechten Hand an seine Nase und kratzte sich ausführlich an einem Nasenflügel. Seine Hände waren zart wie die einer Frau, bemerkte Georg, und doch wirkten sie kräftig.

»Meine Gulden sind gut bewacht. Warum sollte ich auf eine Warnung von dir reagieren?«

Alles hatte Georg erwartet, nicht jedoch diesen Zweifel.

Jakob Fugger fragte nicht einmal nach, worin denn die Gefahr bestünde. Georg schluckte.

»Ihr ... wollt ...«, begann er stotternd, doch dann dachte er an Sarina und ihre Leiden in den Hexenlöchern und fasste Mut, »... in diesen Karren unten im Hof Gelder an den Schwäbischen Bund schicken lassen, damit der mit Landsknechten der Belagerung ein Ende bereitet.« Er blickte dem Kaufmann fest in die Augen.

Um dessen Mund spielte ein spöttisches Lächeln. »So. Will ich das?«

Im Nu war Georgs Zuversicht verschwunden. Natürlich hatte er nicht mit der kalten Art dieses Mannes gerechnet, mit seiner Abgeklärtheit, der Sicherheit, Probleme zu durchschauen.

»Und jetzt willst du mir ein Geschäft vorschlagen, Junge, oder?«

Georg bemerkte, wie seine Lippen zu zittern begannen, wie seine forsche Fassade zu bröckeln und darunter das hervorzubrechen begann, was er gerne verborgen hätte, nämlich die Furcht davor, alles auf eine Karte gesetzt und verloren zu haben.

»Ich weiß um einen Überfall auf Euren Transport.« Es war ein verzweifelter Versuch, ein wenig Land zu gewinnen, Sicherheit für sich zu schaffen.

Zum ersten Mal mischte sich einer der beiden Männer ein, die Fugger umstanden. »Fuggertransporte werden nicht überfallen«, sagte er nur lakonisch und wandte sich ab. »Horcht nicht auf den Strolch, Jakob. Er will nur Geld.«

Der Kaufherr sagte nichts dazu, suchte nur Georgs Gesicht ab, als stünden dort Wahrheit und Lüge nebeneinander aufgeschrieben.

»Sollen wir ihn foltern? Unter der Peitsche würde er alles verraten …«, knurrte der Soldat.

Diesmal sagte Jakob Fugger nichts. Georg zuckte zusammen. Er biss sich auf die Lippen. Seine einzige Hoffnung war dieser alte Mann, der seine linke Hand auf den Bauch drückte, weil ihn dort Schmerzen peinigten, und dessen wasserhelle Augen durch ihn hindurchzusehen schienen.

»Ich gehe davon aus, mein Junge, dass du mir nicht sagen wirst, was geschehen wird, bevor ich nicht meine Geldbörse öffne«, bemerkte Jakob Fugger ruhig.

»Ich will kein Geld«, konterte Georg. »Behaltet eure Gulden.«

Jakob Fugger legte den Kopf schief, und sein schmallippiger Mund öffnete sich leicht. Er schien lächeln zu wollen, doch kannte sein Mund diese Bewegung vermutlich kaum.

»Keine Gulden? Kein Gold? Was dann, Junge?«

»Holt den Stadtpfleger. Er soll die Männer und Frauen der Komödiantentruppe freilassen. Sie sind unschuldig am Tod des Hauptmanns im Fronhof.«

Glucksend lachte Jakob Fugger in sich hinein.

»Wie lange wollt Ihr den Unsinn dieses Bengels noch anhören, Fugger?«, drängte derselbe Mann, der sich eben schon eingemischt hatte.

»Lasst, Schwarz, der Junge hat Fantasie. So naiv habe ich vor fünfzig Jahren auch über Politik geurteilt.«

»Den Stadtpfleger holen …«, Schwarz schüttelte amüsiert und zugleich entrüstet den Kopf, »… womöglich noch den Stadtvogt oder gar den Kaiser. Warum nicht, der Kaiser richtet über das gesamte Reich. Wenn eine Truppe Komödianten auf freien Fuß gesetzt werden soll, dann ist das unter dem Kaiser nicht zu machen.«

257

Georg verstummte gänzlich. Er senkte den Kopf. Der Tag
drängte kräftig in den Innenhof und schüttete darin einen
Handkarren voller Zwielicht aus. Die Fackeln und Beckenfeu-
er erloschen, dafür tauchte die Sonne den Himmel in ein weiß-
liches Licht. Es würde ein weiterer schöner Tag werden, den
Sarina nicht in Freiheit verbringen durfte.

»Ihr müsst sie freilassen«, drängten die Worte wie von selbst
aus ihm heraus. »Sie hat doch versprochen, mir das Lesen beizubringen.«

Keiner aus der Männerrunde wagte diesem wie mit letzter
Kraft tonlos hervorgepressten Satz ein spöttisches Wort folgen
zu lassen. Allzu groß war die namenlose Verzweiflung, die aus
Georgs Stimme sprach. Betreten sahen sie über die Balustrade
hinunter in den Hof.

»Wie kommst du darauf, dass meine Gulden in Gefahr
wären?« Fugger sagte das in einem Tonfall, als wüsste er selbstverständlich, dass sein irdisches Gut fortwährend der Gefahr
des Untergangs ausgesetzt wäre.

»Ich habe ein Gespräch belauscht«, log Georg. »Ihr solltet
ein Auge auf die …«

Weiter kam Georg nicht, denn unten im Innenhof erhob sich
ein Gemurmel, das die Aufmerksamkeit aller Anwesenden auf
sich zog. Dann wurden Rufe laut, Befehle liefen hin und her. Er
hörte von seinem Platz aus, wie Menschen zusammenliefen,
aufgeregt miteinander redeten, sich stritten. Schwarz lehnte
sich über die Brüstung.

»Was geht dort vor?«, fragte der Hausherr und streckte den
Kopf, um selbst zu sehen. Doch er gab sogleich auf. Dabei
drückte er mit der Hand gegen die Gegend unter dem Bauch,
von der ein unheilvoller Schmerz auszugehen schien.

»Sie tragen einen Mann in die Mitte des Hofs. Er blutet«, berichtete Schwarz von der Balustrade aus. »Nein«, berichtigte er sich sofort, »er ist bereits tot.«

»Es kommen immer wieder Messerstechereien vor. Wilde Kerle, die Fuhrwerker und Begleitsoldaten. Nichts Ungewöhnliches!«, knurrte der Alte.

»Das würde ich so nicht sagen«, ergänzte Schwarz.

»Von welchem Karren? Schwarz, so sagt schon. Welchem Karren war der Tote zugewiesen?« Trotz seiner ruhigen Art hörte Georg die Ungeduld in der Stimme Jakob Fuggers heraus.

Langsam drehte sich Schwarz um. Seine Miene spiegelte eine Besorgnis, die Fugger die Luft durch den Mund einziehen ließ.

Georg hätte zu gerne über die Brüstung gesehen, doch er getraute sich nicht, weiter nach vorn zu gehen. Er wollte nicht selbst gesehen werden. Über den Toten wusste er allerdings Bescheid. Allzu viele Personen kamen dafür nicht in Frage: eines der Narbengesichter lag dort unten in seinem Blut. Wieder das Opfer eines Rachefeldzugs.

»Es ist eines der Narbengesichter. Ich weiß nicht, wie er heißt, doch er hat eine auffällige Narbe im Gesicht. Sollte er nicht den Karren mit den Gulden bewachen?« Letzteres hatte Georg mit einem Spott vorgetragen, der ihm jetzt guttat.

Mit unbewegter Miene entgegnete Fugger: »Mein Junge, sei vorsichtiger damit, dein Wissen auszuplaudern. Wie schnell gerät ein Unschuldiger deshalb aufs Rad.« Er wandte sich an Schwarz. »Ich will ins Haus. Bringt mir den Stadtpfleger – und den Jungen«, er warf Georg einen undefinierbaren Blick zu, »den Jungen schickt hinter mir her. Zuerst soll er sich unten den Toten ansehen. Lasst ihn mir nicht aus den Augen!« Und zu

Georg gewandt betonte er: »Meinem Buchhalter kannst du vertrauen! Er ist ein wenig brummig, doch du kannst ihm vertrauen.«

Missmutig verzog Schwarz das Gesicht und winkte Georg zu sich heran.

»Wir schauen uns unten um, mein Junge. Ich bin gespannt darauf, welchen Bären du mir vor Ort aufbinden wirst.«

Er fasste Georg bei der Schulter und drehte ihn vorsichtig in Richtung Abgang. Es war keine schroffe Geste, eher eine, die von Ungeduld zeugte.

Georg strahlte über die Wendung. Sein Plan hatte Erfolg gehabt. Jetzt musste er nur noch vor dem Stadtpfleger bestehen. Frech sah er Schwarz in die Augen, der ihn selbst wiederum misstrauisch beäugte.

24

Das zweite Narbengesicht und der Traurige waren verschwunden. Man hatte den Toten auf einen Holztisch gelegt. Sein Hemd war rot verfärbt. Das Messer war ihm von vorne in den Bauch gestoßen worden, genau dort, wo der Brustpanzer nicht mehr schützte. Georg konnte gar nicht hinsehen. Die Augen des Mannes waren schreckgeweitet, als hätte er den Teufel höchstpersönlich gesehen.

»Kennst du ihn?«, fragte Schwarz, der dicht hinter ihm geblieben war.

Georg nickte. Verstohlen blickte er sich um, wo die beiden anderen Schnapphähne verblieben waren. »Er sollte den Transport bewachen«, antwortete er auf die Frage des Buchhalters. Mehr verriet er nicht.

Schwarz hob eine Augenbraue. »Woher weißt du das?«, zischte er.

Georg zuckte mit den Schultern und blieb stumm.

Schwarz beauftragte mit einem Nicken des Kopfes einen der Männer, die Augen des Toten zu schließen. Dann befahl er einen Geistlichen her und ordnete eine Aufbahrung an.

Georg wunderte sich. Wenn sich Hannes hierher hatte schleichen konnen, dann konnte er unmöglich sofort wieder verschwinden. Vermutlich steckte er noch irgendwo in diesem Innenhof und wartete darauf, sich unauffällig absetzen zu können. Wenn er, Georg, Zeit hätte, wenn ihm dieser Schwarz nicht im Nacken säße, dann hätte er zu suchen beginnen können.

Sie hatten den Leichnam hinter dem Wagen gefunden. Schleif- und Blutspuren zeigten dies deutlich. Also schlenderte Georg langsam zum Karren und suchte die Umgebung ab. Wo steckte Hannes? So, wie er den Bruder in letzter Zeit kennengelernt hatte, ging dieser kein unnötiges Risiko ein. Wenn er den Schnapphahn hier erwischt hatte, dann musste er auch gewusst haben, wo er sich verbergen konnte. Und tatsächlich kam ihm ein Gedanke. Es gab nur einen einzigen Ort, der so gut vor Entdeckungen schützte, dass Hannes ihn sicherlich gewählt hatte: die Kiste unter dem Kutschbock. Sie war groß genug. Hatten nicht die Männer, die den Karren beladen hatten, sogar darüber gelacht, dass man unter diesem Kutschbock einen ganzen Kerl verstauen konnte. Zwar durfte er sie im Augenblick nicht öffnen, doch hören würde Hannes ihn, wenn er dort steckte.

»Hannes!«, flüsterte Georg. »Du bist ein gemeiner Mörder. Nichts weiter.«

Er vernahm hinter sich Schritte, doch bevor er sich umdrehen konnte, fasste Schwarz Georg am Arm und führte ihn wieder zurück ins Haus. »Das genügt, mein Junge! Jetzt werden wir uns darüber unterhalten, was genau du von meinem Herrn willst.«

Georg überlegte sich auf dem Weg zurück, wie Hannes es geschafft haben mochte, in die Stadt zu kommen. Die einzige Möglichkeit bestand in einem Fehler des Traurigen. Der hatte nicht begriffen, was das Seil bedeutete und hatte es ins Wasser fallen lassen, nachdem er sich selbst daran an Land gezogen hatte. Das erklärte auch, wie er überhaupt wieder in die Stadt gekommen war, anstatt hinausgetrieben zu werden. Der lose

Strick konnte Hannes geholfen haben. Georg hatte nicht die Zeit, weiter darüber nachzudenken.

Er ging erneut die Treppe hoch und den Gang entlang, doch diesmal bogen sie nicht ab, sondern liefen weiter zum straßenseitigen Gebäudekomplex. Hier gewann die Ausstattung der Räume an Pracht. Schwere dunkle Möbel, Wandteppiche, Bücher in Regalschränken an den Wänden, Leuchter in Gold und Silber, schwere Edelholztische und Lehnsessel. Selbst Porträts fanden sich, vom alten Fugger selbst, von seiner Frau, Sibylla Fugger, von den Neffen Anton und Raimund. Hätten Georg nicht die Sorgen vor dem Ausgang seines Gesprächs bedrückt, er wäre frohen Mutes gewesen angesichts all dieser Wunder. Endlich gelangten sie in einen Raum, der so offensichtlich als Repräsentationszimmer ausgestattet war und beeindrucken sollte, dass Georg unwillkürlich an die gute Stube in der Schmiede denken musste. Die durfte von der Familie nur dann betreten werden, wenn Besuch kam und Geschäfte besprochen wurden. Mittelpunkt des Raums war ein überdimensionaler Schreibtisch, dessen gewaltige Platte aus einem einzigen Nussbaumstamm gefertigt war. Hinter diesem Tisch erwartete sie der Hausherr. Angetan diesmal nicht mit einer Hausjacke, sondern mit einer schweren Robe mit Pelzbesatz am Kragen.

Schwarz bedeutete Georg, er solle sich Jakob Fugger gegenüber auf einen der Sessel setzen.

Dieser musterte ihn mit seinen wasserhellen Augen. Der Blick ging Georg durch und durch; er fühlte sich, als würde er dadurch entkleidet.

»Ich habe den Stadtpfleger rufen lassen. Das ist noch niemals zuvor geschehen, mein Junge, in dreißig langen Jahren nicht. Jakob Fugger hat mit dieser Stadt nur insofern etwas zu schaffen, als wir hier unsere Steuern zahlen und innerhalb der Mauern wohnen. Ich bin bis heute ein homo novus. Weißt du, was das ist?«

Georg verneinte. Woher sollte er Latein verstehen? Dafür hätte er eine Lateinschule besuchen müssen. Und für Schulen hatte ein Schmied nun wirklich kein Geld übrig gehabt. Nur der Pfarrer von Thannhausen hatte manchmal bei ihnen vorbeigeschaut und auf Vater eingeredet, er solle den Buben zum Geistlichen ausbilden lassen. Vater hatte immer abgelehnt – und jetzt war es zu spät.

»Ein homo novus ist ein Mensch, den die alteingesessenen Familien in der Stadt verachten, aber nicht übersehen können. Er ist reich geworden, er ist erfolgreich, doch er hat keinen Stammbaum. Ein Jakob Fugger mag zwar Kaisern zu ihrem Thron verhelfen, trotzdem verachten ihn die Patrizier in der Stadt wie einen Aussätzigen. Ich sage nicht, dass es mir eine Genugtuung ist, den Stadtpfleger hierher zu bestellen. Gleichwohl hoffe ich, dass du die richtigen Worte finden wirst.«

Georg schluckte und stützte sich auf die Tischplatte auf. Er stand auf. Eine Augenbraue Fuggers hob sich. Der Buchhalter Schwarz drückte sich ebenfalls aus seinem Sessel hoch. Georg beschwichtigte. »Ich kann im Stehen besser denken und reden!« Daraufhin begann er von dem geplanten Überfall auf den Transport zu erzählen. Verschwieg nicht, dass bereits drei der Schnapphähne ermordet worden waren, verschwieg jedoch einen Namen, den von Hannes. Was er ebenfalls nicht erwähnte, war die Verwandtschaft zwischen Hannes und ihm. Jakob Fugger hörte aufmerksam zu, ohne ihn auch nur einmal zu unterbrechen.

»Die Bauern lauern also meinem Karren auf? Sie wollen an das

264

Geld kommen? Und dieser Unbekannte hat ihnen mitgeteilt, woher das Geld kommt und wofür es verwendet wird«, wiederholte Fugger in Gedanken. Sein Gesicht war wie eine Maske, auf deren starrer Oberfläche Georg keine Regung zu finden vermochte. »Wenn er tatsächlich weiß, was es mit dem Karren auf sich hat, verstehe ich dennoch nicht, was die Komödianten damit zu tun haben?«

»Die Komödianten wurden wegen der Ermordung eines Hauptmanns eingesperrt. Sie haben ihn nicht getötet. Es war …« Jedes Mal, wenn Georg den Namen Hannes aussprechen wollte, gab es ihm einen Stich ins Herz. In Gedanken hatte er den Bruder längst verraten. Es war nur eine Frage der Zeit, wann ihm der Name über die Lippen rutschen würde. Hoffentlich war dieser Verrat dann gerechtfertigt und rettete Sarina. »Sie sind jedenfalls unschuldig. Es war kein Messer aus der Truppe, das den Hauptmann getötet hat.«

»Dann kennst du also das Messer?«

»Natürlich!« An dieser Stelle wäre ihm beinahe entglitten, dass sein Vater nur zwei dieser Messer mit Damaszenerklinge geschmiedet hatte: je eines für Hannes und für ihn.

»Nun, wenn ich es recht überlege, heißt das nichts«, antwortete Fugger. »Wenn du das Messer kennst, kennst du den Mörder noch lange nicht. Es könnte jeder die Klinge geführt haben. Auch einer der Komödianten. Ich kann mir noch immer nicht erklären, was du von mir willst, Junge«, sagte Jakob Fugger. Mit Augen, die so klar schauten, als könne vor ihnen keine Lüge der Welt bestehen, musterte er Georg.

Ein Lakai kam zur Tür herein und flüsterte dem Kaufherrn etwas ins Ohr. Der nickte nur, betrachtete dabei Georg und wandte sich dann an Schwarz, den er flüsternd mit einem Auf-

265

trag betraute. Georg musste handeln. Er durfte sich das Heft nicht aus der Hand nehmen lassen.

»Ich weiß, wann und wo der Transport angegriffen werden wird.«

Nun lachte Jakob Fugger aus vollem Halse. »Glaubst du, mit diesem dürftigen Wissen könntest du mich beeindrucken? Jetzt, wo ich weiß, wie gefährdet der Transport ist, lasse ich die Wachen verstärken und die Karren einen anderen Weg nehmen.«

Genau mit dieser Wendung hatte Georg gerechnet. Ihn wunderte, wie leicht Jakob Fugger zu lenken war. Hatte er alle Verhandlungsvorsicht fahren lassen, weil er es mit einem Jungen zu tun hatte? Oder griffen ihn die Schmerzen im Bauch derart an, dass er nachlässig wurde?

»Es wird Euch nichts nützen, Herr Fugger. Nicht das Geringste.« Georg konnte einen gewissen Spott in der Stimme nicht zurückhalten.

»Und warum?«, die Frage traf Georg wie ein Pfeil. Sie war scharf und spitz und drang tief unter die Haut. Doch er war dort, wohin er wollte. Kein Wort würde er mehr sagen. Er sah Jakob Fugger den Reichen einfach nur an. Ihre Blicke trafen sich und verhakten sich kurz ineinander. Für den Hauch eines Moments glaubte Georg, die Eiseskälte zu spüren, die von diesen graublauen Augen ausging. Wenn er bislang geglaubt hatte, der Kaufmann würde um sein Vermögen kämpfen, begriff er plötzlich, dass er diesen Mann unterschätzt hatte. Dem alten kranken Kaufherrn ging es nicht mehr darum, ein paar Gulden mehr oder weniger zu retten. Ihm ging es um etwas anderes.

Mit einer Handbewegung schickte Jakob Fugger die Männer hinaus, die sich hinter ihn und Georg gestellt hatten. Selbst

266

Schwarz. Er befahl lediglich, ihn zu informieren, wenn sich der Stadtpfleger einfand. Erst als sie alleine waren, begann er zu reden.

»Hör zu, Junge. Ich werde dieses Jahr vermutlich nicht überleben, wenn die Schmerzen weiter zunehmen. Gevatter Tod steht an meinem Bett bereit. An manchen Tagen legt er sogar seine eisige Hand auf meine Stirn.« Er ließ Georg dabei nicht aus den Augen. »Ich weiß nicht, warum ich dir das erzähle. Vielleicht werde ich senil. Doch ich will, dass du verstehst. Es müssten schon außerordentliche Tölpel sein, wenn es meinen Nachfahren gelänge, all das Geld, das ich zu Lebzeiten verdient habe, zu verschleudern. Und selbst wenn es ihnen gelänge, mich wird es nicht mehr treffen. Am Ende meines Lebens brauche ich noch einen Sarg aus einigen hölzernen Brettern, mehr nicht. Die werden sich finden.«

Georg schluckte. »So dürft Ihr nicht sprechen, Herr«, versuchte er einzuwenden. Verlegen trat er von einem Bein aufs andere. Das Gespräch nahm eine Wendung, die er nicht mehr steuern konnte.

»Vor langen Jahren wollte ich einmal einen Jungen wie dich zum Sohn. Der Herr, unser Gott, hat es nicht zugelassen. Ich habe eine schöne Frau geheiratet und bin doch kinderlos geblieben. Womöglich wurde ich für meine Hybris bestraft, mich an die Spitze der Kaufleute zu stellen. Egal, mein Junge. Ich werde die Wagen fahren lassen. Nicht weil ich glaube, dass sie ungefährdet die Reihen der Bauern passieren werden. Ich schicke sie aus der Stadt, weil ich das Schicksal herausfordern will. Wenn der Herrgott will, dass der rechte Glaube an den Papst und seine Kirche siegt, dann wird er es richten. Wenn nicht, soll das Gebäude einstürzen.«

Erschöpft ließ sich Jakob Fugger in seinen Stuhl sinken und schloss die Augen. Georg wollte dem alten Mann helfen und machte einen zögernden Schritt nach vorne.

»Bleib, wo du bist. Ich bin müde geworden. So schnell erschöpft.« Die Pause, die Jakob Fugger ließ, bis er die Augen wieder öffnete, dauerte länger, als Georg es ertragen konnte. Endlich flatterten die Lider des Kaufmanns wieder und öffneten sich. Der Hausherr sah ihn an mit Augen, die nichts vom Glanz der Jugend verloren hatten. In diesen Augen war der Fugger nicht über sechzig, sondern allerhöchstens zwanzig Jahre alt.

»Warum sind die Komödianten in der Stadt?«, fragte er leise.

Georg räusperte sich. »Sie wollten das Osterspiel aufführen.«

Der Alte nickte. »Oft habe ich es gesehen und ebenso oft verpasst, weil ich mich in Rom oder Frankfurt, Breslau oder Amsterdam herumgetrieben habe. Sie sollen spielen, deine Komödianten.«

Georg hüpfte das Herz vor Freude. Am liebsten hätte er geschrien.

Im selben Augenblick tauchte Schwarz in der Tür auf. »Der Stadtpfleger, Herr.«

Jakob Fugger nickte, und Georg wurde Zeuge einer Verwandlung. Der eben noch erschöpft wirkende Kaufherr straffte sich, setzte sich aufrecht, biss sich in die Lippen und bat Schwarz, er solle den Stadtpfleger heraufbringen lassen.

»Allein für das Vergnügen, den Stadtpfleger hierherzuzitieren, könnte ich dich umarmen. Das ist selbst einem Fugger nur höchst selten vergönnt.« Er verzog die Lippen etwas, sodass man den Eindruck gewinnen konnte, er lächle spöttisch. »Ach ja, mein Junge. Eine Kleinigkeit wäre noch zu erledigen. Wir haben den Mörder gefasst. Du musst mir nur sagen, ob es der

Mann ist, der dir all das erzählt hat. Stell dir vor, wenn er es ist, dann wird es dem Stadtpfleger nicht einfallen, die Truppe länger in den Hexenlöchern zu halten.«

Georg war wie vom Donner gerührt. Sie hatten Hannes gefunden?

Die Erkenntnis schlug bei ihm ein wie ein Blitz. Dieser Jakob Fugger, dieser Kaufherr, war nicht nur mit allen Wassern gewaschen, er war ihm überlegen. Die ganze Zeit über hatte er davon gewusst, ihn zappeln lassen und nur mit ihm gespielt. Mehr nicht.

25

Der Stadtpfleger polterte in den Saal. Sein Gesicht glänzte hochrot. Ohne den Jungen zu beachten, wandte er sich an Fugger. Seine Stimme klang kräftig, ein wenig im Wein gewendet und aufgeraut von den Gerbstoffen darin.

»Jakob! Was soll …?«

Jakob Fugger, der mit dem Rücken zum Stadtpfleger saß, hob nur die Hand, und der Mann verstummte sofort.

»Ulrich, es geht um mehr als Eure persönlichen Belange. Der Zug soll überfallen werden.«

»Welcher …?« Die Frage schien überflüssig zu sein, denn der Stadtpfleger, der in seiner Amtsrobe mit Pelzbesatz und der Amtskette vor Georg und hinter dem Fugger stand, schien sofort begriffen zu haben. »Der Zug mit den … für …?«

Offenbar wagte es der Stadtpfleger nicht, Georg gegenüber die entscheidenden Worte auszusprechen. Jakob schien sich dagegen zu amüsieren. Er drehte sich leicht zu ihm um.

»Die Sendung an den Schwäbischen Bund. Genau die ist gemeint. Wir sitzen ein wenig in der Patsche. Der Junge hier weiß um den Überfall, doch er sagt es mir nur, wenn wir ihm die Komödianten freilassen, Ulrich.«

Georg, der die Stadtpfleger nicht kannte, wusste nicht, ob es sich bei dem schwitzenden Mann vor ihm um Ulrich Artzt oder Ulrich Rehlinger handelte. Doch beide, das wusste er aus Erzählungen, waren über die Gattin Jakob Fuggers dem Haus verbunden. Sibylla Fugger war eine geborene Artzt und Ulrich ihr Onkel. Mit dem Geschlecht der Rehlinger verband sie die Freundschaft mit Konrad Rehlinger. Manche spotteten sogar, dass Sibylla eher mit diesem Konrad Rehlinger als mit Jakob Fugger verheiratet sei.

Der Stadtpfleger beachtete Georg gar nicht, als er sich an Jakob wandte. »Bindet ihn auf die Folterbank und er wird singen wie ein Zeisig.«

»Mein lieber Ulrich, Ihr wisst, wie sehr ich diese brutalen Methoden hasse. Wenn ich es recht in Erinnerung habe, dann liegen die Komödianten deshalb in den Hexenlöchern, weil ihnen vorgeworfen wird, sie hätten einen der Hauptmänner unserer Landsknechte ermordet?«

»Haben sie auch«, knurrte der Stadtpfleger. Im Haus war es warm, und man sah dem Mann an, wie ihm der Schweiß auf der Stirn stand und ihn die Hitze traktierte. Doch um nichts in der Welt hätte er die Amtskleidung aus schwerem Pelz und die Kette abgelegt, obwohl allein diese gut zwanzig Pfund wog.

»Haben sie nicht!«, blaffte Georg dazwischen, doch eine kleine Fingerbewegung Jakob Fuggers hinderte ihn daran, weiter zu sticheln.

»Was würdest du tun, wenn wir den wirklichen Mörder gefangen hätten? Kämen die Komödianten dann frei? Prüfe dein Gewissen, Ulrich Artzt!«

Der Stadtpfleger Ulrich Artzt runzelte die Stirn. Je länger er in der Hitze verharren musste, desto feuriger blühte sein Gesicht auf. »Wer will das beweisen?«

»Der Junge hat den Mörder gesehen.«

»Und kann ihn erkennen?«

271

»Mit Sicherheit.« – »Ihr glaubt ihm, Jakob?« – »Ich glaube ihm.«
Ulrich Artzt nickte. »Dann soll es sein. Wo ist der Halsabschnei-
der?«

Jakob Fugger, in dessen Augen ein Glitzern lag, wandte
sich diesmal an Georg. »Enttäusche mich nicht, Junge.« Der
wasserhelle Blick traf Georg bis ins Mark. Er musste schlucken.

Dann hob Jakob Fugger die Hand, und Schwarz, der mit
Ulrich Artzt hereingekommen war, trat aus dem Zimmer und
ließ den Leibwächter ein, der bereits Georg bedroht hatte, als
er zu Jakob Fugger wollte. Ein zappelndes und um sich schla-
gendes Bündel hing über dessen Schulter. Georg wagte nicht
aufzusehen und starrte auf den Boden. Wie Fischgräten griffen
dessen Holzdielen ineinander.

»Stell ihn ab!«, befahl Jakob Fugger. »Und du, Junge, schau
ihn an. Du brauchst nur zu nicken, wenn er es ist.«

Georg wollte Hannes nicht ansehen, er wollte nicht dessen
Blicken ausgesetzt sein. Doch wenn er Sarina retten wollte,
musste er den Mörder des Narbengesichts wiedererkennen und
den Bruder verraten! Er sah hoch – und starrte in das Gesicht
des Schlepperts.

Zuerst war er so verblüfft, dass er gar nichts tun konnte,
weder reden noch sich bewegen.

Aus den Augen des Schlepperts sprach eine Furcht, die selbst
Georg stumm machte.

»Wo …«, er musste sich räuspern, »wo habt Ihr ihn gefangen?«

»Unten bei den Karren, direkt neben dem Toten«, tönte der
Leibwächter.

Fugger ließ Georg nicht aus den Augen. »Und? Ist er es?«

272

Der Wächter nahm die Hände des Zwergs und drehte sie nach außen, sodass die Handinnenflächen frei lagen. Sie waren mit bräunlichen Flecken überkrustet: Blut.

»Habt Ihr ein Messer bei ihm gefunden?«, fragte Georg. Seine Stimme klang rau. Er selbst hatte das Gefühl, als könne er kaum mehr einen Ton hervorbringen.

Der Mann schüttelte den Kopf. »Vermutlich steckt es noch im Leib des Wächters.«

Georg fuhr sich mit der Zunge über die Lippen. Sie waren von einem Augenblick auf den anderen trocken und rissig geworden. Was sollte er nur tun? Der Schleppert war keiner seiner Freunde. Zwei Fliegen könnte er mit einer Klappe schlagen. Er würde diesen Kerl ein für allemal los, und Hannes wäre gerettet. Doch was hatte ihm das Kerlchen schon getan, außer dass es hinter ihm herschlich? Im Grunde nichts. Sein Bruder jedoch, der den Galgen verdient hätte, würde frei herumlaufen und womöglich ihm selbst irgendwann ein Messer zwischen die Rippen stoßen, damit auch der letzte Zeuge beseitigt war. Georg wusste, dass alle im Raum an seinen Lippen hingen, vor allem der Schleppert. Dessen Unterlippe flatterte wie bei einem kleinen Kind, das kurz davor war, loszuheulen. Jetzt erst fiel Georg auf, dass er noch nie nachgefragt hatte, wie alt der Schleppert eigentlich war. Diese gedrückte und gestauchte Zwergenhaftigkeit verbog und verformte seinen Körper und ließ ihn älter aussehen, als er vermutlich war. Wenn er ihn genau betrachtete, konnte er nur wenig älter sein als er selbst. Georg seufzte. In seinem Alter hätte er es ebenfalls vorgezogen, weiterzuleben. Doch wenn er ihn freisprach, musste er gleichzeitig Hannes ans Messer liefern. Nur dann brachte er sich selbst nicht in Verdacht.

Georg wollte diese Entscheidung nicht treffen. Am liebsten wäre er jetzt davongelaufen – bis ans Ende der Welt. Wie sehr verfluchte er sich dafür, dass er es gegen Sandor durchgesetzt hatte, der Einladung der Fuggerin in die Stadt zu folgen. Schließlich hatte er angenommen, obwohl der Führer der Komödianten dagegen gewesen war. Sandor hatte mit seiner Ablehnung recht behalten. Irgendwann musste er sich bei dem Führer der Komödianten entschuldigen.

»Wir warten, mein Junge«, unterbrach Jakob Fugger ungeduldig Georgs Gedanken.

Der zuckte erschrocken zusammen. Was hatte der Alte gesagt? Georg blickte auf und sah zuerst den Hausherrn an, dann blieb sein Auge auf der Gestalt des Schlepperts hängen. Vermutlich hatte er nur dem verblutenden Landsknecht helfen wollen und war dabei ertappt worden. Hatte nicht Sarina betont, dass der Zwerg nichts für seine Größe und Stummheit könne, jedoch ein durchaus netter Mensch sei? Einem schnellen Entschluss folgend, entschied er sich für den Schleppert.

»Nein, er ist es nicht!«, sagte er leise.

Jakob Fugger schien die Antwort erwartet zu haben. »Lasst ihn laufen, Hauptmann«, deutete er dem Soldaten an. Der ließ den Zwerg los, doch der Schleppert rührte sich nicht von der Stelle. Er starrte nur mit geweiteten Augen Georg an. »Wenn er es nicht gewesen ist, wer war es dann? Du bist uns noch eine Antwort schuldig, mein Junge.«

Diese Frage hatte Georg befürchtet. Was sollte er sagen? Er hielt diesen Druck nicht länger aus. Er wollte Hannes nicht verraten, aber er wollte Sarina auch nicht in den Hexenlöchern verrotten lassen. Eines wurde ihm bewusst. Die überlegene Art Jakob Fuggers, die Menschen zu durchschauen, hat-

274

te er unterschätzt. Der Hausherr hielt die Zügel straff in der Hand.

»Zuerst die Komödianten!«, krächzte Georg. »Ich werde euch alles sagen!«

Wieder winkte der Fugger auf ein Nicken des Stadtpflegers hin. Der Hauptmann, der den Zwerg einfach stehen ließ, ging nach draußen und kehrte kurze Zeit später zurück. Diesmal trug er ein Mädchen, das einen Arm so um ihn geschlungen hatte, dass Georg ihr Gesicht nicht sofort sehen konnte. Nur die Haare verrieten sie. Schwarze Haare. Verfilzt zwar, doch selbst vor Schmutz starrend noch tiefschwarz.

»Sarina!«, rief Georg und wollte ihr entgegenspringen, doch da schlossen sich Schwarz' Finger wie Schraubzwingen um sein Handgelenk.

»Bleib stehen!«, zischte der.

Der Hauptmann ließ Sarina zu Boden gleiten. Unsicher stand sie vor ihm. Sie lächelte ihn an, und Georg wusste, dass er ab jetzt alles sagen würde. Den ganzen Plan würde er aufdecken, Hannes verraten und ihn als Mörder und Brandstifter entlarven – und Sarina damit retten.

»Mein Gott«, mischte sich der Fugger ein. »Gebt dem Mädchen etwas zu essen!«

»Was wollt Ihr wissen?«, fragte Georg tonlos.

Der Stadtpfleger, der bis jetzt alles stumm mitangesehen hatte, fuhr dazwischen.

»Wer hat den Hauptmann im Fronhof umgebracht?«, herrschte er Georg an.

Doch Georg störte sich nicht am Ton. Mit leeren Augen starrte er Ulrich Artzt an und hauchte einen Namen. »Hannes!«

»Hannes! Hannes!«, blaffte der Stadtpfleger. »Hinter Augs-

275

burgs Mauern dürfte es mehr als zweihundert Kerle dieses Namens geben, wenn das reicht.«

»Der Sohn des Schmieds vor Thannhausen. Mein Halbbruder! Hannes Kreipe!« Georg sprach mehr zu sich selbst als zu den Männern. Er konnte seinen Blick von Sarina nicht abwenden. Sie schien seinen Schmerz zu spüren, denn sie schüttelte mehrmals den Kopf. Doch aus Georg sprudelte es nun heraus. Er wollte nur eines nicht mehr, dass das Mädchen wieder in die Hexenlöcher zurückmusste. »Es war sein Messer, das im Leib des Hauptmanns steckte. Und er hat es mir gestanden.«

»Kreipe? Der Kreipe-Schmied? Zu Thannhausen?«, unterbrach Jakob Fugger Georgs Ausführungen. »Der Kerl hat einen Halbbruder? Womöglich auch noch Vater und Mutter?«

Er pfiff durch die Zähne. Zum ersten Mal sah Georg diese Zähne. Der Fugger war sicher über sechzig Jahre alt und besaß dennoch ein vollständiges Gebiss.

»Warum fragt Ihr?« Georg horchte auf. »Ihr kennt die Schmiede?«

»Warum ich frage? Ob ich sie kenne? Natürlich! Sie gehört mir. Ich habe sie gekauft.« Jakob Fugger sagte das mit einem Trotz in der Stimme, der Georg verwunderte.

»Wie könnt Ihr sie gekauft haben? Vater hätte sie niemals verkauft.«

Obwohl sich der Stadtpfleger einmischen wollte und mehrmals zum Reden ansetzte, unterbrach Jakob Fugger den Stadtoberen barsch. »Ulrich. Für Euch ist alles geklärt. Lasst die Komödianten frei. Alles Weitere überlasst mir!«

Ulrich Artzt warf die Hände in die Luft, fuhr sich mit dem Handrücken über die Stirn und prustete los. »Nichts ist geklärt. Überhaupt nichts. Warum soll ich das Gesindel laufen lassen?

276

Damit in der Stadt noch mehr Aufrührer umherstreunen, als ohnehin herumlaufen? Niemals.«

Die Geduld des Fuggers war zu Ende. Er winkte Schwarz heran, sagte ihm zwei Sätze ins Ohr und schickte den Stadtpfleger hinaus. Nur Georg, Sarina und den Schleppert behielt er hier.

»Sind die Komödianten frei?«, vergewisserte sich Georg.

Jakob Fugger wurde plötzlich ganz weiß im Gesicht. Er atmete kurz und schnell, und presste sich die Faust gegen den Unterleib, als bohre sich ihm eine Lanze ins Gedärm. Er schloss die Augen. Die drei wagten nicht, den Blick von ihm zu nehmen, bis er langsam ruhiger wurde und der Schmerz nachzulassen schien.

Bevor er das Wort ergriff, drückte er abermals gegen den Unterbauch und presste die Lippen aufeinander. »Wir müssen einiges klären, glaube ich«, stieß er hervor. »Wenn mir dafür noch die Zeit bleibt.«

Georg, der lange wie festgewurzelt gestanden hatte, ging auf Sarina zu und nahm sie einfach in den Arm. Das Mädchen ließ sich zu ihm umsinken. Sie roch nicht gerade nach Thymian und Rosen, doch Georg presste ihren Kopf auf seine Schulter und sog den Geruch ihrer Haare ein. Er wollte etwas sagen, das seine Zuneigung ausdrückte, einen Satz, der nicht nur aus Worten bestand, sondern mehr enthielt.

»Du musst mir das Lesen beibringen!«, flüsterte er und verachtete sich für seine Schwerfälligkeit in diesen Dingen.

Sie nickte nur an seiner Schulter. »Wenn ich etwas gegessen habe!«, lachte sie verhalten.

»Bevor ihr euch gegenseitig aneinander verliert, muss ich einige Dinge klarstellen«, unterbrach der Hausherr das Wiedersehen.

Georg, Sarina und der Schleppert wandten sich Jakob Fugger zu. Dessen Gesicht zeigte wieder jenen klaren und zugleich unergründlichen Blick, der Georg bereits zu Beginn ihres Treffens aufgefallen war.

»Bei dem Zwerg muss ich mich entschuldigen. Ich habe ihn benutzt, um aus dir die Wahrheit herauszulocken. Ohne Folter.« Er lachte ein Husten in die rechte Faust. Der Schleppert verschränkte nur die Arme übereinander und zeigte eine verschlossene Miene. Dann wandte sich Fugger an Georg: »Du bist mir bereits aufgefallen, als du das erste Mal hier herumgeschlichen bist. Meine Frau hat mir alles erzählt. Du hast ihr beigestanden, ich habe dir beigestanden. Ein sauberes Geschäft.«

Georg fand endlich die Sprache wieder. Er hielt Sarina an der Hand, die neben ihm stand und schwankte. »Was hat es mit der Schmiede auf sich?«

»Ich sagte es schon«, warf der Fugger ein, kühl diesmal und distanziert, »ich habe sie gekauft. Es ist alles rechtens, beurkundet und beglaubigt.«

Georg stampfte mit dem Fuß auf. »Das ist unmöglich. Mein Vater ist tot. Die Schmiede war seit Alters her Eigengut. Niemand kann sie verkaufen, wenn ich nicht zustimme.«

»Hannes Kreipe hat sie bereits verkauft. An mich. Vor drei Monaten!«

Georg blieb der Mund offen stehen. »Vor drei Monaten? Aber da … da lebte Vater noch … er hätte das nicht tun dürfen … nicht einmal tun können … niemals …«, stotterte er und erinnerte sich gleichzeitig, dass Vater zu diesem Zeitpunkt in Krumbach einen Auftrag im Schloss erledigt hatte. Das war gut drei Monate her. Lange war die Schmiede verwaist gewesen.

278

Georg hatte geglaubt, Hannes wäre mit dem Vater mitgefahren.

»Er war hier und hat das Handwerk samt Grund und Wassernutzung veräußert«, sagte Jakob Fugger. »Im Auftrag und mit Billigung des Vaters. Wenn Schwarz dem Stadtpfleger das Handgeld gegeben hat, damit er den Rest der Truppe freisetzt, lasse ich den Vertrag holen.«

Georg war wie vom Donner gerührt. Die Mühle gehörte ihm nicht mehr und dem Bruder auch nicht mehr. Wieder stieg dieser würgende Reiz in seiner Kehle hoch, und es gelang ihm nur, ihn irgendwie hinunterzuschlucken, weil Sarina seine Hand drückte.

»Wie geht das? Vater hätte niemals verkauft. Ihr sagtet, es gab Zeugen. Welche Zeugen können solche Lügen beschwören?« Langsam begann sich alles um Georg zu drehen. Was war das für eine Welt? Eine verkehrte Welt, in der der Ehrliche stets der Verlierer war? Was hatte er getan, dass sein Herrgott ihn in dieser Art und Weise bestrafte? »Nennt mir die Zeugen, Herr Fugger!«, presste er hervor.

»Das ... das ist leider unmöglich. Drei der Zeugen, die allesamt den Vertrag unterzeichnet haben, sind tot. Wo sich der vierte Zeuge aufhält, kann ich nicht sagen.« Jakob Fugger kamen die Worte so kalt und leblos über die Lippen, als wären sie bereits abgestorben, bevor sie seinen Mund verließen.

»Alle tot?« Georg versuchte, in seinen Kopf ein wenig Klarheit zu bekommen. Alle tot? Das war doch unmöglich. Seit wann starben alle Zeugen innerhalb von drei Monaten ... und da überfiel ihn die Erkenntnis, wie der erste Schlag des Schmiedehammers in rot glühendes Eisen fährt. »Hannes!«, kreischte er. »Dieses Schwein!« Er atmete stoßweise. Er sank auf die Knie

279

und schlug mit den Fäusten auf das fischgrätige Muster der Dielenbretter ein. Der Hundsfott hatte keineswegs den Tod des Vaters gerächt. Er hatte die Zeugen beseitigt, sodass niemand mehr das Unrecht nachweisen konnte. Papier war geduldig und die Aussagen der Menschen Schall und Rauch.

»Ich habe eine der Gruppen, die ich bezahlt hatte, nach Thannhausen geschickt, damit sie die Aussagen des jungen Mannes bestätigen«, führte Jakob Fugger aus. »Ich kann mich nicht mehr bewegen. Jedes Aufstehen bringt mich beinahe um. Auf einem Pferd zu sitzen oder in der Kutsche zu reisen, ist kaum mehr möglich. Die Vier kamen zurück und beglaubigten die Angaben des Hannes Kreipe. Ich hatte keinen Grund, daran zu zweifeln. Da es sich um Eigengut handelte, durfte Hannes damit verfahren, wie ihm beliebte. In diesen unsicheren Zeiten verkauft so mancher Eigenmann gern. Die Unterlagen führte er mit sich. Sogar eine Abschrift des Sterbematrikels lag bei. Sie hat ihn als einzigen Erben ausgewiesen.«

Georg hörte das alles nur mehr von Weitem. Ein Blatt Papier zu fälschen fiel Hannes nicht allzu schwer. Schließlich konnte er lesen und schreiben. Wenn er sich bemühte, konnte er vermutlich sogar sehr klar schreiben. Hannes hatte eine Hand für schöne Formen, wie die Arbeit an seinem Messergriff bewies. Und er war genau. Werkstücke, die der Vater herstellte, konnte er so genau nachmachen, dass man das Original von der Kopie nicht unterscheiden konnte. Doch Hannes war nicht nur ein Fälscher. Er war mehr, viel mehr. Hannes war ein Mörder und Verräter, schlimmer noch, er hatte seine eigenen Eltern hintergangen und sie umbringen lassen – und nun hatte er es auf seinen Bruder abgesehen. Hannes war ein Kain und ein Judas zugleich, und in seinem Fall war das nicht nur ein Schauspiel, sondern blutiger Ernst. Zuerst hatte er die Schmiede mit dem falschen Zeugnis der Schnapphähne verkauft und dann den Vater töten lassen, damit seine verruchte Tat nicht ans Licht kam, um schließlich die meineidigen Landsknechte zu beseitigen. Es war ein wahrhaft teuflischer Plan, der sich Georg hier offenbarte. War der Brand geplant oder waren die Mörder nicht mehr zu bändigen gewesen? Es war unwichtig geworden angesichts der Tat selbst. Seine Familie war ausgelöscht. Hannes hatte sie alle verraten. Mehr noch, er hatte sie ans Messer geliefert und dafür blutige dreißig Silberlinge erhalten. »Du Judas!«, brüllte er. Georg hämmerte erneut mit den Fäusten gegen den Boden und schrie sich seinen Schmerz von der Seele. Er spürte nur noch das Brennen der Wut und Sarinas sanfte Hände auf seinem Rücken.

26

Die Karren ruckten an, und Georg saß auf einem der mittleren Wagen, flankiert von drei Landsknechten. Links von ihm hatte ein Fuhrwerker Platz genommen, den er sich noch nicht einmal genau angesehen hatte. Der hatte sich in einen dicken Filz gehüllt und einen warmen Hut über eine Filzkappe gezogen. Georg interessierte nicht, wer da neben ihm saß. Dumpf starrte er geradeaus. Die Räder schlugen hart das Pflaster aus Lechkieseln. Der Rauch aus den Hausfeuerungen, der sonst schwer auf den Lungen lastete, war heute wie weggeblasen. Ein leichter Wind strich durch die Stadt und vertrieb die ungesunde Mischung aus Nebel und Dampf. Sie fuhren in Richtung Klinkertor und wollten von dort aus weiter nach Donauwörth oder Nördlingen, wo immer der Schwäbische Bund gerade stand. Augsburg würde Entsatz erhalten, wenn es zahlte. So waren die Bedingungen. So wurden sie erfüllt.

Was Georgs Teil der Abmachung betraf, so war Jakob Fugger unerbittlich gewesen. Da der Junge nicht sagen konnte, wo sich sein Bruder aufhielt, musste er mitfahren: Er wusste, wo der Überfall stattfinden sollte. Sarina saß rechts neben ihm. Sie war nach einem kurzen Essen dort hinaufgestiegen und hatte sich geweigert, den Kutschbock wieder zu verlassen. Georg ängstigte sich mehr um das Mädchen, als dass ihn der drohende Überfall beunruhigte. Wenn sie ihn vom Kutschbock schossen, wurde nur ein Schandfleck beseitigt. Schließlich gehörte seiner Familie ein Mörder an. Sarina durfte jedoch nichts geschehen, sonst wären all die Bemühungen zuvor umsonst gewesen. Doch das Mädchen hatte das nicht einsehen wollen. Um jeden Preis wollte es mitfahren, anstatt sich in Sibylla Fuggers Obhut auszukurieren. Wie stur Mädchen sein konnten. Immerhin beruhigte es Georg etwas, dass Sandor ihrem Vorhaben zugestimmt hatte. Gleich als die Komödiantentruppe nach dem Gespräch im Hause Fugger aus den Hexenlöchern entlassen wurde, hatte der Schleppert den Anführer zum Fuggerschen Anwesen gebracht; Sarina und Georg hatten Sandor erklärt, was passiert war. Zunächst skeptisch wie immer, hatte dieser jedoch schnell eingesehen, dass er keine andere Wahl hatte, als ihren Plan gutzuheißen – denn wenn die Belagerung andauerte, saßen auch er und seine Leute in der Falle.

Schließlich war Georg zu Sarina auf den Bock geklettert und hatte ihre Hand genommen.

Kurz bevor sie auf dem Rindermarkt einbogen, vertrat Schwarz dem vordersten Wagen den Weg. Er winkte mit beiden Armen, er solle anhalten. Die Rösser dampften noch nicht einmal. Nur aus den Nüstern stiegen in der Mittagskälte weiße Fahnen empor. Georg richtete sich auf. »Was geschieht denn jetzt?«, murmelte er vor sich hin, als er bemerkte, dass Schwarz auf den Bock des ersten Karrens geklettert war und den Fuhrwerker dazu drängte, wieder umzukehren.

»Verstehst du das, Georg?«, fragte jetzt auch Sarina. Sie hatte sich in eine Decke eingewickelt. Nur ihre Nase sah noch daraus hervor – und die war feuerrot.

»Sie lassen den Zug umkehren!«, bemerkte Georg nur, dann sah er, wie Schwarz vom Karren kletterte und zu ihnen kam.

»Umdrehen!«, rief er. »Alles umdrehen!« Georg sprang jetzt ebenfalls vom Wagen und lief neben Schwarz her.

Als sie weit genug von den anderen weg waren, damit niemand sie hören konnte, fragte er: »Warum das Theater?«

»Der Wächter mit dem gespaltenen Kinn ist verschwunden. Seit einer Stunde hat ihn niemand mehr gesehen. Wir vermuten ...«

Schwarz brauchte nicht mehr auszureden. Georg wusste sofort, was gemeint war. Hannes war noch in der Stadt und nicht, wie er selbst vermutet hatte, zu den Bauern vor die Mauern geflohen. Wie hätte er das auch tun sollen, dachte Georg. Wenn alles mit rechten Dingen zugegangen war, dann hatte Hannes das gesamte Verhör bei Jakob Fugger über im Kasten unter dem Kutschbock gesteckt.

Die Menschen blieben verwundert stehen. Vermutlich hatten sie noch niemals ein derartiges Schauspiel gesehen. Acht Fuggerfuhrwerke machten kehrt und rückten wieder in den Turnierhof ein.

Frauen und Männer standen in Gruppen zusammen und tuschelten und besprachen das Ereignis, schüttelten die Köpfe oder nickten. Erst jetzt sah Georg, wie sich das Bild der Menschen in den letzten Tagen verändert hatte. Sie waren hohlwangiger geworden, spitznasiger. Manchen standen dunkle Ringe unter den Augen. Alle hatten zumindest eine Tasche oder einen Korb in der Hand und trugen Essbares darin nach Hause. Im Straßenbild überwogen die Frauen. Die meisten Handwerker saßen noch immer in der Verwahrung, entweder im Gefängnis am Katzenstadel oder in den Hexenlöchern.

Georg hatte es sich mit dem Aufstand der Bauern und der Machtübernahme durch die Ärmsten so einfach und problemlos vorgestellt. Jetzt stellte er fest, dass vor allem die darunter zu leiden hatten, die ohnehin beladen waren. Ein Fugger hungerte nicht, ein Weber dagegen verhungerte.

Sie waren noch nicht an der Moritzkirche vorbeigefahren, als Georg am Ärmel gezupft wurde. Sandor hatte zu ihm aufgeschlossen. Er war aus einem Wagen weiter hinten abgestiegen und zu ihm vorgelaufen.

»Was ist los?«, fragte ihn Sandor, nachdem sie einige Schritte hinter Schwarz zurückgefallen waren.

»Das zweite Narbengesicht ist verschwunden. Und jetzt lässt Fugger die Karren nicht ausfahren«, erklärte Georg.

Sandor, der schon beinahe außer Atem war, weil ihm die Inhaftierung ebenso zugesetzt hatte wie Sarina, legte Georg die Hand auf die Schulter. »Die letzte Szene dieses Schauspiels ist angebrochen.«

Georg blieb stehen und wäre beinahe von einem der Pferde zu Boden geworfen worden, wenn Sandor ihn nicht beiseitegezogen hätte. »Pass auf, Junge«, maulte der Fuhrwerker. Es war der, neben dem Sarina saß. Seine Stimme klang flach und gefühllos.

»Der hätte mich glatt überfahren«, kam es Georg in den Sinn, doch da war das Fahrzeug bereits an ihnen vorbei.

»He, Georg, komm zu dir, du brauchst einen kühlen Kopf. Warum glaubst du, lässt der Fugger umkehren, während er dich zuvor bekniet hat, auf den Kutschbock zu steigen?« Sandor klang ärgerlich.

Georg zuckte mit den Schultern. Was ging ihn das an?

»Dich muss man wirklich mit der Nase auf die Dinge stoßen!«, knurrte Sandor. Sie standen jetzt beinahe am Ende des Zuges. Hinter ihnen schlossen die Bürger die Gasse wieder. Je länger es dauerte, desto mehr versammelten sich und beäugten misstrauisch, was hier vor sich ging. »Fugger rechnet einfach eins und eins zusammen. Es gibt jetzt nur noch dich, der deinem Bruder im Weg steht. Nur noch dich. Und wenn er dich besitzt, dann kann er deinen Bruder fangen. Hat er ihn, können die unchristlichen Werke zurückgenommen werden wie der Kauf der Schmiede. Du bist sein Lockvogel. Verstehst du?«

Der letzte Karren zog an ihnen vorüber, und die Landsknechte, die am Ende der Kolonne liefen, scheuchten sie mit ihren Piken vor sich her. Georg verstand sofort. Es bedeutete, wieder diesem Kaufmann gegenüberzutreten. Darauf hatte Georg nun wirklich keine Lust mehr.

»Wir treffen uns ... bei der Weberin! Ich muss verhindern, dass Sarina in den Turnierhof einfährt. Rasch!« Georg schnellte nach vorne, huschte zwischen den Wagen durch und stand dann neben Sarina. Mit einem Bein stellte er sich auf den Bock, mit dem anderen schwebte er frei in der Luft. Sarina an der Taille gefasst und mit Schwung vom Kutschbock genommen, war eines. Sie hatte nicht einmal Zeit, überrascht zu schreien. Schon standen sie neben dem Wagen.

»Bist du ... ja, bist du denn verrückt?«, fuhr Sarina ihn an.

Doch Georg hatte keine Zeit für Erklärungen. Die Karren bogen bereits zum Hintereingang der Fuggerhäuser ab. Aus dem Augenwinkel sah er noch, wie sich der Kutscher, neben dem Sarina gesessen hatte, zu ihnen umdrehte. Entsetzt bemerkte er, dass er den Kerl unter dem ausgewaschenen Filz sehr wohl kannte. Es war der Traurige. Nur langsam begriff er, in welcher Gefahr er geschwebt hatte. Die Umstände ließen jedoch für solche Überlegungen keine Zeit. Georg fasste Sarina am Handgelenk und zerrte sie durch die Menge hindurch. Hinter ihm schrien die Landsknechte, die den Zug bewachten. Offenbar hatten sie bereits ihre Anweisungen. Doch die Menge an Menschen, die sich gebildet hatte, schützte sie. Wie das Wasser, das sich vor Moses geteilt hatte, als er die Israeliten durch das Rote Meer führte, teilte sich die Menge vor ihnen und schloss sich hinter ihnen wieder. Darin ertranken die Landsknechte regelrecht, die ihnen folgten. Doch für Sarina war das alles zu viel.

»Was soll das?«, keuchte sie. Ihre hohlen Wangen färbten sich bläulich, und die dunklen Augen lagen tief in schwarzen Höhlen. »Du … du bringst mich … um, Georg!«, versuchte sie zu sagen. Endlich hatte Georg begriffen. Er hielt kurz, ging in die Knie und legte sich das Mädchen einfach über die Schulter. Sie war so leicht, so federleicht geworden. Zwar wehrte sich Sarina anfänglich, doch Georgs Kraft musste sie sich einfach überlassen und sank erschöpft gegen seine Schulter. Georg dagegen hastete mit seiner Last über den Brotmarkt hinweg und den Judenberg hinunter. Erst als er unten am Berg angelangt war und die Richtung zum Weberhaus eingeschlagen hatte, ließ er Sarina zu Boden gleiten und lehnte sich keuchend gegen eine Wand.

»Ich … kann alles erklären … nur später … wir müssen weg von der Straße. Komm!« Er wollte Sarina an der Hand nehmen, doch sie zog die ihre zurück. »Bitte, Sarina«, schluckte Georg. »Es … geht diesmal um … um mein Leben!«

Sarina senkte den Blick. »Entschuldige«, hauchte sie, dann nahm sie Georgs Hand. »Wohin gehen wir?«

Er legte die Finger auf die Lippen und ließ die Augen kreisen. »Zu viele Mithörer!«, sollte das bedeuten. Sarina verstand. Sie folgte Georg, der sich wie eine Schlange durch die Gäss-

chen und Tritte der Stadt wand, bis sie endlich vor dem Weber-
häuschen in der Jakober Vorstadt standen, das an diesem Tag
noch mehr als sonst den Eindruck machte, als wolle es sich auf
sie stürzen, so weit lehnte es sich auf die Straße hinaus.

Georg klopfte energisch. »Ich bin's, Georg!«, rief er endlich,
weil gar niemand öffnen wollte. Plötzlich hörten sie Schritte, ein
Riegel wurde zurückgezogen, und die Tür schwang auf. Zwei
Hände griffen nach ihnen und zerrten sie über die Schwelle,
dann schlug die Tür zu und die Riegel schnappten.

»Weberin, Ihr seid unsere Rettung, obwohl Ihr mir gerade
einen gehörigen Schrecken eingejagt habt! Ich habe geglaubt,
einer der Schnapphähne würde nach mir greifen.«

Die Weberin lehnte mit dem Rücken gegen die Wand. Erst
jetzt sah Georg ihr verweintes Gesicht, die Spuren, die die Tränen auf ihren Wangen zurückgelassen hatten.

»Was ist mit Euch?«, fragte Georg, doch Sarina hatte offenbar mit dem untrüglichen Gespür aller Frauen die Situation
bereits erfasst.

»Wie geht es Eurem Mann? Ist er …?« Das Wort »tot« wollte
sie nicht aussprechen, doch Georg wusste sogleich, wovon
gesprochen wurde.

Die Weberin schüttelte stumm den Kopf. Dann deutete sie
an, die beiden sollten ihr folgen. Sie ging nach oben in den ersten Stock. Gleich von der Treppe aus betrat man das Schlafzim-
mer. In einem Bettkasten, dessen Vorhang zurückgezogen war,
lag der Webermeister. »Sie haben ihn laufen lassen, weil er
ohnehin sterben wird«, sagte die Weberin mit erstickter Stimme. Sie setzte sich ans Kopfende und nahm die Hand ihres Mannes in die ihre. Mit langsamen, zärtlichen Bewegungen ihrer
Finger streichelte sie deren raue Innenseite.

»Er wird gegen niemanden mehr aufstehen. Er wird kein Wort mehr führen. Der Pfarrer von St. Jakob hat sich sogar geweigert, ihm die letzte Ölung zu geben. Er verschaffe keinem Aufrührer wider das Gebot des Herrn den Eintritt ins Paradies, waren seine Worte.«

Georg sah, mit welcher Hingabe die Weberin ihrem Mann mit einem sauberen Stück Leinen den Schweiß von der Stirn tupfte. Der Alte atmete schwer und unregelmäßig, als mühe er sich einen nicht enden wollenden Berg hinauf.

»Der neue Glaube …«, setzte Sarina an, doch die Weberin winkte sofort ab.

»Wir wollen vom neuen Glauben nichts wissen, Mädchen. Lange schon unterhalten wir uns darüber. Mein Mann hat die Tischdecken gewebt, die auf den Esstisch Jakob Fuggers kamen, als Luther und Cajetan hier in Augsburg über ihre unterschiedlichen Ansichten disputierten. Damals hat das Tuch sowohl die papistische als auch die lutherische Soße aufgesogen, die von den Löffeln der beiden Gegner tropfte. Beide haben sie schmutzig gemacht. Also lass uns damit zufrieden. Gib ihm deinen Segen und bete für ihn.«

Die Weberin sprach hart und bitter. Dabei tauchte sie das Leinentuch in eine Schale mit Wasser und benetzte den Mund ihres Gatten. Dessen bläuliche und blasse Lippen waren aufgesprungen, und nur die Risse leuchteten in einem tiefen Rot.

»Wir … wir wollen fragen, ob wir uns hier für eine kurze Zeit verbergen können?«, setzte Georg an.

Die Weberin drehte sich kurz zu ihnen um. Wie verängstigte Kinder standen sie im Schlafgemach vor dem Bettkasten und der Hausherrin. Dieser flog ein schwaches Lächeln über die Wangen, als sie ihrer beider Elend sah.

»Unten in der Stube gibt es Hirsebrei und ein wenig Brot. Nehmt. Ihr sollt in diesem Haus nicht hungern müssen, solange noch Menschen darin wohnen, deren Herz weit genug ist für die Not anderer.«

Georg wollte sich gerade umdrehen, als Sarina ihn zurückhielt. Der Webermeister begann die Lippen zu bewegen. Seine Augenlider flatterten, blieben jedoch geschlossen. Seine Frau rückte näher, umfasste mit beiden Händen seinen Arm und drückte ihr Gesicht in seine Handfläche. Dann folgten zwei kurze Atemzüge rasch hintereinander und ein lang gezogenes Ausatmen, als entweiche alle Luft aus den Lungen. Einmal schien es, als hustete der Weber noch, dann sank dessen Kopf tief in die Kissen, und der Körper entspannte sich.

Die Weberin schluchzte. Sie warteten bange Augenblicke, dann sog Meister Lukas rasselnd die Luft ein und atmete wieder.

Sie schlichen die Treppe hinunter in die Stube. Dort, in der Wärme des einzigen geheizten Raumes, kratzten sie aus einem Topf für jeden von ihnen einen Löffel voller Brei.

Georgs Blick wanderte derweil durch die Küche und blieb vor einem Blatt stehen, das neben dem Herrgottswinkel an der Wand hing. Er nahm es von der Wand und setzte sich damit an den Tisch. Voller Argwohn starrte er auf die Buchstaben, die vor seinen Augen ineinanderliefen und sich miteinander zu langen Ketten verbanden. Wie sollten diese krummen Zeichen je zu ihm sprechen?

Sarina setzte sich neben ihn. Es tat gut, ihren warmen Körper zu spüren.

»Es ist der Beginn eines Evangeliums«, sagte sie. »Die Menschen stehlen den Buchdruckern die noch frischen Druckfah-

290

nen aus den Werkstätten, wo sie zum Trocknen aushängen, und nehmen sie mit nach Hause. So hungrig sind sie nach dem Wort des Herrn. Es ist in unserer Sprache geschrieben. Hier steht – sie deutete auf die ersten Zeichen – »Im Anfang war das Wort – und das Wort war bei Gott – und Gott war das Wort!«

Georg hatte die letzten Worte mitgemurmelt, jetzt sah er Sarina von der Seite her an.

»Wie wahr das ist! Wir müssen das Passionsspiel einüben, Sarina.« Kurz stockte er, weil er an den letzten Kampf dachte, den der Weber oben im Schlafgemach führte. »Und wenn wir es nur für Meister Lukas aufführen!«

27

Die Tage darauf kehrte Ruhe ein. Meister Lukas erholte sich überraschend schnell, auch wenn seine Frau mit düsterer Miene durchs Haus lief und ihre Hausgäste kaum beachtete. Der Körper des Webers schien sich ein letztes Mal aufzubäumen.

Georg und Sarina verbrachten die Zeit mit dem Üben der Szenen für das Passionsspiel und mit Schreibarbeit. Sarina sprach Georg die Texte vor, und der versuchte, sie auswendig zu lernen. Wort für Wort lehrte sie Georg das Lesen. Auf einem Schieferstein durfte er sogar mit feuchter Kreideschlämme, die sonst zum Stärken verwendet wurde, das Schreiben lernen.

Von Sandor, der täglich vorbeischaute, hörten sie nichts über die Fuggertransporte. Nur einmal fragte Georg, ob Sandor glaube, dass das Geld für den Schwäbischen Bund in Augsburg stecken geblieben sei. Doch der lachte nur.

»Träumst du? Glaubst du, Fugger würde keine Mittel und Wege finden, das Geld an den Schwäbischen Bund auszuzahlen? Er spielt mit uns, mit dieser Stadt, mit der Welt. Diesem Mann ist in unserer Zeit nur der Tod selbst gewachsen.«

Eine ganze Woche verging wie im Flug. Doch außerhalb der Mauern des Weberhauses verschlechterte sich die Lage. Sandor brachte täglich weitere Hiobsbotschaften. Wieder waren Mönche eingetroffen, wieder kamen Dörfler in hellen Scharen. Nicht alle warfen sich auf die Seite der Bauern, die den Gürtel um

Augsburg enger schlossen. Eine zweite Kältewelle setzte ein, und die Menschen erfroren in den Gassen, wo sie sich niederlegten. In St. Jakob, in St. Moritz und sogar im Reichsstift St. Ulrich schlossen die Geistlichen die Kirchen auf, um den Frierenden Unterschlupf zu gewähren. Nicht wirklich aus christlicher Nächstenliebe, eher aus Furcht vor den murrenden Menschen. Niemand wollte die Stimmung in der Stadt auf die Seite der Bauern kippen lassen. Am allerwenigsten die Geistlichen. Die Welser und Rehlinger begannen, Nahrungsmittel aus ihren Vorratskellern zu verteilen, um den größten Hunger zu stillen. Georg lauschte begierig den Erzählungen des Komödianten. Er war froh, nicht auf die Straße zu müssen, obwohl er langsam das Eingesperrtsein in das Haus des Webers satt hatte. Sogar Sibylla Fugger, die von Sandor erfahren hatte, dass Georg und Sarina noch lebten, beteiligte sich daran, die Schrecknisse vergessen zu lassen. Sie stiftete Tuch und Seide für die Aufführung. Sandor brachte beides in das Haus der Weberin, wo sie daraus Kostüme und Kulissen nähten.

Nach dieser Woche wurde Georg allerdings unruhig. Er lief stundenlang im Zimmer umher, er piesackte mit seiner schlechten Laune alle, die ihm zu nahe kamen, ihm schien die Decke auf den Kopf zu fallen. Selbst das Schreiben- und Lesenlernen befriedigte ihn nicht mehr.

»Verdammt! Wenn nur etwas geschehen würde«, fluchte er laut vor sich hin, als ihm wieder einmal ein Kreideklecks auf seinen Schreibstein die Laune verhagelte. »Egal was. Dieses Warten macht mich verrückt!«, beschwerte er sich bei Sarina.

»Was soll denn deiner Meinung nach geschehen?«, fragte sie nach und lenkte seine Aufmerksamkeit erneut auf das Wort, das er schreiben sollte. »L-i-e«, stand auf dem flachen Steinbrocken.

»Das genügt noch nicht, Georg. Es fehlen Buchstaben«, mahnte Sarina. »Du bist mir der rechte Schüler, der mit dem Kopf über die Stadtmauer guckt und mit dem Hintern in der warmen Stube sitzt.«

Doch Georg lachte nicht über dieses scherzhaft gemeinte Wortspiel, sondern sah düster auf die Tischplatte.

»Die Welt ist im Umbruch, und was tun wir? Wir sitzen hier und genießen unsere Sicherheit, während andere ihr Leben dafür geben. Ich fühle mich nicht gut dabei«, murmelte Georg.

»Du hast für mich, du hast für uns alle genügend getan, Georg. Weder brauchst du dich zu schämen noch dir Vorwürfe zu machen«, beschwichtigte ihn Sarina.

Sogar der Webermeister, der sich wieder an den Tisch setzen konnte, nachdem er sich aus dem Bett gequält hatte, nickte mit dem Kopf.

Sandor pflichtete ihm vom anderen Ende des Tisches bei. »Du kannst dir nichts vorwerfen, mein Junge. Selbst dein Bruder und der Traurige scheinen von dir abgelassen zu haben. Meine Männer und ich haben die beiden jedenfalls in der gesamten Stadt nicht mehr entdecken können.« Etwas leiser fügte er hinzu: »Sicher sind sie aus der Stadt fort, seit Hunger und Pest diese im Griff haben!«

Auch Georg hoffte darauf, dass Hannes aus der Stadt geflohen war und der Traurige hinter ihm her. Er wünschte es sich zutiefst.

Die Sturmglocke vom Rathaus riss sie alle aus ihrer Trägheit. Der helle durchdringende Ton ließ die Männer auffahren. Sie sahen sich an und wussten, was das Signal bedeutete: Feinde vor den Mauern. Die Bauern griffen an. Der Webermeister fuhr

294

sich mit der Hand an den Mund und hustete. Dann erhob er sich. »Frau, den Harnisch! Wir müssen die Stadt verteidigen!«

Georg sah, wie die Weberin zu einer Erwiderung ansetzen wollte, es jedoch bei einem Nicken beließ. Lange hatte ihr Mann nicht mehr zu leben, das wusste sie und das wusste Meister Lukas. Da spielte es keine Rolle, ob er im Bett oder auf der Mauer starb.

»Wolltet Ihr nicht vor Kurzem noch Hand in Hand mit den Bauern die Stadt übergeben?«, hakte Georg nach.

Während seine Frau den Brustpanzer vom Haken nahm und ihn ihrem Mann umgürtete, flüsterte der: »Von Übergabe kein Wort. Wir wollten die Stadt übernehmen, nicht ausliefern. Niemals! An niemanden!« Dem Webermeister nahm bereits das Stehen den Atem zum Reden. Es strengte ihn so sehr an, dass er unter dem Gewicht der Schienen und Brustwehr wankte.

Georg und Sarina sahen sich an. Der Weber wusste, was er tat, und seine Frau wusste es auch. Das Mädchen griff nach Georgs Hand und sagte: »Wenn du auf den Wehrgang willst, komme ich mit.«

»Wenn Hannes oder der Traurige ...?« Sandor beendete den Satz nicht.

»Sei unbesorgt. Sie sind nicht mehr hier«, mischte sich jetzt Georg ein, der nach seinem Messer im Gürtel griff und den Dolch aus Damaszenerstahl kurz begutachtete. »Ich muss hier raus, und gelte es mein Leben!«

»Wir helfen euch«, verkündete Sandor. »Auch wenn es gegen unsre Gewohnheiten ist. Schließlich halten wir uns aus den Händeln dieser Welt heraus. Den Webern stehen wir jedoch bei, wie sie uns beigestanden haben. »Mit einem Nicken verständigten sie sich. Meister Lukas legte dem Schauspieler dankbar

295

die Hand auf den Unterarm. Gemeinsam verließen sie das Haus.
Der Webermeister stützte sich auf seine Frau. Kaum waren sie
vor der Tür, hob Sandor die Finger an die Lippen und ließ einen
gellenden Pfiff hören. Die Truppe der Komödianten würde ihm
folgen.

Draußen empfing sie ein Hasten und Rennen, ein Rufen und
Grölen. Halb Augsburg war auf den Beinen.

»Wo kann man helfen?«, hallte beständig der Ruf durch die
Gassen. Sandor beantwortete sie für den Weber, indem er die
wehrbereiten Männer an den Turm zum Roten Tor bestellte.
Dort sollten sie warten und nötigenfalls die Toten und Sterbenden auf dem Wehrgang ersetzen. Was Georg mehr als das
gespenstische Aussehen der Verteidiger erschreckte, war der
Geruch in den Gassen. Immer stank es nach Urin und Fäkalien,
nach Mist und Dung und Moder. Doch jetzt mischte sich der
Geruch des Todes darunter. Verwesung. In den Ecken und
Ablaufrinnen lagen verendete Haustiere, Ratten, Katzen. An
manchen Türen hingen rote Pfeile, oder sie waren mit schwarzen Holzbrettern vernagelt, wie das Haus ihnen direkt gegenüber. Kurz nachdem sie bei der Weberfamilie Unterschlupf
gefunden hatten, waren sie nachts vom Lärm der Hammerschläge wach geworden. Mit offenen Augen war er wach gelegen
und hatte an das Schicksal gedacht, das mit diesen Schlägen
der Nachbarschaft kundgetan wurde.

»Die Pest«, warf Sandor ein, als er Georgs Blick erhaschte.
»Die Bewohner, die aus den Häusern fliehen, lassen nicht nur
ihre Toten zurück, sie lassen ihre Sterbenden zurück, die elend
verhungern.«

Georg schluckte und hätte gern gefragt, seit wann der Zustand
so schlimm geworden war, hatten sie sich doch höchstens eine

Woche verborgen. Doch Sandor hastete weiter und ließ Georg an Sarinas Hand zurück. Die wiederum drängte darauf, auf den Webermeister zu warten, der sich mühsam zum Roten Tor schleppte. An jeder Gassenecke stieß ein weiterer Komödiant zu ihnen und schloss sich der Gruppe an, bis sie vollständig waren.

Atemlos erreichten sie den Mauerabschnitt der Weber. Georg erinnerte sich an das erste Mal, als er dort Meister Lukas getroffen hatte. Der schritt hinter ihnen her, die Pike in der Hand, die er sich nicht hatte nehmen lassen, als könne ihn kein Pfeil der Welt fällen.

Zu ihrem Zug schlug die Sturmglocke einen schnellen Takt. Noch nie hatte Georg ihren Ton so fieberhaft an- und abschwellen gehört wie jetzt. Sie überschlug sich regelrecht und verschluckte sich manchmal an ihrem eigenen Geläut.

Als sie zum Wehrgang fanden, wimmelte es von Männern und Frauen. Es war eine Horde gespenstischer Hungergestalten, die ihnen dort begegnete. Mager bis auf die spitzen Knochen, blass und grünlich und eingefallen die Gesichter, schmal und beinahe durchsichtig die Haut auf den Knochen. Ein Murmeln lief durch die Menge, als die Männer den Webermeister erblickten.

»Platz da!«, rief von oben eine Stimme, und die Menschenmenge vor der Leiter teilte sich. Meister Lukas genoss das Schauspiel. Er ging voraus. Sandor hatte sie längst verlassen und stand irgendwo oben unter den Verteidigern, während Georg sich hinter Meister Lukas einreihte. Der Weber reichte Georg die Pike und begann sich langsam an der Leiter hochzuziehen. Georg schob von unten, und von oben griffen hilfreiche Hände nach dem alten Mann. Sarina hatte sich einfach Georg angeschlossen.

Die Komödianten blieben vorerst unten. Das Kämpfen an vorderster Front war nicht ihre Sache. Sie würden eingreifen, wenn Not am Mann war. Nur Sandor begleitete sie nach oben.

Auf dem Wehrgang, der unter dem Gewicht der Menschen ächzte und stöhnte, standen weit weniger Männer, als es von unten den Anschein gehabt hatte. Georg, Sarina und der Webermeister fanden eine Luke, öffneten die Holzpforte und ließen den Blick nach draußen schweifen.

Was sie sahen, ließ Georg die Stirn runzeln. Tatsächlich war es Jakob Fugger gelungen, das Geld an den Schwäbischen Bund weiterzuleiten. Vor der Stadtmauer marschierten dessen Soldaten vorüber. Hunderte Bewaffneter in Harnisch, mit farbigen Decken behängte Gäule, bunte Lanzen, goldene und silberne Rüstungen, frisch bemalte Schilde und Fahnen, Fahnen, Fahnen. Das Fußvolk steckte in gelb-blauem Tuch, die Hellebarden blitzten im Licht der Sonne, als wären sie selbst kleine Sterne, Todessterne. Einen prachtvollen Anblick boten die Kämpfer, der allein den Menschen das Blut in den Adern gefrieren ließ. Die Bauern mussten wohl Reißaus genommen haben, denn kein Widerstand zeigte sich. Unbehelligt marschierte das Heer am Roten Tor vorbei und versuchte, ans Gögginger Tor zu gelangen. Die Gesichter und die Haltung der Kriegsknechte strahlten die Arroganz derer aus, die sich unbesiegbar glauben. Herrisch traten sie auf, als seien sie selbst die Sieger und nicht jene mächtigen Fürsten, an die sie sich mit Leib und Leben verdungen hatten. Sarina deutete hierhin und dorthin. Die Weberin, die hinter Sarina den Wehrgang erklommen hatte, folgte ihrer Hand und entdeckte hier einen großen Kerl, der alle anderen Pikeniere überragte, dort eine mit Krokussen geschmückte Kanone oder das Schild eines der bedeutenden Augsburger Ratsgeschlechter, allen voran die Ilsung und Rehlinger.

Georg stand dicht neben Sarina und genoss ihre Nähe. Er hatte sich eben besonders weit aus der Luke hinausgebeugt, um sich zu vergewissern, wie viele Mannen noch aufziehen würden, als gegen das Gögginger Tor hin Kriegslärm zu hören war.

Die Weberin drängte an den Männern vorbei, schob Georg aus der Schießscharte und streckte den Kopf über die Brüstung. »Lukas will wissen, was dort draußen vor sich geht«, schimpfte sie lachend. »Ich vertrete seine Augen, meine Herren!«

»Und was seht Ihr, Weberin?«, ließ sich Georg auf das Spiel ein. »Wenn Ihr mich schon von diesem wichtigen Platz verdrängt, dann bitte ich ebenfalls um einen Bericht zur Lage.«

»Die Bauern greifen an!«, rief sie über die Schulter nach hinten. »Oben, am Ende des Eserwalls, stockt der Zug. Ich hörte Schwerter krachen und ....« Tatsächlich vernahm die Truppe das Lärmen von Schießprügeln und das Klirren von Hellebarden. Pferde wieherten schrill, und Hornbefehle wurden geblasen. Eine Schlacht war im Gange. »Feuer!«, schrie die Weberin. Dort oben brennt es! Fuirio! Fuirio!«

Georg drängte sich dicht hinter die Weberin. Tatsächlich loderten Flammenherde auf, die sogleich wieder erloschen.

»Meister Lukas, das müsst Ihr euch ansehen!«, drängte Georg, doch der antwortete nicht. Ein wenig verwirrt drehte sich Georg zu ihm um, denn der Weber hatte sich vorher noch ebenso wie er für die Geschehnisse vor den Mauern interessiert. Der Webermeister war zu Boden geglitten, lehnte mit dem Rücken gegen die Mauer, und sein Kinn war ihm auf die Brust gesunken. Ein Speichelfaden rann über den Brustharnisch.

Georg berührte die Weberin, die von dem bunten Schauspiel begeistert war und neugierig nach dem Ereignis oberhalb ihres Standpunktes sah, nur leicht an der Schulter. Sie schlüpfte aus der engen Scharte und stürzte sofort zu ihrem Mann.

»Lukas!«, rief sie. Sie nahm den Kopf des Webermeisters in beide Hände. Dann drehte sie ihn auf den Rücken und legte den mageren Schädel in ihren Schoß. »Lukas!« Diesmal flüsterte sie nur. Der Weber schien sie nicht zu hören. Die Augen unter den beinahe durchsichtigen Lidern bewegten sich nicht mehr. Sie rüttelte an ihm, schlug mit einer Hand leicht auf seine Wangen, um ihn zu wecken, doch nichts half. Der Kopf des alten Mannes sank zur Seite und blieb ruhig auf seiner Schulter liegen.

Georg trat neben sie. Er erfasste sofort, was geschehen war. »Er ist tot!«, sagte er nur.

»Das ist unmöglich«, flüsterte die Weberin. »Unmöglich!« Sie streichelte den Kopf ihres Gatten. Verkrümmt und winzig lag er in ihrem Schoß, als sei er ein Spielzeug. Sogar der Harnisch schien verblasst zu sein.

»Nur Feldherren sterben in einer Aureole aus Glanz und Ehre«, sagte Sandor leise, der hinzugetreten war. »Der gemeine Mann verwelkt still und wie nebenbei. So unauffällig wie er unter den Augen des Herrn gelebt hat.«

Der Hörnerklang vor den Mauern, das Schlagen der Füsiliere, die Schreie, die von der Mauer widerhallten, all das verlor angesichts des Toten an Bedeutung und schrumpfte zu einem nebensächlichen Nichts zusammen. Georg griff nach Sarinas Hand – eben hatte sie noch hinter ihm gestanden – und griff ins Leere. Überrascht drehte er sich um, doch Sarina war nicht da. »Sarina?«, rief er kurz. Niemand antwortete. »Sarina!?«, schallte seine Stimme bereits lauter über den Wehraufbau weg. Die

300

Männer vor und hinter ihm sahen zu ihm her. »Wo ist Sarina? Hat irgendjemand Sarina gesehen?«

Die Männer schüttelten die Köpfe, nicht wirklich an diesem Problem interessiert.

Langsam wurde Georg nervös. Eben war sie noch bei ihm gewesen. Eben hatte er noch ihr Haar gerochen und im körpernahen Gedränge der Schießscharte die Wärme ihres Körpers gespürt – und jetzt war sie wie vom Erdboden verschluckt. Sie hätte ihm bestimmt erzählt, wenn sie sich nach unten begeben hätte. Ein Verdacht keimte in ihm. Ein furchtbarer Verdacht.

»Sarinaaaaaa!«, schrie er verzweifelt vom Wehrgang herab, sodass sich die Menschen nach ihm umdrehten.

28

»Georg!« Der Schrei übertönte sogar den Kampflärm vor der
Mauer. »Georg!«

Georg war verwirrt. Es war Sarinas Stimme, doch er konnte
nicht erkennen, woher sie kam.

»Sarina?«, rief er in die Menge hinein. Die Antwort blieb aus.
Voller Sorge um das Mädchen ließ er den Blick über die Anla-
ge beim Roten Tor schweifen, doch vor lauter Angst war er nicht
in der Lage, eine einzelne Person zu fixieren.

Es war die Weberin, die ihm auf die Sprünge half. »Dort drüben, da ist sie!«

Georg sah sie nicht sofort. Vom Tor aus nach Westen wand
sich der Wehrgang durch fünf Türme hindurch den Eserwall
hinauf. Die Weberin zeigte auf den nächstgelegenen Turm.
Eben verließ ihn ein Mann, der eine Frau hinter sich herzog:
Sarina. Sie wehrte sich mit Händen und Füßen. Plötzlich blieb
er stehen, schüttelte eine Hand und ließ das Mädchen dabei
fahren. Sarina duckte sich. Sie hatte ihrem Entführer in die
Hand gebissen.

»Georg!«, ertönte ihr wilder Schrei erneut, doch der Mann
griff wieder zu. Der Junge hatte ihn sogleich erkannt: Es war
der Traurige.

Ohne lange zu überlegen, hastete Georg den beiden nach. Er
wühlte sich durch die Menge auf dem Wehrgang, stieß, rempel-

te und drängte sich durch die Männer. Tränen der Wut stiegen ihm in die Augen. Sie waren also doch beobachtet worden. Womöglich hatte der Traurige in einem der leeren Häuser gesessen und nur darauf gewartet, dass sie das Haus verließen. Da er bereits einmal bei Meister Lukas gewesen war, hatte er vermutlich geahnt, wo sie sich verstecken würden. Grob schob er sich durch die wartenden Männer, die neugierig dem Ereignis vor dem Wall zusahen. In regelmäßigen Abständen ertönten aus der Stadt heraus Trompetenrufe zum Sammeln, und die Sturmglocke überschlug sich noch immer hysterisch.

»Halt!«, rief ihn der Traurige energisch an. »Keinen Schritt weiter. Sie wird sterben.«

Georg brauchte einige Momente, bis er begriff, was los war. Der Traurige stand mit dem Rücken zur Wand des nächsten Turms. Er hielt Sarina ein Messer an den Hals. Vom Handrücken tropfte das Blut der Bisswunde, wie Georg befriedigt feststellte. Ein Todesurteil für den Mann. Nichts heilte so schlecht wie die Bisswunde eines Menschen. Als Schmied hatte es Vater oft mit Wunden zu tun gehabt, den Berichten von Reisenden und Landsknechten gelauscht und sie den Kindern weitererzählt. Bisswunden von Menschenzähnen konnten Menschen töten, langsam und qualvoll.

»Lass sie los!«, zischte Georg, dem erstmals auffiel, dass er den richtigen Namen des Mannes gar nicht wusste, dass er von keinem der Schnapphähne einen Namen gekannt hatte.

Der Traurige lachte ihn spöttisch an. Er lachte nicht richtig, er zog eine Miene, als würde er von schlechtem Wetter erzählen und daran leiden.

»Wo ist dieser Hannes?«, zischte ihn der Traurige an und zuckte mit der Messerspitze, sodass Sarina ein Schrei entfuhr.

303

»Wenn du dem Mädchen auch nur die Haut ritzt, dann ...«, drohte Georg.

»Was dann? Wird sie ein wenig bluten, mehr nicht!«, feixte der Traurige ohne eine Spur von Fröhlichkeit und ritzte Sarina tatsächlich die Haut am Hals. Ein feines Rinnsal roten Bluts sickerte in den Kragen des Kleides.

»Du wirst es büßen!«, knurrte Georg.

Jetzt musste der Traurige doch lachen. Abrupt brach er ab. »Erzähl mir, wo ist dieser Hannes? Du hast mit ihm zu tun.«

»Ich weiß es nicht, wo er ist!«, stieß Georg hervor. Er wusste es ja wirklich nicht. »Sicher ist er längst aus der Stadt geflohen«, setzte er noch hinzu.

»Dann sollte es dir rasch einfallen«, knurrte der Schnapp-hahn und drückte Sarina das Messer tiefer in den Hals. Diese wich mit dem Kopf nach hinten aus, stieß jedoch an die Schulter des Schnapphahns.

Hinter Georg drängten die Männer heran, die sich das Schauspiel des Angriffs nicht entgehen lassen wollten. Solange man selbst nicht eingreifen musste, amüsierte der Krieg kolossal.

Langsam wurde er auf den Traurigen zugeschoben.

»Bleib weg!«, knurrte der Traurige. »Glaubst du, ich weiß nicht, dass dieser Hannes dein Bruder ist? Glaubst du, ich weiß nicht, dass er dich um dein Erbe gebracht hat? Warum du ihn schützt, verstehe ich allerdings wirklich nicht. Schließlich hat er uns beauftragt, den Alten aus dem Weg zu räumen!«

Georg glaubte zuerst gar nicht, was er gehört hatte. Hannes hatte ... einen Befehl gegeben? »Du lügst!«, fauchte Georg.

»Keineswegs. So nahe wie wir beide jetzt voreinander stehen, waren Hannes und ich uns gestanden, als er uns den Auftrag gab, deinen Vater zu beseitigen. Die Hälfte des Besitzes hat er uns angeboten, dein sauberer Herr Bruder. Ein wasserdichtes Geschäft, um das uns in der Stadt nachher so mancher beneidet hat.« Er drückte erneut das Messer gegen den Hals des Mädchens. Sarina, die nicht mehr ausweichen konnte, begann zu jammern.

Georg zuckte nach vorn und stieß mit einem Mann zusammen, den er beinahe umgerissen hätte. »Untersteh dich!«, fauchte er, ohne den Kerl, den er beinahe umgerempelt hatte, eines Blickes zu würdigen.

»Ich sagte: Keinen Schritt weiter, wenn dir ihr Leben lieb ist! Ein letztes Mal, wo ist Hannes?«

Fieberhaft überlegte Georg, was er sagen, was er tun sollte, um Sarina vor diesem Wahnsinnigen zu retten. Doch ihm fiel nichts ein. Schließlich kannte er doch den Aufenthaltsort seines Halbbruders tatsächlich nicht. Beinahe hätte er losgeschrien, der ohnmächtigen Wut ihren Lauf gelassen, doch dann blitzte ein Funke durch seinen Kopf. Damit würde er Zeit gewinnen. So viel Zeit, dass er sich eine Strategie überlegen konnte.

»Am Durchbruch des Brunnenbachs. Er wartet am Durchbruch des Brunnenbachs. Ihr kennt ihn ja!«, ließ er resigniert hören. »Lasst sie frei, bitte!«, setzte er noch hinzu, glaubte jedoch nicht daran, dass der Traurige darauf eingehen würde.

»Das ist ein Hinweis«, knurrte er. »Es wurde Zeit.« Er nahm das Messer von der Kehle, Sarina sank regelrecht in sich zusammen. Zwei feine Schnitte am Hals bluteten schwach. »Ich lasse sie frei, wenn ich den Kerl habe!«

Er zerrte das Mädchen mit sich durch den Turmdurchgang. Von irgendwoher ertönte ein Lachen. Georg sah sich um. Wer lachte in dieser Zeit so durchdringend? Außerdem glaubte er für einen Moment, die Stimme zu kennen. Doch das war unmöglich. Hannes war nicht hier. Vorsichtig folgte er dem verbrecherischen Landsknecht über den Wehrgang den Eserwall hinauf, schlüpfte in den Turmdurchgang und zögerte, als er wieder ins Freie trat. Bevor er das Dunkel des Turms verließ, fasste er nach seinem Gürtel und wollte zum Schutz vor Überraschungen sein Messer zücken. Zweimal griff er ins Leere. Es war verschwunden. Verblüfft befühlte Georg den Gürtel, doch das Messer fehlte tatsächlich in der Scheide. Im Gewühl auf dem Wehrgang hatte ein Langfinger zugegriffen. Georg biss sich auf die Lippen. Gott bestrafte den, der sich in dieser Welt an die Dinge hängte und ihnen einen Platz in seinem Leben einräumte. Dennoch war es das Letzte gewesen, was ihn mit seinem Vater verbunden hatte.

Doch Georg hatte keine Zeit, seinem Schmerz nachzugeben. Sarina befand sich in Lebensgefahr.

Hastig suchte er nach einem Abstieg. Da niemand von der Stadt aus in den Kampf vor der Mauer eingreifen musste, hielten die Wachen es nicht sehr genau mit ihrer Wehrwache. Beim nächsten Turm durfte Georg den Wehrgang verlassen, und sofort schlug er den Weg zum Bachdurchbruch ein. Die Gassen wirkten jetzt doppelt so eng und schmutzig, sie rochen strenger nach Fäulnis und Tod als beim Anmarsch zur Wehrmauer. Er hoffte inständig, der Traurige bräuchte mit Sarina im Schlepp doppelt so lange. Allerdings konnte er ihn nicht vor sich sehen. Atemlos hastete er die Gassen entlang und bemerkte erst spät, dass ihm Männer folgten. Nur am vielfachen Tritt erkannte er es. Seine Schritte wurden von den Wänden der Gassen dutzendfach zurückgeworfen.

Als Georg sich umdrehte, blickte er in die Gesichter Sandors und seiner Männer. Sogar der Schleppert war darunter. Mit dem erhobenen Daumen signalisierte der, dass sie zu ihm stehen würden. Abrupt hielt Georg inne. Die Männer wären beinahe auf ihn aufgelaufen. Sie stolperten ungeschickt und stießen gegeneinander.

»Nein!«, bestimmte Georg. »Das muss ich allein machen!«

»Was soll der Unsinn?«, konterte Sandor. »Du bist einem Mann wie diesem Landsknecht nicht gewachsen. Keiner von uns ist das. Nur gemeinsam können wir ihn stellen – und Sarina aus seinen Klauen befreien.«

Finster blickte Georg zu Boden. Sandor hatte natürlich recht. Doch die schiere Übermacht, die da hinter ihm stand, konnte den Schnapphahn zu unüberlegtem Verhalten verleiten und Sarina gefährden. Dass seine Unachtsamkeit daran schuld war und seine Neugier auf das Läuten der Sturmglocke letztlich den Ausschlag für ihren Ausflug zur Mauer gegeben hatte, machte alles umso schlimmer. »Also gut«, gestand er den Männern zu, »kommt mit, aber lasst euch nicht mit mir sehen. Wir werden zum Durchbruch gehen, dorthin, wo der Kanal unter der Stadtmauer hindurchschlüpft. Kommt von links und rechts. Aber keinen Schopf möchte ich sehen. Wenn er all die Kerle hier entdeckt, gebe ich für Sarina keine Kupfermünze mehr.«

Sandor drehte sich zu seinen Männern um und deutete ihnen an, sie sollten ausschwärmen. Die nur mit den Fingern ausgeführten stummen Befehle wurden verstanden, und kurz darauf war keiner der Komödianten mehr zu sehen. Nur der Schleppert blieb bei Georg. Über dessen verknautschtes Gesicht, das eine wilde Entschlossenheit zur Schau stellte und doch die Angst vor dem Kommenden nicht verbergen konnte, hätte er beinahe laut gelacht. Doch die Umstände sprachen dagegen.

Einmal wollte er den Zwerg nicht beleidigen, zum anderen mussten sie sich beeilen.

Sosehr sich Georg bemühte, die Augen vor dem Elend zu verschließen, das ihm begegnete, so froh war er, dass der Schwäbische Bund endlich eingriff. Dieses Augsburg war zum Jammertal geworden. Vier Wochen Belagerung hatten dem Glanz der Stadt eine übel riechende Patina verpasst. Während die Menschen abmagerten, sah man allenthalben fette Ratten durch die Straßen huschen. Überall lag tierischer und menschlicher Kot in den Gassen. Abfall türmte sich zu Haufen, über die sich die Ratten hermachten und die sie misstrauisch verteidigten. Die Straßen wurden nicht mehr gereinigt, da die Stadtschweine, die man sich sonst für das Vertilgen der Abfälle hielt, aufgrund der Hungersnot selbst den Weg durch die Mägen der Bürger gefunden hatten. Niemand kümmerte sich um defekte Abwasserrinnen, umgestürzte Mauern oder eingebrochene Dächer. Die Kranken wurden vernachlässigt. Einmal am Tag ließ die Stadtregierung zwar die Leichen einsammeln. Wer nach dem Vorbeikommen des Leichenkarrens starb, lag einen ganzen Tag im feuchten Tauwassermatsch der Gassen. Georg und der Schleppert machten um die Leichen einen großen Bogen, schon um die Ratten nicht zu stören. Mit schrillen Pfiffen und einem gefährlichen Fauchen vertrieben sie die Lebenden von ihrer Beute.

Je tiefer sie in die Jakober Vorstadt vordrangen, desto trostloser wurden die Verhältnisse. Die Oberstadt mit ihren Kaufleuten, Klerikern und großen Klöstern litt, die Unterstadt jedoch wurde von den Ausdünstungen der Krankheiten und der Armut langsam aufgefressen. Das Wasser, das in der milder wirkenden Frühlingsluft von überallher zu kommen schien, tat ein Übriges.

Es weichte auf, es ließ quellen, es unterspülte und schwemmte weg. Wer in seine Klauen geriet, war verloren. Das eisige Nass der Berge, vom Lech bis an die Stadt herangetragen, wartete nur auf den Augenblick, zuzupacken und zu töten.

Georg hätte nie gedacht, dass er einmal so lange von einem Ende der Stadt zum anderen brauchen würde. Sie schlängelten sich durch die Gassen und folgten zuletzt dem Sparrenlech bis zur Mauer. Als sie in der Ecke anlangten, in der die Mauer durchbrochen war und der Bach unter der Mauer durchgeführt wurde, fanden sie niemanden.

»Sind wir zu früh?«, flüsterte Georg dem Zwerg zu, der sich langsam anschlich und vorsichtig umschaute. »Sie müssten doch längst hier sein.«

Der Schleppert zuckte mit den Schultern. Man sah ihm an, dass ihm nicht wohl war in seiner Haut.

Hatten der Traurige und Sarina die Stadt womöglich bereits durch den Durchgang verlassen? Georg wagte einen Blick über das Mäuerchen der Bachbegrenzung. Kein Fetzen von Sarinas Kleid oder eine Spur von Feuchtigkeit. Er schaute hinter die Treppe, wo er kürzlich Hannes' trockene Kleidung entdeckt hatte.

Der Schlag traf ihn unvorbereitet und ließ ihn taumeln. Aus dem Augenwinkel heraus hatte er eine Bewegung wahrgenommen und war rechtzeitig ausgewichen, doch hatte ihn eine Faust an der Schulter erwischt. Er drehte sich einmal um seine Achse und ging zu Boden. Als er sich aufrappelte, stand Hannes über ihm. Er lachte.

»Du bist unvorsichtig, Brüderchen! Jeder Tölpel kann dir folgen, und sogar der Dümmste weiß, was du vorhast!«

Georg stand auf und hielt sich die Schulter. Hannes' Faust

hatte das Gelenk am Muskelansatz getroffen. Die Stelle schmerzte höllisch.

»Was soll das?«, fauchte Georg. »Hau ab, der Traurige taucht bald auf. Er will dich!« Etwas verlegen setzte er hinzu: »Ich konnte nicht ahnen, dass du wirklich hier bist!«

Wieder lachte Hannes, diesmal mit einem bösen Unterton.

»Ich habe gehört, kleiner Bruder, wie du mich an den – wie nennst du ihn? – den Traurigen verhökert hast. Ein ordentliches Stück Verrat. Weißt du was? Uns beide unterscheidet herzlich wenig. Hast du Geld dafür genommen, mich zu verraten?«

Georg stutzte. Hannes war auf der Stadtmauer gewesen! Auf dem Wehrgang! Doch seine Überraschung hielt nicht lange vor. Mit der in den Wochen des Wartens angestauten Wut und Verachtung schleuderte er seinem Bruder ins Gesicht, was ihm schon lange auf der Seele brannte:«Uns unterscheidet viel, Bruder. Ich bin kein Mörder, wie du einer bist. Ich habe Vater nicht ans Messer geliefert.«

Hannes grinste böse. »Du vergisst etwas. Es war nicht mein Vater, es war der deine!«

Hass sprühte Georg entgegen.

»Im Gegensatz zu dir habe ich mir meinen Verrat nicht bezahlen lassen. Wenn du auf der Stadtmauer warst, dann hast du sicher mitbekommen, dass ich kein Geld genommen habe!« Georg beobachtete die Umgebung. Hannes hier zu haben, war ein Risiko. Sarinas Leben zählte nichts mehr, wenn der Traurige auf Hannes traf. Andererseits konnte man sie gegen den Bruder eintau... Nein, der Gedanke war absurd.

»Geld nicht!«, stichelte Hannes weiter. »Aber eine kleine Maus springt für dich heraus. Dieses Mädchen. Oder willst du leugnen, dass die Kleine in dich vernarrt ...« Hannes brach ab

310

und hob den Kopf. »Da sind sie ja! – Mattheis!« Hannes schrie dem Mann den Namen entgegen. In dessen Schlepp stolperte ein Bündel Mensch nach. Sarina!

Demonstrativ legte Hannes die Hände auf seinen Gürtel, und erst jetzt sah Georg, dass zwei Messer im Gürtel des Bruders steckten: Hannes' Klinge und – Georgs Klinge.

»Du hast mir das Messer gestohlen?«, blaffte Georg. »Du Schuft!«

»Mein lieber Georg! Wie unvorsichtig muss man sein, um das eigene Messer zu verlieren?«

Hannes und der Traurige standen sich gegenüber. Sie musterten einander. »Oder hat dir dein Vater nicht beigebracht, wie wichtig ein Messer für einen Mann ist? Ach ja, ich vergaß. Du bist ja noch gar kein Mann!«

»So sieht man sich wieder, Schmied! Oder soll ich lieber Vertragsbrüchiger sagen oder Dieb – oder passt Euch das Wort ‚Mörder‘ besser? Es beinhaltet so viel!«

Hannes veränderte seine Haltung nicht. Er stand regungslos, die Finger auf den Griffen der Messer. In der Hand des Bruders war ein Messer eine nicht zu unterschätzende Waffe. Selbst auf größere Entfernungen wie die zum Schnapphahn hin traf Hannes sogar die Fliege auf der Nase. Die Messer in seinem Gürtel waren zum Wurf austariert und flogen zielgenau. Bevor der Traurige auch nur die Lider schließen konnte, würde die Klinge in seinen Leib fahren.

Sarina blieb die einzige Unwägbarkeit. Wenn sie sich bewegte, konnte ein Unglück geschehen. Zudem wäre es von Vorteil gewesen, der Traurige würde das alles überleben. Nur dann besaß er einen Zeugen dafür, dass Hannes sich unrechtmäßig in den Besitz der Mühle gebracht hatte und ihn um sein Erbe prellte.

311

»Es war ein Fehler, sich zu zeigen, Mattheis. Ihr habt es übertrieben – und dafür müsst Ihr sterben. Ihr seid bereits tot, auch
wenn Ihr es noch nicht wisst.«

Hannes sagte dies mit einer Kälte, die Georg zittern ließ.

»Lass ihn leben, Hannes. Lass ihn einfach leben«, versuchte
Georg einzugreifen.

»Halt deinen Mund. Du verstehst gar nichts. Dieser Henkers-
knecht hier, der sich als Landsknecht verdingt, damit er ein
wenig vom Leben hat, sollte unseren Vater nur einschüchtern.
Sie sollten ihm zeigen, dass die Bauern doch die bessere Wahl
sind. Dein Vater begriff nur, was er am eigenen Leib verspürte.
Unterstütze die Bauern, weil der Schwäbische Bund ein Bund
von Mördern ist. Das war die Lektion, die sie ihn lehren sollten,
indem sie die Schmiede überfallen. Dafür habe ich sie bezahlt,
nicht dafür, dass sie alle umbringen. Aber es sind eben Hunde
des Krieges, und dumm wie Hunde nun mal sind, konnten sie
mit dem Brandschatzen und Morden nicht mehr aufhören,
nachdem sie einmal damit angefangen hatten. Diese Narren
mussten mit dem Feuer spielen.« Ein Kollern stieg aus seiner
Kehle auf, das kein Lachen mehr war, sondern eine Drohung.
»Doch sie haben sich gehörig daran verbrannt.«

»Lass ihn dennoch laufen. Damit holst du niemanden ins
Leben zurück«, bestand Georg auf seiner Bitte.

»Wofür glaubst du, ist dieses zweite Messer? Für diesen
Schnapphahn hier brauche ich nur eines.« Er spuckte dem Traurigen voller Verachtung vor die Füße. »Bruderherz. Wer einmal
einen Menschen auf dem Gewissen hat, dem fällt das Töten
leicht. Und was ich nicht gebrauchen kann, sind Zeugen – und
Erben.«

Er lachte, wohl in der Annahme, einen gelungenen Witz zum

Besten gegeben zu haben. Plötzlich wurde er still und fixierte den Landsknecht. Der benutzte Sarina als Schild und versuchte, sich hinter ihr zu verbergen. Eine hastige Bewegung des Mädchens verriet dennoch den Plan des Traurigen. Der hatte längst seinen Degen gezogen und hielt ihn ungeschickt hinter Sarinas Rücken verborgen. So wollte er nahe genug an Hannes herankommen, um überraschend zustoßen zu können.

Georg, der seitwärts zu Hannes stand, überlegte, wohin er fliehen sollte, wenn der Bruder das Messer geworfen hatte. Zwei Schritte, dann konnte er sich in den Sparrenlech stürzen, bis zum Durchgang schwimmen und darin verschwinden. Alles weitere müsste er dem Herrgott überlassen, alles – selbst Sarina. Das wollte er nicht.

Überhaupt, durchzuckte es ihn, dachte er nur an seine Rettung, nicht aber an die des Mädchens. Besaß er doch denselben Charakter wie der Bruder?

Der Augenblick schien wie eingefroren zu sein. Jeder wartete darauf, dass irgendetwas geschah. Keiner rührte sich. Georg wurde sich erst jetzt bewusst, dass der Schleppert irgendwo sein musste. Doch ohne den Kopf zu bewegen, konnte er ihn nicht entdecken. Und Hannes wollte er nicht aus den Augen lassen. In seinem Blickfeld befand er sich jedenfalls nicht. Georg hatte Angst davor, sich als Erster zu bewegen, Angst davor, damit den Tod heraufzubeschwören.

Und dann war es auch nicht er, sondern der Schleppert, der ihm diese Entscheidung abnahm.

»Lass das Mädchen los!«, rief der plötzlich klar und deutlich. »Du bist umzingelt!«

Der Satz brach die Erstarrung. Hannes, der den Schleppert nicht sehen konnte, fuhr zusammen. Sein Arm zuckte. Aus dem

Handgelenk heraus ließ er das Messer schnellen. Es fuhr auf den Traurigen zu, der nicht mit dieser Schnelligkeit und Zielsicherheit gerechnet hatte. Die Klinge sauste an Sarinas Hals vorbei und traf den Hals des Schnapphahns. Sie durchtrennte dort eine Schlagader und einige Sehnen, sodass der Kopf des Traurigen zur Seite kippte. Langsam sackte der Körper des Mannes in sich zusammen und schlug auf den Boden.

Beinahe gleichzeitig drehte sich Hannes zu Georg um. Wieder zuckte die Hand gegen die Klinge, doch diesmal wurde sie brutal zur Seite geschlagen. War die Szene mit dem Schnapphahn völlig still abgelaufen, begann Hannes jetzt zu brüllen. Georg sah Blut von seiner Hand spritzen. Hannes betrachtete ungläubig den blutigen Klumpen, dann jagte er mit zwei Sätzen auf den Bach zu, ließ sich über das Mäuerchen fallen und war auch schon unter dem Durchbruch verschwunden.

Langsam löste sich Georg aus seiner Starre.

Er ging zu Sarina hinüber, die am ganzen Leib zitterte.

»Ich wärme dich«, sagte er schlicht, als er auf sie zutrat und sie in die Arme nahm, »und du bringst mir das Lesen und Schreiben bei. Einverstanden?«

Sie rührte sich nicht, sondern zitterte nur vor sich hin. In einer der Türen in der Nähe, die zu einem Handwerkerhof führten, tauchte Sandor auf. Er hielt eine Waffe in der Hand. Jetzt wurde Georg erst bewusst, was gegen Hannes' Hand geschlagen hatte: der Bolzen einer Armbrust.

»Er wird nicht weit kommen!«, erklärte Sandor ruhig und streichelte Sarina, die sich noch immer an Georg drückte. »Der Stadtpfleger hat von der Wehr herab Fischernetze auswerfen lassen. Sie werden ihn aus dem Wasser holen wie einen Huchen.« Sandor bückte sich und hob das Messer auf, das

314

hinter dem Traurigen aufs Pflaster gefallen war. »Gehört das
dir?«

Mit geweiteten Augen starrte Georg auf die Klinge. Es war
seine eigene. Hannes hätte ihm die eigene Klinge in den Leib
gestoßen und so vermutlich seinen Selbstmord vorgetäuscht.

»Danke, Sandor«, murmelte Georg. »Es ist das einzige, was
mich an meine Eltern erinnert. Eine Klinge wie ein Schicksal.«

Stumm nahm er sie aus den Händen des Komödianten entgegen.

Sarina stand noch immer an ihn gelehnt vor ihm. Er zog
ihren Kopf auf seine Schulter und roch an ihrem Haar: Thymian und Rosenwasser.

Georg schloss die Augen.

»Jetzt ist alles vorbei, Sarina«, sagte er.

Doch das Mädchen drückte sich von ihm ab, schüttelte den
Kopf und wischte sich die Tränen aus den Augen. »Nichts ist
vorbei. Jetzt fängt alles erst an.« Sie versuchte, Georg anzulä-
cheln.

29

»Dreißig Silberlinge dafür! Und Ihr werdet Euch unsterbliches Verdienst erwerben!« Der Pharisäer sagte es zu Judas und reichte ihm einen Beutel mit Silberstücken. Georg, ganz in der Rolle des Judas gefangen, nahm die Geldkatze, drehte sie um und ließ die Silberstücke in seine Hand gleiten. Die Münzen, echte Silberstücke aus Jakob Fuggers Bestand, bildeten ein Häufchen in Georgs Hand. »Dafür wird es Euch leicht fallen, einen Aufwiegler gegen die Obrigkeit zu benennen.«

Georg nickte, wie er es in den letzten vier Tagen Dutzende Male geübt hatte, lachte über das Geld und ließ die Münzen zurück in den Geldsack gleiten.

»Ihr werdet ihn finden im Garten Getsemani, zusammen mit seinen Getreuen.« Die Stimme des Judas klang heiser und rau und auch tiefer als sonst.

»Führe uns, mein Sohn, und zeige uns den Mann, der sich anmaßt, der Sohn Gottes zu sein«, zischte einer der Pharisäer.

Die Menge begann zu murren. Georg spielte den Verräter so überzeugend, dass die Menschen in den ersten Reihen vor ihm auf den Boden spuckten.

Der Spielboden war zwischen dem Portal zum Ostchor des Mariendoms und der kleineren Dreikönigskapelle aufgebaut worden. Hinter dem Wagen mit der Bühne schloss der Boden gegen das schwere Kreuzeisengitter zum Friedhof hin ab. Für die hohen Herren des Domkapitels und der Stadtregierung war gegenüber dem Spielboden eine kleine Tribüne errichtet worden. So überragten die Geistlichen und die Herren Räte die gewöhnlichen Gläubigen und hatten einen ungehinderten Blick auf das Geschehen. Es schuf auch eine gewisse Distanz zwischen dem Passionsspiel und den Hütern des Glaubens, während die Laien bis vor den Bretterboden treten durften und vom Speichel der Sprecher besprüht wurden. Der Bischof hatte sich ebenso eingefunden wie die beiden Stadtpfleger Ulrich Artzt und Ulrich Rehlinger. Sogar Sibylla Fugger saß neben ihrem Mann auf einem der mit dunklem Samt ausgeschlagenen Plätze.

Eben wetterte der Hohepriester in einem Monolog gegen den Aufrührer Jesus, der es wagte, dem römischen Kaiser und viel mehr noch den strengen Geboten des rechten Glaubens die Stirn zu bieten. »Wer sich den Regeln der Welt verschließt, wird niemals das Heil erlangen!«, sagte Modo in der Rolle des Kaiphas soeben.

Der Bischof, der sich zur Eröffnung des Passionsspiels unter seine Schafe begeben hatte und vom samtenen Sessel aus den Fortgang der Ereignisse betrachtete, verschränkte, zufrieden über das Wort des Hohepriesters, die Hände vor dem Bauch und lehnte sich zurück. »Ischariot », zitierte der schwarzhäutige Kaiphas den Jünger zu sich, »führ uns zu deinem Meister!« Georg hielt seine Laterne hoch, die im Augenblick auch dringend nötig war, denn ein wilder Graupelschauer hatte sich den Hohen Weg heraufgestohlen und fegte über die Menschen vor der Bühne weg. Sie duckten sich unter den weißen Kristallen, die in lustigen Hanswurstiaden über die Bretter hüpften und auf den Hüten und in den Haaren tanzten. Georg wurde ganz kurz

317

die Sicht genommen. In den letzten Minuten hatte es merklich abgekühlt, und in seiner Tunika, die eine Schulter und einen Arm freiließ, fror er erbärmlich. Er leuchtete mit der Laterne voran. Soldaten mit Fackeln folgten ihm. Er verschwand kurz mit allen Darstellern hinter dem Tuchvorhang, damit mit einem kurzen Umbautrick aus dem Haus des Hohepriesters der Garten entstehen konnte. Sarina und die Frauen hatten die letzen Nächte an den Umbauten genäht und dafür die Tücher verwendet, die Sibylla Fugger ihnen zugesandt hatte. Grünes Brokat für den Garten gab der Szene etwas Warmes. Die Olivenbäume waren nur angedeutet, die Grausamkeit des Geschehens durch rote Stoffbahnen verdeutlicht.

Georg stahl sich hinter den Tüchern durch, während vorne der Garten entstand. Die Menge, die bereits unruhig geworden war, ließ ihrem Staunen freien Lauf und beklatschte das Bild.

»Georg!« Sarina trat auf ihn zu. Als Maria würde sie erst später auftreten. Jetzt hatte sie sich mit einem dunklen Tuch unkenntlich gemacht. Kurz griff sie nach seinem Arm.

»Was? Ich habe keine Zeit, wir müssen zum Garten Getsemani!«, zischte Georg und riss sich los.

»Er ist hier! Sei vorsichtig!«, flüsterte Sarina ihm nach.

Georg stolperte beinahe wegen der Ankündigung. Die Männer hinter ihm drängten vorwärts, sodass er nicht stehenbleiben konnte. Mit der Laterne voraus tauchte er auf der anderen Seite der Bühne wieder auf. »Folgt mir, Ihr hohen Herren«, hatte er zu sagen. »Hier ist der Ort. Hier ist der Mensch. Urteilt selbst, ob er der Sohn Gottes ist.«

Hannes war hier! Nur das konnte Sarinas Warnung bedeuten. Sein Bruder stand irgendwo vor der Bühne und sah dem Spiel zu. Durch den Graupelschauer hindurch konnte Georg nur die vordersten Reihen erkennen, und diese nur undeutlich. Die Männer und Frauen hatten die Kapuzen ihrer Regenhauben übergestülpt, soweit sie solche besaßen. Von seinem Standpunkt aus lagen deshalb alle Gesichter im Schatten. Wo war Hannes? Was wollte er?

»Einen neuen Bund will er geschlossen haben, der sich Menschensohn nennt, und das Werk Gottes hier auf Erden will er vollenden!«, setzte Georg seinen Text fort. »Überzeugt Euch selbst!«

Aus einer Gruppe von Männern am anderen Ende der Bühne trat Sandor. Hochgewachsen, gekleidet in weißes Linnen.

»Wen sucht ihr?«, fragte er. Sandor verkörperte Jesus mit einer strahlenden Würde.

Abrupt riss der Graupelschauer ab, als hätte ihn die Frage vertrieben. Ein kurzer Sonnenstrahl wagte sich durch die Wolkendecke, der rasch über den Platz hinwegzog und zum Himmel gerichtete Gesichter zurückließ.

Der Hohepriester sah Judas an, dann sagte er in einem feierlichen Ton: »Jesus, den Nazarener.«

»Habe ich nicht gesagt, dass ich es bin? Wenn ihr mich sucht, so habt ihr mich gefunden!« Sandor stellte sich so, dass er zum Bischof hinüberschaute. Wohlgefällig nickte dieser ihm zu. Jetzt war es Georgs Aufgabe, auf Jesus zuzugehen und ihm den Kuss zu geben.

»Judas Ischariot!«, wetterte Jesus, und plötzlich wurde es still vor der Bühne. »Judas! Judas! Mit einem Kuss verrätst du den Menschensohn?« Georg ließ sich nicht beirren. In seiner Rolle als Judas trat er auf Sandor zu. Der empfing ihn mit offenen Armen. »Friede sei mit dir!« Judas gab Jesus einen Bruderkuss. Und während sich beider Lippen berührten, sah Georg an

Sandor vorbei und blickte in Hannes' Gesicht. Die Menge stöhnte.

Georg wusste, was im Stück weiter geschehen würde. Einer der Knechte des Hohepriesters würde vortreten und Jesus verhaften. Petrus, der hitzigste der Jünger, würde mit seinem Schwert dessen Ohr abschlagen und Sandor unter dem staunenden Raunen des Publikums diesen blutigen Fetzen wieder anwachsen lassen. Ein billiger Taschenspielertrick. Er selbst hatte als Judas ausgespielt und durfte hinter den Vorhang verschwinden. Als er sich von Sandor löste, war Hannes verschwunden. Mit klimperndem Geldsack verschwand Georg von der Bühne. Die Menschen pfiffen und buhten hinter ihm her. Doch das Ohrwunder versöhnte sie sofort, und Judas' Verrat war im Nu vergessen. Die Menschen hatten ein kurzes Gedächtnis.

»Ich habe ihn gesehen!«, flüsterte Georg, als er sich hinter dem Vorhang befand, wo Sarina auf ihn wartete. Er schaute sich um, ob der Bruder zu entdecken war. Doch er sah ihn nicht.

»Was will er denn noch von dir?«, flüsterte Sarina. Sie strich ihm über die Wange. Sarina war noch so blass, dass man ihr mit einer Farbmischung aus Lehm und Ocker das Gesicht gebräunt hatte. Lautstark kommentierten die Zuschauer das Wunder, das sich vor ihren Augen abgespielt hatte. Georg erinnerte sich, wie er das künstliche Ohr aus Stoff und Wachs beim ersten Mal auch für echt gehalten hatte und erschrocken war, als es von Petrus' Schwert abgeschlagen worden war.

Georg konnte nur den Kopf schütteln. Er wusste es ja selbst nicht. Vielmehr wusste er es sehr wohl, wollte es sich jedoch nicht eingestehen. »Hannes will mich töten. Ich bin der Einzige, der verhindern kann, dass er das Erbe antritt. Jetzt, da die

320

Bauern geschlagen sind.« Nach Wurzach hätten die Landsknechte des Schwäbischen Bundes die Bauern getrieben, dort
gestellt und niedergemacht. Von einigen Tausend Toten war die
Rede. Hoffnungslos dem Heer der von Fugger bezahlten Soldaten unterlegen. Im Augenblick sollten sie angeblich verhan-
deln. Doch Georg wusste sehr wohl, was das wirklich hieß. Sie
würden die Bauern hinhalten und sie bei passender Gelegenheit, wenn die tumben Landmänner an Frieden und Eintracht
glaubten, samt und sonders niedermetzeln. Er konnte so gut
verstehen, warum Hannes den Bauern geholfen hatte.

»Wir müssen fort«, flüsterte Sarina Georg zu.

Jetzt musste Georg bitter lachen. »Wir? Du meinst, ich muss
fort. Doch wenn ich jetzt gehe, dann könnt ihr einpacken. Kein
Judas, kein Passionsspiel. Morgen, am Karsamstag, Ostersonn-
tag und Ostermontag würden keine Aufführungen stattfinden.
Das wäre euer Ruin.«

Sarina trat an ihn heran. »Aber es wäre deine Rettung«, sagte sie und gab ihm einen zaghaften Kuss auf die Wange. Georg
fühlte, wie er rot wurde.

»Ich kann euch nicht allein lassen«, setzte er hinzu.

»Du musst es!«, erklärte Sarina bestimmt.

Beide lauschten. Etwas raschelte in ihrer Nähe. Sie hörten es
deutlich. Sarina drängte sich an Georg heran, und der nahm seine Geldkatze fest in die Hand. Da echtes Fuggersches Silber
darin klimperte, war der Lederbeutel schwer genug, um damit
zuschlagen zu können. Weder Georg noch Sarina konnten feststellen, woher die Geräusche kamen. Sie schienen von überallher zu kommen. Plötzlich wurde ein Teil des rückseitigen Vor-
hangs langsam beiseite geschoben.

Georg hob seinen Schlagsack, Sarina unterdrückte einen

heiseren Schrei. Während auf der Bühne vorne Jesus mit einer Dornenkrone bekränzt wurde, tauchte hinter dem Vorhang der Schleppert auf. Mit weit aufgerissenen Augen starrte er sie an. In der einen Hand hielt er den Ziegelstein, mit dem nachher die Nägel ins Kreuz geschlagen werden sollten. Offenbar hatte er das Requisit eben erst deponieren wollen, damit es nachher zur Verfügung stand. Dann legte er den Finger auf die Lippen und deutete nach unten. Georg verstand sofort. Etwas kroch unter dem Bühnenaufbau entlang. Die Bretter waren alt und bereits geschwunden, sodass zwischen den einzelnen Bohlen Fugen entstanden waren. Durch die konnte man von unten sehen, was oben geschah. Außerdem, Georg schauderte, besaß der Bühnenwagen in der Mitte eine Klappe, durch die man von unten auf- und nach unten abtreten konnte.

Plötzlich deutete der Schleppert auf Georgs Füße und wedelte mit seiner freien Hand. Die Sohlen seiner Schuhe standen auf den Spalten der Holzbohlen. Blitzschnell sprang Georg in die Höhe und landete mit gespreizten Beinen auf den Bohlen selbst. Keinen Augenblick zu früh, denn zwischen den Hölzern fuhr eine Klingenspitze heraus. Wäre er stehen geblieben, hätte sie ihm alle Sehnen an den Füßen durchtrennt. Er wäre zum Krüppel geworden.

Sarina, die die bläulich schimmernde Damaszenerklinge aus der Spalte ragen sah, stieß einen schrillen Schrei aus. Die Klinge zog sich zurück, Georg wechselte den Platz, und wieder stach die Klinge aus dem Boden, diesmal direkt durch eines der dünnen Bretter und wieder dort, wo eben noch Georgs Fuß gestanden hatte. Völlig verstört wankte Sarina zur Bühne vor und kam offenbar genau in dem Moment, als sie als Mutter Jesu mit ansehen musste, wie ihr Sohn sein Kreuz zum Golgatha schleppte. So fielen die Tränen nicht auf, die ihr über die Wangen liefen.

Georg geriet sie aus den Augen. Der hatte genügend mit den Messerattacken zu tun. Wieder und wieder stach die Klinge durch Ritzen und Bohlen. Wie ein Spürhund versuchte der Schleppert zu hören, wo Hannes gerade steckte. Wieder einmal durchstach die Klinge die Bohlen. Doch diesmal schien sich der Sohn eines Schmieds verschätzt zu haben. Die Klinge ließ sich nicht sofort zurückziehen, sondern hatte sich verhakt.

Der Schleppert nutzte den Umstand sofort aus. Mit einem gezielten Schlag ließ er den Stein gegen die Klinge donnern. Tatsächlich brach sie ab. Das Splittern verursachte in Georg einen heißen Stich, denn damit zerbrach die letzte Bindung des Bruders an ihren Vater – auch wenn er für Hannes nur der Stiefvater gewesen war. Wütend heulte Hannes unter dem Bühnenboden auf. Zwischenzeitlich hatten sich weitere Schauspieler versammelt. Mehrere sprangen vom Wagen und krochen unter den Karren. Georg vernahm, wie es dort unten zu einem Gerangel kam, wie gekämpft wurde.

»Kann es denn nie enden?«, fragte er niedergeschlagen den Schleppert, dem er die Schulter drückte. »Vielen Dank. Ohne dich wäre ich jetzt ein Krüppel.« Ihn schauderte bei dem Gedanken, sich mit Holzkrücken durchs Leben schlagen zu müssen.

Derweil zogen und zerrten drei der Schauspieler den Bruder unter dem Bühnenwagen hervor. Hannes schlug um sich wie ein Tier in der Falle. Dabei fiel Georg auf, dass er die rechte Hand nur unzureichend bewegte und zu schützen versuchte.

»Hannes!«, versuchte Georg zu beruhigen.

Das Passionsspiel hatte eine Pause eingelegt. Wegen des

323

Lärms hatte Sandor offenbar befohlen die Tücher herabzunehmen. So wurde die Sicht bis hinter den Wagen frei, als die Trenntücher fielen.

Georg sah in die erstaunten und zugleich angewiderten Gesichter des Klerus. Die beiden Stadtpfleger waren aufgesprungen. Ulrich Artzt deutete mit hochrotem Kopf zu Georg hinüber und schwenkte dann den Arm gegen den immer noch um sich schlagenden und fauchenden Hannes Kreipe. »Ist er das? Ist er der Mann, den wir suchen?«

Georg blickte zu Hannes. Der beachtete ihn gar nicht, sondern versuchte, sich den eisernen Griffen der Schauspieler zu entwinden. Es gelang ihm nicht. Es waren zu viele.

Sollte Georg die Frage des Stadtpflegers bejahen? Er würde Hannes damit ausliefern. Andererseits hatte der ihm nach dem Leben getrachtet – und Georg war sich bewusst, dass er es wieder tun würde.

»Du Judas!«, schrie ihn sein Bruder an. Schaum stand ihm vor dem Mund, den sein Gebrüll in kleinen Fetzen in Georgs Richtung schleuderte, als wolle Hannes ihn damit besudeln. »Verräter!«

Er leckte sich mit der Zunge über die Lippen, die sich rissig anfühlten und eiskalt. Ein Wind kam auf, unter dem sich alle duckten. Ihm war, als schrumpfe die Welt mit jedem Windstoß ein wenig zusammen.

»Er ist es!«, hörte sich Georg sagen. »Er hat den Hauptmann getötet, mit der Klinge, die hier zerbrochen auf dem Boden liegt.« Er deutete auf Hannes, der plötzlich schlaff in den Armen der Männer hing. Sein Kopf war auf die Brust gesunken. Georg erschrak. Hatte seine Anklage Hannes die Kraft genommen, oder war er verletzt worden? Hannes, sein großer Bruder, sein

324

Vorbild! Durfte es wirklich wahr sein, dass er all die Jahre einem Menschen nachgeeifert hatte, der sich als ruchloser Mörder entpuppt hatte? Georg kämpfte mit einem Schwindelgefühl; er spürte, wie sein gesamtes bisheriges Leben um ihn her in Stücke fiel und versuchte verzweifelt, sich an die letzten Trümmer zu klammern. Ihm war, als sei er noch einmal in der brennenden Schmiede. Rasch sprang er vom Wagen und trat auf den Bruder zu, ohne sich um die Befehle zu kümmern, die der Stadtpfleger Ulrich Artzt rief. Er hörte nur hinter sich das Klirren von Hellebarden und ein rauschendes Schaben, wie es Kettenhemden von sich geben.

»Hannes, was ist los?«, vernahm er seine Stimme, als höre er ihr von außen zu. Er trat an den Bruder heran und nahm dessen Kopf in die Hände. »Bruder!«, flüsterte er.

In diesem Moment schlug Hannes die Augen auf – und Georg wusste, dass er einen Fehler begangen hatte. Dem Bruder fehlte nichts. Wie eine Feder schnellte Hannes zurück und sprang gleichzeitig in die Höhe. Seine Beine spreizten sich, schlangen sich um seinen Hals und schlossen sich wieder. Eine Beinschere hielt seinen Kopf fest, klammerte sich an seinen Hals und begann ihm langsam das Blut abzudrücken und das Genick zu brechen. Georg sank zu Boden. Ihm wurde schwarz vor Augen. Er konnte sich nicht wehren, konnte seine Arme nicht einsetzen. Es war die Strafe für seine Tat ...

Georg bemerkte noch, wie sich die Schere langsam lockerte, wie er zu Boden glitt. Seine Beine versagten, sein Blick in den Himmel war ein Blick in ein schwarzes Loch. Er bemerkte, wie der Kopf auf eine weiche Unterlage gelegt wurde, wie ihm jemand über das Haar streichelte, über das Gesicht. Langsam kam der Blick zurück, wurde die Welt wieder die Welt mit Farben und Formen, mit Gerüchen und Geschmack – und mit einem Gesicht. Es war Sarinas Gesicht, das er von unten sah. Es sah merkwürdig aus. Ganz fremd und verschoben. Er musste zuerst überlegen, ob es sich wirklich um Sarinas Gesichtszüge handelte, so ungewohnt wirkten sie. Endlich war er bereit, zu glauben, dass diese verweinten Augen, diese tropfende Nässe zu Sarina gehörte.

»Man sollte sich die Dinge dieser Welt öfter aus diesem Blickwinkel betrachten«, versuchte er zu sagen. Seine Stimme klang, als hätte er Wochen hindurch in einem Gasthof bei billigem Bier zugebracht.

Sarina musste lachen. Sie weinte und lachte gleichzeitig. Dann beugte sie sich zu ihm herab und gab ihm einen zaghaften Kuss. »Ich werde dir das Lesen beibringen. Dann wirst du erst eine wunderliche Welt erleben!«

Georg nickte. Er fuhr sich mit der Zunge über die Lippen, die so spröde waren, dass er sich die Zunge aufriss. »Was ist mit Hannes?«, fragte er endlich.

»Hannes? Denk nicht mehr an Hannes!«, sagte sie nur und bedeckte sein Gesicht mit ihren Haaren.

Danksagung

Zu diesem Roman hat wie immer eine Vielzahl von Menschen direkt und indirekt beigetragen. Ich kann nicht alle aufzählen, das würde ein eigenes Buch füllen.

Zu tiefstem Dank verpflichtet bin ich meiner Frau Ingrid, die mir immer Zuspruch, Seelentröstung, Kritikerin und Diskussionspartnerin ist und die mich mit wertvollen Gedanken sowie dem Brot des Schriftstellers versorgt, nämlich der Zeit, um ungestört zu arbeiten.

Wieder schulde ich großen Dank meinem Agenten, Roman Hocke, der zusammen mit dem Weltbild-Verlag das Projekt ins Leben rief, an mich glaubte und mir jederzeit Unterstützung war.

Dank auch an meinen Bruder Gerhard, der sich erste Entwürfe durchgesehen, sich Kapitelentwürfe geduldig angehört und mir wertvolle Ratschläge gegeben hat.

Mein Lektor Gerald Fiebig redigierte meine Arbeit mit Einfühlungsvermögen, Herz und Verstand. Dafür bin ich ihm in Freundschaft verbunden.

Peter Dempf

Glossar

Ablasshandel

Zur Finanzierung des Baus der Kirche St. Peter in Rom hatte der Papst die Regelung eingeführt, man könne der Sündenstrafe im Diesseits und Jenseits durch den Kauf von sogenannten Ablassbriefen entgehen, statt Buße zu tun oder eine Wallfahrt zu unternehmen. Martin Luther kritisierte dieses Verfahren scharf und löste u. a. dadurch die Reformation aus.

Besthauptabgabe

Beim Tod eines Bauern musste die Familie das beste Tier im Stall dem Grundherrn übergeben. Das war eine Art Verluststeuer für den Grundherrn, da er ja einen guten Arbeiter verloren hatte. Von der Familie wurde dies als himmelschreiendes Unrecht empfunden, da sie damit doppelt geschädigt wurde.

Buchführer

Darunter versteht man einen reisenden Buchhändler. Er hat in Buchdruckereien Bücher oder Einblattdrucke aufgekauft. Mit seinem Bauchladen zog er auf die Jahrmärkte in Dörfern oder Städten und verkaufte sie dort weiter. Da sie weit umherkamen und damit weniger leicht zu kontrollieren waren, konnten Buchführer oft auch verbotene Schriften verbreiten.

Entsatz

Das ist ein Begriff aus der Militärtaktik. Er bedeutet, dass militärische Hilfe durch die Entsendung zusätzlicher Truppen geleistet wird.

Gewerk

Darunter versteht man ein Handwerk, eine Arbeit. Manchmal ist damit auch eine Zunft gemeint bzw. werden Handwerker einer bestimmten Fachrichtung so bezeichnet.

Hausname

Bis heute heißen Bauernhöfe in Dörfern oder Einsiedlerhöfe anders als ihre eigentlichen Besitzer. Das kommt daher, dass der Name der ursprünglichen Gründer des Anwesens über Jahrhunderte hin von den Dorfbewohnern weiterverwendet wird. Oft werden auch Hausbesonderheiten weitergegeben, die nicht mehr existieren, z.B. »Beim Töpfer«, obwohl seit hundert Jahren keine Töpferei mehr auf dem Anwesen existiert und der Besitzer Petrak heißt.

Huchen

Ein in der Donau und ihren Nebenflüssen vorkommender kupferfarbener Lachsfisch mit dunklen Flecken auf dem Körper

Kuhmäuler

Schuhe, die aus einem einzigen Stück Leder geschnitten sind

Landsknecht

Ein Soldat des 15. und 16. Jahrhunderts, der seine Kampfkraft an den Meistbietenden verkaufte. Er kämpfte zu Fuß. Landsknechte aus der Schweiz wurden häufig auch Reisläufige genannt.

Peterspfennig

Eine Art Kirchensteuer, die für den Bau der Kirche St. Peter in Rom eingezogen wurde. Dafür wurden sogenannte Ablassbriefe verkauft, mit denen man laut kirchlicher Lehre für sich und Angehörige die Zeit nach dem Tod im Fegefeuer verkürzen konnte (siehe auch Ablasshandel). Nur etwa ein Drittel des Geldes gelangte jedoch nach Rom. Das meiste Geld wurde für Verwaltung, Transport und Sicherung sowie als Steuer für den Landesherrn einbehalten, in dessen Land der Peterspfennig gesammelt wurde.

Pfalz

Wohngebäude für den König oder Kaiser, in dem dieser wohnte, wenn er eine bestimmte Stadt besuchte. Die Pfalz (von lateinsich »palatium«: Palast) diente dazu, den Herrscher und sein Gefolge mit Nahrungsmitteln, Unterkunft und frischer Ausstattung, z.B. mit Pferden, zu versorgen. Mitteldeutschland war im Mittelalter von Pfalzen regelrecht überzogen, weil die Herrscher sehr viel umherreisten.

Porta Nocturna

Lateinisch für »Nachtpforte«. In Augsburg wurden um 1525 spätestens gegen 21.00 Uhr alle Tore verschlossen. Niemand durfte mehr hinein, niemand mehr aus der Stadt hinaus. Das galt selbst für den Kaiser. Damit dieser auch zu nächtlicher Stunde, wenn er sich auf der Jagd in der Umgebung verspätet hatte, die Stadt betreten konnte und nicht draußen übernachten musste, wurde ihm von den Augsburgern eine eigene Pforte eingerichtet, die Nachtpforte.

Reisläufige
Arbeit suchende Landsknechte; Söldner auf der Suche nach Kriegsdienst (siehe auch Landsknecht)

Rottfuhrwerk
Rottfuhren waren Überlandtransporte. Die Ware wurde dazu in wasserdichte Ballen verschnürt und auf besonders stabile Karren, die Rottfuhrwerke, gepackt, die von schweren Pferden oder Ochsen gezogen wurde. Diese Fuhrwerke zogen im Konvoi, in der Rotte. Noch heute weisen Ortsnamen wie Rottenbuch oder Rottach-Egern auf diese Art des Ferntransports hin.

Schnapphahn
Umgangssprachlich für Wegelagerer, Gauner

Scholar
Umherziehender Student, der in der vorlesungsfreien Zeit sein Geld damit verdiente, in den Städten und Dörfern Bürger- und Bauernkindern das Lesen, Schreiben und Rechnen beizubringen. So verdienten die Scholaren sich einen kleinen Unterhalt. Oft bestand dieser nur in Essen und Unterkunft.

Schwäbischer Bund
Am 14. Februar 1488 wurde der Schwäbische Bund auf dem Reichstag in Esslingen am Neckar gegründet. Veranlasst hatte dies Kaiser Friedrich III. Es schlossen sich die schwäbischen Reichsstände zusammen. Neben dem Herzog von Tirol, dem

Grafen von Württemberg und einer Vielzahl kleiner Territorial-
herren sowie Reichsrittern gehörten auch die 20 schwäbischen
Reichsstädte dazu, u. a. Augsburg. Hauptort bzw. Hauptstütz-
punkt des Bundesheeres wurde Ulm. Der Schwäbische Bund
bewährte sich als wesentliches Instrument bei der Niederschla-
gung der Bauernaufstände.

Theriakhändler
Es handelt sich dabei um einen umherziehenden Quacksalber,
der Arzneimittel anbot. Davon war Theriak die berühmteste
Arznei. Theriak, abgeleitet von dem griechischen Wort therion
(= wildes Tier), wurde im Mittelalter als Universalheilmittel
gegen alle möglichen Krankheiten und Gebrechen angewen-
det, u. a. auch gegen Syphilis, Pest und Cholera. Im Mittelalter
wurde Theriak oft auch als »Himmelsarznei« bezeichnet. Sie
wird heute noch hergestellt, unter anderem in Form der be-
kannten »Schwedenkräuter«, ihre Wirksamkeit gilt aber als
nicht erwiesen.

Totfallabgabe
Eine Abgabe, die beim Tod eines Familienangehörigen von
einer Bauernfamilie an ihren Grundherrn zu leisten war, meist
beim Tod des Bauern selbst (siehe auch Besthauptabgabe). Sie
brachte die Bauernfamilien oft an den Rand des Ruins.

Unterständisch
Die mittelalterliche Gesellschaft kannte drei Stände, den Klerus
(d.h. die Priesterschaft) als ersten Stand, den Adel als zweiten
Stand und den sogenannten Dritten Stand. In ihm versammelten sich Bürger, Bauern und Handwerker. Wer nicht zu den drei

Ständen zählte, war unterständisch. Er fiel aus der Ständeein-
teilung heraus. Dazu gehörten oft sogenannte unehrliche Beru-
fe wie die Weber (die man wegen ihrer Lungenkrankheit, der
Tuberkulose, fürchtete), Henker und Abdecker oder eben Landfahrer und Komödianten ohne festen Wohnsitz in einer Stadt.

Welschland
Damit wird allgemein das Land südlich der Alpen bezeichnet.
Oft sind sowohl Italien als auch Frankreich gemeint. Italienisch
oder Französisch wurden auch als welsche Sprachen charakte-
risiert.